你不會比死更慘

芙蘭納莉·歐康納小說集 II

You Can't Be Any Poorer Than Dead

&

Other Stories

許恬寧、謝靜雯—譯

FLANNERY O'CONNOR

芙蘭納莉 · 歐康納

目次

天竺葵

老杜利縮進一天天和自己融爲一體的椅子，從自家窗口望向十五呎外另一個用發黑紅磚砌成的窗台。他在等天竺葵。每天早上十點左右，對面鄰居會搬出盆栽，五點半再收進屋內。老杜利心想，家鄉的卡森太太窗台上也擺著一盆，老家這種植物可多了，而且美極了，都是貨眞價實的天竺葵，不是這種要紅不紅、還弄了啥綠紙蝴蝶結的東西。這裡的窗台擺的天竺葵，讓老杜利想起家鄉葛利斯比家的男孩。那孩子得了小兒痲痺症，每天早上都用輪椅推到外頭，留在太陽底下閃閃發亮。應該讓露媞霞把那盆天竺葵種進土裡，幾週後就會有點看頭了。對街那些傢伙根本不會種花，只把花擺在外頭，讓烈日整天烘烤，還把盆子放在窗台那麼外邊，風一吹，就要掉下去了。不像話，眞是不像話，根本不該放在那兒。老杜利覺得喉嚨一緊。露媞霞很會種東西，瑞比也是。老杜利帶著不太舒服的喉嚨躺回椅背，要自己換個念頭，但腦中能想到的事，都無法讓他的喉嚨放鬆。

女兒走了進來問道：「要出去走走嗎？」一臉誰惹了她的樣子。

老杜利沒回答。

「怎麼樣？」

「不用。」老杜利心想，女兒幹嘛一直站在那不走，他的眼睛開始和喉嚨一樣不舒服了。然後眼眶會濕，女兒就會看到。她以前就看過，當時臉上露出不忍之色。這女兒可憐老父親，也可憐自己，但她明明不用擔這樁事。要是當初就放他一個人——讓他待在老家，別把他當作她該死的義務，不就沒事了嘛。女兒重重嘆了口氣，走出房間，那聲嘆息讓老杜利突然想起，其實這一切不是女兒的錯，是他自己突發奇想跑來紐約跟她住的。

他不該來的。他應該堅守立場，告訴女兒，自己不想離開住了一輩子的老家。看女兒是每個月要寄錢也好，不寄也行，反正他有退休金，平常還打點零工。女兒該留著她那該死的錢——她比他更需要。如果可以就這樣拋下撫養老爸爸的義務，女兒應該會如釋重負，然後理直氣壯地表示，要是父親死時孩子都不在身邊，那是他自己的問題；如果他病了，沒人照顧，哎呀，也是自找的。要是自己當初堅持不讓女兒照顧，女兒就可以那樣說了，偏偏他這輩子一直想看看紐約。他小時候去過南方大城亞特蘭大，看了一部講紐約的電影，叫《大城節拍》，大城市是大人物聚集的地方。就因爲他在那個瞬間想起小時候那部片子，想到電影裡看過的地方現在居然要給他一席之地！在那麼重要的地方有他的位置！所以當初他說好，就去吧。

他說要去的時候，腦子一定不清楚，要是清楚，就不可能答應。他那時一頭熱，女兒又堅持盡那該死的義務，才弄成現在這樣。她為何硬要來找他？要是當初她沒提出邀請，不就沒事了嗎？先前他也活得好好的，有養老金能吃飯，打零工的錢也夠付老人公寓的租金。

以前那間房的窗戶能看見河流——湧過蜿蜒礫石的紅色稠密河流。他試著回想那條河除了緩慢的紅色流水，還有其他哪些特徵，替腦中景象加上河岸兩側一片片綠蔭，以及上流漂浮垃圾帶來的棕色斑點。他和瑞比每星期三都會駕平底船到那條河釣魚，河道上下二十哩，瑞比全都熟得很，科亞郡沒有其他黑人勝得過他。瑞比熱愛那條河，不過對老杜利來講，那條河沒什麼特殊意義，他去只不過為了抓魚。他喜歡晚上帶著一大串魚回去，豪氣地把魚扔進水槽，告訴大家：「今天只抓到這些。」公寓裡的老女孩們每次都說，就得要男人才有辦法抓到那麼多魚。老杜利和瑞比每星期三一大早就出發，釣上一整天魚，瑞比負責找好地點和划船，抓魚的事則交給老杜利。魚是否上鉤，瑞比不是太在乎——他只不過是喜歡那條河。「在**拿邊**丟線沒用，老闆，」他會說：「河**拿邊**沒有魚。**踏們**不會藏**拿邊**，不會的。」接著就笑著把船划到下游，每次都一樣。那傢伙會偷東西，手腳比黃鼠狼還俐落，不過他有個好處，知道哪兒有魚。老杜利每次釣完魚後，小魚都分給他。

老杜利自從一九二二年妻子過世後，就住在老人公寓樓上的角落房間，保護著同住的老女孩。他是老人之家的「一家之主」，幹男人該幹的活。這份活晚上很無聊，老女孩會聚在客廳發牢騷、織毛線，男人的工作是負責聽，偶爾還得在一片吱喳聲中負責當裁判，不過白天的時候有瑞比。瑞比和露媞霞住地下室，露霞負責做飯，瑞比打掃和照顧菜園，不過瑞比總是事情做一半就擱下，跑去幫老杜利做點別的事，像蓋雞舍或漆門什麼的。瑞比喜歡聽人說話，喜歡聽老杜利講去亞特蘭大的故事，喜歡聽他講解槍支內部是怎麼一回事，也喜歡聽老人知道的其他事。

晚上，有時他們會跑去獵負鼠。其實兩人戰績一向掛零，但老杜利偶爾有不想待在女人堆裡的時候，這時打負鼠就是絕佳藉口。瑞比不喜歡獵負鼠，他們一隻都沒抓到過，甚至連把負鼠趕到樹上的機會都沒有。再說了，他是來自水邊的黑人。老杜利講起獵犬和槍的時候，瑞比就會講：「老闆，今天不是晚上我們要獵那個負鼠？我有一點事要去做。」此時老杜利就會笑問：「今晚誰家的雞要遭殃了？」接著瑞比就會苦笑：「我想一想，今天晚上有空獵負鼠。」

老杜利會拿出槍，拆開零件，在瑞比一一擦拭時，向他講解機械原理，再把槍組裝回去。瑞比每次看著他裝都驚歎不已，覺得老闆實在厲害。老杜利想，要是能向瑞比解釋紐約就好了，要是能把那裡的事告訴他，紐約感覺起來就不會那麼大——出門走在城市之中，就不會感受到那麼強大的壓迫感。他會告訴瑞比：「瑞比，其實紐約也沒什麼，別讓紐約把你嚇倒了。紐約也只是另一個城市而已，城市沒那麼複雜。」

然而城市的確複雜，前一分鐘還金碧輝煌，冠蓋雲集，下一分鐘就破敗污穢，空無一人。女兒甚至沒有自己的獨棟房子，而是住在一棟大樓裡——一整排長得沒兩樣的建築物當中的一棟。每棟樓都是黑紅色，灰溜溜的，粗魯的住戶靠在窗邊，窺視著別人的窗戶，一個樣的鄰居也往回瞪。如果在那些大樓爬上爬下，只會見到每隔一吋就突出一道門的走廊，讓人想起捲尺刻度。老杜利想起自己剛到這裡的第一週，暈頭轉向，醒來時還幻想，走廊會不會一夜之間改變。他查看門外，走廊像賽狗道一樣延伸出去，街道也一模一樣。老杜利不禁好奇，要是走到街道盡頭，自己會身處何方。一天晚上，他夢到自己眞那麼做了，結果只抵達建築物的盡頭——哪兒也沒去成。

隔週，老杜利開始感到女兒、女婿、孫子老在身邊——房子就那麼丁點大，他無法不擋到他們的路。怪裡怪氣的女婿是卡車司機，只有週末會回家。講「不要」不好好講，說什麼「別要」，而且居然沒聽過負鼠是什麼。老杜利和孫子睡一間房，孫子十六歲了，爺孫倆講不上話，不過偶爾公寓裡只剩女兒和老杜利時，女兒會坐下，努力和父親講講話。她會努力扯些話題，但通常場子一下就冷掉，但又覺得那麼快就走開去做自己的事不太禮貌，搞得老杜利也得想點話來講。老杜利每次都絞盡腦汁想新鮮話，因爲女兒沒耐性聽一樣的事。女兒是個負責任的女兒，讓父親晚年能與家人住在一起，而不是待在腐朽的老人公寓，被一群搖頭晃腦的老女人包圍。女兒在盡她的義務，不像她其他扔下老父親的兄弟姐妹。

有一次，女兒帶他去買東西，但他手腳太慢。他們搭了一種叫「地下鐵」的交通工具——在一個像大洞穴的地底下有鐵路，乘客會擠出車廂，爬上樓梯，湧進大街。街上的人們又互相推擠，衝下階梯，塞進車內——黑人、白人、黃人全像湯裡的蔬菜，混在一起，每一樣東西都在翻滾沸騰。列車咻一聲出隧道，進隧道，接著突然間停下。想下車的人，推擠著想上車的人，接著轟一聲，車又一下子開走。老杜利和女兒換了三班車，才終於抵達目的地。老杜利覺得自己的舌頭好像滑進了胃裡，在紐約出門眞是折騰。女兒抓著他大衣袖子，帶著他穿越人群。

紐約除了地鐵，還有一種在半空跑的高架鐵路，女兒說那種車簡稱「空鐵[1]」，得爬上一個高高的月台才能搭車。老杜利望向欄杆下方，底下是來去匆匆的車輛行人。他感到不舒服，手抓著欄杆，滑到月台木頭地板上。女兒尖叫，連忙從月台邊緣拉起他，衝著他大呼小叫：「你想摔下去害死自己嗎？」。

下頭街道的車水馬龍透過木板裂縫映入眼簾。「我不在乎，」老杜利喃喃自語：「摔不摔下去都沒差。」

「別這樣，」女兒說：「到家就沒事了。」

「家？」老杜利重複女兒的話。下頭的車輛一陣陣依序而過。

「來吧，」女兒說：「車來了，得快點上去。」所有人一上車，車就開走了。

他們及時搭上那班車，回到大樓公寓。公寓太小，沒地方獨處。廚房對著廁所，廁所又對著每一間房，走到哪都依舊在原地。在家鄉有樓上、有地下室、有河流，在弗雷澤前方有市區……該死的喉嚨。

天竺葵今天出來晚了，已經十點半了，通常十點十五分的時候，對面鄰居就會把花擺出來。

走廊遠處一個女的，對著街上不曉得嚷些什麼；收音機有氣無力斷斷續續播放肥皂劇配樂；一個垃圾桶摔在太平梯上。隔壁門砰一聲關上，刺耳腳步聲迴盪在走廊上。「一定是那個黑鬼，」老杜利喃喃自語，「穿著發亮鞋子的黑鬼。」老杜利來女兒這住了一星期後，那個黑鬼也搬了過來。那個星期四，老杜利望著賽狗道般的走廊，恰巧看到那黑鬼走進隔壁公寓，身上穿著灰色細紋西裝，打著黃褐色領帶，脖子上潔白的衣領燙得筆挺。鞋子也是發亮的黃褐色皮革——正好配他的領帶和膚色。老杜利抓抓頭，想不到住這種鴿子籠的人，居然養得起僕人。老杜利暗自發笑，黑鬼也學人家穿什麼週日西裝，不過搞不好這傢伙熟悉附近的鄉下，或許還知道怎麼去，兩個人可以一道去打獵，說不定還能找到一條河。老杜利關上門，走進女兒房間。「嘿！」老杜利大喊：「隔壁鄰居幫自己找了個黑鬼，一定是來打掃的。妳覺得他們會要他每天過來嗎？」

正在整理床鋪的女兒抬起頭：「你在胡說什麼？」

「我說隔壁請了傭人，一個黑鬼，打扮很帥氣，還穿著週日西裝。」

女兒走到床的另一頭：「你腦子不清楚了，隔壁沒住人。再說了，會住這種地方的，沒人請得起傭人。」

「我真的看到了，」老杜利覺得好笑極了，「我親眼看著那黑鬼走進去，還打著領帶和白衣領，穿雙尖頭鞋。」

「如果他進去了，他就是在看自己的房子。」女兒低聲說，走到梳妝台旁整理東西。

老杜利大笑。女兒可眞幽默。「哎呀，」他說：「我要過去問他禮拜幾休假，說不定我能讓他覺得自己想釣魚。」老杜利拍拍口袋，兩枚兩毛五的銅板叮噹作響。老杜利還來不及走出家門，女兒就拉住他，要他好好待著。「你沒聽到嗎？」女兒大呼小叫，「我剛才不是說笑，那個人進去

1　EL，即elevated railway的首字縮略。

那裡，就表示那是他租的房子。你別亂問什麼問題，也別跟那個人講話，我不想因為黑鬼惹上麻煩。」

「你是說，」老杜利壓低音量，「他會住妳隔壁？」

女兒聳肩。「大概是吧。管好你自己的事就好，」接著又多叮囑一句，「別管人家的閒事。」

女兒那種口氣，好像他一點常識也沒有，但他以前教過她，她明明就懂自己的父親在說什麼。「妳可不是受那種教育長大的！」老杜利嚷嚷：「我是這樣教妳的嗎？跟那種以為能跟妳平起平坐的黑鬼住隔壁？然後妳還以為我會跟那種傢伙攪和！妳以為我會想跟他們有什麼瓜葛嗎，妳瘋了。」老杜利得緩過勁，他的喉嚨太緊了。女兒直起身子，說什麼他們努力活著，住得起哪就住哪。做女兒的人居然向老子說教！還一聲不響僵著身子走開。看看這種女兒，蜷著肩膀，露出脖子，自以為是聖人，活像他這個父親是呆子。他知道北方佬會讓黑鬼從前門進出，還讓他們坐沙發，但他不曉得自己那教養良好的女兒，居然會跟那種人住隔壁——而且還以為他沒常識到會跟那些黑人鬼混。把他看成什麼人了！

老杜利起身，拿起另一張椅子上的報紙。等一下女兒再走過來，最好裝作在看新聞，別讓她還得站在那望著他，覺得有義務幫父親想點事來做。老杜利看向報紙後方的對街窗戶，今天天竺葵還沒出來，以前沒這麼晚過。他第一天看到那盆天竺葵，就是坐在這張椅子上。他原本看著對街另一扇窗，然後看了錶，想知道早餐時間過去多久了。再抬頭，天竺葵就在那兒了，嚇了他一跳。他不喜歡花，但天竺葵看起來不像花，像家鄉那個病懨懨的葛瑞斯比男孩，顏色有如老女孩們在客廳掛的簾子。上頭的紙蝴蝶結，像是露媞霞會繫在週日制服身後那個。老杜利想著：露媞霞很喜歡腰帶，大部分黑鬼都愛。

女兒再度走來，他原本想在她過來時忙著看報。「幫個忙，好嗎？」她裝作自己突然想到一個可以請父親幫的忙。

可別又叫他去雜貨店，上次去就迷了路，那些該死的建築物長得都一樣。老杜利點頭回應女兒。

「你去三樓，請施密特太太把她爲傑克做襯衫的紙樣借我。」

爲什麼女兒不讓他好好坐著？她根本不需要什麼襯衫紙樣。「沒問題，」他回答，「她家幾號？」

「十號——跟我們一樣。就在我們正下方三層樓。」

老杜利每次走進賽狗道，老是擔心會有門突然打開，然後那些穿著汗衫、靠在窗台邊的長鼻子男人會大吼：「你在這幹嘛？」黑鬼那間的門開著，老杜利看見有個女人坐在窗邊椅子上。「北方的黑鬼。」他喃喃自語。那女人戴著無框眼鏡，大腿上擺著一本書。老杜利心想，黑鬼總是戴上眼鏡，才覺得自己算是打扮妥當了。他想起露媞霞的眼鏡。露媞霞攢了十三塊錢，想買副眼鏡，跑到醫生那檢查眼睛，看要戴多厚的鏡片。醫生要她透過鏡子看些動物圖片，用光照了照她的眼睛檢查裡面，接著宣布她根本不需要戴眼鏡，把露媞霞氣個半死，一連三天烤焦了玉米麵包，不過她最後還是跑到十分錢商店，硬幫自己買了副眼鏡。那是便宜貨，只花了一塊九毛八，露媞霞每禮拜天都會戴上。老杜利暗自發笑，「黑鬼啊黑鬼。」他意識到自己似乎真的笑了出來，連忙摀住嘴，公寓裡其他人可能會聽到。

老杜利往下走了一層樓，正想再下一樓時，聽到腳步聲靠近。他看著扶手下方，是個女人，一個穿圍裙的胖女人。從上面看下去，長得有點像家鄉的班森太太，不曉得會不會跟他攀談。兩個人只隔四級樓梯時，老杜利看著女人，但她沒有回看。兩人擦身而過，老杜利眼睛瞪大，女人冷冷瞧了他一眼，接著便漠然走開，老杜利的心沉了下去。

老杜利往下走了四層樓，三層才對，於是又往上爬了一樓，找到十號公寓。施太太說好，要他等等，她去找紙樣，然後要孩子拿到門邊給他。孩子從頭到尾沒說話。

老杜利拿了東西上樓，這次得慢慢來，上樓讓他很累，似乎每一件事都讓他很累，現在沒瑞比幫他跑腿了。瑞比腳步輕快，溜進雞舍時，完全不會驚動母雞，總能幫他抓到最肥的春雞，其他雞連叫都不叫一聲。此外，瑞比走路也快，不像他總是慢吞吞，人胖就是這樣。記得有一次，他和瑞比去摩頓一帶獵鵪鶉，他們帶了條獵犬。那條狗可聰明了，一下子就能找到一堆鵪鶉，比什麼血統高貴的指示犬都厲害。那條狗沒辦法自己獵鵪鶉回來，但每次都能找到獵物的蹤影，而且會在你瞄準鳥兒時，乖乖待在一旁。有一次，牠突然動也不動，瑞比低聲說：「**拿隻一定很大隻的**，我有感覺到。」他們往前靠，老杜利緩緩舉槍。一定得小心腳下的松針，地上到處都是，一不小心就會滑倒。瑞比不斷轉換重心，輕鬆踏過滑溜溜的松針，眼睛直視前方，行雲流水般前進。老杜利則吃力地一下看前方，一下看地上，搞不好地面不平，要是往前滑，可能摔個狗吃屎，或是要穩住腳步的時候一個踉蹌往後倒。

「老闆，**界**一次我去抓比較好？」瑞比自告奮勇，「你每次星期一腿都不大好，又拿一把槍，要是地滑摔倒，**拿些**鳥會嚇跑。」

但老杜利想自己來，他要一次打中四隻都不是問題。「我來。」他嘟囔道，舉起槍，往前靠近，但腳下一滑，後仰摔在地上。槍響了，鷓鴣全飛走了。

「**克惜**那些肥鳥，我們讓牠們跑了。」瑞比歎氣。

「我們還會找到其他鳥，」老杜利說：「先拉我出這該死的洞。」

當時要不是跌倒，一定可以打到五隻，就像射籬笆上的罐子一樣容易。他一手靠在耳邊，一手直直伸出去。他可以像射泥靶一樣射中牠們。砰！樓梯間傳來嘎吱聲響，老杜利猛然轉身——手上仍握著隱形的槍。黑人鄰居輕快走向他，整齊的鬍子露出逗樂的笑容，老杜利瞠目結舌。黑人抿著嘴，忍著不讓自己笑出來。老杜利動不了，瞪著黑鬼脖子上線條筆挺的衣領。

「老哥，你在打什麼啊？」那黑鬼的聲音，聽起來介於黑人的大笑與白人的嘲笑之間。

老杜利覺得自己像拿著玩具槍的孩子，嘴巴大開，舌頭僵在中間，膝蓋一軟，往下滑了三階樓梯，跌坐在地。

「小心啊，」黑鬼說：「樓梯很危險。」他伸出手，讓老杜利抓著他起身。那是隻修長的手，指甲前端乾乾淨淨，剪得整整齊齊，看起來還特別用指甲刀銼過。老杜利兩手垂在膝間。黑鬼抓住他的手臂，使勁拉他起來。「哇！」他吸了口氣，「你可真沉，自己也使點力吧。」老杜利直起膝蓋，搖搖晃往上走。黑鬼撐著他的手臂，「反正我也要上樓，」他說：「我送你一程。」老杜利瘋狂張望四周，後方的樓梯似乎正在逼近，他跟著黑鬼一起上樓。黑鬼等著他，亦步亦趨一階階往上走。「所以你會打獵？」黑鬼與他攀談：「我想想，我打過一次鹿，我們那次應該是用道森點三八，你都用什麼槍？」

老杜利凝視對方閃閃發亮的黃褐色皮鞋，喃喃自語：「我用槍打。」

「我只是喜歡玩槍，不是眞的愛打獵，」黑鬼說：「我對殺生沒什麼興趣，趕盡殺絕不太好。不過要是有閒有錢，我會想來蒐集槍枝。」他一邊等著老杜利踏上每一階樓梯，一邊講解各式槍支與廠牌，抬腳時露出灰底黑點襪子。樓梯爬完了，黑鬼架著他的胳膊，陪他穿過走廊，在外人看來大概會以爲他被黑鬼架著。

兩個人走到老杜利家的門口，黑鬼問：「你是這裡人嗎？」

老杜利凝視著門，搖搖頭，從頭到尾沒看黑鬼的臉，從剛才一路爬樓梯都沒看。「唔，」黑鬼說：「這地方很不賴——熟了之後你就會懂的。」他拍拍老杜利的背，走進自己的公寓。老杜利也走進自家的門，喉嚨的不舒服蔓延到整張臉，從他的眼睛流了出來。

他拖著腳走到窗邊的椅子，身體一沉，坐了下去。他的喉嚨要裂開了。他的喉嚨要因爲一個黑鬼裂開了——該死的黑鬼，竟敢拍他的背，還叫他「老哥」。怎麼會有這種事。他可是生在好地方的人，好地方！那地方不會容許這種事。他的眼睛很不舒服，在眼窩裡腫脹起來，馬上就要爆出來了。他被困在黑鬼會稱兄道弟叫你「老哥」的地方。他不能被困住，絕對不能。老杜利的頭在椅背上動來動去，伸展過緊的脖子。

有個男人在看他。對街窗裡有個男人盯著他瞧，看著他哭。原本該擺天竺葵的地方，有個穿汗衫的男人看著他哭，等著他痛哭失聲。老杜利也看著那個人，那裡應該擺著天竺葵，天竺葵屬於那個地方，不屬於那個男人。老杜利啞著喉嚨問：「天竺葵在哪裡？」

「你哭什麼？」男人問：「沒看過男人哭成那樣的。」

「天竺葵在哪裡？」老杜利的聲音在發抖，「那裡應該擺著天竺葵，不該是你。」

「這是老子的窗戶，」男人說：「老子愛站哪就站哪。」

「天竺葵在哪？」老杜利聲嘶力竭，喉嚨裡只剩一點點空間了。

「關你屁事，掉下去了。」男人說。

老杜利起身，往窗台底下張望。小巷裡，六層樓下，有個碎裂的花盆，土灑了出來，綠色紙蝴蝶結上有個粉紅色的東西刺了出來。天竺葵在六層樓底下，在六層樓下摔得粉碎。

老杜利看著嚼口香糖、等著看他喉嚨爆開的男人，「你不該把天竺葵擺得那麼靠近窗台，」老杜利抱怨道：「為什麼不撿起來？」

「老爹，你怎麼不自己撿？」

老杜利看著占據天竺葵位置的男人。

他會的。他會到樓下撿。他會放在自己的窗邊，然後一整天愛看多久，就看多久。他轉身離開窗邊，走出房間，緩緩穿越賽狗道，踏上樓梯。樓梯下沉，地上像是凹了個深不見底的洞，開著一道裂縫，往下，再往下。一個黑鬼曾緊貼著他，攙扶他走上那些樓梯。那個黑鬼拉他起來，扶著他的胳臂，跟著他一起上樓，還說自己獵過鹿，叫他「老哥」，還看到他跟個孩子一樣，坐在樓梯上，握著幻想中的槍。黑鬼還穿著閃閃發亮的黃褐色皮鞋。老杜利試著不要大笑，這整件事太荒謬了。這裡大概會有黑鬼在走樓梯時，每走一步襪子都露出黑色斑點，還抿嘴不讓自己大笑。階梯一直下墜，一直下墜，他不會跌倒，來讓黑鬼拍自己的背。老杜利回到屋子裡，回到窗邊，看著下方的天竺葵。

男人坐在天竺葵原本該在的位置，他說：「沒看你下去撿。」

老杜利瞪著男人。

「我以前看過你，」男人說：「每天看你坐在那張舊椅子上，看著窗外，盯著我的公寓。老子愛在自己公寓幹什麼就幹什麼，聽懂了嗎？我不喜歡別人盯著我看。」

天竺葵在巷子底，根露在空中。

「好話只講一遍。」男人離開窗邊。

——發表於一九四六年《重音雜誌》（*Accent*）第六卷夏季號。

理髮師

在迪爾頓當個自由派不容易。

民主黨白人初選過後，瑞柏換了理髮師。三週前，理髮師幫他刮鬍子時問：「你要投誰？」

「達蒙。」瑞柏回答。

「你愛黑鬼？」

瑞柏差點從椅子裡跳起來，沒想到有人講話這麼直接。「沒這回事。」他說。要不是突然嚇了一跳，他原本會回答：「我不愛黑鬼，也不愛白人。」先前他就這樣告訴教哲學的雅各，雅各卻嘟囔：「那樣不好。」而雅各已經是個受過教育的人，你就知道在迪爾頓當自由派是怎麼個情形。

「爲什麼？」瑞柏單刀直入，知道自己能辯倒雅各。

雅各說：「算了。」雅各還有課。瑞柏注意到，每次自己想跟他辯論時，他就有課。

「我不愛黑鬼，也不愛白人。」他原本會這樣回答理髮師。

理髮師劃開肥皂泡沫，手中的剃刀指著瑞柏。「我告訴你，」他說：「現在只有兩派，白與黑，這次選舉大家都看得出這點。你知道霍克[1]怎麼說嗎？他說在一百五十年前，黑鬼自相殘殺，還吃人肉，把寶石當石頭來丟鳥，用牙齒剝馬皮。上次有個黑鬼走進亞特蘭大的白人理髮店，說：『幫我剪頭髮』，結果被扔出去，得到了教訓。上個月，莫福德有三個黑鬼壞蛋拿槍殺了個白人，還搶走屋裡一半東西。你知道那些壞蛋現在人在哪裡嗎？在郡監獄裡，伙食好得跟美國總統一樣——把那些黑鬼鎖起來做工，可能會弄髒他們寶貴的身體。那些熱愛黑鬼的白癡要是看到他們撿石塊，心都要碎了。我告訴你，我們得趕走那些同情黑鬼的傢伙[2]，選出個人讓黑鬼搞清楚自己的身分，要不然這世道不會好了，該死的。」

「你聽見了嗎，喬治？」理髮師對著水槽邊擦地板的有色男孩喊道。

「聽到了。」喬治回答。

輪到瑞柏說話，但他想不出什麼得體的話。他想說點喬治也能懂的話，但剛才喬治突然被拉進這場對話，害他一下措手不及。他想起雅各提到在黑人學校講課一星期的經驗，他們那裡不能提「黑奴」，也不能講「黑鬼」、「有色人種」、「黑人」，這類詞彙統統不能講。雅各說自己每天晚上回到家後，會對著後頭的窗戶大喊：「黑鬼黑鬼黑鬼黑鬼」。不曉得喬治的立場是什麼，他是個會把自己打理得整整齊齊的男孩。

「要是有黑鬼敢來我的鋪子說要剪頭髮，我就『剪』給他看。」理髮師咬牙切齒，「你也是黑鬼一族的人嗎?」他問。

「我要投達蒙,如果那是你口中黑鬼一族的話。」瑞柏說。

「你聽過霍克森演講嗎?」

「我有過這個榮幸。」瑞柏回答。

「你聽了最新一場嗎?」

「沒有,就我所知,他每場都講一樣的話。」瑞柏不客氣地說。

「是嗎?」理髮師說:「最新一場太精彩了!給那些支持黑鬼的傢伙一計計當頭棒喝。」

「有很多人,」瑞柏回答,「都認爲霍克森是煽動家。」不曉得喬治聽不聽得懂什麼叫「煽動家」,剛才應該講「說謊的政客」比較好。

「煽動家!」理髮師拍膝大喊,「霍克就是那麼說的!」他大呼,「那些人就是那樣攻擊他。霍克演講的時候說:『各位,那些黑鬼愛好者說我是煽動家。』接著他站直身子,柔聲問全場的人:『各位,我是煽動家嗎?』然後全場的人大聲回應:『才不是,霍克,你不是煽動家!』接著他站上前大聲宣布:『是的,我是,我是全州他媽最好的煽動家!』你眞該聽聽現場歡聲雷動的

1 以下「霍克」與「霍克森」爲同一人,前者爲暱稱。

2 原文爲Mother Hubbards,典故出自英國鵝媽媽童謠中的〈Old Mother Hubbard〉,這首童謠中的哈柏德大媽寵溺家中狗兒,結果狗兒得寸進尺,反客爲主,成爲被主人侍候的一家之主。早年美國的種族歧視者即以此來影射嘲諷現實世界中持種族平等立場的白人與黑人。

盛況！太精彩了！」

「很精彩的表演，」瑞柏說：「但那只不過是……」

「黑鬼愛好者，」理髮師發起牢騷，「看來你被他們騙得團團轉，告訴你一件事……」理髮師講起國慶日那天霍克森的演講，又是場精彩演出，最後現場用改編的童謠歌詞收場。霍克問大家，**誰是達蒙**？群眾大聲回應：**那個達蒙是誰？什麼，大家不知道嗎？達蒙就是吹號角的憂鬱小男孩，沒錯，小傢伙在牧場裡，黑鬼在穀堆裡**[3]。天啊！瑞柏眞該聽聽那場演講，黑鬼愛好者完全無力招架。

瑞柏認爲要是理髮師能讀點……

聽著，他不需要讀什麼鬼東西，只需要用用腦袋就行了，這年頭人們的問題就在出在這——他們不思考，不運用常識。瑞柏爲什麼不思考？他的常識在哪裡？

我費這個唇舌幹什麼？瑞柏忿忿想著。

「行不通的！」理髮師說：「講哪些冠冕堂皇的漂亮話，對誰都沒好處，漂亮話不能取代思考。」

「思考！」瑞柏大叫，「你覺得自己那樣叫作思考？」

「聽著，」理髮師說：「你知道霍克是怎麼告訴堤福德的那些人？」霍克在堤福德告訴大家，他喜歡守本分的黑鬼，如果黑鬼不守本分，他就讓他們懂什麼叫守本分，很大快人心吧？

瑞柏想知道那關思考什麼事。

理髮師認爲那跟思考的關係，不是跟沙發上有豬一樣，明擺著的嘛。此外理髮師還一一告訴瑞柏自己想到的其他許多事，瑞柏眞該聽聽霍克森在穆林奧克、貝德福和齊克威爾的演講。

瑞柏重新在椅子上躺好，提醒理髮師自己是來修臉的。

理髮師再度幫他修臉，他說瑞柏應該聽斯巴達維爾那場演講。「霍克說，黑鬼愛好者全軍覆沒，所有憂鬱小男孩的號角都壞了。」理髮師評論，「該是時候壓一壓……」

「我還有約，」瑞柏連忙說：「我趕時間。」他幹嘛留在這聽那些胡說八道？

雖然理髮店的那場對話有夠蠢，瑞柏卻一整天想著那些胡說八道，晚上躺在床上，腦中依舊不停播放每一個細節，煩死人了，瑞柏一邊回想，一邊想著要是當時事先準備好，就知道怎麼回理髮師。不曉得雅各會怎麼做，雅各很有一套，總是讓大家覺得他學富五車，不過瑞柏知道他眞正的斤兩。對雅各那行的人來說，裝懂很有用，瑞柏常靠分析雅各的招數自娛。如果是雅各，他會不慌不忙應付理髮師。瑞柏把今天的對話從頭再想一遍，想著雅各會如何回應，想著想著最後把自己代入。

瑞柏再次造訪理髮店時，已經忘了上次的爭論，理髮師好像也忘了，聊了一下天氣就不再講話。瑞柏想著今天晚餐不曉得吃什麼，噢對了，今天是星期二，太太會準備罐頭肉，取出罐頭肉，加上乳酪來烤——一層肉，一層乳酪——再烤出條紋——爲什麼我們星期二都得吃這種東

---

3 以上改編的童謠歌詞源自鵝媽媽童謠中的〈Little Boy Blue〉。

西——如果你不喜歡，不必……

「你還在黑鬼陣營那邊？」

瑞柏的頭震了一下。「什麼？」

「你還是要投達蒙？」

「對。」瑞柏回答，腦子開始回想先前準備的答案。

「聽著，你們這些老師，你知道，看起來，嗯……」瑞柏看得出，理髮師困惑了，語氣不像上次那麼肯定，大概自以爲抓住了什麼新論點。「目前的情況看來，你們這些人會改投霍克，如果你知道他講的教師薪水的事。我看你們現在會投他了，怎麼不會？你們難道不想多領點錢？」

「多領點錢！」瑞柏大笑，「你不知道嗎？州長要是腐敗，他們從我身上拿走的錢，會比他們給我的還多。」這下子他終於和理髮師在同一個水準上討論，「霍克森不喜歡底下的人太多元化，」他說：「他從我身上挖的錢會是達蒙的兩倍。」

「就算是又怎樣？」理髮師說：「如果是有益的事，我會讓他花。如果對社會好，我隨時願意繳納稅金。」

「我的意思不是那樣！」瑞柏正想爭辯，「那不是……」

「反正霍克保證的加薪，不適用他那種老師，」店鋪後方傳來聲音。一個大主管樣的胖子走向瑞柏，「他是教大學的，不是嗎？」

「是啊，」理髮師回答，「沒錯。他領不到霍克的調薪，但如果是達蒙選上，他也拿不到錢。」

「啊，他也有些好處。所有學校都支持他，因爲支持他就能分到好處——像是提供免費教科書、新桌子還有些別的什麼，遊戲規則就是那樣。」

「教育品質如果能提升，」瑞柏結結巴巴地爭辯，「所有人都能受惠。」

「很久以前好像聽過這種話。」理髮師說。

「你們知道的，」男人說：「這種學校的你沒法反駁，所以他們都來這套——讓每個人都有好處。」

理髮師大笑。

「如果你們以爲……」瑞柏試圖爭辯。

「或許他們會在教室前面幫你搞張新桌子。」男人咯咯笑道：「喬，你說呢？」他用手肘輕碰一下理髮師。

瑞柏想抬起自己位於男人下巴底下的腳。「講不講理啊？」他喃喃自語。

「聽著，」男人說：「你可以說任何冠冕堂皇的大話，但你沒弄清楚狀況，現在問題大了。教室後面要是有幾張黑人臉孔看著你，看你還講不講得出那些話。」

瑞柏一時呆住，覺得好像有個隱形的東西把自己打倒在地。喬治走進來洗水槽。「我有教無類，黑人白人都一樣。」瑞柏回應，心想不曉得剛才喬治是否注意到他們這場對話。

「好吧，」理髮師同意這句話，「但不能混在一起上課，對吧？喬治，你想去白人的學校嗎？」他大聲問。

「不想。」喬治說：「我們的粉不夠了，盒子裡只剩這麼一點。」他把剩下的粉末灑進水槽。

「那就弄點過來。」理髮師說。

「時代不一樣了，」大主管樣的男人說：「就跟霍克森說得一樣，現在得動用強制手段才能壓下他們的氣焰。」他講起霍克森國慶日那天的演講。

瑞柏想把男人推進水槽。這天氣熱死人，到處是蒼蠅，他不用在這聽這白癡胖子說話。外頭的法院廣場，彩繪玻璃透出涼爽的藍綠色。該死的理髮師動作快點好不好，瑞柏把注意力放在外頭的廣場，想像待在那裡的感覺，從樹木看得出有微風，一群人在步道上散步。瑞柏仔細瞄了一下，好像看到雅各，但雅各傍晚有課。可那真的是雅各，是嗎。是的話，他在跟誰講話？布萊克利？是布萊克利嗎？瑞柏斜眼瞄著。三個穿著流行寬鬆西裝的有色男孩，在人行道上大搖大擺，其中一人坐到地上，只看得見頭，其他兩人也懶洋洋靠在一旁，恰巧擋在理髮店窗戶前方，讓視線缺了個角。爲什麼那些人不能滾到別地方去？瑞柏氣沖沖想著。「快點，」他催促理髮師，「我還有事。」

「急什麼？」胖子說：「你還是留下來替憂鬱男孩辯護吧。」

「對了，你從來沒告訴我們，爲什麼你要投他。」理髮師笑著取下瑞柏脖子上圍著的布。

「對啊，」胖子附和，「看看你能不能不扯什麼『良善政治管理』，也能說出番道理。」

「我還有約，」瑞柏說：「不能留在這裡。」

「達蒙爛透了，你連句好話都沒辦法幫他講。」胖子挑釁。

「聽著，」瑞柏說：「下星期我還會過來，到時會給你們一堆該投達蒙的理由——勝過你們說的該投霍克森的理由。」

「我等不及洗耳恭聽，」理髮師說：「因爲我告訴你，你辦不到的。」

「我們走著瞧。」瑞柏說。

「別忘了，」胖子提醒，「不能扯什麼良善政治管理哦。」

「我不會說你們聽不懂的話。」瑞柏咕噥，覺得被這種人惹毛實在有夠蠢。胖子和理髮師咧嘴而笑。「星期二見。」瑞柏丟下這句話後離開。他幹嘛要那麼說，幹嘛說自己會給他們理由，理由這種東西得深思熟慮才講得出來，他沒辦法像他們一樣，開口就能侃侃而談，他眞希望自己是那種人。眞希望「黑鬼支持者」這幾個字不那麼朗朗上口，眞希望達蒙也會吐菸草汁。要提出理由，就得動腦想，既浪費時間又麻煩。他怎麼搞的？爲什麼不好好想？只要用心想，一定可以讓整個理髮店羞愧難安。

到家時，瑞柏已經想好大綱的開頭。不能說空話，直接切入重點，而且不能用普通人聽不懂的話——他知道這可不容易。

他立刻在書桌前埋頭苦幹，到了晚餐時間，想出了四句話，又全部劃掉。吃飯吃到一半，突然走到桌前改其中一句，飯後又刪掉剛才修改的地方。

「你在搞什麼？」太太問。

「沒事。」瑞柏說：「沒什麼，只是有工作要做。」

「那你就工作吧。」太太回答。

太太走開，瑞柏把書桌底板踢鬆了。十一點時，寫出一頁草稿。隔天早上，思路通暢多了，中午完工。他覺得內容應該還算直接了當，開頭是：「人民會為了兩個理由而推選其他人行使權力。」最後的結論是：「不經批判就行動，有如行在風上。」他覺得最後一句話相當有力，整篇話都力道十足。

下午，他把講稿帶到雅各的辦公室，布萊克利也在，但隨即離開。他對著雅各念出講稿。

「嗯，」雅各說：「所以呢？你這是要幹嘛？」剛才他在念講稿時，雅各從頭到尾都在忙著記錄表格數字。

雅各在忙，是嗎？「我要在理髮師面前辯護自己的主張，」瑞柏解釋，「你試過跟理髮師爭論嗎？」

「我從不跟別人爭論。」雅各說。

「那是因為你不曉得他們有多無知，」瑞柏說：「你沒碰過這種人。」

雅各嗤之以鼻地說：「呵，我可碰過。」

「結果怎麼了？」

「我從不跟人爭論。」

「但你知道自己是對的。」瑞柏不肯放過這話題。

「我從來不爭。」

「我偏偏要爭，」瑞柏說：「我要在他們一開口主張錯誤的事情時，就立刻作出正確主張。這件事比得是誰動作快，你知道的，」他說：「這不是說服不說服的問題，我是在維護自己的主張。」

「我懂，」雅各說：「祝你能夠辦到。」

「我已經辦到了！你讀一讀，在這裡。」不曉得雅各是眞笨，還是腦子在想別的事情。

「你可以打住了，別和理髮師一般見識。」

「非辯不可！」瑞柏說。

雅各聳肩。

瑞柏原本想好好和他討論，又說：「好吧，回頭見。」

「沒問題。」雅各回道。

眞是的，剛才幹嘛要讀給雅各聽。

星期二下午要到理髮師那之前，瑞柏緊張兮兮，想著還是先跟太太練習一下好了。他不曉得太太其實也支持霍克森。每次他提到選舉，太太都會強調：「就算你是教書的，也不代表就什麼都懂。」他什麼時候說過自己什麼都懂？或許不該麻煩太太，但他想知道，要是隨口提起自己的講稿內容，聽起來不曉得會是什麼感覺。她大概會覺得煩，但說不定可以影響她的觀點。嗯，的確有可能。瑞柏叫了太太。

太太說：好吧，但得等她做完手上的事；而似乎每次她開始做點什麼，又得跑去做別的事。

瑞柏說自己等不了那麼久——還有四十五分鐘理髮店就要關了——能不能快一點？

太太擦著手走進來，說著：好吧，好吧，來了。這不是來了嗎？講吧。

他望著太太頭頂後方，輕鬆隨意地說出主張，聽起來還不錯。不曉得是內容本身的緣故，還是說話的語調，效果還不錯。他在一句話的中間停下，望了太太一眼，看看能不能從她臉上看出想法。太太的頭微微轉向椅子旁的桌子，上頭有本攤開的雜誌。瑞柏停下時，太太站了起來，告訴他：「講得非常好。」她走回廚房，瑞柏便出發去理髮師那裡。

瑞柏放慢腳步，想著到理髮店後要說些什麼，中途偶爾停下，心不在焉地看著商店櫥窗。布拉克飼料公司正在展示新型自動殺雞器——上頭的牌子寫著：「膽小的人也能自己殺雞」。瑞柏心想，不曉得是不是真有很多膽小的人用這種機器。快到理髮店時，他從門口望見那個大主管模樣的人坐在角落看報。他走進店裡，掛好帽子。

「你來啦，」理髮師說：「今天是一年中最熱的一天，不是嗎！」

「的確滿熱的。」瑞柏說。

「打獵季很快就要過了。」理髮師說。

瑞柏想說，來吧，開始吧。等他們提到選舉，他就可以自然而然帶出自己的主張，胖子還沒注意到他來了。

「你真該看看我的狗那天趕出來的鵪鶉，」瑞柏坐上椅子，理髮師繼續聊打獵的事，「那些鳥到處亂竄，我們抓到四隻，然後牠們又跑，我們又抓到兩隻，戰果輝煌啊。」

「我沒打過鵪鶉。」瑞柏啞著喉嚨說。

「帶上黑鬼和獵犬，拿槍追鵪鶉，那是天底下最好玩的事。」理髮師說：「如果沒打過鵪鶉，你的人生可是錯過了很多事。」

瑞柏清清喉嚨，理髮師繼續替他打理門面。坐在角落的胖子翻過一頁報紙。瑞柏心想，他們以爲我爲什麼特地來這兒？他們不可能忘了。瑞柏等著，蒼蠅嗡嗡作響，後頭的人在聊天。胖子又翻過一頁報紙，喬治弄出慢條斯理的打掃聲，清理店內的地板，擦一擦，停下，刮一刮……

「你，嗯，還支持霍克森嗎？」瑞柏主動開口問理髮師。

「對！」理髮師大笑，「對！你提醒了我，我都忘了，你要告訴我們，爲什麼你投達蒙。嘿，羅伊！」他對著胖子嚷嚷，「過來這兒，我們要聽爲什麼我們該投憂鬱男孩。」

羅伊哼了一聲，再翻過一頁報紙，咕噥道：「我看完這篇就過去。」

「這位是什麼客人啊，喬？」後頭一個男人大喊，「是那些成天講什麼良善政治管理的人？」

「沒錯，」理髮師說：「他是來演講的。」

「我聽過太多那種演講了。」那個人說。

「但你還沒聽過瑞柏的演講。」理髮師答道：「瑞柏是好人，他不懂投票的事，但他是個好人。」

瑞柏的臉脹紅了。那兩人走了過來。「我沒有要演講，」他說：「只是想跟你們討論一下——用理性的方式。」

「羅伊，快點過來。」理髮師呼喊。

「你們這是幹什麼？」瑞柏喃喃自語，然後突然想到：「如果你要把大家都叫來，爲什麼不把你的喬治男孩也找來，你怕他聽到嗎？」

理髮師凝視著瑞柏，沒有說話。

瑞柏覺得自己似乎作得過頭了。

「他聽得到，」理髮師說：「他在後頭也能聽到。」

「我只是覺得他會感興趣。」他說。

「他聽得到，」理髮師又講一遍，「該聽的，他都能聽見，而且是兩倍的多。你說的他聽得到，沒說的他也聽得到。」

羅伊摺起報紙，走了過來。「你好啊，孩子，」他把手放在瑞柏頭上，「開始演講吧。」

瑞柏覺得自己在網中掙扎，理髮店裡這些笑得臉頰通紅的人，籠罩在他上方。瑞柏聽見自己結結巴巴——「嗯，我認爲，人民選出……」他覺得自己的話像是貨車，發出嘈雜刺耳的聲響，彼此糾結，嘎吱嘎吱停下，往前滑，往後撞，摩擦聲刺著耳朵，然後突然間就沒了，莫名其妙開始，莫名其妙結束。沒想到這麼快就講完，瑞柏覺得不太舒服。有那麼一秒鐘，全場鴉雀無聲，似乎等著他再往下講。

理髮師打破沉默，大喊：「好了，現在你們大家有多少人要投憂鬱男孩？」

幾個人轉身偷笑，還有個人笑到腰直不起來。

「我！」羅伊說：「我現在就要跑去投票所排隊，明天早上搶第一個投給憂鬱男孩。」

「聽著！」瑞柏大喊，「我沒那意思……」
「喬治，」理髮師大喊，「你聽到剛才的演講了嗎？」
「聽見了，先生。」喬治回答。
「喬治，你要投給誰？」
「我沒那意思……」瑞柏拉高聲音。
「我不曉得他們會不會讓我投票，」喬治說：「能投的話，我會投給霍克森先生。」
「聽著！」瑞柏大喊，「你們以爲我想試著改變你們這些豬腦袋嗎？你們把我當成什麼人了？」他抓住理髮師的肩膀，把他轉過來，「你們以爲我想干涉你們的愚昧無知嗎？」
理髮師甩開瑞柏抓住自己肩膀的手。「別激動，」他說：「我們全都認爲你講得很好。我一直都是這麼說的——你得思考，你得……」瑞柏一拳打了過去，理髮師往後倒，一屁股坐在隔壁椅子的擱腳板。「我覺得講得很好。」他望著居高臨下瞪著他的瑞柏，對方蒼白的臉上半覆著肥皂泡沫，「我一直都這麼說的。」
血液不斷在瑞柏頸部皮膚之下衝擊。他轉身，一把推開身旁的人，衝出理髮店，外頭的日光讓一切懸浮在熱氣中。他快步疾走，幾乎要拔腿開跑，還沒到第一個轉角，肥皀泡沫就開始滑下衣領，順著理髮圍巾，濕嗒嗒地一路流到膝上。

——一九四七年六月完稿，首度發表於《大西洋月刊》（*The Atlantic*）一九七〇年十月號。

山貓

老蓋布瑞爾手伸在斜前方，左右緩緩搖晃手杖，拖著步子走過房間。

「是誰？」他走到門口低聲問：「我聞到黑鬼的味道。」

蛙鳴之中，響起一陣柔聲竊笑，接著融入萬籟之中。

「老蓋，你鼻子該更靈一些才對吧？」

「老爹，你一起去嗎？」

「你鼻子應該好到可以聞出我們的名字才對。」

老蓋朝門廊走了幾步。「馬修、喬治、威利．麥瑞克，還有一個是誰？」

「老爹，他是布恩．威廉斯。」

老蓋用手杖往門廊邊緣探了探。「你們在幹嘛？進來坐會兒。」

「我們在等摩斯和路克。」

「我們要去獵山貓。」

「你們用什麼獵？」老蓋咕噥，「你們又沒有合適的裝備。」他在門廊邊坐下，雙腳懸空。

「我跟摩斯還有路克講過了。」

「老爹，你殺過幾隻山貓？」他們語帶打趣的聲音在黑暗中升起。

「我小的時候，這裡出現過一隻山貓。」老蓋開始講古：「那隻山貓不見血不離開的。有天晚上，牠從窗戶溜進一間小屋，撲向床上的黑人，那人還來不及呼救，喉嚨就被劃開。」

「老爹，這隻山貓躲在樹林裡，只會攻擊母牛。朱普．威廉斯去鋸木場的時候看過牠。」

「他怎麼辦？」

「開始逃跑。」他們的笑聲再度劃破夜間萬籟。「他還以爲那隻山貓要殺他。」

「的確是。」老蓋喃喃自語。

「牠要的是母牛。」

老蓋哼一聲。「從林子跑出來的山貓，不只會殺母牛，還會讓人見血。等著瞧，你們到外頭追那隻山貓沒用，牠會跑來這兒作亂，我聞到了。」

「你怎麼知道自己聞到的是山貓？」

「山貓的氣味不可能弄錯。我小時候這裡出現過一隻，後來沒了蹤影。你們怎不進來坐坐？」他再次邀請。

「老爹，你不是怕一個人待著吧？」

老蓋愣住，摸著柱子爬起來，「你們剛才說在等摩斯和路克，」他說：「那快走吧，他們一小時前就出發了。」

II

「我說進來！現在就進來！」

盲眼男孩獨自坐在台階上，盯著前方。「男生都走了嗎？」他大聲問。

「除了老何，大家都離開了，快點進來。」

他討厭進屋，不想跟一屋子女人待在一起。

「我聞到了。」他說。

「蓋布瑞爾，進來。」

他進屋，走到窗邊，衆家女人對著他碎碎念。

「孩子，你就待在屋裡。」

「你就坐在那，在房間裡追蹤山貓就好。」

屋內一點空氣也不流動，蓋布瑞爾摸索鎖釦，打開窗戶。

「孩子，別動那扇窗，等一下山貓會跑進來。」

「我可以跟他們一起去，」蓋布瑞爾悶悶不樂，「我可以聞出那隻山貓在哪裡，而且我不

怕。」為什麼他要跟這群女人被困在這，好像他也是女生一樣。

「瑞芭說她也聞得到。」

他聽見角落的老女人嘆息，「他們到外頭是打不到的，」她埋怨道：「那隻山貓就在這兒，就在附近。如果牠闖進來，頭一個會攻擊我，再來攻擊那男孩，然後是……」

「瑞芭，別胡說八道。」他聽見母親說：「我會照顧好自己的兒子。」

他可以照顧自己。他才不怕。他聞得到——他和瑞芭都聞得到。那隻山貓會先撲到他們兩個人身上，先是瑞芭，再來是他。母親說，那隻山貓長得跟一般的貓沒兩樣，只是比較大隻。家貓的腳有的只是尖銳的幾個點，山貓的利爪卻像刀一樣銳利，牠的牙也是，還會呼出熱氣，一股濕石灰的味道。蓋布瑞爾彷彿感到那隻山貓的利爪鉗住自己的肩膀，一口咬住喉嚨，但他不會乖乖束手就擒。他會困住那隻貓，找到脖子，把頭往後扯，一起倒在地上，直到貓爪放開他的肩膀。打、打、打牠的頭，打、打、打……

「誰陪著老何？」一個女人問。

「只有南希。」

「應該再叫個人過去。」母親柔聲說。

瑞芭呻吟道：「誰要敢出去，還沒走到就會被那山貓撲倒。聽著，那山貓就在附近，越靠越近，牠一定會攻擊我。」

蓋布瑞爾聞到強烈的氣味。

「牠怎麼可能跑進來，別亂擔心了。」

說這話的是瘦皮猴明妮，她從小身上就有符咒，一個算命巫幫她弄的，因此天不怕地不怕。

「牠想進來的話，一下就能進來。」瑞芭哼了一聲，「牠可以弄開那個貓洞跑進來。」

「眞要那樣，我們可以去南希家。」明妮嗤之以鼻。

「妳們可以去啊。」老女人咕噥。

他知道，他和她去不了，不過他會留下奮戰。看到那邊那個瞎眼男孩嗎？殺掉山貓的就是他！

瑞芭開始呻吟。

「別吵！」母親命令。

呻吟變成歌聲，從喉嚨深處傳出。

「主啊，主啊，

今日將見到祢的朝聖者，

主啊，主啊，

今日將見……」

「安靜！」母親噓了一聲，「剛才那是什麼聲音？」

蓋布瑞爾靜靜往前靠，僵住身體豎耳傾聽。

砰的一聲，又一聲，好像還有吼叫聲，聲音悶悶的，在遠處，接著是淒厲叫聲，從很遠很遠的地方傳來，越來越大聲，越靠越近，從山丘旁傳到庭院，再來是門廊。有個東西撞在門上，小屋為之晃動，像是有東西衝進來，一聲尖叫，是南希！

「牠攻擊他！」她尖叫，「從窗戶跳到他身上，抓破他的喉嚨，老何！」她哭喊，「老何！」

那天夜裡那些男人返家時，帶著一隻兔子和兩隻松鼠。

III

老蓋摸黑回床上。他可以在椅子上坐一下，也可以躺下。他在床上放鬆，讓鼻子感受棉被的質感和氣味。這些男孩那麼做沒用的，他聞得到那隻山貓。他一直在聞，從他們開始講那件事就在聞。那天晚上——和其他東西都不一樣的氣味，和黑人、母牛、泥土都不一樣，是山貓，圖爾·威廉斯看見牠撲到一頭公牛身上。

蓋布瑞爾一下子坐起來，山貓越來越近。他連忙下床，衝到門邊。他關好了那一扇，打開的一定是另一扇。微風吹了進來，他往前走，感覺夜晚的空氣撲在臉上。這扇窗開著。他大力關上窗，緊緊拴好，但那麼做有什麼用？要是山貓想進來，一定找得著法子。蓋布瑞爾坐回椅子上。那隻貓要是想進來，太容易了。蓋布瑞爾感受到四周滿是小小的氣流，門邊有個獵犬能鑽進來的洞，換作那隻山貓，在他逃出去前，就能把那個洞給咬爛。對了，要是坐在後門，搞不好可以逃得快一點。蓋布瑞爾起身，一路拖著椅子出房間。氣味很近。來數數好了，他可以數到一千，方圓五哩內，沒有黑人像他那麼厲害。他從一開始數。

摩斯和路克還要六小時才會回來，明天晚上他們不會出去，但那隻貓今天可能就會襲擊。孩子們，讓我跟著一起去，我可以幫你們聞出牠的所在。這一帶只有我這一個鼻子能這樣靈光。

男孩會說，不行，他會在樹林裡迷路，獵山貓這種事不適合他。

我不怕山貓，也不怕林子。讓我和你們這些孩子一起去，讓我去。

他們會大笑。你自己一個人待著也沒什麼好怕的，不會有東西要抓你的。你要是怕，我們可以送你到麥蒂家。

麥蒂家！送他到麥蒂家！跟那個女人作伴。你們幫我當作什麼人了？我不怕什麼山貓，但孩子，牠來了，而且不在樹林裡——會在這裡。跑進林子是浪費時間，待在這裡反而才抓得到。

應該要數數才對。剛才數到哪了？五百零五，五百零六……麥蒂家！難道在他們心中，他就這麼膽小？五百零二，五百零……

蓋布瑞爾繃緊身體，坐在椅子上，雙手緊抓橫在膝上的手杖。他不像女人那麼軟弱，那隻貓要攻擊他沒那麼容易。濕黏的襯衫貼在身上，他用力嗅了嗅。那些男人那天半夜回家時，帶著一隻兔子和兩隻松鼠。蓋布瑞爾想起當年那隻山貓，彷彿那天他不是跟那群女人一起，而是在老何的小屋。他是老何嗎？他是蓋布瑞爾。他不會跟老何一樣被山貓殺掉，他會打死那隻貓，他會解決牠，他會……他怎麼可能辦到？已經好幾年連雞脖子都擰不斷了，那隻貓會殺了他，他只能等死。氣味就在附近，他什麼都做不了，只能等著。牙齒會是燙的，爪子會是冰的。爪子會輕輕陷進他的肉裡，牙齒陡然一咬，把他身體裡的骨頭啃碎。

他大汗直流，想著，牠能聞到我，就像我能聞到牠。我坐在這兒聞牠，牠也過來聞我。兩百零五，剛才數到哪了？四百零五……

煙囪突然傳來搔刮聲，他坐在椅子上，上身往前靠，肌肉緊繃，喉嚨像被掐住。「來啊」，他低聲說：「我在這，我在等你。」他動不了，全身不聽使喚。搔抓聲又來了。他不想痛苦，但也不想等待。「我在這兒。」他——又是一聲，很小的一聲，拍翅膀的聲音，是蝙蝠。他鬆開緊握的手杖，想也知道不是，山貓頂多只會到牛舍那裡。他的鼻子是怎麼了？他是怎麼了？方圓百哩內，沒有一個黑人鼻子像他這麼靈。又有搔抓聲，從不同方向傳來，是角落的貓洞，抓……抓……抓，是蝙蝠，他知道是蝙蝠。抓……抓……「我在這兒。」他低聲說。不可能是蝙蝠以外的東西。他穩住雙腳，要自己站起來。抓。「主在等我，」他喃喃自語，「祂不想要個臉被撕爛的人。山貓，你爲什麼不走，我對你有什麼用？」他起身，「主不想要滿身貓抓痕的我。」他走向貓洞。在河的彼岸，主在等他，旁邊是一群等著他穿上金色聖服的天使。等他到時，他會穿上聖服，站在主和天使身旁審判世人。方圓五十哩內，沒有其他黑人比他更適合當審判者。抓。他停下，他聞到牠就在外頭，嗅著貓洞。他得爬上點什麼東西！朝著貓去幹什麼？他得爬到高處！煙囪那有個釘住的櫃子，他連忙轉身，撞到椅子，把椅子推到壁爐那。抓著櫃子，站上椅子，跳，往上跳，上去了，但下方的狹小櫃板一下子塌了，腳一彈，櫃子從牆上裂開。他的胃差點從身體裡面跳出來，櫃板落在腳邊，椅子橫槓打中頭，過了一秒，動物的喘息哀嚎聲傳過兩座丘陵，在他身旁消失。痛苦哀嚎中，傳來兇猛的低吼與撕裂聲，蓋布瑞爾在地上僵住了。

「母牛，」他終於喘過氣，「是母牛。」

他感到全身逐漸放鬆，那東西在攻擊他之前，先攻擊了母牛。牠現在會離開，但明晚又會回來。他哆嗦著從椅子旁邊爬起，跌向床上。剛才那隻貓在半哩外，他鼻子不像從前那麼靈了。他們不該留老人家自己一個在家。他說過了，跑到林子裡抓不到東西。明天晚上那隻山貓會回來，明天晚上他們要留在這兒殺牠。現在他要睡覺。他告訴過他們，樹林裡抓不到山貓，他都說過貓會在哪出沒了。如果聽他的，現在早就抓到了。他死的時候，要死在自己的床上，不要躺在地板上，一張臉還被山貓抓爛。主在等他。

他醒來，闃黑的天色將明，人們已經開始忙起早晨的工作。他聽見摩斯和路克在爐火邊，鍋中的培根香味飄了過來。他伸手拿鼻菸塗在唇上，大聲問道：「你們抓到什麼？」

「昨晚什麼都沒抓到。」路克把盤子放進他手裡，「你的培根在這，你怎麼把櫃子弄壞了？」

「不是我弄壞的，」老蓋咕噥，「是風吹的，害我半夜醒來。那櫃子本來就會壞，東西久了就是那樣。」

「我們設好陷阱了，」摩斯說：「今天晚上會抓到那隻山貓。」

「孩子們，你們一定會逮到牠，」蓋布瑞爾說：「今天晚上牠會跑來這裡。昨晚牠不是殺了半哩外的母牛？」

「那不表示牠就會跑來這裡。」路克說。

「牠會來的。」蓋布瑞爾說。

「老爹，你殺過多少山貓？」

蓋布瑞爾不說話，手中的培根盤子抖了起來。「孩子，有些事我自己知道就好。」

「我們很快就會抓到牠，我們在福特的樹林裡設了陷阱，牠在那一帶出沒過。我們每天晚上會爬到陷阱上面的樹枝，等著逮到牠。」

「老爹，要不要再來點培根？」

孩子們的叉子前前後後刮著錫盤，就像利牙刮著石頭。

蓋布瑞爾把叉子放在棉被上。「不了，孩子，」他說：「夠了。」深沉的黑暗籠罩著他，黑洞迴盪著牲畜的淒厲尖叫與喉嚨深處的心跳聲。

——一九四七年六月完稿，首度發表於《北美評論季刊》（*The North American Review*）一九七〇年春季號。

莊稼

魏勒頓小姐向來負責餐後清理桌上的麵包屑，那是她獨攬的家事。露西婭與柏莎在洗碗，嘉納跑到客廳玩《晨報》填字遊戲，這下子餐廳只剩她一個人，總算可以鬆一口氣。她有條不紊清理著碎屑。眞受不了！每天的早餐時間都是酷刑，露西婭堅持所有人必須在固定時間吃早餐，就跟其他頓餐一樣，說什麼固定的早餐時間，可以養成固定的其他習慣，再加上嘉納經常腸胃不舒服，一定得立下吃東西的規矩，好看著他把洋菜加進麥片粥。哼，嘉納都這樣吃了五十年了，難道還會搞出什麼新花樣。每天早餐都吵一樣的事，先是嘮叨嘉納的麥片粥，最後挑剔她加了二匙鳳梨泥。「魏魏，妳知道那樣太酸，」露西婭小姐每次都講同一句話，「妳知道那樣太酸」，接著嘉納就會翻白眼，用些尖酸刻薄的話回應，然後柏莎就會暴跳如雷，一旁的露西婭則一臉委屈，接著鳳梨泥就會讓她反胃。

清理桌上的麵包屑可以放鬆心情，讓人有時間慢慢思考。如果要寫故事，首先得想好要寫些什麼。通常她坐在打字機前最文思泉湧，不過坐在餐桌前也可以。首先，得替故事擬好主題，但身邊可寫的事實在太多，所以她一直想不出究竟可以寫些什麼。她一向都是這麼說的，寫作最難的就是這點。她思考到底要寫什麼的時間，多過於實際寫作的時間。有時她放棄了一個又一個主題，通常得花上一兩週時間，才能下定決心。魏勒頓小姐拿出銀色麵包屑撢子和盆子，開始清理桌面，心想，麵包師傅會不會是好主題？外國的麵包師傅意象鮮明，麥泰兒．費蒙阿姨留給她四張戴著蘑菇帽的法國麵包師傅彩色照片，他們又高又帥，一頭金髮，而且……

「魏魏！」露西婭小姐拿著鹽罐走進餐廳，大喊：「拜託，盆子要接在撢子底下，要不然麵包屑會掉到地毯上。上星期我清了四遍，不想再清了。」

「妳清地毯又不是因爲我掉麵包屑，」魏勒頓小姐冷冷回答，「我每次都會撿起自己掉的麵包屑，」她加上一句，「而且我掉得比別人少。」

「還有，這次妳把麵包屑撢子放回去之前，要先洗過。」露西婭小姐不放過她。

魏勒頓小姐把麵包屑倒進手裡，扔出窗外，拿著盆子和撢子進廚房，放在冷水龍頭下沖洗，弄乾，塞回抽屜。好了，可以開始打字了，可以在打字機前待到用餐時間。

魏勒頓小姐坐在打字機前，吐出一口氣。好了！剛才想寫什麼？噢對了，麵包師傅，嗯，麵包師傅。不行，不能寫麵包師傅，不夠精彩，麵包師傅缺少社會張力的連結。魏勒頓小姐瞪著打字機，A—S—D—F—G——眼神在鍵盤上游移。嗯，寫老師？不行，絕對不行，魏勒頓小姐總覺得老師令人渾身不自在，她以前念的柳池學校老師還好，但都是女老師。沒錯，柳池女子中學，她不喜歡那個校名，聽起像是研究生物學的地方。她都只跟別人說自己畢業於「柳池」。男老師總讓魏勒頓小姐覺得好像自己下一秒就會念錯字，而且教師也不是現在的熱門議題，他們甚至不是社會問題。

社會問題，社會問題，嗯……佃農！魏勒頓小姐這輩子和佃農沒什麼來往，但有什麼關係，他們是很好的藝術主題。佃農跟其他主題一樣，會讓她顯得具備社會關懷精神，在她想打進的圈子，這點尤其重要！「鉤蟲是很好的切入點。」她喃喃自語。有靈感！太棒了！她的手指興奮地叮叮噹噹掃過鍵盤，但沒眞的按下去，接著，突然就開始快速連打。

「洛特·摩頓……」打字機出現她要的字，「呼喚他的狗。」「狗」這個字打出來後，魏勒頓小姐突然停住。她打得最順的永遠是第一句話，她總說：「開場白就那樣靈光一閃，出現在腦中！靈光一閃！」她會說出那句話，彈指，接著再說一遍「靈光一閃！」，然後依據開場白，繼續開展故事。魏勒頓小姐腦中冒出「洛特·摩頓呼喚他的狗」這句話，讀了讀句子，好，「洛特·摩頓」這個名字很適合佃農，而且叫自己的狗過去，也完全是佃農會做的事。「狗兒豎起耳朵，衝向洛特。」魏勒頓小姐打下這句話，才發現不行——這樣寫的話，一段話就出現兩次「洛特」，念起來不好聽。打字機嘎吱嘎吱退回去，魏勒頓小姐在「洛特」兩個字上頭打叉，用鉛筆寫上「他」。好了，重來一遍，「洛特·摩頓呼喚他的狗，狗兒豎起耳朵，衝向他。」魏勒頓小姐心想，這樣「狗」這個字也出現兩次。嗯……但聽起來不會像兩個「洛特」一樣重複，沒錯。

魏勒頓小姐深信所謂的「聲音藝術」理論，主張對讀者而言，耳朵和眼睛一樣重要，她很喜歡那樣講，曾告訴殖民地之女聯合會的聽衆：「眼睛形成抽象事物描繪而成的畫面，而一場成功的文學之旅……」（魏勒頓小姐喜歡「文學之旅」這幾個字）「……有賴心靈創造出的抽象事物，以及耳朵聽見的聲音調性……」（魏勒頓小姐也喜歡「聲音調性」這個詞）。「洛特．摩頓呼喚他的狗」這句話聽起來深具抑揚頓挫，接下來的「狗兒豎起耳朵，衝向他」這句，又給了這段話必要的開展。

「他抓著狗兒瘦巴巴的短耳朵，在泥地裡翻滾。」嗯，魏勒頓小姐想著，這句話不曉得會不會太過頭，但佃農在泥地裡翻滾，聽起來還滿合理的。她以前讀過一本講那種人的小說，書裡的人會幹那種事，而且四分之三的篇幅中，那些人做的事比在泥地裡打滾更離譜。上次露西婭整理她的書桌抽屜，找到那本書，隨手翻了幾頁，就用大拇指和食指捏著，扔進火爐。「魏魏，今天早上我清妳的桌子時，發現一本一定是嘉納爲了開玩笑亂擺的書。」露西婭小姐告訴她：「糟糕透頂的一本書，不過妳也知道嘉納那個人，我把書燒了。」接著神經質地笑了笑，「我確定那一定不是妳的書。」魏勒頓小姐確定，那的確就是自己的書，但說不出口。那本書她是向出版社郵購的，因爲她不想在圖書館開口借那本書。書錢連運費一共花了三塊七毛五，而最後四章還沒看完就被燒了。不過算了，前面讀得夠多了，可以確認洛特．摩頓在泥地裡和狗一起打滾不算過於離譜的情節。她決定了，先說洛特在泥地裡打滾，這樣後來得鉤蟲就順理成章。「洛特．摩頓呼喚他的狗，狗兒豎起耳朵，衝向他。他抓著狗兒瘦巴巴的短耳朵，在泥地裡翻滾。」

魏勒頓小姐往椅背一靠。開頭還不錯，接下來要安排情節。當然，一定要安插女性人物，或許讓洛特殺了她好了，那種女人總是製造麻煩，被殺是自找的，因爲她水性楊花，接著洛特因爲殺人而良心不安，飽受折磨。

如果情節要那樣安排，洛特得是個有原則的人，不過這很簡單。嗯，接下來得講那些設定，還得安排愛情糾葛，必須有很暴力、很自然主義的場景、跟那個階級的虐待狂有關的事。很難安排，不過魏勒頓小姐喜歡這樣的挑戰，她最喜歡安排激情的場景，不過眞正開始寫時，每次都覺得怪怪的，就會開始顧慮其他人讀到不曉得會講什麼。嘉納會彈指，一抓到機會就向她擠眉弄眼；柏莎會覺得她居然是這種人，而露西婭會扯著愚蠢的嗓音：「妳都對我們藏了些什麼啊？魏魏，妳都對我們藏了些什麼？」然後發出她平常那種神經質的笑聲。不行，現在不能想那群人的事，眼下的任務是安排角色。

洛特很高，駝著背，不修邊幅，脖子紅紅的，一雙大手有些笨拙，但哀傷的眼神看起來像個紳士。牙齒整齊，而且爲了暗示讀者他剛強的氣質，得是紅髮。洛特穿著不合身的衣服，但態度大方。魏勒頓小姐心想，或許還是別讓他跟狗一起打滾比較好。女主角的話，至少得有點姿色——金黃頭髮，腳踝豐腴，土褐色的眼睛。

女主角會送食物到洛特的小屋，他坐在屋內，吃著她連鹽都沒加的粗劣燕麥，想著日後要完成的遠大目標——再買一頭母牛，一棟粉刷好的房子，乾淨水井，甚至擁有自己的農場。女人會罵他，說他砍的柴火還不夠她的爐子用，抱怨自己的背在痛。她會盯著他吃下那碗發酸燕麥，罵他是膽小鬼，連偷食物都不敢，笑他：「你只是個該死的窮鬼！」然後男人會要她安靜。「閉上妳的嘴！」他大吼：「我受夠了。」她會翻白眼，模仿他的樣子，然後大笑——「誰會怕你這種人。」然後他會起身，推開椅子走向她，她一把抓住桌上的刀——魏勒頓小姐想著，這女人怎麼這麼蠢——女人後退，刀拿在前方。男人撲向她，但她像一匹野馬逃開，接著兩人再度對峙——眼中充滿恨意——你進一步，我退一步。魏勒頓小姐可以聽見時間一分一秒落在外頭鐵皮屋頂上。他再度衝向她，但她拿好刀，瞬間就能刺向他——魏勒頓小姐再也忍不住，從後方狠狠打女人的頭，刀子從女人手中落下，屋內冒出一陣煙霧捲走她。魏勒頓小姐登場，告訴洛特：「我幫你弄點熱騰騰的燕麥粥。」她走到火爐旁，拿了個乾淨湯盤，裝進爽口潔白的燕麥，還放上一塊奶油。

「天啊，謝了。」洛特微笑向她道謝，露出一口整齊牙齒。「妳做的東西總是這麼美味。妳知道的，」他說：「我在想——我們可以離開這座佃農場，找個好一點的地方。如果今年收成不錯，我們就能養頭母牛，開始擁有屬於自己的生活。魏魏，妳想想，多美好的未來啊，妳想想。」

她倚著他，頭靠在他肩上。「會的，」她說：「今年收成會比先前任何一年都好，到了春天，我們就能買母牛。」

「妳最懂我了，魏魏。」他說：「妳是天底下最懂我的人。」

他們坐在那很長一段時間，想著彼此是如何相知相惜，最後她說：「把東西吃完。」

他吃完後，幫她清理爐灰。在炎熱的七月夜晚，他們漫步過草原，朝著小溪前進，聊著有一天要買下哪塊地。

到了三月下旬，雨季將臨，他們完成令人難以置信的工作量。過去一個月，洛特每天清晨五點起床，魏魏比他早起一小時，兩人趁著天氣轉壞前，做完所有能做的事。洛特說，下星期大概就會開始下雨，如果不搶在那之前收成，一切就完了——過去幾個月的努力將付諸流水。他們知道那是什麼意思——接下來的一年，又得和去年一樣清苦，買不起母牛，而且明年會多個孩子。洛特還是想買母牛。「餵飽孩子花不了那麼多錢，」他辯解，「而且母牛也能餵孩子。」然而魏魏態度堅決——母牛以後再說——孩子一落地就得好好養。「或許，」洛特最後讓步，「或許我們會有足夠的錢同時養母牛和孩子。」他到外頭巡視新犁好的田，像是能從犁溝中數出農穫量一樣。

他們擁有的不多，但這是美好的一年。魏魏大掃除一番，洛特修好煙囱，門階旁長著茂密矮牽牛，窗下是花團錦簇的金魚草，日子非常詳和，然而兩人越來越擔心莊稼，一定得搶在雨季來臨前收成。「我們還需要再一星期。」那天晚上洛特進屋時喃喃自語，「只要再多一星期就夠了。妳能幫忙收成嗎？不該要妳去的，」他嘆氣，「但我請不起人。」

「我可以的，」她把發抖的手藏在身後，「我來幫忙收成。」

「今晚雲層很厚。」洛特憂鬱地說。

隔天，他們一路工作到傍晚——一直做到沒有力氣，跌跌撞撞回到小屋，躺進床裡。

晚上她痛醒，那是一陣柔和、透出紫光的綠色痛苦。她懷疑自己究竟醒了沒，頭左右動來動去，裡頭有嗡嗡作響的光影在摩擦石頭。

洛特坐了起來，不安地問她：「妳不舒服嗎？」

她用手肘撐起身體，但又陷了下去，喘著氣說：「去河邊找安娜。」

嗡嗡聲越來越吵雜，光影越來越灰暗，最初摻雜幾秒的疼痛，接著是永無止境的劇痛，一遍又一遍。嗡嗡聲越來越響，天明之際，她明白過來那是雨聲，啞著嗓子問：「雨下了多久？」

「快兩天了。」洛特回答。

「這麼說，農作物沒了。」魏魏無精打采看著樹木滴水，「一切都完了。」

「沒完，」他柔聲說：「我們有了女兒。」

「你想要兒子。」

「不，我心滿意足——一加一，現在有兩個魏魏了——這比有頭母牛還棒。」他咧嘴而笑，「魏魏，我怎麼這麼幸運？」他俯身親吻她的額頭。

「我該怎麼做？」她緩緩地問，「該怎麼做，才能多幫你一些？」

「那妳幫忙去趟雜貨店好了，魏魏？」

魏勒頓小姐推開身上的洛特，結結巴巴：「什——什麼，妳說什麼，露西婭？」

「我說，這次妳幫忙去趟雜貨店好不好？這星期每天早上都是我去，我現在很忙。」

魏勒頓小姐從打字機前起身。「好吧，」她尖聲說：「要買什麼？」

「一打蛋，兩磅番茄——要熟番茄——還有，妳最好現在就治一治感冒，都在流眼淚了，喉嚨也啞了，浴室有安匹靈。雜貨店那，用這裡的名義開支票，還有記得穿外套，天冷。」

魏勒頓小姐翻個白眼，「我都四十四歲了，」她大聲說：「我能照顧好自己。」

「別忘了挑熟番茄。」露西婭小姐回她。

魏勒頓小姐外套釦子亂扣一通，沒好氣地踩在布羅德街上，走進超市。「現在要買什麼？」她喃喃自語，「噢，對了，兩打蛋，一磅番茄。」她走過一排排罐頭蔬菜與餅乾，朝著雞蛋箱走去，但裡頭是空的。「怎麼沒蛋？」她問正在秤四季豆的男孩。

「只剩初卵蛋。」男孩又秤了一把四季豆。

「在哪裡？那種蛋有什麼不同？」魏勒頓小姐問。

男孩把幾根四季豆扔回籃子，懶洋洋地彎身從箱子裡遞給她一盒。「其實沒什麼不同。」他回答。男孩拿開黏在門牙上的口香糖，「是小母雞生的蛋還是什麼的，我不知道，要買嗎？」

「要，還要兩磅番茄，要熟的。」魏勒頓小姐吩咐道。她不喜歡買東西，店員憑什麼態度這麼差。如果是露西婭來買，這孩子態度一定不會這麼散漫。她付了雞蛋和番茄的錢，連忙離開，這地方讓她心情開始變差。

眞無聊，幹嘛爲了雜貨心情不好——裡頭什麼都沒有，只是瑣碎的家務事——買豆子的女人——手推車上的孩子——爲八分之一磅左右的南瓜討價還價——這種事有什麼意思？魏勒頓小姐百思不得其解。這裡難道有機會讓人表達自我，有機會讓人創造，有機會帶來藝術？目光所及都是一樣的東西——人行道上擠滿行色匆匆的人群，每個人手上拿著一堆小袋子，腦子裡也一堆小瑣事——那邊那個女人用皮帶拴著孩子，想把兒子拖離擺南瓜燈的櫥窗，她大概一輩子都會那樣控制著他。然後那邊又有一個，袋子掉了，東西灑了滿街。還有個擦著孩子鼻子的人。前面一個老女人，帶著三個蹦蹦跳跳的孫子，後面還跟著一對黏在彼此身上的缺乏教養情侶。

魏勒頓小姐和那對情侶擦身而過，不由得瞪大了眼。女人身材豐滿，金黃頭髮，腳踝圓潤，一雙土褐色眼睛。身上是高跟鞋和藍色短襪，還有過短的棉布連身裙和格子外套，皮膚布滿雀斑，脖子往前突，好像在聞前方一直後退的東西，臉上掛著愚蠢笑容。那男人個高、不修邊幅、駝著背、粗紅脖子上長著黃瘤，一路擠開路人，笨手笨腳牽著女孩，沒事還噁心地對著她笑。魏勒頓小姐看見那個男人有整齊的牙齒，憂鬱的雙眼，額頭還長著疹子。

「噁。」她抖了一下。

魏勒頓小姐把買回來的東西擺在廚房桌上，回到打字機前，看著打字機裡的紙：「洛特．摩頓呼喚他的狗，狗兒豎起耳朵，衝向他。他抓著狗兒瘦巴巴的短耳朵，在泥地裡翻滾。」

「聽起來糟透了！」魏勒頓小姐喃喃自語，她決定了，「反正也不是什麼好主題。」她需要精彩一點的東西——藝術性得更強一點。魏勒頓小姐瞪著打字機，一動也不動，接著突然興奮地搥起桌子，「愛爾蘭人！」她開心大喊，「愛爾蘭人！」魏勒頓小姐一向喜歡愛爾蘭人，他們說話的腔調充滿音樂性，還有他們的歷史——精彩極了！還有人民，她想著，愛爾蘭人！他們活力十足——紅頭髮、肩膀寬闊、留著長長的濃密鬍鬚。

——一九四六年二月完稿，首度發表於《仕女雜誌》（*Mademoiselle*）一九七一年四月號。

火雞

陽光透過枝葉，在他的槍身鋼鐵上映出亮光。他咬牙切齒，低聲怒吼：「好了，梅森，今天你逃不了了，你幹的壞事所有人都知道了。」梅森腰間的六發左輪手槍有如蓄勢待發的響尾蛇，但他搶先一步，一下把對方的槍打到空中，一落地便像踢風乾的死牛頭骨般一腳踢開。「你這個害蟲。」他邊罵邊拿出繩子緊緊綑住男人的腳踝，「你再也不能來偷牲畜了。」他往後退開三步，舉起一把槍，對準梅森的眼睛，「好了，」他不慌不忙冷冷說道：「這是……」接著他看見遠方樹叢裡有東西在動，一個赤褐色身影沙沙作響，樹葉空隙中，頭頸間紅色肉垂上方，有隻微微顫抖的眼睛。他讓自己別打草驚蛇。火雞又踏出一步，停住，一腳舉在半空，聆聽四周動靜。

要是有槍就好了！要是有把槍就好了！他就可以瞄準那隻火雞，當場射殺。不然下一秒，那隻火雞就會跑過樹叢，竄到樹上，看不見牠逃往哪個方向。他頭不動，眼睛瞄著地上，找看看附近有沒有石頭，但地上空無一物，乾淨到像掃過一樣。火雞又動了，剛才半舉的腳踏回地上，翅膀展開，蓋住那隻腳，魯勒看見牠身上豎起的長長尾羽。要是能衝進樹叢，撲到牠身上……那隻火雞又動了，翅膀再度舉起，再度放下。

看來那隻火雞瘸了。魯勒不動聲色，盡量往前，突然間，火雞頭探出樹叢——距離十呎左右——接著那顆頭又縮回去，一下子消失在樹叢間。魯勒張開手，越靠越近，手指作勢準備抓出。看那隻雞的樣子，鐵定是瘸了，八成飛不動。火雞再度探頭，一看見魯勒，立刻再次穿越樹叢，從另一頭跑了出去，身體歪向一邊，左翅不靈活。他會逮住這傢伙，就算得一路追出這個郡也要抓住牠。魯勒緩緩在樹叢中移動，看見火雞在二十呎外謹慎地看著自己，脖子動上動下，彎身試著展翅，再彎身，身體有點斜向一旁。再彎身，再試著飛，但魯勒看得出牠飛不動，他會抓到牠。他會抓到牠的，就算得跑出這個州也一樣。他能想像自己扛著那隻雞走進前門時，所有人大呼小叫：「你們看，魯勒帶了隻野火雞回來！魯勒！你怎麼辦到的？」

噢，在林子裡抓的，他只是想，要是能抓到隻火雞，大家會很開心。

「你這瘋狂的大鳥，」魯勒喃喃自語：「你飛不動，逃不了了。」他繞個大圈，試圖從火雞後方攻擊。有那麼一瞬間，他覺得自己幾乎可以直接抱起那隻雞。火雞頹坐在地，伸出一隻腳，但等他近到可以突襲，那隻雞又突然往前衝，害他嚇了一大跳。他一路追趕，追到乾枯的半畝棉花田空地上，那隻雞鑽過籬笆，再度跑進林子，他不得不趴在地上，跟著鑽過去，不過他很小心，沒跟丟，也沒扯破上衣。他繼續追在後頭，頭開始暈了，但仍加快腳步，鐵了心要抓到那隻雞。如果在林子裡跟丟，那就永遠抓不到了。火雞跑向另一頭的樹叢，等一下會從路上竄出去，他會抓到牠的。他看到牠跑過灌木叢，也跟著衝過去，但等他趕到灌木叢，火雞又衝了出去，瞬間消失在樹籬底下。他立刻穿越樹籬，聽見襯衫被扯破的聲音，手臂被樹枝劃出長條刮痕，頓時感到一陣涼意。他停下腳步，望了破掉的袖子一眼，但火雞就在前方不遠，他看見牠跑向丘陵，接著又跑到空地，他立刻追上。只要能抓到火雞，家人就不會在意他的襯衫。漢恩就從來沒逮過火雞，他什麼都沒抓到過。魯勒猜想，等他們看到他一定會大吃一驚，睡前躺在床上討論這件事。他們平日就是這樣討論他和漢恩，漢恩不曉得這件事，因爲他晚上睡得很死。魯勒則每晚在他們開始聊天時醒來，他和漢恩睡同一間房，爸媽睡他們隔壁，中間隔著的門不會關上，每天晚上魯勒都偷聽他們講話。父親每天一定會問：「兒子表現怎麼樣？」母親一定會回答：主啊，他們把我累死了，主啊，我知道不該成天操心，但漢恩這孩子現在變成這個樣子，怎麼可能不擔心？母親說：漢恩一直是個與眾不同的孩子，大概也會長成與眾不同的男子漢。父親說：對，要是他沒先被送進監獄的話。然而母親就會說：怎麼講那種話？接著兩人就會像他和漢恩一樣吵起來。有時魯勒想著太多事，就再也睡不著。他每次聽完爸媽的對話都會很累，但每晚卻仍舊醒來，照聽不誤。每次爸媽提到他，他就從床上坐起，想辦法聽清楚一點。有一次，父親問爲什麼魯勒常一個人玩，母親說她怎麼知道？如果兒子想一個人玩，她想不到理由阻止。父親說他很擔心，母親說如果只是這樣，沒什麼好擔心，反倒有人告訴她，看見漢恩走進那個叫「大駕光臨」的店；不是告誡過他，那種地方去不得？

隔天，父親問魯勒最近都在做什麼，他回答「自己一個人玩」，然後一拐一拐走開，父親看起來憂心忡忡。要是他能扛著一隻火雞回家，父親就會對他另眼相看。火雞朝著馬路跑，奔向路旁水溝，沿著溝邊一路狂奔。魯勒不斷逼近，不斷逼近，直到被凸出的樹根絆倒，口袋裡的東西飛出，他不得不停下來撿。等他直起身子，火雞早已不見蹤影。

「比爾，你帶一個小隊到南峽；喬，你包抄峽谷攔截他。」魯勒對著手下大喊：「我朝這個方向追。」接著沿著水溝繼續往前衝。

火雞在水溝裡，離他不到三十呎，奄奄一息，眼看只隔一碼時，牠又跑了起來。魯勒一直追到水溝盡頭，火雞衝到路上，溜過另一側的籬笆，他不得不在籬笆旁停下喘口氣。火雞從另一頭的樹葉中冒出來，脖子貼在地上，整個身體不斷喘氣晃動，舌尖在打開的嘴裡上上下下。要是能把手伸過去，或許就能趁牠累得動彈不得時逮住牠。他貼近樹籬，手穿過去，一下子抓住火雞尾巴，樹籬另一頭沒有動靜，或許火雞死了。他把臉貼近樹葉看個究竟，一手撥開樹枝，但樹枝一下子彈回來。他放開火雞，兩手一起撥開樹枝，弄出一個洞。他瞧見火雞像喝醉一樣，左搖右晃，於是跑回樹籬最前頭，繞到另一邊。魯勒喃喃自語，他要抓住牠了，這自以爲聰明的傢伙。

火雞在田間曲曲折折地轉向，再度奔向林子。不能讓牠跑進林子！進了林子就再也抓不到了！魯勒在後頭狂奔，視線緊緊盯著火雞，直到突然有東西撞上來，讓他無法呼吸，一下倒在地上，忘了火雞的事。胸口好痛。他在地上倒了一會兒，兩旁的景物在晃動。最後他終於坐了起來，面對自己撞上的樹。他揉揉臉孔和手臂，以及開始刺痛的長條刮痕。他會扛著那隻火雞，他們會又跳又叫：「天啊，大家看魯勒！魯勒！你在哪捉到那隻野火雞？」然後父親會說：「哇！我一輩子沒看過這麼大的火雞！」魯勒踢開腳邊的石頭，這下子火雞消失得無影無蹤。如果捉不到那隻火雞，一開始幹嘛又要讓他看到？

就像有人在對他惡作劇一樣。

跑得要死，結果什麼都沒捉到。魯勒坐在原地，悶悶不樂看著褲子與鞋子之間突出的白色腳踝。他趴在地上，臉緊貼著地，管他地上髒不髒。襯衫毀了，手被劃破，額頭上多了個包——他感覺那個包微微腫了起來，之後一定會變得很大——結果什麼都沒抓到。地面涼涼的很舒服，但沙粒太刺，他翻過身，心想：該死的！

「噢，該死的！」他小心翼翼說出這句話。

過了一會兒，他試著只說簡短的「去死」。

接著，他學漢恩的樣子，拉長「死」這個字，還模仿漢恩的眼神。有一次，漢恩大呼：「神啊！」結果母親氣沖沖走過來，告訴他：「我不想再聽見你說那句話。不可妄稱神的名，聽見沒？」後來漢恩就不敢再亂講話，哈！母親那次狠狠修理了他一頓。

「神啊。」他說。

他盯著地上，手指畫著土，再講一遍：「神啊！」

「天殺的。」他輕聲說。突然間，他的臉開始發燙，胸口的心臟用力跳個不停。「天殺的下地獄吧。」他用幾乎聽不見的音量說出那句話，轉頭望向後方，不過沒人。

「天殺的下地獄吧，耶路撒冷的神。」他又說道。這句「耶路撒冷的神」是叔叔的口頭禪。

「天父啊，神啊，把雞趕出院子吧。」他咯咯笑了起來，一張臉脹得通紅。他坐起來，看著自己褲子和鞋子之間突出的白腳踝，好像那不是他的身體一樣。他一手抓住一邊腳踝，彎起膝蓋，側過臉枕著一邊膝蓋。「天上的父啊，射六發，倒七個。」他再次咯咯笑了起來。媽啊，如果老媽聽見他說這些話，一定會打他的頭。天殺的，她會打凹他天殺的頭。魯勒笑到無法遏抑，在地上滾來滾去。天殺的，她會罵死他，拎著他天殺的脖子，像拎著一隻天殺的雞。魯勒笑到腹側一陣疼痛，試著要自己別笑了，但每次想到自己天殺的脖子，又笑到發抖。他躺在地上，全身脹紅無力，一直想著母親會打凹自己天殺的頭。魯勒一遍又一遍對著自己講那些咒罵的話，過了好一會兒才開始笑不出來。他再講一遍，但不想笑了。再講一遍，笑不出來。哎，追得要死，結果什麼都沒得到。他的念頭又被這件事占據。回家好了，坐在這幹嘛？他突然覺得大家在嘲笑他。他宣布：哼，去死吧。他站起來，狠狠踢了一腳：「大笨蛋，吃我一腳。」他拐進林子，抄近路回家。

等他一回家，家人就會嘮叨個不停：「衣服怎麼破了？額頭爲什麼有個包？」就跟他們說他跌進洞裡好了，有什麼差別？沒錯，神啊，有什麼差別？

魯勒差點停下腳步。他沒聽過自己用那樣的語氣想事情。他是否該收回那個念頭？那種念頭很糟糕，但管他的，他就是那樣想的，他忍不住。管他的……去他的，他就是那樣想，怎麼樣，他忍不住。他踏上一條小路，腦子不斷想著那件事，突然間想到，自己該不會是「變壞」了吧。漢恩變壞了，玩撞球，抽菸，十二點半才偷偷摸摸回家，覺得自己很酷，很厲害。「你們管不了他的，」祖母告訴過父親，「他已經到了那年紀。」魯勒好奇，那年紀是指什麼年紀，心想，我今年十一歲，還很小，漢恩十五歲才開始變樣，我大概會比他還壞。魯勒心想，不曉得自己會不會阻止自己變壞，祖母跟漢恩談過，戰勝魔鬼唯一的方法就是對抗——如果他不對抗，就再也不是她的好孩子——魯勒坐在樹椿上——祖母還說會再給他一次機會，他要不要把握機會？漢恩怒吼：才不要！別再煩了好不好？然後祖母告訴漢恩：就算他不愛她，她還是愛他，他依舊是她的心肝寶貝，還有魯勒也是。魯勒聽到時，第一個念頭是：噢，不要，我不要，千萬不要，別把這事扯到我頭上。

媽啊，他會把祖母嚇到掉褲子，嚇到她牙齒都掉進湯裡。魯勒笑個不停。下次祖母再問要不要玩印度十字棋（parcheesi）時，他就回答：去死，才不要，天殺的，就沒別的遊戲好玩了嗎？快拿出她天殺的的紙牌，他來教教她好玩的。魯勒滾到地上，爲了自己的想像笑得無法呼吸。「孩子，我們來喝酒，」他要告訴祖母，「我們來喝到渾身酒臭。」天啊，他會把她嚇到站不住！魯勒坐在地上，笑到滿臉通紅，硬是忍了一會兒，接著又爆笑到抽筋。他想起牧師說過，今天的年輕人成群變壞，不行善道，跟隨撒旦的腳步。牧師引用聖經，說他們有一天將會懊悔，哀哭切齒。「哀哭。」魯勒自言自語，男生才不會哭。

嗯，不曉得「切齒」要怎麼切？他把上下頷合在一起，做出鬼臉，一連試了好幾遍。

他可以當個大盜。

魯勒想到，剛才火雞讓他追了半天但什麼都沒抓到，這招很賤。他覺得自己可以當個珠寶大盜，珠寶大盜都很聰明，他一定也可以讓整個蘇格蘭場追著他團團轉，去他們的。

他站了起來。神把東西塞到你眼前，讓你一下午窮追不捨，結果什麼都沒得著。

可是你不該那樣想上帝。

但那就是他的感受。他就是這麼覺得，能怎麼辦？他快速掃視四周，看看有沒有人躲在樹叢裡，結果嚇了一大跳。

有東西滾出草叢——一團赤褐色皺巴巴的東西，紅色的頭癱在地上。魯勒盯著那東西，腦袋一片空白，半信半疑地靠近。他才不會碰那東西。爲什麼現在又要給他了？他不會碰的，就讓那隻火雞倒在那好了。魯勒腦中又浮現自己扛著火雞進屋的畫面。快看，魯勒扛著一隻火雞！天啊，快看魯勒！他蹲下查看火雞，但不去碰。這隻雞的翅膀不曉得怎麼了，魯勒捏著翅膀尖端，掀開看看底下，羽毛上沾滿了血，看來是先前中過彈。他打量一下，這隻雞一定有十磅那麼重。

天啊，魯勒！好大的火雞！他想著不曉得扛在肩上是什麼感覺，或許該扛扛看。

魯勒幫我們抓到火雞。魯勒在林子抓到的，把那隻火雞追到死。沒錯，他是個不尋常的孩子。

魯勒突然想知道，自己是不是眞的不尋常。

那念頭一下子鑽進腦袋：他是……不尋常……的孩子。

他想著自己比漢恩更不尋常。

他會比漢恩擔心更多事，因爲他比他懂的事也更多。

他晚上偷聽父母講話，有時聽見他們吵到像要殺了彼此；隔天，父親會一大早就出門，母親額頭會冒出青筋，一副天花板隨時會鑽出蛇的樣子。魯勒猜想自己是史上最特別的孩子，或許那就是爲什麼火雞會出現在那裡。他摸摸脖子，或許這隻火雞會出現在這裡，是爲了阻止他變壞，或許神要阻止他變壞。

或許是神刻意讓這火雞倒在他起身就能看到的地方。

或許神現在就在樹叢裡，等著他下定決心。魯勒的臉通紅，不曉得神是否覺得他是非常不尋常的孩子，一定是的。魯勒臉紅了，對著自己傻笑，用手抹了一下臉，要自己別一副傻相。如果您要我拿走這隻火雞，我很樂意。或許找到這隻火雞是神的暗示，也許神要他當傳教士。他想起平·克勞斯貝與史賓塞·屈賽這兩位天主教明星，或許他能找到一個地方能收容曾經變壞的男孩。他提起火雞——眞的很重——試著扛在肩上。他眞希望能看到自己扛著這隻大火雞的樣子。對了，可以繞遠路回家——先繞到鎮上。時間很多。他開始慢慢朝鎮上走，不斷調整姿勢，直到把雞穩穩扛在肩上。他想起自己在找到火雞前腦中的念頭，眞是太不應該。

看來神及時阻止了他，他應該感謝神。他說：謝謝您。

來吧，孩子們，他說：我們要帶這隻火雞回家當晚餐。他告訴上帝：我們萬分感激您。這隻火雞重達十磅，您太慷慨了。

小事一樁，上帝說：聽著，我們要談談這些男孩。你知道嗎，他們全歸你管。麥克芬尼，我把這個責任完全交給你，我對你有信心。

魯勒回答：您可以信任我。我會實踐對您的誓言。

魯勒扛著火雞到鎮上，想替上帝做點好事，但不曉得能做什麼。如果今天有人在街上表演手風琴，就送他們十分錢好了。他一共只有一枚十分錢硬幣，但他會送出去，或許可以把錢留下，他還能想到其他替上帝做事更好的法子。也許可以再跟祖母要一次錢。想不想得到一枚天殺的十分錢，孩子？他帶著虔誠的心，要自己別笑了，不可以再那樣對神不敬地想事情。反正祖母也不會再給他錢。如果再跟祖母要，母親會打他。或許等一下會出現能替上帝做的事。如果上帝希望他做點什麼，那件事就會出現的。

魯勒走到鬧區，眼角瞄到大家在看他。墨羅斯郡有八千人口，每到星期六所有人都會跑到堤福德鎮的鬧區來。魯勒與路人擦身而過，衆人轉頭看他。魯勒瞄了一眼自己在商店櫥窗的倒影，調整火雞的位置，又快步往前。他聽見有人在喊自己，但裝作沒聽見，頭也不回地繼續走。那個人是母親的朋友愛麗絲・吉哈德，想跟他說話的話，她大可自己追上來。

「魯勒！」她大喊，「我的天啊，你打哪弄來那隻火雞？」她快步跟著他，手搭住他的肩。「好大的火雞，」她說：「你一定是個神射手。」

「不是打的，」魯勒滿不在乎地說：「我抓到的，我一路追到牠累死。」

「上帝啊，」她說：「你找時間也幫我抓一隻，好不好？」

「我有空的話。」魯勒說。這女人眞自以爲是。

兩個男人走過來，對火雞吹口哨，叫轉角一個男人過來看。母親的另一個朋友停下腳步，幾個坐在人行道旁的鄉下孩子也站了起來，裝作不感興趣的樣子打量著火雞。一個穿獵裝的拿槍男人先是停步望著魯勒，又跟在他後頭看雞。

「你覺得這雞有多重？」一名女士問。

「至少十磅。」魯勒回答。

「你追了多久？」

「大概一小時。」魯勒說。

「該死的淘氣鬼。」穿獵裝的男人喃喃自語。

「眞厲害。」女士說。

「我大概追了有那麼久。」魯勒說。

「你一定累壞了。」

「不累，」魯勒說：「我得走了，我趕時間。」魯勒擺出心中有事的表情，快步走在街上，直到消失在衆人眼前。他覺得全身暖洋洋的，彷彿天大的好事即將發生，或已經發生。他回頭望了一眼，發現剛才那群鄉下男孩跟著自己。魯勒希望他們過來要求看火雞，他突然覺得上帝好偉大，想替上帝做點事，但一路上都沒看到有人表演手風琴，也沒人賣鉛筆，而且鬧區已經過了。或許完全進入住宅區前會看到叫賣小販。如果有，就給他們十分錢——雖然他知道自己下一次拿到十分錢會是很久以後的事。魯勒開始祈禱自己會碰上乞丐。

那群鄉下孩子仍舊跟在後頭，或許他該停下腳步，問他們想不想看火雞，但那些孩子只會望著他。他們是佃農的孩子，有時候呆呆的，只會盯著你看，或許他以後可以成立佃農孩子之家。魯勒想著要不要走回鎮上，或許剛才路上有乞丐，只是他沒看到，不過還是算了，大家會覺得他是想炫耀火雞。

神啊，給我個乞丐吧，魯勒開始祈禱。*在我到家前，派一個乞丐到我面前吧*。魯勒從來不曾爲自己求神，但這是個好點子。既然神讓火雞出現在那裡，祂也會派乞丐到他面前的。已經到了希爾街，希爾街上什麼都沒有，除了房子還是房子，不可能有乞丐。人行道上空無一人，只有幾個孩子，幾輛三輪車。魯勒回頭，幾個鄉下孩子還跟在後頭。他決定放慢腳步，讓他們有機會跟上，也讓乞丐跟上，如果這裡眞有乞丐的話。不曉得會不會出現乞丐，如果出現，就表示是上帝派來的，上帝要降旨意給他。這時魯勒突然害怕不會有乞丐，頓時恐慌起來。

會有的，他告訴自己，上帝偏愛他，因爲他是不尋常的孩子。魯勒繼續往前走，街上空無一人。大概不會有乞丐了，或許上帝不信任——不，上帝信任他。魯勒祈求：*神啊，賜我一個乞丐吧*！他繃緊了臉，五官擠在一起：「求求您！現在就來個乞丐吧。」那句禱告一說出口——就在那一刻——海蒂．吉爾曼就從轉角冒出來，逕直走向他。

這一瞬間，魯勒的感覺幾乎和撞樹時一模一樣。

海蒂．吉爾曼沿著街道朝他而來，跟倒在地上的火雞一樣，像是她一直躲在房子後頭，是他來了才跑出來。海蒂．吉爾曼很老了，每個人都說，她比鎮上所有人都有錢，因爲她已經乞討二十年。她會偷溜進別人家，對方要是不給錢，就賴著不走。如果還是不肯給，她就詛咒他們。雖然她是這種人，但依舊算是個乞丐。魯勒加快腳步，掏出口袋裡的十分錢，準備送出去，心臟在胸口大力怦怦跳動。他咳了一聲，試試自己能否發出聲音。兩人即將擦身而過時，他伸出手，「拿去！」他大喊：「拿去！」

海蒂．吉爾曼是個身材高大的長臉老婦，身上罩著老舊的黑色斗篷，一張臉呈死雞皮般的顏色。她看著魯勒，一副突然聞到臭味的樣子。他衝向她，硬把十分錢塞進她手裡，接著頭也不回地離開。

他的心跳漸漸和緩下來，體內湧現前所未有的感覺──就像同一時間既快樂、又羞愧。他紅著臉想，或許該把所有東西都給海蒂．吉爾曼，飄飄然地，他幾乎覺得腳下不必再有土地。這時他突然發現剛才那群鄉下男孩還緊跟在後，幾乎想也沒想，就轉身大方問道：「想看火雞嗎？」

幾個鄉下男孩停下腳步望著他，其中一人啐了一口。魯勒瞄了地上一眼，天啊，那是真的菸草汁！「你這火雞哪來的？」吐菸草汁的男孩問道。

「在林子找到的。」魯勒說：「我追到把牠累死了。你們看，翅膀下有槍傷。」他卸下肩上的火雞，拿好讓他們瞧個仔細。「牠大概被射到兩次。」他興奮地拉起火雞翅膀解說。

「讓我看看。」吐菸草汁的男孩說。

魯勒把火雞交給對方。「看到了嗎？下面有子彈打出的洞。」他問：「我覺得是兩發子彈射進同一個洞，我覺得……」火雞頭一下打上魯勒的臉，吐菸草汁的男孩手一拋，把火雞掛在肩上，轉身離去，其他人跟在後頭，悠閒地朝反方向離開，火雞硬梆梆的屍體掛在領頭的男孩背上，雞頭隨著腳步震動緩緩劃著圓。

魯勒僵在原地，望著他們走到下一個街口。他們走遠了，消失在視線外，追不上了。魯勒轉身回家，近乎躡手躡腳地走過四條街，接著突然注意到天色暗了，他開始狂奔，越跑越快，跑到通往家裡那條路時，一顆心跳得和他雙腿跑得一樣快，他確定**恐怖的事**正在後頭緊追不捨，伸出手臂，手指張開準備抓出。

——一九四七年六月完稿，以〈獵獲物〉爲名發表於《仕女雜誌》一九四八年十一月號。

你不會比死更慘

男孩法蘭西斯．馬瑞恩．塔瓦特在叔公才死了半天，就醉到無法挖完墓穴，來買酒的黑人布福．蒙森不得不代勞拖走早餐桌邊的屍體，按基督徒應有的方式埋起來，墓穴頭擺著救世主的標識，覆蓋的土厚到讓狗不會挖出屍體。布福大約中午時抵達，日落離開時，塔瓦特還沒從酒窖回來。

老人是塔瓦特的叔公，至少他是那麼號稱。就塔瓦特記憶所及，自己從出生就與老人同住。叔公說自己七十歲那年救了他，一路養大，而叔公死時是八十四歲，這樣一算，他應當是十四歲。叔公教他算數、讀書識字，還教歷史，從亞當被逐出伊甸園說起，一直說到赫伯特．胡佛當選總統，接著又說到耶穌再臨與審判日。叔公除了給塔瓦特良好教育，還從唯一一個親戚手上救了他。那個人是老人的姪子，在學校教書，沒孩子，想按自己的理念帶大過世姊姊的孩子，但老人清楚那個人在打什麼主意。

老人在那姪子家中待過三個月，原本還以為對方是出於善心接自己過去，但後來發現整件事一點都不善心，一點邊都扯不上。他待在那裡的整段期間，姪子偷偷研究他，以慈善之名，偷偷潛入他的靈魂，問別有用心的問題，還在房子四周設下陷阱，看著他跌進去，最後寫了篇以他為主題的研究，投稿到學校教師雜誌。那個人的惡行傳上了天堂，於是上帝親自拯救老人，降下幻境，要他帶著孤兒，逃到最遙遠的荒地，將孩子養育成人，以期有天終能獲得救贖。上帝允諾讓老人長壽，老人便在那學校老師眼皮底下偷走孩子，帶著塔瓦特住在自己在世時有權使用的一塊土地上。

那個老師叫瑞柏，後來找到老人和塔瓦特的落腳處，跑來搶這孩子。兩人住的地方車子開不進去，瑞柏不得不把車停在泥土路上，在小徑時有時無的林子裡，整整走上一哩路，最後來到中間有棟雙層房屋的玉米田。老人老愛對著塔瓦特回憶自己的姪子是怎麼樣脹紅那張臉，氣喘吁吁穿過田地，後頭跟著個戴粉紅花帽的女社工。玉米一直種到門廊台階前方僅僅兩呎，姪子從田中冒出來時，老人拿著一把槍現身門口，宣布誰要敢踏上他的台階，他就射穿那人的腳。兩人怒目相視，女社工憤慨地站在玉米田裡，有如巢中不悅的雌孔雀。老人說：要不是因為女社工在，他姪子才不會有那個狗膽上前一步，但那女人撥開黏在長長額頭上染紅了的頭髮，站在原地等候。那兩個不速之客的臉被灌木的刺劃到流血。老人還記得，女社工上衣袖子上纏著黑莓枝條，緩緩吐氣，好像想把最後的耐心呼出來，接著姪子抬起一腳放上台階，然後老人就開槍射了他的腿。兩人落荒而逃，消失在沙沙作響的玉米田中，女人尖叫道：「這人是瘋子！」他們逃向田的另一頭時，老人從二樓窗戶望見女社工攙著姪子，一路護送他單腳跳進林子，後來聽說他娶了那個女人，雖然那女人的歲數有他的兩倍，老到只可能生一個孩子。那女人後來不准瑞柏再去找叔叔。

老人死的那個早上，和平日一樣下樓做早餐，一口都還沒來得及吃，就離開了人世。屋子一樓全是廚房，寬敞、昏暗，中間是個灶，灶旁一張大桌，角落堆著幾包飼料，還有廢鐵、木屑、舊繩、梯子，以及老人或塔瓦特隨意堆放的易燃物品。兩人原本睡在廚房，但有天晚上，一隻山貓從窗戶跳進屋內，嚇得老人連忙把床搬到有兩間空房的二樓，還預言爬樓梯會讓自己折十年的壽。老人死時，坐在早餐前，紅潤方正的手掌握著餐刀，正預備往嘴裡送，接著一臉震驚放下刀，手臂掉在盤邊，接著就垂到桌下。

老人生前健壯如牛，一顆小頭直接連著肩膀，突出的銀色眼睛，看起來像兩條困住的魚正試圖掙脫紅線織成的網。頭戴著帽簷上翹的油灰色帽子，汗衫外罩著褪成灰色的黑外套。坐在餐桌對面的塔瓦特，看見老人臉上爆出紅筋，全身像地震般開始顫抖，震央是老人的心臟，一路往外擴散到皮膚。老人的嘴歪斜垂向一邊，接著停止震動，不動如山，背脊離椅背整整六吋，肚腩緊緊卡在桌下，死寂的銀眼瞪著對面的男孩。

塔瓦特感覺那股震動傳到自己身上，輕輕穿遍全身。無須靠觸摸確認，就知道老人死了，他繼續坐在屍體對面，在尷尬中悶悶不樂吃完早餐，就像對面坐著才剛認識的人，不曉得該跟對方說些什麼才好，最後塔瓦特發牢騷似地說：「你等著，我告訴過你，我會好好處理。」那聲音聽起來像陌生人，好像死亡改變的人是他，而不是老人。

塔瓦特起身走到後門，把盤子擺到台階上，兩隻長腳鬥雞從空地上飛奔而來，吃光盤中剩下的食物。塔瓦特坐在後門廊擺的長型松木箱上，漫不經心解開一段繩子，十字架形的長臉凝視著空地後方的樹林。空蕩蕩的清晨天空下，灰紫色塊一路延伸，接至淺藍色的樹林碉堡前線。

空地遠離泥土路，也遠離馬路，遠離步道，最近的鄰居沒有白人。就連要聯絡那些有色人，都得奮力通過林子，一路上推開擋道的李子枝葉。老人在左側開墾了一畝棉花田，一直種到籬笆線，作物幾乎和房子相連。雙絞鐵絲網穿越田地中央，一排拱著背的霧悄悄往田中央移動，有如匍匐爬過庭院的白色獵犬。

「我要移走那道柵欄，」塔瓦特說：「我不想把我的柵欄擺在田中間。」這聲音很大，聽起來依舊像陌生人，有些刺耳，於是剩下的話塔瓦特放在心裡說：這地方現在是我的了，不管法律上是否屬於我都一樣。我人在這，沒人能趕我走。如果有教書匠到這裡來，號稱這是他的地，我就殺了那個人。

塔瓦特穿著褪色連身工作服，頭上那頂灰帽像是鴨舌帽，下壓到耳邊。他學叔公的樣子，平日從不脫帽，上床睡覺才拿下。直到現在，他一向遵照叔公的方式做事。他想，不過呢，這下子要是我在埋了他之前，先移開那道柵欄，沒有人會阻止，不會有人講話。

「先埋了他，搞定那件事。」陌生人刺耳地大聲勸阻，塔瓦特站了起來，找出鏟子。

剛才他當椅子的松木箱是叔公的棺材，不過他不打算用。老人那麼重，一個瘦弱男孩怎麼可能抬得動。再說了，雖然老塔瓦特幾年前親手做了那副棺材，他說要是大限到時，沒辦法把他擺進去的話，直接把他放進墓穴就好，只不過洞要挖得夠深。老人說要十呎深的洞，不要淺淺的八呎。老人花了很長一段時間打造那副棺材，完工時，刻上「**梅森・塔瓦特，與上帝同在**」幾個字，然後爬進去，在後門廊躺了一會兒。棺材夠長，不過他的肚子像過度發酵的麵包露了出來。塔瓦特站在棺材邊研究，裡頭傳來老人心滿意足的沙啞聲音：「這是所有人最終的歸宿。」

「箱子裝不下你，」塔瓦特說：「我得坐在蓋子上，或是等你腐爛一點才塞得下。」

「別等我爛掉。」老人說：「聽好了，要是時間到了，但你因爲抬不動，或是爲了任何原因，沒法用這口棺材，你就直接把我埋進洞裡，但我要夠深的洞，要十呎，不要一般那麼淺的八呎——十呎。要是眞沒辦法了，把我的屍體滾進洞裡也行，我會滾的。拿兩塊板子擺在樓梯上，把我往下滾，我停在哪，就在哪挖洞，不過要到洞夠深了，再把我弄進去。先用幾塊磚擋住，我才不會太早滾進去，也別讓狗把我弄進洞裡，最好把狗關起來。」他吩咐。

「萬一你死在床上怎麼辦？」男孩問，「我怎麼把你弄下樓？」

「我不會死在床上，」老人說：「我一聽到召喚，就會立刻衝下樓，盡量跑到門邊再死。要是眞的卡在樓上，你得把我滾下樓，就這樣處理。」

「天啊。」孩子說。

老人在棺材裡坐起，拳頭敲著棺材板。「聽好了，」他說：「我從來沒叫你做過什麼。我辛苦把你養大，把你從鎮上那個白癡手中救出來，現在我唯一要求的回報，就是等我死了，你得把我埋在死者該待的土裡，在上頭立十字架，標示我在那裡。我什麼都不求，只希望你做好這件事。」

「我能把你埋進土裡就不錯了，」塔瓦特回答，「到時候我會累到沒力氣做十字架，所以那些有的沒有的，我就不弄了。」

「什麼叫有的沒有的！」叔公發出不滿的噓聲，「等十字架集合的那天，你就知道什麼叫有的沒有的！好好埋葬死者，大概會是你這輩子唯一做過的好事。我把你帶來這裡養到這麼大，為的就是讓你成為基督徒。」他大吼，「如果你不是基督徒，我會下地獄！」

「如果我力氣不夠，」孩子故意以事不關己的樣子看著老人，「我就叫鎮上的舅舅過來，他可以處理你的事，我會叫那個學校老師過來。」他慢吞吞說著，看著叔公斑斑點點的臉發紫發青，「他會幫你打理的。」

老人眼中血絲變粗，抓著棺材兩側用力往前，彷彿要把箱子推下門廊。「他會把我燒掉，」他啞著喉嚨，「他會用火爐把我火化，灑掉我的骨灰。他對我說過：『叔叔，你是那種幾乎絕種的人！』他會付錢叫葬儀業者燒了我，灑掉我的骨灰。」他說：「他不相信復活，不相信最後的審判日，不相信……」

「死人不會在乎那麼多細節。」男孩打斷他。

老人抓住男孩的工作服前襟，一把拖他過去，抵在棺材板上，兩人的臉相隔不到兩吋。老人說：「這世界是為死人準備的，想想有多少死人。」接著他似乎想到可用來整治出言不遜的答案：「死人的數量比活人多百萬倍，死人死的時間，也比活人活的時間長百萬倍！」他鬆開男孩，放聲大笑。

男孩眼神微微一顫，但沒露出害怕的樣子，過了一會兒，他說：「那個在學校當老師的人是我舅舅，我唯一的血親，他還活著。我想的話，現在就能去找他。」

老人靜靜望著他，感覺整整有一分鐘那麼久，接著用力拍著棺材板，大吼：「定爲死亡的，必致死亡！定爲刀殺的，必交刀殺！定爲火焚的，必爲火殺！」孩子抖個不停。

男孩找鐵鏟時，想到那個老師還活著，那個人最好別來這裡，別想從我手上搶走這塊地方，我會殺了他。叔公說了，找他來的話會下地獄。費那麼多工夫從他手上救走你，如果我一入土你就去找他，我也管不著。

鐵鏟倚在雞舍牆邊。「我再也不進城，」塔瓦特說：「我永遠不會去找他。不管是他或任何人，永遠不能讓我離開這裡。」他決定在無花果樹下挖墓穴，老人的屍體可以提供無花果養分。那塊地上面是沙，下面是堅硬岩層，鐵鏟一挖，發出鏗鏗聲響。男孩心想，要埋下重得像座山的兩百磅死人啊。他一腳踩在鐵鏟上，身體往前壓，端詳著樹葉縫隙間透出的白色天空。要在這塊岩石地上挖出夠埋屍體的洞，得耗上一整天。那個學校老師用燒的，一分鐘就能完工。

塔瓦特沒見過那個老師，但見過他兒子，那男孩跟老人長得十分相像，像到他們上次見到他時，老人震驚到呆站在門口瞪著那小男孩，舌頭在嘴裡轉來轉去，活像個老白癡。那是老人第一次也是唯一一次見到那孩子，他說：「在那裡待過三個月是我的恥辱。我在那房子裡被自己的親戚背叛了三個月。如果我死了，你把我交給那個出賣我的人，讓我的屍體被燒掉，那就去吧。去吧，孩子！」他咆哮著，從棺材裡坐起來，露出斑斑點點的一張臉。「去吧，讓他把我燒掉，但你要小心在那之後掐住你脖子的利爪！」他抓著空氣，讓塔瓦特看看他會怎麼掐。「我被他不信的酵母給發起來，」他說：「我不要被燒掉。我死了之後，你一個人待在那顆矮太陽日照不足的林子，都勝過跟他一起住城裡！」

地上白霧散去，消失在下一個窪地，空氣清爽。「死人很慘，」塔瓦特發出陌生人的聲音，「你不會比死更慘。別人給什麼，死人就得接受什麼。」沒人會煩我，他想，再也不會有人煩我，沒有人會阻止我做任何事。一隻沙褐色獵犬用尾巴拍打附近地面，幾隻黑雞刨著塔瓦特挖出的新土，圍著黃色光暈的太陽在藍色樹林線上滑動，緩緩穿越半空。他說：「現在我想幹什麼，就幹什麼。」他讓陌生人的聲音柔和一點，讓自己可以忍受。他看著叔公愛養的那些沒用黑色鬥雞，心想：只要我想，我可以殺光這些雞。

「很多蠢事他都喜歡，」陌生人說：「老實講，他很幼稚。拜託，那個教書的根本沒對他怎樣，只不過是觀察他，記錄自己的見聞，然後寫了篇文章給其他老師讀。那有什麼問題？什麼問題都沒有。誰在乎學校老師讀什麼？但那個老糊塗一副靈魂完蛋的樣子，以爲自己要死了，其實還早得很，後來又多活了十五年，還帶大一個用他喜歡的方式替他送終的男孩。」

塔瓦特用鏟子敲著地面，陌生人壓著怒氣不停嚷道：「你得親自動手把他整個人埋起來，那個教書的才不會二話不說燒掉他。」塔瓦特挖了大約一小時後，墓穴也才一呎深，連放屍體都不夠。他在洞旁坐下休息，太陽像憤怒的白色水泡高掛天空。「死人比活人麻煩多了，」陌生人說：「那個教書的才不會去想世界末日來臨時，所有擁有十字架的屍體都會集合。世界上其他地方做事的方法，和你學到的不同。」

「我去過那裡，」塔瓦特喃喃自語，「不用你告訴我。」

叔公兩三、年前去城裡找過律師，想取消限定繼承，跳過那個教書的，把財產留給他。叔公辦事時，他坐在律師事務所十二樓窗戶旁，俯視下方坑洞裡的城市街道。剛才出火車站後，他抬頭挺胸，走在移動的大量金屬與鋼筋水泥之中，背景中點綴著人們小小的眼睛。他眼中散發的光芒，被灰色新帽子硬如屋頂的帽簷遮住。帽子穩穩待在他兩只耳朵上。來這裡前，他讀過年鑑資料，知道會有六萬人第一次見到他。他想停下腳步，和每一個人握手，告訴大家他叫法蘭西斯·M·塔瓦特，這次只待一天，要陪叔公到律師那辦事。每當有人與他擦身而過，他都會回頭，然而人們成群而過。他注意到這裡的人和鄉下不同，不會與你四目相接。好幾個人撞到他，那樣的相遇，原本會讓兩個人變成認識一輩子的朋友，然而在這裡，什麼事都不會發生，那些亂撞的路人，只會低著頭咕噥一聲道歉，然後繼續往前擠。要是他們停下道歉，他會接受的。塔瓦特在事務所窗戶前跪下，頭探出去，掛在車水馬龍的街道上方，看著被蒼白天空中發白太陽照得發亮的金屬錫河。塔瓦特心想，在這裡你得做點特別的事，才能讓人看到你。他們不會因爲上帝造了你就看你一眼。塔瓦特告訴自己，等我在這裡定居，我會做出讓每個人目不轉睛的事。他往前靠，帽子輕飄飄墜入底下的人車之中，偶爾被微風吹得左右晃動。他抓著自己丟了帽子的頭，往後跌回建築物內。

叔公正在和律師吵架，兩個人彎著膝蓋分據桌子一方，同時握拳敲桌。律師是長著鷹鉤鼻的高大蛋頭男人，不斷壓著怒氣大聲講同一句話：「但遺囑不是我定的，法律也不是我定的。」叔公咬牙切齒：「我一定得這麼做，我爸不會想這樣，一定得跳過他。爸爸不會想讓白癡繼承財產，那不是他的本意。」

「我的帽子不見了。」塔瓦特說。

律師重重坐下，拖著椅子，嘎吱嘎吱滑向塔瓦特，淡藍色眼珠興趣缺缺地看著他，接著又嘎吱嘎吱把椅子滑回去，告訴男孩的叔公：「我無能爲力，你是在浪費你我兩個人的時間，你還是照遺囑走吧。」

「聽著，」老塔瓦特說：「我一度以爲自己的人生已經走到盡頭，又老又病，快死了，又沒錢，什麼都沒有，我住到他家，是因爲他是我血緣最近的親戚，你可以說照顧我是他的義務，只不過我認爲那是慈善，我認爲……」

「不管你認爲或不認爲什麼，也不管你的親戚在想什麼或做了什麼，我都幫不上忙。」律師說完話就閉上眼睛。

「我帽子掉了。」塔瓦特說。

「我只是個律師。」律師的視線飄蕩在辦公室排成堡壘的土色法律叢書。

「我的帽子可能已經被車子碾過。」

「聽著，」男孩的叔公說：「那段時間他都在爲了他的文章研究我。他會收留我，只是爲了替那篇文章做研究，他偷偷在我身上做實驗，我可是他的血親，他像偷窺狂一樣窺視我的靈魂，然後告訴我：『叔叔，你是那種幾乎已經絕種的人！』幾乎絕種！」老人聲嘶力竭。「看看我，我哪裡像絕種的人！」

律師閉上眼，只用一邊臉頰偷笑。

「我們去找別的律師。」老人咆哮道。他們離開，一連又找了三位律師，塔瓦特數了一下，一路上一共有十一個像是戴著他的帽子的人。最後，他們走出第四位律師的辦公室，坐在一棟銀行建築的窗台上，叔公從口袋摸出從家裡帶來的餅乾，遞了一塊給塔瓦特。老人解開外套釦子，鬆開肚子，吃東西時大肚腩擺在腿上，一張臉怒氣沖沖，老人斑之間的皮膚脹成粉紅色，接著又化爲紫色，接著是白色，斑點似乎在上頭跳來跳去。塔瓦特頭上綁著一條老舊工人手帕，四個角打著結，臉色慘白，眼珠在空洞深淵中閃爍，不去看現在開始看他的行人。「感謝上帝，終於結束，可以回家了。」他喃喃自語。

「還沒結束。」老人一下子站起來，走回街上。

「耶穌基督啊，」男孩低聲埋怨，跳起來跟在後頭，「我們不能坐一下嗎？拜託你理智一點好嗎，他們全都告訴你一樣的話，法律就是那樣規定，沒辦法改。連我都聽懂了，你怎麼會不懂？你到底在幹什麼？」

老人伸出脖子，頭突向前方往前走，似乎想嗅出敵人所在之處。

「我們要去哪裡？」塔瓦特問道。他們走過商業區，穿越一排漆黑門廊突出到人行道上的灰色球莖狀房子。「喂，」他碰叔公的屁股，「我又沒說我要來。」

「你很快就會要求要來，」老人喃喃自語，「你該高興才對。」

「我從來沒要你讓我高興，我從來沒要求來這裡。我根本不知道你要去哪裡，我是被你拖來的。」

「你只要記住，」老人說：「好好記住我要你記住，等有一天你說要來這裡，別忘了你說過自己討厭這個地方。」接著他們又一直往前走，穿越一條又一條人行道，一排又一排建築物，半開的門，讓一絲乾燥日光照進室內骯髒走道。最後他們走進另一區，到處是一模一樣的低矮房子，門前都有一塊方形草坪，像是護著偷來牛排的狗。過了幾條街後，塔瓦特癱坐在人行道上說：「我不走了。」

「我連要去哪裡都不知道，我不要再走了！」他對著叔公龐大的身軀大喊，但叔公沒停下腳步，也沒回頭。過了一秒鐘，他跳起來，再次跟在後頭，心想：要是叔公發生什麼事，我會在這裡走失的。

老人一直突著脖子往前走，就像嗅到血腥味的鼻子，一路帶他逼近敵人藏身之處。突然間，他拐進一棟淡黃色房子，踏上短短的庭院步道，僵著身子走向白色大門，沉重的肩膀聳起，準備像台推土機衝進屋內。他無視亮晶晶的黃銅門環，直接用拳頭重重敲打木門。塔瓦特追上他，門打開來，一個粉色臉龐的小胖子站在裡頭。那孩子一頭白髮，戴著鋼框眼鏡，眼鏡和老人一樣呈淡銀色。老人和孩子大眼瞪小眼，拳頭舉在半空，張大了嘴，舌頭像白癡一般垂在左邊，接著又垂到右邊。有那麼一瞬間，小胖子似乎同樣驚訝到呆站著不動，接著開始大笑，也舉起拳頭，張大嘴，用力讓舌頭垂在外面。老人的眼珠似乎要從眼窩中蹦出來。

「告訴你爸，」老人大吼，「我還沒死！」

小男孩像被炸到一樣開始顫抖，立刻用力掩上門，把自己藏起來，只留一隻戴著眼鏡的眼睛偷窺外頭。老人抓住塔瓦特的肩膀，一把將他轉過去，推著他立刻離開。

塔瓦特後來再也沒回去過那地方，也沒再見過自己的表弟，更是從來沒見到那個學校老師。他告訴正在陪自己挖墓的陌生人，他向上帝祈禱，永遠不要見到那個人。兩個人沒有恩怨，他不想殺他，但要是他敢來這裡，想插手管法律以外的事，他就不得不解決他。

「聽著，」陌生人說：「他怎麼可能想來這裡？這裡什麼都沒有。」

塔瓦特再次挖起墓穴沒回答。他沒試著看清楚陌生人的臉，但現在知道那是張精明友善的臉，戴著一頂硬殼寬帽。他已經不再討厭那聲音，只不過偶爾聽起來很陌生。他開始覺得，他才剛開始遇見自己，好像只要叔公還活著，他就會被剝奪認識自己的機會。

「我的意思並非老人不是好人，」新朋友說：「不過就像你講的，你不會比死人更慘，別人給什麼，就得接受什麼。他的靈魂已經不在人間，肉體已經感受不到痛苦——不管火燒什麼的都一樣。」

「他掛念的是最後的審判日。」塔瓦特說。

「你想想看，」陌生人說：「你覺得一九五四年，或是五五年、五六年立的十字架，等到審判日來臨那一年，哪一個不是已經爛光？到那時候，那些十字架早就朽爛得跟你把他燒成的灰一樣。我問你：如果淹死在海裡、屍體被魚吃光的水手，上帝要怎麼辦？那些吃掉吃水手的魚的魚，還有再吃掉那些魚的魚，上帝要怎麼辦？那些家中失火、沒火葬也被燒掉的人要怎麼辦？因爲各種理由被燒死，或是被機器攪成爛泥的人，又該怎麼辦？所有那些被炸到屍骨無存的大兵又該怎麼辦？所有因爲各種自然發生的原因無法留下屍體的那些人，該怎麼辦？」

「如果我燒了他，」塔瓦特說：「那就不是自然發生，是故意的。」

「噢，我懂了，」陌生人說：「你擔心的不是老人的審判日，是你自己的。」

「不關你的事。」塔瓦特說。

「我不會管你的事，」陌生人說：「跟我一點關係也沒有。你被一個人留在這個什麼都沒有的鬼地方，永永遠遠，只有你一個人，這裡什麼都沒有，只有那顆矮太陽想照進來的光線。依我看，你什麼都不是。」

「救贖。」塔瓦特喃喃自語。

「你抽菸嗎？」陌生人問。

「我想抽就抽，不想抽就不抽。」塔瓦特說：「有必要就埋，沒必要就不埋。」

「回去看看老人，看他有沒有跌下椅子。」他的朋友建議。

塔瓦特把鏟子扔進墓穴，走回屋子，把前門拉開一道縫隙，探頭進去。叔公微微瞪向他的方向，像是專心看著糟糕證據的法官。塔瓦特立刻關上門，回到墓穴，汗水把上衣黏在背上，但他全身發冷。

頭頂的太陽似乎一片死寂，動也不動，屏住呼吸等候正午過去。墓穴現在深約兩呎。「別忘了，要十呎。」陌生人大笑，「老頭都是很自私的，他們都這樣，每個人都一樣。」他靜靜嘆了口氣，像是一道突然被風捲起又落下的沙。

塔瓦特抬頭望見兩個人正穿越田地，一男一女，都是有色人種，兩個人手上晃著空醋瓶。女人很高，長得像印第安人，戴頂綠色遮陽帽，熟練地彎身鑽過柵欄，走過院子朝墓穴而來。男的也壓下鐵絲網，翻身而過，跟上女人。兩人望著還沒挖好的洞，停下腳步站在一旁，臉上帶著滿意的訝異表情。男的叫布福，皮膚顏色比帽子還深，一張臉皺巴巴的，活像被燒過的布。他說：「老人過世了。」

女人抬起頭，緩緩發出有死人時應有的刺耳長聲哀嚎，把瓶子放到地上，交抱雙臂，然後又舉向半空，再度哀鳴。

「叫她閉嘴。」塔瓦特說：「這裡現在由我做主，我不想聽見黑鬼在這裡鬼吼鬼叫。」

「我連續兩個晚上見到他的魂魄，」女人說：「連續兩個晚上，他無法安息。」

「他今天早上才死的，」塔瓦特說：「你們想打酒的話，瓶子拿來，我去幫你們裝，這裡你們來挖。」

「這些年來，他一直預測自己要死了。」布福說：「她好幾個晚上在夢中看見他，他無法安息。我跟他很熟，我眞的跟他很熟。」

「可憐的小甜心，」女人告訴塔瓦特，「你要怎麼辦，一個人孤伶伶留在這裡？」

男孩怒吼：「管好妳自己的事就好。」他一把從女人手中搶走瓶子，快步離開，穿越後院，奔向空地四周的樹木，一路上差點跌倒。

鳥兒飛進林子深處躲避正午豔陽，一隻藏身在離塔瓦特有些距離的畫眉，叫了同樣的四聲，一聲，再一聲，每一聲之間隔著一段空白。塔瓦特越走越快，甚至小跑起來，接著像被獵人追趕般一路狂奔，摔下滑溜如蠟的松針陡坡。他抓住樹幹，撐住自己，喘著氣爬上陡坡，撞進一牆忍冬，躍過一道近乎乾涸的泥沙河床，跳下高牆般的泥土河岸，抵達河灣後方。老人把多出來的酒藏在那地方一個洞裡，上頭蓋著大石頭。塔瓦特使勁搬開石頭，陌生人站在他肩上喘氣：「他瘋了！他瘋了！一句話，他瘋了！」塔瓦特搬開石頭，提起一個黑色瓶子，身體靠著岸旁坐下。

「瘋了！」陌生人埋怨，重重坐在他身旁。太陽悄悄再度現身，往藏酒處的樹林頂後方移動。

「一個七十歲的人，把一個嬰兒帶到荒地扶養！要是你四歲的時候他就死了怎麼辦？你有辦法把麥芽漿抬到蒸餾器那兒，並養活自己嗎？我從來沒聽過一個四歲的人能操作蒸餾器。

「我從來沒聽過那種事。」陌生人喋喋不休，「對他來講，你只不過是等到長得夠大、在他死後負責埋葬他的人而已。現在他死了，扔下你，你卻得負責把兩百磅的他弄進土裡。要是他看見你喝酒，不要以爲他不會像炭爐一樣火冒三丈。」陌生人又說：「他說喝酒對你不好，但他眞正的意思是如果你喝太多，你會醉到沒法把他埋好。他說把你帶來這裡，養成懂事的人，所謂的懂事，就是等他死了，你會埋葬他，他會得到標示他葬身之處的十字架。

「哎呀，」陌生人聲音放柔，男孩灌下一大口黑瓶裡的東西，「喝一點也不會怎樣，適度的話沒關係的。」

一隻灼燒的手臂伸進塔瓦特的喉嚨，就像惡魔已經進入他體內，勾出他的靈魂。他斜眼看著炎熱太陽從樹林後方悄悄溜向最高處的邊緣。

「慢慢喝，」他的朋友說：「還記得嗎，上次你看到的那些黑人福音歌手，他們全都醉了，全都在唱歌跳舞，所有人圍著那輛黑色福特？耶穌啊，要不是他們喝了那麼多酒，他們被救贖時不會樂成那樣。如果我是你，我不會太在意自己的救贖。」他說：「有的人就是把每件事都看得太重。」

塔瓦特放慢灌酒速度，他以前只醉過一次，那次叔公用板子狠狠修理他，說什麼酒會融解小孩的胃，又在說謊，他的胃根本沒融化。

「你很清楚，」和藹可親的朋友說：「你一生被那個老傢伙耍得團團轉。過去十年，你本來可當個聰明俐落的城市孩子，卻被剝奪與所有人來往的機會，身邊只有他一個人。你住在荒地裡一棟雙層破屋，七歲起就跟在騾子後頭犁田。你怎麼知道他教你的事是眞的？搞不好他教你的是沒人用的數字系統？你怎麼知道二加二等於四，四加四等於八？或許其他人不用那套系統。你怎麼知道亞當眞的存在，或是耶穌救你，你就比較幸福？而且你怎麼知道祂眞的會救你？一切都是老人講的，而你現在應該明白他瘋了。至於審判日，」陌生人說：「每一天都是審判日。

「你都這麼大了，不是該明白了嗎？你做的每一件事，你曾經做過的每一件事，不都在你眼前顯出對錯，而且通常太陽下山前就會知道？你做錯事沒被責罰過嗎？不可能，想都別想。」他說：「反正你都這麼醉了，剩下的不如也喝光。一旦越過那條線，就是越線。你覺得從腦子一路往下的暈眩，」他說：「那是神的手在賜福，祂卸下你的責任。老人是你門前的石頭，上帝把他移走了。當然，他還沒滾得太遠，剩下的你得自己完成，不過神已經完成主要部分。讚美主。」

塔瓦特雙腳失去知覺，小睡了一下，頭垂到一邊，嘴張開，酒從工作服旁翻倒的酒瓶緩緩流出，最後只剩瓶口一滴。涓涓細流靜靜匯集，映著太陽的顏色。亮光開始消逝，就連天空也開始消失，雲層四布，到處是陰影。塔瓦特突然醒來，視線聚、失焦，眼前是看起來像燒焦破布的東西。

布福開口：「你這樣不行，老人不該得到這種待遇，死者要入土才能安息。」他蹲坐在地，一手抓住塔瓦特的手臂，「我進門看見他坐在桌邊，甚至沒擺到涼木板上。如果你想擺過夜，應該要讓他躺平，胸口擺上一點鹽。」

男孩瞇著眼，想看清楚眼前的東西，一下子認出一雙紅腫的小眼睛。「他有權躺在合適的墓穴裡，」布福說：「他一生過得很苦，活在耶穌的苦難之中。」

「黑鬼，」孩子用著腫脹的大舌頭說：「把手從我身上拿開。」

布福把手抬起，說道：「他需要安息。」

「等我弄好，他會安息的。」塔瓦特含糊說著，「快**狗**，我的**似**你別管。」

「沒人會來煩你。」布福說完，起身，等了一分鐘，又俯身看著癱在河岸邊的男孩。男孩嘴張開，頭往後倒，靠著土牆上突出的樹根。半開的眼睛上方，帽緣上翻，在額頭劃出一條直線。男孩顴骨突出，又窄又細，就像十字架的橫槓。下方凹陷處看來十分古老，好像這皮膚下的骨頭與世界同壽。「沒人會來煩你。」黑人喃喃自語，推開忍冬花牆，頭也不回地離去。「自己的問題自己解決。」

塔瓦特再次閉上眼睛。

一隻夜間出沒的鳥兒，在附近不停抱怨，吵醒了塔瓦特。那隻鳥並未高聲哀鳴，只是斷斷續續一陣又一陣叫著，好像在訴說怨恨前，每句話都得先回想一下。雲層晃過上方的黑色天空，若隱若現的粉紅月亮，似乎一下子往上跳了一呎左右，然後下墜，接著又彈上去，他觀察了一下，發現月亮晃動的原因，是天空在快速往下沉，想要悶死他。塔瓦特跌進河床，手腳趴地，鳥兒尖聲飛走。月亮有如微弱火焰，映在沙中的幾灘水上。他衝進忍冬牆，撥開枝葉，誤把熟悉的甜膩花香，認成壓在身上的重量。他從樹叢另一頭直起身體時，黑色地面緩緩搖晃，讓他再度跌倒。粉紅亮光照亮樹林，黑色樹影刺穿四面八方。剛才那隻夜鳥在他跌進的灌木叢裡，再度大聲埋怨。

塔瓦特站起來，朝空地前進，一路摸索樹木。樹幹摸起來又涼又乾，遠方有雷聲，微弱雷電不斷閃現，照亮一叢又一叢樹木。最後屋子終於出現在眼前，孤伶伶聳立在空地中央。粉紅月亮在正上方跳動。男孩拖著身後委靡的影子穿越沙地，眼珠如坑洞閃閃發亮，一路上沒轉頭看向院子裡那個他所掘的墓穴。

他站在房子後方遠遠一角，蹲下看散落一地的垃圾、雞籠、桶子、舊布與箱子，口袋裡有四根火柴。他緩緩點起小火花，燃起一處，再一處，一路走到前廊，讓身後的火焰貪婪吞噬乾燥易燃物與地板。他走到空地前方，鑽過鐵絲網，穿越田畝，頭也不回一直走到對面林子。他往後瞄了一眼，粉紅月亮沉入屋頂，爆了開來，他開始跑。身後的大火中，兩顆震驚不已的腫脹銀色眼睛，嚇得他在林中一路狂奔。

午夜時分，他跑到公路上，搭上一名推銷員的便車。那個人是銅管製造商的東南區銷售代表，一路上告訴沉默不語的男孩據說是全世界最好的建議，所有想出外闖蕩的年輕人都該聽進那些話。他們一路飆過漆黑的筆直公路，兩旁是黝黑的濃密樹林。推銷員說，依據他的經驗，如果不愛顧客，就賣不出筒管。他瘦巴巴的，長著一張狹長如峽谷、被最深沉的憂愁侵蝕的臉，戴著一頂灰色寬硬帽。想打扮成牛仔風的生意人喜歡戴那種帽子。他說愛客戶是唯一成功率達九成五的推銷原則。如果想推銷管子，他會先問對方妻子的健康情形，問起對方的孩子。他有一本記錄客戶家人的簿子，寫著那些人得到什麼病。有個人的太太得了癌症，他在本子上寫下她的名字，後頭註記「癌症」，每次造訪那個人的五金行，都問起尊夫人如何，直到那女人去世，接著劃掉名字，寫下「歿」。「他們死的時候，我會感謝上帝，」推銷員說：「又少了個要記的人。」

塔瓦特大聲說：「你不欠死者任何事。」那幾乎是他上車以來第一次開口說話。

「他們也不欠你。」陌生人說：「這世界就是這樣，誰也不欠誰什麼。」

「快看！」塔瓦特突然大喊，身體往前靠，臉貼向擋風玻璃，「我們開錯方向了，又回到原本的地方，我們又回到火災現場，這是我們剛才離開的地方。」前方天空透著穩定的非閃電微光。

「我們剛才就是從那個火災現場出發！」男孩瘋狂大喊。

「孩子，你一定是瘋了，」推銷員說：「那是我們要抵達的城市，那是城市燈光發出的光，你大概第一次出遠門。」

「你繞了一圈，」孩子說：「那是同一場火。」

陌生推銷員的臉扭曲糾結，「我一輩子不曾迷路在原地打轉，」他說：「而且我也不是從什麼火災現場出發，我從莫比爾過來，我知道自己要去哪裡。你怎麼了？」

塔瓦特盯著前方的亮光。「我睡著了，」他喃喃自語，「我才剛醒。」

「你該好好聽我說話才對，」推銷員說：「我一直在講你該知道的事。」

——發表於《寫作新世界期刊》（*New World Writing*）第八卷：一九五五年十月號，後修訂改寫成爲其長篇小說《暴力奪取》（*Violent Bears It Away*）的序章。

格林利夫

梅太太面東的低矮臥房窗下，銀色月光灑耀，一頭公牛佇立在那兒，抬起頭，有如天神下凡耐心追求梅太太，站在那靜靜聆聽室內動靜。窗內一片漆黑，梅太太輕盈的呼吸聲傳不到外頭。雲朵遮蔽月亮，籠罩公牛身影，黑暗之中，公牛扯壞樹籬。雲朵一下子散去，牛的身影再度在同一個地點冒出來，嘴裡不停嚼著、嚼著，角上掛著剛才扯下的枝葉花環。月亮再度隱沒，公牛不見蹤影，只有永不停歇的咀嚼聲。霎時間粉紅光線照亮窗戶，穿透百葉窗，公牛身上映著一條條亮光，牠往後退一步，低下頭，像在展示角上的花環。

整整近一分鐘時間，房內沒有聲響，公牛再次抬起戴著王冠的頭，一個女人的聲音傳了出來，像在罵狗：「先生，請馬上離開！」過後是一聲埋怨：「是黑鬼的牛到處亂跑。」

公牛刨著地，百葉窗後，梅太太彎身一下子拉上窗簾，擔心燈光刺激牛跑進灌木叢。梅太太等了一會兒，依舊彎著腰，睡袍鬆垮垮地從瘦弱肩膀垂下。額頭上方是一個個突出的整齊綠色橡膠髮捲，底下的一張臉平滑如水泥，敷著睡覺時除皺用的蛋白面膜。

梅太太在睡夢中一直覺得聽到咀嚼聲，好像有東西在吃房子的牆。自從她搬來這裡，那個不知名的東西就一直吃個不停，什麼都吃，從籬笆頭，一直吃到籬笆尾，現在更是要吃掉房子。那東西用不變的韻律穩穩吃著，以後會吃進房子，吃掉她，吃掉她的兒子，吃掉一切，只放過格林利夫家，一直吃，一直吃，吃掉一切，直到什麼都不剩，只剩原本屬於她的那片格林利夫家孤島。那東西吃到她的手肘時，她跳了起來，完全驚醒，站在臥室中央。她立刻認出那個聲音：有牛在破壞窗下的灌木叢。格林利夫先生沒關柵欄門，這下子所有的牛，一定都跑到她的草坪上來。梅太太打開昏暗的粉紅桌燈，走到窗前，從百葉窗縫隙查看。一頭瘦巴巴的長腿公牛，站在離她約四呎外，冷靜地嚼個不停，有如粗野的鄉巴佬追求者。

梅太太瞇起眼，氣沖沖地看著那頭牛。十五年，她忍受這些蠢事十五年了，那些該死的鄉巴佬養的豬，成天跑來糟蹋她種下的燕麥，要不就是騾子在她草坪上打滾，還有亂跑的公牛害她的母牛生下野種。如果不現在就解決這頭牛，天還沒亮，牠就會穿過籬笆，毀了她的母牛——但是格林利夫先生現在正安安穩穩睡在半哩外的佃農屋。要叫他過來處理就得換衣服，還得自己開車過去叫醒他。格林利夫會過來，但他的表情，他整個人，他停下不講話的時候，都會是一副說著：「大半夜的，她兒子還讓媽媽自己開車過來。如果是我兒子，他們就會自己處理這件事」的樣子。

公牛低下頭，搖頭晃腦一陣，角上頂著的花環落到頭頂，有如一頂威嚴的多刺王冠。梅太太闔上百葉窗，沒幾秒鐘就聽見牛踏著沉重腳步離去。

格林利夫先生會說：「如果是我兒子，才不會讓自己媽媽大半夜跑去找雇工，他們會自己想辦法處理。」

梅太太想了想，還是別找格林利夫先生。她回到床上，想著格林利夫家的兒子現在會過得這麼好，還不是因爲當初她雇用了他們無人收留的父親。她雇了格林利夫整整十五年，別人連雇他五分鐘都不肯。凡是長了眼睛的人，看他走路的樣子，就知道他是什麼樣的工人。他走路時聳著肩，步伐慢吞吞，還走不直，總是繞著個看不見的圓前進。如果你想看著他的眼睛，得自己移到他前方。她之所以一直沒解僱他，是因爲她覺得自己來也好不到哪裡去。格林利夫沒能力到外頭另覓工作，不會偷東西，而且三催四請就會做事，不過每次都拖到請獸醫也沒用，才告訴她母牛生了病，而且牛舍著火時，他做的第一件事不是滅火，而是要太太過來圍觀。說到他那個太太，眞叫人不敢領教，當他們夫妻倆站在一起，格林利夫簡直成了貴族。

「如果是我兒子，」格林利夫先生會講，「他們怎麼樣也不會讓自己媽媽……」

總有一天，她會告訴他：「格林利夫先生，要是你兒子還要面子的話，就不會讓自己媽媽幹她幹過的那許多事。」

隔天早上，格林利夫先生一到後門，梅太太就立刻通知他，家裡跑來一頭走丟的公牛，要他立刻把牛關起來。

「那頭牛在這裡三天了。」格林利夫對著自己伸出的右腳講話，翹起腳板，好像想看鞋底一樣。梅太太倚在廚房門上，格林利夫站在後門三級階梯之下。梅太太身材嬌小，有雙近視的淺色眼睛，灰色頭髮豎在頭上，像隻瘋鳥的羽冠。

「三天！」她發出克制的尖叫。這些年來，她常得發出那種聲音。

格林利夫先生望著四周牧場，從襯衫口袋掏出一包菸，倒出一根，再放回口袋，接著凝視手上的菸，動也不動，過了一會兒後開口：「我本來已經把那頭牛關進牛欄，但牠跑了。」他說：「之後就沒見過了。」格林利夫先生俯身點菸，轉頭看了梅太太一眼，上半張臉收進狹長的下半部，形狀宛如一個粗糙大酒杯。從頭頂往鼻梁下壓的灰色毛氈帽下，露出一雙狐狸色的深邃眼睛，全身沒幾塊肉。

「格林利夫先生，」梅太太說：「今天早上你先綁好那頭牛，再去做其他事。你知道牠會毀了配種進度。抓住那頭牛，把牠關起來，下次再有走丟的公牛跑來，要立刻告訴我，聽懂了沒？」

「要關在哪裡？」格林利夫先生問道。

「我不管你要關在哪裡，」她說：「用點腦袋，把牠關在跑不掉的地方。那是誰的牛？」

格林利夫先生一瞬間露出欲言又止的模樣，對自己左邊的空氣產生了興趣，過了好一會兒才說：「一定是別人的牛。」

「還要你說！」梅太太啪一聲關上門。

梅太太走進餐廳，坐進首位，看兩個兒子吃早餐，她自己早上從不吃東西，但會待在那裡料理兒子的需求。「老天爺啊！」她開始抱怨公牛的事，模仿格林利夫先生說：「一定是別人的牛」。

衛斯理不理會母親，讀著盤子旁摺起的報紙。史科福邊吃邊聽，不時抬頭看著母親大笑。梅太太心想，兩個兒子從不曾對同一件事有過相同反應，他們太不相同，就像黑夜與白天。兩個人唯一的共通點，就是對這座農場漠不關心，史科福是生意人，衛斯理是讀書人。

老二衛斯理七歲時得了風濕熱，梅太太認爲那就是兒子變成讀書人的緣故。賣保險的史科福則從小到大沒生過病。其實要不是他賣的是只有黑鬼會買的保單，梅太太不覺得保險這行有什麼不好。史科福是黑鬼口中「那個賣保險的」，他說黑鬼的保單利潤比其他保單都好，還四處嚷嚷：「我老媽不喜歡聽我這樣講，但我是全國最棒的黑人保單業務員！」

史科福今年三十六歲，整天笑容滿面，討人喜歡，但還沒結婚。梅太太總是嘮叨：「你保險的確賣得很好，但要是能賣像樣點的保險，就會有好女孩願意嫁你。怎麼會有好女孩願意嫁個賣黑鬼保單的人？總有一天你會清醒，到時就來不及了。」

接著史科福就會像唱歌一樣耍寶：「媽！我會等妳死了再結婚，娶個圓嘟嘟的鄉下好姑娘，讓她來管這地方！」有次還加上一句：「我會娶格林利夫太太那種好女人。」那句話讓梅太太一下子起身，背僵得有如耙子柄。她走進房間，坐在床邊一動也不動，瘦削的臉若有所思，喃喃自語：「一輩子辛辛苦苦，要死要活替兒子守住這塊地方，但我一死，他們就會娶個垃圾進門，讓那種女人毀了一切。他們要娶垃圾，毀掉我一生心血。」梅太太就在這一刻下定更改遺囑的決心，隔天就到律師那加上限定繼承條款，讓兒子婚後無法把農場留給妻子。

梅太太想到兒子有天可能會娶格林利夫太太那樣的女人，就算只有一絲相像，也讓她感到噁心。她忍格林利夫先生一忍就十五年，但完全無法忍受他老婆，唯一能和平共處的方法，就是完全不看到那女人。格林利夫太太是個隨便的胖女人，住家周圍的空地看起來像垃圾堆，五個女兒總是渾身髒兮兮，就連最小的那個孩子都在吸鼻菸。格林利夫太太不整理院子，也不洗一家人的衣服，每天都忙著做什麼「祈禱療法」。

那女人每天都會剪報上的負面報導，什麼女人被強暴、犯人越獄、孩子被燒傷、火車車禍、飛機墜機、電影明星離婚，接著把報導帶到林子裡，挖個洞埋起來，倒在上頭，肥胖的雙臂前後不斷舞動，喃喃哀鳴一小時左右，最後完全躺平不動。梅太太猜她大概睡在那上頭。

她一開始原本不曉得格林利夫太太是這種德性，他們一家人搬來幾個月後，她才發現這件事。一天早上，她出門查看田地，她原本想種黑麥，卻長出苜蓿，原來是格林利夫先生在播種機內放錯種子。她走在分隔兩片牧場的林蔭步道，低聲埋怨，不停用防蛇長棍敲打地面。「格林利夫先生，」她嘮叨，「你犯的錯會讓我破產，我很窮，這地方是我唯一的財產，我還有兩個兒子要上學，我承受不起……」

突然間，林中傳來痛苦掙扎的聲音，有人扯著喉嚨呻吟，「耶穌！耶穌！」隔了一陣子，那聲音再度出現，而且越來越痛苦，越來越急促。「耶穌！耶穌！」

梅太太僵住，一手握住自己的喉嚨，那哀嚎太刺耳，她覺得地上竄出一股正奔向自己的兇惡力量。但再一想後又恢復理智：有人在她的產業上受了傷，她會被告到破產，而她可沒有保險。

她衝到小路轉彎處，只見格林利夫太太四肢著地，低頭跪在路旁。

「格林利夫太太！」她大叫，「妳怎麼了？」

格林利夫太太抬起頭，臉上沾滿泥土與眼淚，發紅眼眶中，兩顆豌豆色小眼睛發腫，但表情鎮定如鬥牛犬，手腳著地的身體不停晃動，不斷呻吟：「耶穌！耶穌！」

梅太太嚇了一大跳，她認爲只有在教堂裡才能講「耶穌」兩個字，就像有的話只能在臥房裡講是一樣的。梅太太是個好基督徒，十分尊敬宗教，雖然不用說，她其實完全不信那一套。她厲聲問：「妳怎麼了？」

「妳打斷我的治療，」格林利夫太太擺手要她離開，「等儀式完成，我才能跟妳說話。」

梅太太瞠目結舌，彎著腰站在原地，棍子舉在半空，好像不確定自己要打什麼才對。

「噢，耶穌，刺穿我的心！」格林利夫太太尖叫，「耶穌，刺穿我的心！」她的身體再度呈一個巨大人形小山狀，趴在地上，手腳張開，彷彿試圖抱住地面。

梅太太像被小孩欺負一樣，雖然憤怒，卻又無可奈何，邊後退邊說：「耶穌會爲妳感到羞恥，祂會要妳立刻從那裡站起來，去洗妳孩子的衣服！」她轉身飛快離去。

每一次，每當梅太太想到格林利夫家的男孩現在飛黃騰達，就會想起噁心的格林利夫太太趴在地上那一幕。她告訴自己：「不論那些男孩多有成就，他們是那女人生出來的。」

她想在遺囑裡多加一條規定，等自己死後，衛斯理與史科福不能繼續雇用格林利夫先生。她鎮得住格林利夫先生，但兩個兒子就沒辦法了。有一次，格林利夫先生告訴她，她兒子連乾草和青貯飼料都分不清，她則反擊，他們兩個人擅長的是別的事，史科福是成功的生意人，衛斯理則是優秀的知識分子。格林利夫先生沒回話，不過一有機會，就用表情或一些簡單手勢讓她知道，他完全看不起她兩個兒子。格林利夫一家都是粗人，但格林利夫先生有事沒事就暗示，自己的兒子O．T．格林利夫與E．T．格林利夫，在各方面都勝過梅太太的兩個兒子。

格林利夫家的兒子比梅家兒子小兩、三歲，是對雙胞胎，讓人永遠分不清自己是跟O．T還是E．T講話，而他們也不懂禮貌，從不會自動表明身分。兄弟倆腿很長、皮包骨、紅皮膚，長著閃閃發亮的貪婪狐狸色眼睛，跟他們的父親一個樣。格林利夫先對於兒子是雙胞胎這點十分自豪。套句梅太太的話說，他表現得活像兩人生爲雙胞胎就是他們自己天生聰明所作的決定。兄弟倆活力充沛，勤奮工作，梅太太無法否認這兩人混得有聲有色——二次大戰助了他們很大一臂之力。

雙胞胎兩人都從軍，穿上制服後，和別家孩子沒兩樣。當然，他們一開口就露餡，不過他們很少講話。兄弟倆做過最聰明的事，就是駐紮海外時，娶了法國妻子，而且還不是什麼低賤女人，兩個太太都出身好人家，因爲外國人當然聽不出他們兄弟倆講的一口難聽的英語，也弄不清楚格林利夫一家是什麼階級。

衛斯理因爲心臟問題無法當兵，史科福倒是在軍中待過兩年，但沒好好努力，退役時只是一等兵，格林利夫家的男孩則兩個都幹到中士一類的職位。在打仗那段期間，格林利夫先生只要提到兒子，一定搬出他們的軍銜。雙胞胎都在戰場上受過傷，可以領撫卹金，退役後，還利用政府提供的一切退休軍人福利，進大學念農業——美國納稅人還要幫忙養他們的法國老婆。雙胞胎現在住在下公路約兩哩處一棟雙併房子，由政府補助買地，還出錢幫他們蓋屋。梅太太常說，如果要說戰爭對誰有好處，格林利夫家的兒子確實是得利者。雙胞胎各生了三個孩子，每一個都說著一口格林利夫家的英語和法語，加上母親的背景，以後會被送進教會學校，知書達禮。梅太太問史科福與衛斯理：「你們知道再過二十年，他們會變成什麼人？」

「上流社會的人。」她悶悶不樂自問自答。

梅太太已經應付格林利夫先生十五年，與他過招成了她的第二天性。格林利夫先生的脾氣有如天氣，讓她每天都有些事能做，有些事不能做，她擅長解讀他的表情，就跟土生土長的鄉下人能判斷日出日落一樣。

梅太太當年不得已才搬到鄉下。已過世的梅先生是商人，趁房地產不景氣時買下農莊，死時只留給太太這個地方。孩子們不想搬到鄉下的破爛農場，但梅太太別無選擇，只得請人砍下樹木，格林利夫先生應徵了她刊登的廣告，於是她用賣掉木材的錢，經營起乳品事業。格林利夫先生的應徵信上只寫：「我看見妳的廣告，我有兩個兒子會帶去。」然而隔天他開著拼裝卡車抵達時，兩個兒子坐前座，後頭還載著太太和五個女兒。

格林利夫夫婦待在梅太太產業上的這些年來，幾乎沒變老，無憂無慮，不用負什麼責任。他們就像野地裡的百合花，梅太太努力讓土壤吸收的養分，都被他們吸收過去。等她成天擔心東、擔心西地過勞死後，茁壯成長的格林利夫一家人，將改吸史科福與衛斯理的血。

衛斯理說，格林利夫太太不會老，是因為她在祈禱治療時，發洩出所有情緒。那孩子故意模仿令人不舒服的聲音說：「親愛的，妳該開始學著祈禱。」

史科福這孩子頂多令她氣急敗壞，衛斯理則令她憂心忡忡。衛斯理瘦弱、神經質、禿頭，當個讀書人對他的性格造成太大壓力。看來直到她死那天，衛斯理都不太可能結婚，不過壞女人一定會纏上他。好女孩不喜歡史科福，衛斯理則不喜歡好女孩，他什麼都不喜歡，每天白天開二十哩路到大學教書，晚上再開二十哩路回家，但他說自己痛恨開二十哩路，痛恨在二流大學教書，痛恨念爛學校的蠢學生。他痛恨鄉下，痛恨自己的人生，痛恨與媽媽同住，痛恨自己的白癡哥哥，還痛恨聽到該死的牛奶場、該死的雇工、該死的機器壞掉。然而，即便說過這種種話，他從來不曾想辦法搬出家裡，滿口巴黎、羅馬，但就連南方的亞特蘭大都沒去過。

「去那些地方會讓你生病，」梅太太總是告訴衛斯理，「巴黎有誰幫你做無鹽餐？還有如果你娶了帶去約會那些奇奇怪怪的女孩，她們會幫你做無鹽餐嗎？想都別想，她們不可能那麼做！」她講到這裡時，衛斯理就會沒禮貌地轉過身，充耳不聞。有一次，她嘮叨太久，他甚至咆哮：「臭女人，妳怎麼不去做點有用的事？妳為什麼不像格林利夫太太一樣為我祈禱？」

「我不想聽你們這些孩子開宗教的玩笑，」那次她回答，「如果你肯上教堂，就會認識好女孩。」

然而要兩個兒子聽話是不可能的。她看著兩個人分坐桌子兩頭，絲毫不在乎到處亂跑的公牛會毀了她的母牛——那些牛也是他們的牛，他們的未來——梅太太看著兩個兒子，一個駝著背看報，一個椅子往後撐，對著她笑得像呆瓜。她很想跳起來拍桌大喊：「總有一天你們會明白。等到太遲的那天來臨時，你們就知道什麼叫現實。」

「媽媽，」史科福說：「我告訴妳那頭牛是誰的，不過妳別太激動。」他淘氣地看著她，起身讓椅子摔倒，彎起肩膀，雙手護頭，躡手躡腳走到門邊。他倒退溜進走廊，拉上門，讓門板遮住身體，只露出一顆頭問道：「親愛的，妳想知道嗎？」

梅太太冷冷看著兒子。

「那是O．T和E．T的牛，」他說：「昨天我從他們的黑人那聽到的，他告訴我，他們丟了頭牛。」史科福露出一大片誇張的牙齒，悄悄走開。

衛斯理抬頭大笑。

梅太太面無表情，頭轉回前方。她說：「我是這裡唯一的成年人。」她彎身抽走衛斯理盤子旁的報紙。「你知不知道，等我死了，等你和你哥得自己處裡格林利夫先生，會發生什麼事？」她說：「你知道爲什麼他不知道牛是誰的？因爲那是他們家的牛。你懂不懂媽得忍受什麼？你知不知道，要是這些年我不踩著他，每天早上四點起來擠牛奶的人，就是你們兄弟？」

衛斯理把報紙拉回盤邊，凝視著母親咕噥：「我不會爲了救妳的靈魂免下地獄而跑去擠牛奶。」

「我知道你不會。」梅太太刺了兒子一句，坐回椅子，不停轉動盤子旁的餐刀。「O．T和E．T是好孩子，」她說：「他們應該是我兒子才對。」她被自己萌生的念頭嚇到，眼淚不斷落下，眼前衛斯理的樣子模糊不清，只見深色身影一下子起身離開。「而你們兩個，」她哭喊，「你們兩個應該屬於那個女人！」

衛斯理朝著門口走去。

「等我死了，」她氣若游絲，「我不曉得你們會淪落到哪裡。」

「妳老講什麼死死死，但妳看起來非常健康。」衛斯理咆哮著，衝到門外。

梅太太在原地坐了好一會兒，瞪著餐廳後方的窗外模糊灰綠光影。她動了動臉頰，轉轉脖子，深吸一口氣，但眼前的景象依舊以水狀灰塊流來流去，她喃喃自語：「他們不用巴望我早死。」接著負氣加上一句：我什麼時候要死，我自己決定。

她用餐巾擦了擦眼，起身走到窗邊，看著面前的景象。母牛在路旁兩塊淺綠色草地上吃草，一旁圍著黑色樹籬，鋸齒狀銳利尖端刺著陰沉天空。草原風光讓梅太太的心平靜下來。從房子的每扇窗看出去，她都會看到自己靠著不屈不撓的精神打下的產業。住城裡的朋友說，她是他們認識最了不起的女人，沒錢又沒經驗，居然就這樣豁出去，把一座破牧場經營得有聲有色。「一切事情都在跟你做對，」梅太太總是這樣告訴朋友，「天氣跟你作對，泥土跟你作對，雇工跟你作對，所有事聯合起來對付你，不拿出鐵腕不行。」

接著史科福就會抓住她的手臂大喊：「看看媽媽的鐵腕！」然後高舉著她的手不放，讓她露出青筋的小手垂在手腕上，有如折枝的百合花，逗得眾人哈哈大笑。

天空中，太陽比其他地方微微亮上那麼一些，日光灑落在黑白相間的吃草母牛身上。梅太太望見一個深色陰影，像是太陽的影子不知從哪個角度映在母牛之間。她陡然吸氣尖叫，轉身大步走出屋外。

人在青貯壕的格林利夫先生，忙著把飼料堆放到手推車上。梅太太站在壕邊看著他。「我說了，要你把那頭公牛關起來，那頭牛現在混雜在乳牛裡頭。」

「一個人沒法一次做兩件事。」格林利夫先生說。

「我說了叫你先去關牛。」

格林利夫先生把飼料推出青貯壕，走向牛舍，梅太太緊跟在後。「格林利夫先生，你別以爲我不知道那頭牛是誰的，還有爲什麼你不急著告訴我那頭牛的事。O．T和E．T的牛毀了我的母牛，我居然還得餵那頭牛吃草。」

格林利夫先生停下推車，一臉不敢置信的樣子轉頭問：「那是我兒子的牛？」

梅太太沒回答，緊閉著嘴，看向一旁。

「他們告訴我牛走丟了，但我不知道就是這頭。」他說。

「你現在就把那頭牛關起來，」她說：「我開車去找O．T和E．T，要他們今天就把牠帶走。我眞該收飼養費——這樣他們就不會讓牛到處亂跑。」

「他們當初買下那頭牛，只花了七十五元。」格林利夫先生開了個價。

「送我我都不要。」梅太太說。

「他們原本想宰了牠，」格林利夫先生解釋，「但牠逃跑，還用頭撞他們的卡車。不管是汽車還是卡車，那頭牛都不喜歡，我兒子費了好多工夫，才把牠的角拔出擋泥板，一鬆開，那頭牛就一下子跑走，我兒子已經累到沒力氣追——但我不曉得外頭的牛就是那頭牛。」

「格林利夫先生，你知道也好，不知道也好，」她說：「既然現在知道了，就快點騎馬去捉。」

半小時後，梅太太望著家中前排窗戶，只見松鼠色的公牛翹著高高的屁股，頂著長長的淺色牛角，悠閒地在泥土路上蹓躂，格林利夫先生騎馬跟在後頭。「那副德性，一看就知是格林利夫家的牛。」梅太太埋怨，走到門廊上大喊：「把牠關在跑不掉的地方。」

「牠很會跑。」格林利夫先生讚賞地看著公牛屁股，「這位紳士是個好傢伙。」

「如果你兒子不來帶走，牠就會變成死傢伙，」梅太太說：「我先警告一次。」

格林利夫先生聽見了，但一聲不吭。

梅太太大呼：「一輩子沒看過這麼醜的牛。」不過格林利夫先生已經走遠，沒聽見。

梅太太開車拐進通往O．T與E．T住處的道路時，已經十點多。兄弟倆住在沒有樹木的山頂上低矮的新型磚造屋，造型和開了窗的倉庫差不多，太陽直曬白色屋頂。這年頭的新房子都蓋成那樣，每棟都一模一樣，看不出哪棟是格林利夫家，只能靠他們養的三條狗辨認。梅太太的車一停下，那幾條半獵犬、半狐狸犬的雜種狗立刻從後頭衝出來。梅太太告訴自己，果然什麼人養什麼狗。她按喇叭，打量著屋子，等人出來應門。窗戶統統關著，該不會政府還出錢幫這棟房子裝空調吧。沒人出來應門，梅太太再按喇叭，門突然打開，幾個孩子站在門內看著她，但一點都沒有走上前的意思，完全就是格林利夫家那種死樣子，他們家的人可以呆呆站在門內望著你幾小時。

「你們哪一個孩子過來一下？」梅太太大聲呼喚。

一分鐘後，所有孩子開始慢吞吞地往前走，身上穿著吊帶褲，腳上沒有鞋子，不過倒沒想像中那麼髒。其中兩、三個，一眼就能認出是格林利夫家的人，其他的就沒那麼像，最小的女孩留著一頭亂糟糟的黑髮。孩子們在離車子約六呎處停下，站在原地望著她。

梅太太對最小的女孩說：「妳長得可眞漂亮。」

小女孩沒回答，所有孩子都面無表情。

「你們的媽媽呢？」她問。

沒人回答，接著一個孩子說起法語，梅太太聽不懂。

「你們爹地在哪裡？」她問。

過了一會兒，一個男孩回答：「他也不在。」

「啊——」梅太太的語氣好像證實了什麼事。「你們家的黑人在哪裡？」

梅太太等了等，看來是等不到回答。「貓有六條小舌頭，」她說：「要不要跟我回家，我教你們說話？」她大笑，笑聲凝滯在安靜的空氣中。梅太太覺得眼前是格林利夫家組成的陪審團，而自己正在接受人生的審判。她說：「我去看看能不能找到你家的黑人。」

「你想去的話可以去。」一個男孩說。

「噢，還真是謝謝你了。」梅太太咕噥一聲，開車離去。

屋前那條路往下開，就是格林利夫家的牛舍。梅太太沒去過，但格林利夫先生鉅細靡遺描述過那地方，說什麼一切都是最新式的，擠奶場從下方擠奶，牛奶會自己從擠乳器順著管子流到場房，完全不用提桶子，也不需要人工。格林利夫先生問過她：「妳什麼時候才要裝那種設備？」

「格林利夫先生，」她回答，「我得自力更生，政府一毛錢都沒補助我。我能收支平衡就很不錯了，更別說要花兩萬塊裝擠奶場設備。」

「我兒子就裝了，」格林利夫先生嘟噥，接著又補上一句：「不過每家的孩子都不同。」

「還好不同！」她說：「感謝上帝！」

「我凡——事都感謝上——帝。」格林利夫先生拉長了聲音。

兩人在無聲之中劍拔弩張。梅太太心想，你是該感謝，你什麼事都沒做就占盡了便宜。

梅太太把車停在牛舍旁，按起喇叭，但一個人影也沒有。有幾分鐘時間，她坐在車上，觀察一旁各式各樣的機器，心想不曉得哪幾台是格林利夫家自己付的錢。他們有台飼料收割機，還有台旋轉乾草包裹機，那兩台她也有。梅太太心想，既然這裡沒人，那就進去看一眼牛奶室，看他們知不知道要保持衛生。

她打開牛奶室的門，探頭進去，瞬間無法呼吸。眼前白色的水泥間一塵不染，兩側牆上，整排天窗照進滿滿的日光，金屬架閃閃發亮，她得瞇著眼才能把室內看清楚。梅太太立刻縮頭關上門，倚在門上皺眉。外頭的日光沒裡面那麼刺眼，但她覺得太陽就在自己頭頂正上方，有如一顆即將掉進腦袋的銀子彈。

一個黑人從停放機具的棚子角落走向她，手上提著黃色的牛飼料桶，淺黃色皮膚上，罩著格林利夫雙胞胎不要的軍隊舊衣服。黑人男孩在得體的距離外停步，放下桶子。

「O．T先生和E．T先生人在哪？」梅太太問。

黑人回答：「O．T先生在鎮上，E．T先生在田裡。」他先指向左邊，接著指向右邊，像在介紹兩顆行星的位置。

「你記得住口信嗎？」梅太太用他八成記不住的懷疑口吻問道。

「如果我沒忘，就會記得。」他有點不高興地回答。

「我看還是寫下來好了。」她說完回到車上，從小記事本中抽出一支短鉛筆，在空的信封袋背面寫上留言。黑人跟了過去，站在車窗旁。「我是梅太太，」她邊寫邊講，「他們的牛跑到我那裡，我要他們今天就把那頭牛帶走。你不妨告訴他們說我氣壞了。」

「那頭牛星期六跑走的，」黑人說：「接下來就沒人看過牠。我們不曉得那頭牛在哪裡。」

「反正現在你們知道了，」她說：「你告訴O．T先生和E．T先生，如果今天不帶走那頭牛，明天一大早，我就叫他們的爹地殺掉那頭牛。我不能讓那頭公牛毀了我的母牛。」梅太太把便條交給黑人。

「依我對O．T先生和E．T先生的瞭解，」黑人接下便條，「他們會說那妳就殺吧，那頭牛毀了我們一輛卡車，死了剛好。」

梅太太一下子抬起頭，微微近視的雙眼向黑人一瞪。「他們要我花時間請工人殺他們的牛？」她問，「他們不要那頭牛了，所以就讓牠在外頭到處亂跑，等著別人幫忙殺？那頭牛吃了我的燕麥，毀了我的母牛，然後我還得親自殺牠？」

「我想是的，」他輕聲說：「那頭牛弄壞了……」

梅太太狠狠瞪了他一眼，「我一點都不意外，有的人就是那麼不負責任，不負責任。」過了一會兒，她問：「這裡是誰當家作主，是O．T先生還是E．T先生？」梅太太一直在猜雙胞胎私底下其實會吵架。

「他們從來不吵架，」男孩說：「他們就像有兩個身體的同一個人。」

「哼，我猜你只是沒聽過。」

「從來沒有誰聽過他們吵架。」他說話時看向其他地方，就像這句沒禮貌的話是對著別人講的一樣。

「哼，」她說：「我忍了他們的父親十五年，格林利夫一家人的德性我很清楚。」

黑人突然一副認出她的樣子。「妳是我保險業務的媽媽？」他問。

「我不曉得你的保險業務是誰。」她厲聲說：「把便條交給他們。告訴他們，要是今天不來弄走那頭牛，他們的父親明天就得負責殺掉牠。」她開車離去。

梅太太在家裡待了整整一下午，等著格林利夫雙胞胎過來接牛，但兄弟倆完全沒出現。梅太太氣沖沖想著，那兩個傢伙沒來，我還得幫他們處理那頭牛，他們要占我便宜占到底就對了。梅太太在餐桌上又對著兒子埋怨一番，好讓他們明白O．T與E．T在打什麼如意算盤。「他們不想要那頭牛，」她說：「——奶油遞過來——不負責任地放走牠，讓別人去傷腦筋，替他們解決那頭牛。怎麼會有那種事？我是受害者，我每次都是受害者。」

「把奶油拿給受害者。」衛斯理說。他今天心情比平常差，從大學下課後，他在回家的路上車子爆胎了。

史科福把奶油遞給母親。「老媽，這樣不太好吧，那頭牛什麼都沒做，只不過是讓妳的牛生下雜種，這樣就要殺牠？我覺得妳很過分。」他說：「我有這種媽媽，卻變成這麼好的孩子，眞不可思議！」

「小子，你又不是她兒子。」衛斯理說。

梅太太躺進椅子裡，指尖搭在桌邊。

「我只知道，」史科福說：「看看我的出身，我能變成今天這樣，我眞的幹得不賴。」

兄弟倆開著母親的玩笑，故意學格林利夫家講話的樣子，但衛斯理的語氣尤其鋒利如刀。

「老哥，讓我告訴你一件事，」他往前靠著桌面，「你要是有點腦子，早就知道了。」

「什麼事，老弟？」史科福接話，一張圓臉對著長臉微笑。

「我告訴你，」衛斯理說：「其實你我都不是她兒子……」他說到一半停下。梅太太像匹突然被鞭的老馬，發出沙啞哮喘聲，站起來衝出餐廳。

「噢，拜託，」衛斯理低聲埋怨，「你幹嘛刺她？」

「我沒刺她，」史科福說：「刺她的是你。」

「哼。」

「她老了，經不起刺激。」

「她老是發牢騷，」衛斯理說：「成天得聽她碎碎唸的人可是我。」

哥哥愉悅的表情一下子變臉，醜陋的表情顯露出這兄弟倆確實是一家人。「沒人會同情你這該死的渾帳。」他手伸到桌子對面，一把抓住弟弟襯衫前襟。

人在房間的梅太太聽見盤子摔碎的聲音，連忙穿過廚房，回到餐廳。餐廳門猛地打開，史科福走了出來，衛斯理像隻大蟲躺在地上，翻倒的桌子壓著肚子，打碎的盤子四散。梅太太扶正桌子，拉住兒子的手幫他起身，但兒子掙扎爬起後，氣沖沖推了她一把，跟在哥哥後頭奪門而出。

梅太太原本要癱在地上，但後門的敲門聲讓她僵住，連忙轉身，廚房與後門門廊外，格林利夫先生正在紗門外探頭探腦。她一下子來了精神，彷彿只要魔鬼本人前來試探，她就能振作起來。「我聽見好大聲音，」他大喊，「我擔心牆塌了，壓在妳身上。」

眞是的，眞需要這個人，騎馬才找得到人影，不需要時倒出現了。梅太太走過廚房和門廊，站在紗門內說：「沒事，沒發生任何事，只是桌子倒了，桌腳不穩，」她一口氣補上，「你兒子沒過來接牛，所以你明天得殺掉牠。」

天空染上一抹抹紅紫，這些色彩後方，太陽有如爬梯子般緩緩下沉。格林利夫先生蹲在台階上，背對梅太太，帽頂與她的腳齊高。他說：「明天我就替妳載走牠。」

「噢，這可不行，格林利夫先生，」她嘲諷道，「明天你載牠走，下星期牠又跑回來，我太清楚這種事了。」接著她換上心痛的語氣，「眞沒想到O．T和E．T會這樣對我。我還以爲他們懂得感恩。格林利夫先生，我還以爲他們曾經在這裡度過一段好日子，不是嗎？」

格林利夫先生一語不發。

「我認爲他們在這裡有過一段好日子，」她說：「我認爲有，但他們現在已經忘了一切我爲他們做過美好的小事。回想起來，他們穿我兒子的舊衣，玩我兒子的舊玩具，用我兒子的舊槍打獵。要是我沒記錯，他們在我的池塘裡游泳，打我的鳥，在我的溪裡釣魚。我從來不曾忘記他們的生日，還有無數聖誕節。結果呢？他們現在會想起這些事嗎？」她自問自答，「不會。」

梅太太看著落日，格林利夫先生望著自己的手掌，接著梅太太像是突然想到一樣，打破沉默：「你知道你兒子不來接牛眞正的原因嗎？」

「不知道。」格林利夫先生沒好氣地回答。

「他們不來，是因爲看我是個女人。」她說：「女人好打發，要是這地方有男人……」

格林利夫先生像蛇一樣瞬間展開攻擊：「妳有兩個兒子，我兒子知道妳家裡有兩個男人。」

太陽消失在樹林後方。梅太太低頭，望著格林利夫先生黝黑、狡猾的仰望臉孔，又看著他帽簷下警惕的機靈眼神，等著他看出她的傷心。「格林利夫先生，有些人學會感恩時已經太晚，有些人則從來沒學會。」她說完話轉身離去，留下台階上的格林利夫先生。

梅太太半夜睡到一半，聽見大石頭想把她的腦殼磨出個洞。她走在裡頭，走過一排滾動的美麗山丘，每走一步，就把手杖插在前方地面。過了一會兒，她發現那是太陽試著燒穿林木線的聲音，她停下觀察，知道那景象不可能是眞的，因爲太陽永遠落在她產業以外的地方。她第一次停下腳步時，畫面裡有頭臃腫的紅色公牛，但她站著觀望時，那頭牛身體開始縮小、顏色變淡，直到看起來像顆子彈，突然間射穿林木線，衝下山丘，朝著她而來。梅太太手摀著嘴醒來，耳朵聽見跟剛才一樣的聲響，沒先前那麼大聲，但依舊一清二楚。是那頭公牛在她窗下大咀大嚼的聲音！格林利夫先生讓那頭牛跑出來了。

她起身，在黑暗中走到窗邊，把百葉窗撥出個洞，看向外頭，但那頭牛已經不在籬笆旁，她一開始沒找著。接著她看得稍遠一點，一個龐大身影停下，好像在觀察她。她自言自語，*這是我忍受這件事的最後一晚*，接下來望著鐵灰色身影消失在黑暗之中。

隔天早上，她等到十一點整，接著開車到牛舍。格林利夫先生正在清洗牛奶罐，把七個罐子擺在室外曬太陽。她已經吩咐他做這件事兩個星期了。「好了，格林利夫先生，」她說：「去拿你的槍，我們去殺那頭牛。」

「我以爲妳要我洗這些罐子……」

「去拿你的槍，格林利夫先生。」她的聲音和臉上都不帶一絲情緒。

「那頭紳士昨晚從這裡跑了。」他用懊悔的語氣喃喃說著，繼續彎腰搬牛奶罐。

「去拿你的槍，格林利夫先生。」她再度用勝利的平淡語氣說：「那頭公牛在沒奶的母牛那裡，我從樓上窗戶看到了。我開車載你過去，你可以把牠趕到空地，在那裡解決牠。」

格林利夫先生緩緩放下罐子。「沒有任何人能命令我殺掉我兒子的牛！」他扯著嗓子大吼，從後褲袋掏出一塊布，用力擦起手，又擦鼻子。

梅太太轉身，像是沒聽到他說話一樣。「我在車上等，你去拿槍。」

她坐在車上等，看著格林利夫先生走向放槍的馬具室。格林利夫先生走進去時發出哐噹一聲，像是踢到擋路的東西。過了一會兒，他拿著槍出現，繞過車後，用力打開車門，一屁股重重坐在她旁邊，槍夾在兩膝之間，眼睛直視前方。梅太太心想，這人看起來是想殺我，而不是殺牛。她別過頭，不讓格林利夫先生看見自己在偷笑。

這個早晨，空氣乾爽，梅太太在林子裡開了四分之一哩路，來到一塊空地，小路兩旁是原野。即將大功告成的興奮感，讓她的知覺敏銳起來，鳥兒四處鳴叫，草地油亮刺眼，天空是一片閃閃發亮的藍。「春天到了！」她開心地宣布。格林利夫先生抽動嘴角，好像那是他這輩子聽過最蠢的話。梅太太在第二道牧場柵門前停下，格林利夫先生用力下車，使勁甩門，打開柵門，讓梅太太開車進去，接著關上門，默默再度用力上車。她載著他繞行牧場，直到望見那頭公牛。那頭牛站在牧場幾乎正中央的地方，和母牛一起悠閒吃草。

「那位紳士在等你。」她一臉俏皮，看著格林利夫先生憤怒的側臉。「把牠趕到下一個牧場，你把牠關進去的時候，我會在後頭開車跟著，柵門我自己關。」

格林利夫先生再度用力下車，這次故意不關車門，害她還得費力把手伸長到他那邊。她微笑看著他走向牧場對面的柵門，每走一步都把全身重量往前壓，接著再拉回來，好像在呼喚天地神靈見證自己是被逼的。「怎麼說呢，」梅太太大聲嚷著，好像格林利夫先生還在車上，「格林利夫先生，是你兒子讓你得做這件事。」梅太太心想，O·T與E·T現在大概正笑到肚子疼，她腦中傳來兩個人一模一樣的鼻音：「她讓爹地幫我們殺牛，爹地知道那是頭好牛，他會心疼死！」

「格林利夫先生，要是你兒子有那麼一絲孝心，」她說：「他們就會過來處理那頭牛，眞沒想到他們沒來。」

格林利夫先生先是繞著圈走去開柵門。混在斑點母牛中的深色公牛動也不動，低頭猛吃草，格林利夫先生打開門，從後方迂迴靠近，距離十呎時，在一旁揮動手臂。公牛懶洋洋地抬頭，接著又低頭繼續吃草。格林利夫先生再度彎腰，撿起地上一塊東西，用力往牛身上一丟。梅太太心想，八成是塊尖石，因爲牛跳了起來，朝山丘狂奔，不見蹤影，格林利夫先生不慌不忙跟在後頭。

「你別想跟丟牠！」梅太太大喊，開車逕直穿越牧場，但陡坡迫使她放慢車速，等到終於抵達柵門邊，格林利夫先生和公牛早已不見蹤影。這片牧場比上一個小，一片綠油油，周圍幾乎全是林子。梅太太下車，關好門，尋找格林利夫先生的蹤影，但完全看不到人。這下子她明白了他在打什麼鬼主意，他故意在林子裡搞丟那頭牛，等過段時間後，再從林子裡冒出來，一跛一跛走向她。終於走到她面前時，他就會說：「要是妳能在林子裡找到那位紳士，算妳比我厲害。」

戲演到這裡時，她會回他：「格林利夫先生，如果我跟著你進林子，待上一下午，我們就會找到那頭牛，然後殺掉牠。非殺不可，要我幫你扣扳機也行。」等他看到她是認眞的，就會掉頭立刻解決那頭牛。

梅太太回到車上，開到牧場中央，方便格林利夫先生出林子時，不用走太多路。她能想像，他現在一定是坐在樹樁上，用樹枝在地上畫畫。梅太太決定看錶等上整整十分鐘，接著就要按喇叭。她下車走了走，接著坐在車頭保險桿上，休息一下慢慢等，頭靠著引擎蓋，閉上眼睛。她好累。她不懂，也才十一點多，自己怎麼就累成這樣，眼皮傳來頭頂熱辣日頭的光線。她微微睜開眼，但白光迫使她再度閉上。

她在引擎蓋上躺了一陣子，昏沉沉地想著怎麼這麼累。她閉著眼，不把時間想成白天與黑夜，而想成過去與未來。她決定了，她會這麼累，都是因爲不眠不休工作了十五年。她決定了，她是全世界最有資格累的人，她要先休息幾分鐘，再繼續工作。不管是坐上什麼樣的審判椅，她都能理直氣壯地說：我一直在工作，從不偷懶。她回想自己辛苦工作一輩子，而格林利夫先生正在林子裡遊手好閒，他太太大概正躺在地上，睡在埋起來的剪報上頭。那女人這幾年來變本加厲，大概是瘋了。「你太太恐怕是太沉迷於宗教，」有一次，她委婉地告訴格林利夫先生，「你知道的，不管什麼事，適度而爲比較好。」

格林利夫先生回答：「有一次，她治好一個內臟已經被蟲吃掉一半的人。」她覺得有些噁心，別過頭去。她想著那次對話，可憐的傢伙，頭腦如此簡單，想著想著，打起她瞌睡。

她坐起來看錶時，時間不只過了十分鐘，剛才沒聽到任何槍聲。她又想到，該不會格林利夫先生剛才丟的石頭惹惱了那頭牛，那頭牛衝向他，用角把他刺死在樹上？那可太諷刺了，O．T與E．T會請不正派的律師告她，給她和格林利夫家的十五年孽緣劃下太美妙的句點。她幾乎是開心地想著，有了這種完美結局後，自己就有絕妙的故事可以告訴朋友，接著她又想到不可能，格林利夫先生帶著槍，而且她有買保險。

她決定按喇叭，於是起身，手伸進車窗，按了三長聲，兩、三個短聲，讓格林利夫先生聽見她不耐煩了，接著又坐回保險桿上。

不到幾分鐘，有東西從林子邊冒出來，一個笨重的黑色身影甩了幾下頭，往前飛躍。幾秒鐘後，她認出是那頭牛正穿越牧場，一步步奔向她。公牛開心到左搖右晃，彷彿太高興又找到她了。她望著公牛後方，看看格林利夫先生是否也從林子裡跑出來，但沒看到人。她大喊：「牠在這，格林利夫先生！」她看向牧場另一頭，看看格林利夫先生會不會從那裡跑出來，但同樣不見人影。她轉頭，看見公牛低頭衝向自己，她全身僵住，但不是因爲過於害怕，而是因爲不敢置信。看著兇猛的黑色線條撲向自己，她像是抓不準距離，或是一時無法判斷牠想做什麼。公牛像個被折磨的瘋狂愛人，把頭埋進她大腿。一支角刺進體內貫穿她的心臟，另一支角的弧形圈住她，讓她再也跑不了。她的眼睛依舊瞪著前方，但眼前景物一變——林木線是空無一物、只有天空的世界中的一道深色傷口——她像個突然恢復視力、卻發現光線太過刺眼的人。

格林利夫先生從旁邊衝向她，舉起手中的槍。雖然她的眼睛並未朝他的方向看去，她看見他過來，從看不見的圓圈外靠了過來，林木線在他後方開啓一個大洞，他腳下什麼也沒有。格林利夫先生對準公牛的眼睛連開四槍，她沒聽見槍聲，只感受到牠龐大身軀倒下時的晃動，把刺在牠頭上的她往前推，因此格林利夫先生靠近時，她彷彿正在公牛耳邊喃喃訴說自己最後的發現。

——本作爲一九五七年歐・亨利短篇小說獎（*The O. Henry Awards*）首獎作品；首度發表於《肯揚評論季刊》（*Kenyon Review*）第十八卷：一九五六年夏季號；之後並收入《一九五七年美國最佳短篇小說選》及其短篇小說集《上升的一切必將匯合》（*Everything That Rises Must Converge*）。

樹林風景

上星期，瑪麗．福瓊和外公每天早上看著挖土機鏟土，推成土堆。工程在新形成的湖邊進行，先前老人把那塊地賣給想蓋釣魚俱樂部的人士。他和瑪麗．福瓊每天早上十點左右開車過去，把深紅色凱迪拉克老爺車停在俯瞰工地的提防上。波瀾起伏的紅色湖泊，斷在工地旁五十呎處，一頭圍繞著一排黑色林子，樹木穿越水面而來，包圍視線兩端，一直延伸至田野中。

老人坐在車子保險桿上，瑪麗．福瓊兩腿岔開坐在引擎蓋上，兩人看著挖土機在從前放牛的草地上，一步步挖出方形紅色坑洞，有時一看就是幾小時。那裡正好是整個草場上，皮茲唯一成功清掉苦味草的地方，老人賣掉那塊地時，皮茲差點中風，就老人的觀點來看，那種人就讓他中風好了。

「那種會為了讓牛有地方吃草而阻礙社會進步的笨蛋，不用理他。」坐在保險桿上的老人對著瑪麗．福瓊講過好幾次這句話，但那孩子充耳不聞，只是一直看著挖土機。她坐在引擎蓋上，望著下方的紅色坑洞，看著巨大的無形喉嚨先是吞下泥土，不斷發出深嘔聲，接著緩緩反胃，把土吐出來。她眼鏡後方的淺色眼睛，看著機器一遍又一遍重複動作，她和老人一個模子刻出來的迷你版臉孔，從頭到尾聚精會神。

除了老人本人，沒人慶幸瑪麗．福瓊長得跟外公一個樣。老人覺得外孫女長得好極了，是他這輩子見過最聰明、最漂亮的孩子。他讓所有人知道，如果他要留遺產，注意，是「如果」的話，他會留給瑪麗．福瓊。瑪麗．福瓊今年九歲，矮矮胖胖，擁有跟他一樣的身材。顏色極淺的淡藍眼珠、寬大突出的額頭、永遠在生氣的表情、以及和他一模一樣的紅潤臉龐。不過除了外貌，外孫女個性也跟他很像。眞不可思議，外孫女擁有他的頭腦，他的堅定意志，他的不屈不撓與衝勁。雖然祖孫倆差了七十歲，但兩人精神相通，她是他唯一看得上眼的家人。

老人不喜歡外孫女的母親，她是他第三還第四個女兒，他永遠記不清楚，這女兒認爲是自己在奉養老爸爸。雖然她小心翼翼嘴上不提，但明眼人都看得出，她認爲委屈自己照顧父親的晚年，所以他應該把這塊地留給她。女兒嫁了個姓皮茲的笨蛋，生了七個孩子，除了最小的瑪麗．福瓊隔代遺傳像他，每個孩子都跟他們的父親一樣蠢。皮茲是個連五分錢都賺不到的人，十年前他允許他們搬到他的土地上務農，種出來的東西歸他們，但地還是他的，而且屢屢在他們面前提醒這件事。水井乾枯時，他不准皮茲再挖一口井，要他們改用管子接泉水，因爲他不想付挖井的錢，但也不想讓皮茲掏錢。他知道要是讓皮茲付錢，以後自己要是說：「你坐的是老子的地」，他就會回嘴：「但你喝的是我的幫浦打出的水。」

皮茲一家在這裡賴了十年後，開始認爲這塊地屬於自己。雖然女兒在這兒土生土長，老人卻覺得既然她嫁給皮茲，顯然心也向著皮茲，而不是家裡，而且她回娘家時，雖然他出於挖水井的相同理由不准他們交租，但他們跟其他佃農沒兩樣。年過六十的人，手裡總得抓著點什麼，否則日子很難過，所以他時不時就賣一塊地，提醒皮茲他是什麼身分。每次把地賣給外人，皮茲都會氣急敗壞，因爲他想自己買下來。

皮茲是個瘦弱、孱斗、暴躁、陰沉、整天悶悶不樂的人，老婆則成天把義務掛嘴邊：待在這兒照顧父親是我的義務。要是我不照顧他，誰來照顧？我很清楚照顧父親沒好處，我照顧他是因爲這是我的義務。

老人從來沒被這種話騙過。他知道女兒一家迫不及待要把他埋進八呎深的墓穴，打著如意算盤，就算地不留給他們，他們也可以買下來。老人早就偷偷立好遺囑，一切都用信託方式留給瑪麗·福瓊，讓自己的律師當執行人，跳過皮茲那傢伙。等他死了，瑪麗·福瓊會讓其他人跳腳，他毫不懷疑這孩子令人氣急敗壞的能力。

十年前，皮茲夫婦宣布要是這胎生男孩，就以老人的名字命名爲馬克·福瓊·皮茲。老人一聽就說，要是敢讓他的名字和皮茲這個姓連在一起，他就趕他們出去，不過生出來的是女娃，而且才一天大，老人就看出錯不了的，那孩子跟他長得一個樣，於是態度軟化，提議命名爲瑪麗·福瓊，以紀念他深愛的母親，他的母親在七十年前爲了帶他來到這個世界而死。

福瓊的產業位於鄉下泥土路旁，距離柏油馬路還有十五哩遠，要不是因爲時代進步，他原本不可能賣掉任何土地，時代進步一向是他的盟友。他不是那種反抗進步、反對一切新事物、害怕所有改變的老頭子，他想看到自家門前有大量新款車輛呼嘯而過的柏油公路，想看到家裡附近就有加油站、汽車旅館、汽車電影院。時代進步讓一切突然動了起來，電力公司在河上蓋了水壩，淹沒了附近大量土地，新形成的湖泊與福瓊的土地之間，隔著半哩長的一塊長條土地。所有的阿貓阿狗，統統想來占據湖邊一角，據說會牽電話線，還會鋪設直接通往福瓊產業的柏油路，最後將形成新市鎮。福瓊心想，新市鎮可以命名為喬治亞州福瓊市。他雖然七十九歲了，卻是個有遠見的人。

負責挖土的機器昨天停工，今天他們看著兩台巨大的黃色推土機回填土地。福瓊開始賣地前，手上共有八百畝地。他已經賣掉後方五百二十畝，每賣一次，皮茲的血壓就會升高二十。「皮茲家的人，就是那種會爲了牧牛的草場而不讓時代進步的人，」老人告訴瑪麗．福瓊，「但妳跟我，我們不一樣。」老人以和藹的紳士風度，無視瑪麗．福瓊也是皮茲家的人，好像孩子不該承擔那個包袱，老人喜歡把她想像成和自己是一個模子刻出來的。瑪麗．福瓊坐在引擎蓋上，沒穿鞋的腳擱在保險桿上外公的肩上。一輛推土機開到兩人下方，鏟起他們車子停著的同側堤防。老人的腳只要再伸出幾吋，就會在邊緣晃盪。

「你不看著他的話，」瑪麗．福瓊在吵雜的機器聲中大喊，「他會鏟到你的地！」

「那邊是木樁，」老人大喊，「他還沒超過木樁。」

「只是還沒而已。」她大喊。

推土機經過他們下方，接著又遠離。「妳幫忙看著，」老人說：「睜大妳的眼睛，要是他弄倒木樁，我會阻止他。皮茲家的人，就是那種會爲了放牛、放驢，或是爲了一排豆子阻礙未來的人，」老人說：「但妳我這種有常識的人，知道不能爲了一頭母牛阻礙時代進步……」

她大叫：「他動到那邊的木樁了！」老人還來不及阻止，外孫女已經跳下引擎蓋，沿著堤防衝過去，黃色小裙子在空中飛舞。

「不要那麼靠近堤防。」老人大喊，但她已經跑到木樁旁，蹲下查看鬆動的情形。她靠著堤防，對著推土機司機搖晃食指。司機揮揮手，繼續做事。老人自豪地看著外孫女朝自己走來，心想外孫女的小指頭，比全家所有人的腦袋加起來還聰明。

外孫女有著一頭又密又細的沙褐色頭髮——和他還有頭髮時一模一樣——一頭直髮剪成西瓜皮，在臉中央開了道門。眼鏡是銀框，跟他一樣。走路姿勢也一樣，肚子挺在前面，一步一步重重往前踏，既穩重又靈活。她走得太靠近堤防，右腳外側已經貼近邊緣。

「我說不要靠那麼近，」老人大喊，「妳會摔死，就看不到這裡完工的那天。」老人總是小心翼翼，不讓外孫女有危險，不准她坐在有蛇出沒的地方，也不准她把手伸進可能藏著大黃蜂的樹叢。

外孫女沒有聽話離堤防遠一點。她和他也有一樣的習慣，不想聽的話，就裝作沒聽到，不過這招是他教的，她照作的時候，他也只能覺得這孩子幹得好。老人可以想見，外孫女老了以後將橫行無阻。瑪麗．福瓊回到車旁，不發一語爬上引擎蓋，腳再度擺在外公肩上，注意力回到推土機，彷彿外公不過是汽車的一部分。

「別忘了，要是不聽話，妳就拿不到什麼東西？」外公說。

老人是嚴守紀律的人，不過沒打過這個外孫女。他覺得有的孩子應該一週打一次才會乖乖聽話，例如皮茲家的老大到老六就該打，但聰明的孩子得用別的方式管教，就像他從來不曾對瑪麗·福瓊下重手，也不准她的母親和兄姊打她，連用手打都不行，她那個姓皮茲的爸爸則是另一回事。

皮茲性格暴躁，蠻橫不講理，時不時讓福瓊先生心驚肉跳。皮茲會緩緩從桌旁起身——不是桌子的首位，首位坐著福瓊先生，皮茲坐側邊——接著突然間沒有理由、沒有解釋，就把頭扭向瑪麗·福瓊，扔下一句「跟我來」，接著就離開房間，邊走邊解下皮帶。這種時候，那孩子的臉會冒出老人全然陌生的神情，他說不出那是什麼，但那令他火冒三丈。那種神情混合了恐懼、敬畏，以及其他某種東西，某種看起來非常像是配合的東西。她的臉上會冒出那種神情，接著站起來，跟著皮茲走出去，兩個人上了卡車，開到沒人聽得見的路邊，接著皮茲就開始打她。

福瓊先生知道女婿會打外孫女，因爲他曾開車跟蹤他們，目睹一切。他躲在約一百呎外的一塊大石頭後方，看著外孫女趴在松樹上，皮茲熟練地用皮帶抽她的腳踝，彷彿在用鐵刀砍樹叢。外孫女沒反抗，只是跳上跳下，彷彿站在燒燙的爐子上，發出小狗被抽打的哀鳴聲。皮茲就那樣打了三分鐘左右，接著不發一語，轉身回卡車上，把女兒留在原地。瑪麗·福瓊從樹上滑下，手環著雙腳前後搖晃。老人偷偷溜去外孫女那兒，看見她的臉痛苦扭曲，一整張臉脹得通紅，不斷流著鼻涕眼淚。老人跳出來罵：「妳爲什麼不打回去？妳的志氣呢？妳覺得我會讓他打我嗎？」

外孫女跳起來，往後退了一步，揚起下巴。「沒有人打我。」她說。

「妳以爲我沒看到嗎？」老人暴跳如雷。

「這裡沒人，沒人打我。」她說：「從來沒有人打過我，要是有人敢打我，我就殺了他。你自己用眼睛看，這裡沒人。」

「妳竟敢說我在說謊，說我瞎了眼！」老人大吼，「我親眼看到他做的事，妳居然完全不反抗，讓他那樣對妳。妳什麼都沒做，乖乖趴在樹上，跳上跳下，嚎啕大哭。如果是我，就會揮拳揍他，然後……」

瑪麗．福瓊大吼：「這裡沒人，沒人打我。要是有人敢打我，我就殺了他！」她轉身衝進林子。老人跟在外孫女後頭大喊：「要是沒人打妳，我就是豬，黑就是白！」[1]他坐在樹下一塊小石塊上，氣急敗壞。這是皮茲在報復他，好像皮茲載到路邊抽打的人是他，是他被皮茲打到乖乖聽話。一開始，他爲了維護外孫女，告訴皮茲要是再打她，他們一家人會被趕出去，但皮茲回他：「趕我走，也等於趕她走。你試試看好了，我要打就打。只要我高興，我一年到頭照三餐打。」

老人下定決心，只要逮到機會，就要給皮茲下馬威，這下子他想到能治他的法子了。老人得意地告訴瑪麗．福瓊，別忘了要是不聽話，她就拿不到東西。老人沒等外孫女回答就宣布，自己可能馬上又要賣一塊地。如果賣成，他會分她一筆錢，但要是頂撞外公，就什麼都拿不到。老人

1　Poland china pig，美國的一種家豬品種。

沒事就拿話激外孫女，不過這就像在公雞面前放一面鏡子，然後看著那隻雞攻擊自己的倒影。

「我不想分什麼錢。」瑪麗．福瓊說。

「可妳也沒拒絕過。」

「我從來沒跟你要過什麼錢。」她說。

「妳已經存了多少？」他問。

「關你什麼事。」她用腳踩外公的肩膀，「別管我的事。」

「我打賭妳一定把錢縫在床墊裡，」他說：「就跟那些黑鬼老女人一樣。妳應該存在銀行，這次賣完地，我幫妳開個帳戶，只有我們兩個人能查那個戶頭。」

推土機再度從下方經過，機器聲蓋過老人的話聲。老人等著噪音過去，迫不及待告訴外孫女：「我要賣掉我們房子正前方那塊地，給別人蓋加油站，」他說：「以後就不用開一段路才能加油，大門出去就有加油站。」

福瓊家的房子離馬路約兩百呎，老人想賣掉中間那塊兩百呎的地。女兒總是得意洋洋地稱那塊地是他們的「草坪」，但其實不過是一塊長滿雜草的空地。

「你是說……」瑪麗．福瓊頓了一下，「你要賣掉草坪？」

「沒錯，女士！」他說：「就是草坪。」他拍著膝蓋大笑。

外孫女什麼話都沒說，老人抬頭看她。小小的髮型長方開口下，他的臉回瞪著他，但不是他現在的表情，而是他心情不好的樣子。「那是我們玩的地方。」她小聲說。

「你們還有其他很多地方可以玩。」老人不高興了，外孫女居然沒和他一樣興奮。

「這樣我們就看不到馬路對面的樹林。」她說。

老人瞪著外孫女。「馬路對面的樹林？」他重複她的話。

「我們會看不到風景。」她說。

「風景？」他呆呆重複。

「樹林，」她說：「以後我們就不能從門廊看見樹林。」

「從門廊看見樹林？」他重複。

接著她說出口：「我爹地的小牛在那裡吃草。」

外孫女的話讓老人太過震驚，他一時來不及發火，接著滿腔怒氣化作吼聲。他跳起來，轉身用拳頭捶著引擎蓋，「他可以讓牠們去別的地方吃草！」

「你要是摔下堤防就慘了。」她說。

老人從車子前方繞到另一頭，兩眼死盯著外孫女。「妳以為我在乎他的牛要去哪吃草！妳以為我會為了一頭牛毀了生意？妳以為我會在乎那該死的蠢貨要到哪裡放牛？」

外孫女的臉脹成比頭髮還深的紅色，現在祖孫倆的表情一模一樣。「凡罵弟兄是蠢貨的，難免地獄的火。」[2]她引用了聖經。

2　出自《新約聖經》〈馬太福音〉5：22。

「你們不要論斷人，」老人咆哮，「免得你們被論斷！」[3]他的臉色比外孫女還紫。「妳！」他說：「妳讓他沒事就打妳，完全不反抗，只敢小小聲偷哭，跳上跳下！」

「不管是他，還是任何人，從來沒人碰過我，」她極其冷靜地一個字一個字說：「沒人打過我，誰要是敢碰我，我就殺誰。」

「那黑就是白，」老人高聲說：「夜就是日！」

推土機經過下方，兩人怒目相向，機器噪音消退時，老人說：「妳自己走路回家，我不要載耶洗別！」[4]

她說：「我也拒絕和巴比倫大淫婦同車。」[5]她從另一側滑下車子，朝草地走去。

「大淫婦是女的！」他大吼，「妳這傻孩子！」然而瑪麗．福瓊懶得轉身回嘴，老人只能看著她小小的健壯身影，穿越黃花點綴的草原，一路走進林子。老人心中不由得再度湧出爲外孫女自豪的情緒，就跟新湖上輕輕掀起的小波浪一樣——這孩子的性格深得他意，唯一的問題是她不肯反抗皮茲，那是他唯一不滿意之處。要是能教會她勇敢抵抗皮茲，就像她忤逆自己那樣，她將是全天下最完美的孩子，無所畏懼，意志堅定，但她性格就是有皮茲這個缺陷，就是這點不像他。老人轉身看著湖對岸的林子，在心中告訴自己，五年內，那裡就會有房子，有商店，有停車場，一切主要都是他的功勞。

老人想親身向外孫女示範展現意志的方法。既然心意已決，中午就直接在餐桌上宣布，自己正跟一個姓提爾曼的人談生意，要賣掉房子前面那塊地蓋加油站。

老人坐在桌尾一臉倦容的女兒，發出一聲呻吟，就像一把鈍刀正緩緩絞著她胸前的肉。「你是說，你要賣掉草坪！」她發出呻吟往椅背一癱，用幾乎聽不見的聲音喃喃重複，「他要賣掉草坪。」

皮茲家其他六個孩子開始鬧個不停。「以後我們要到哪裡玩！」「爸，快阻止他！」「以後我們就看不到馬路了！」不絕於耳的蠢話此起彼落。瑪麗·福瓊一句話也沒說，一臉倔強，似乎暗中在想什麼把戲。皮茲不吃了，他瞪著前方，碟子還是滿的，雙拳像兩塊深色石英，一動也不動擱在兩旁，視線從一個孩子移向另一個孩子身上，掃視桌邊，好像想從中挑出一個，最後目光落在坐在外公身邊的瑪麗·福瓊身上。他低聲說：「是妳幹的。」

「我沒有。」她否認，但聲音沒有底氣，抖得像個嚇壞的孩子。

皮茲站起來說：「跟我來。」接著轉身走出去，一路解下皮帶。老人無能爲力，看著外孫女乖乖下桌，幾乎是小跑步跟在父親後頭出去，出了大門，上卡車，接著兩個人駕車離開。

外孫女的懦弱打擊了福瓊先生，彷彿懦弱的那個人是他自己，他感到一陣虛弱。「他毆打無辜的孩子，」老人指責明顯還僵在桌尾的女兒，「而你們沒有一個人站出來阻止。」

---

3 出自《新約聖經》〈馬太福音〉7：1。

4 Jezebel，出自《舊約聖經》〈列王紀下〉16—21，她是迦南城邦西頓的公主，嫁與以色列王亞哈爲后，卻自稱先知，意欲使以色列人離棄耶和華改而崇拜外邦神巴力。是聖經中著名的外邦邪惡女性之一。

5 出自《新約聖經》〈啓示錄〉。

「你也沒阻止啊。」一個孩子低聲抱怨，其他孩子像青蛙合唱一樣，跟著小聲附和。

「我是心臟有病的老人，」他說：「我阻擋不了一頭公牛。」

「是那個孩子慫恿你的。」女兒疲憊地指控，頭抵著椅子動來動去，「一切都是她指使你去做的。」

「她沒慫恿我任何事！」老人大吼，「妳不配作別人的母親！妳太丟臉了！那孩子是天使！是聖人！」老人高喊到聲音破了，然後衝出餐廳。

接下來的下午，老人不得不躺在床上休息。每次他知道外孫女被打都感到無法承受，一顆心就快跳出來，不過這下子他鐵了心，一定要讓家門前蓋起加油站，最好能把皮茲氣到中風。要是他癱瘓，那是他活該，看他還怎麼打女兒。

瑪麗．福瓊從來不曾眞的對外公生氣，就算生氣也不持久。雖然接下來一整天，老人沒看到外孫女人影，隔天早上醒來時，她跨坐在他胸口，要他快點起床，不然就會錯過混凝土攪拌機。

爺孫倆抵達時，工人正在打釣魚俱樂部的地基，混凝土攪拌機已在運轉。那台機器和馬戲團大象一樣大，顏色也差不多，兩人站著看機器攪拌，看了約半小時，老人和提爾曼約十一點半商量賣地的事，是時候該走了。他沒告訴瑪麗．福瓊他們爲什麼得離開，只說自己要去見一個人。

提爾曼開了家有鄉村綜合商店、加油站、廢鐵場、二手車行和舞廳的商場，就在福瓊家前的泥土路接上公路後往下再開五哩處。由於泥土路很快就會鋪上柏油，他想找個好地點再開個類似的商場。提爾曼是個事業成功的商人，福瓊先生覺得他那種人不但與時俱進，甚至有點超越時代，等著世界進步到與他並駕齊驅。沿路的招牌顯示，還有五哩路就到提爾曼商場，還有四哩、三哩、兩哩、一哩路就到了：「注意，轉彎就是提爾曼世界！」最後，令人眼花繚亂的紅字宣布：「朋友們，提爾曼世界到了！」

提爾曼商場的兩側是破舊二手車的停車場，推放著無法起死回生的車輛。提爾曼也販售戶外裝飾品，像是石鶴與石雞、甕、花盆、風車玩具。為了不讓上舞廳的客人看了不舒服，各式墓碑和紀念碑擺在遠離馬路的地方。提爾曼的大部分商品都擺在外頭，這樣商店建築本身成本就不會太高。營業場所是棟單房木造建築，後方加蓋一個跳舞用的長形鐵皮屋，分為兩區，一區給有色人種，一區給白人，兩區各自都有點唱機，另外還有個專賣燒烤三明治和汽水的烤肉區。

爺孫倆抵達提爾曼商場的停車場，老人看了孩子一眼。瑪麗．福瓊抱著腳，下巴貼著膝蓋。老人不曉得她是否記得那塊地將會賣給提爾曼。

她突然開口問：「你進去幹什麼？」她探頭探腦，彷彿感應到敵人。

「跟妳沒關係，」他說：「妳待在車上，等我辦完事，會帶東西給妳。」

「什麼東西都不用給我，」她冷冷地說：「等你回來，我就不在這裡了。」

「哼！」他說：「妳人已經在這裡，只能乖乖在這兒等。」老人不管外孫女，自己下車，走進提爾曼正恭候大駕的昏暗商店。

半小時後，老人走出商場，外孫女不在車內，他想一定是躲起來了。老人繞著商店走，看看在不在後頭。他探頭看兩區舞廳的門，接著又繞到放墓碑的地方。他掃視廢車場，外孫女可能躲在其中一輛車上，或是躲在後方，而那裡整整有兩百輛車。老人回到商場前方，一個喝著紫色飲料的黑人男孩坐在地上，背靠冒著水珠的冰桶。

「孩子，小女孩去哪裡了？」他問。

「我沒見過什麼小女孩。」男孩回答。

老人不耐煩地掏口袋，遞給男孩五分錢，又問一次：「一個穿黃色綿布連身裙的漂亮小女孩。」

「如果你是說那個長得像你的胖小孩，」男孩說：「她上了一台白人的卡車走了。」

「什麼樣的卡車？那白人長什麼樣？」他大吼。

「一輛綠色小貨卡，」男孩咂咂嘴，「還有一個她喊『爹地』的白人。他們朝那個方向離開好一會兒了。」

老人氣得發抖，上車回家，怒氣與難堪的情緒不斷在心中激盪。外孫女之前從來不曾這樣拋下他，絕不會為了皮茲拋下他。一定是皮茲命令她上車，她不敢不聽話，但這結論讓老人更生氣。外孫女究竟是怎麼回事？為什麼就是不敢反抗皮茲？他把她教得什麼都好，為什麼性格上就是有這缺陷？可真是奇哉怪也。

老人到家，走上前門台階，外孫女坐在鞦韆上，一臉憂傷地看著老人即將賣掉的土地，雙眼紅腫，不過腿上倒是沒有紅色傷痕。老人坐進外孫女身旁的鞦韆，想好好大罵一頓，卻結結巴巴，像個來求和的追求者。

「妳為什麼離開？妳以前從來沒有這樣把我丟下。」他說。

「因爲我高興。」她兩眼直視前方。

「妳不想，」他說：「是他逼你的。」

「我跟你講過我會離開，然後也離開了。」她不看他，咬牙切齒地回答，「你可以走了，我想一個人待著。」她的語氣中沒有商量餘地，以前兩人吵架，她從不曾這樣。女孩凝視著只有粉色、黃色與紫色雜草的空地，看著紅土路對面，望向點綴著綠色的一排陰鬱黑色松樹林。那排樹的後方是狹長的灰藍樹林，更後方是空無一物的天空，什麼都沒有，只有一兩抹無力的浮雲。女孩看著眼前這道風景，彷彿那是個人，而她選了這個人，不選老人。

「這塊地是我的，不是嗎？」他問，「我賣我的地，妳難過什麼？」

「因爲這是草坪。」她的眼淚鼻涕流不停，但仍維持頑固的表情，舔掉臉上能舔掉的水。她說：「我們以後就看不見馬路對面了。」

老人再度望著馬路對面，確認那裡眞的沒什麼好看的。「妳以前從來沒這樣子過，」老人感到莫名其妙，「那裡什麼都沒有，只有樹林。」

「我們再也不能看到樹林，」她說：「而且那是草坪，我爹地的小牛在那裡吃草。」

聽到這，老人站了起來。「妳像個皮茲家的人，不像福瓊家的人。」老人從來不曾對她說過這種重話，話才出口就後悔了。這句話傷到他自己的程度，比傷外孫女更多。老人轉身進屋，上樓回房。

下午，老人幾度從床上起身，望著窗外「草坪」後方外孫女說再也看不到的樹林。每一次看，都只看到同樣的東西：就是樹林，沒有山景，沒有瀑布，沒有任何林園造景，也沒花，就只是樹而已。下午時分陽光在林中交織，照出每一枝孤伶伶的細瘦樹幹。老人告訴自己，松樹幹就只是松樹幹而已，想看的話，附近隨便走走就看得到。每次他下床看著窗外，都再次確信賣地是正確的選擇。皮茲會一輩子氣得牙癢癢，至於瑪麗．福瓊的話，買點東西哄她開心就好。對大人來說，道路要不是通往天堂，就是通往地獄，但對小孩來說，路上一點小事就能吸引他們的注意力。

老人第三次起身望著林子時，時間已近六點，後方的太陽即將隱沒不見，荒涼的樹木沐浴在一道紅光之中。老人盯著那景象好一陣子，好像那個延長的瞬間，引領著未來的一切喧囂事物抓住了他，他被困在以前從未發現、令人不安的奇異氛圍中。幻覺之中，他看見有人在林子裡受了傷，樹上濺滿了血。幾分鐘後，窗戶下方皮茲的小貨卡傳來刺耳煞車聲，打破這幻象。老人回到床上，閉上眼睛，看見眼皮後方恐怖的浴血樹幹矗立在黝黑林中。

吃飯時，沒人搭理老人，連瑪麗．福瓊都不講話。老人匆匆吃掉晚餐，回到房間，一整晚向自己列舉有提爾曼那樣的商場當鄰居的好處。以後他們要加油，就不用跑很遠。若是需要麵包，只需要出前門，走到提爾曼商場的後門就行了。他們可以賣牛奶給提爾曼，提爾曼討人喜歡，而且還會陸續拓展其他生意。柏油路很快就會鋪起來，全國各地來到這裡的旅客，都會造訪提爾曼的店。要是女兒覺得自己比提爾曼高尚，到時候她就知道了。人人生而自由平等。老人想起這句話時，愛國心戰勝了遲疑，賣地是他的責任，他必須確保國家好好走向未來。老人看向窗外，月光照著路對面的林子，他聽了一陣子蟋蟀與樹蛙鳴聲。在大自然的喧嘩聲中，他聽見福瓊鎮未來的脈動。

老人和平日一樣上床，早上醒來時，他會看到頂著西瓜皮、長得和他一模一樣的紅潤小臉。外孫女會把賣地的事忘得一乾二淨。早餐過後，他們會開車到鎮上，到法院領文件，回程到提爾曼那裡，完成這次土地買賣交易。

然而，他早上睜開眼時，只看見空蕩蕩的天花板。他坐起來，看看房間，沒見到外孫女。他靠到床邊，找了一下床底，人也不在那兒。老人起床，穿好衣服，走到外頭，外孫女和昨天一模一樣，坐在前門廊的鞦韆上，凝視通往樹林的草坪。老人怒火攻心，自從外孫女會爬之後，每天醒來時她都在他床上，要不然就是在床下，但顯然今天早上她選了樹林風景，沒選他。老人決定先不罵她，等她氣消了再說。他坐在她旁邊的鞦韆上，但她依舊望著樹林。他說：「我在想，今天妳跟我到鎮上那家新開的船店，我們去看船。」

外孫女沒轉頭看他，只是大聲質疑：「你又想幹什麼？」

「沒什麼。」他說。

過了一會兒，她說：「如果只是看船，我去。」但依舊沒有屈尊看他一眼。

「那就穿上妳的鞋，」他說：「我可不會跟個光腳的女人到鎮上。」她沒理會他開的玩笑。

那天的天氣跟她的態度一樣，不置可否。天空看起來不像會下雨，也不像不會下雨，滿布陰鬱的灰色，太陽沒露臉。一路到鎮上時，她看著自己伸在前方、套著笨重棕色校鞋的腳。老人不時偷看外孫女兩眼，發現她正在和自己的腳孤單對話，大概是在和它們無聲交流，嘴唇有時會動一下，但一句話也沒對他說，也不回應他說的任何一句話，好像根本沒聽到一樣。老人想，看來這次得花一大筆錢，才能讓她開心起來，最好是買艘船，因爲他自己就想要一艘。自從她看見屋旁新形成的湖泊，就一直在講船的事。兩人的第一站是船店，走進店內時，老人愉快地對店員大喊：「讓我們看看窮人的遊艇！」

「這裡全都是賣給窮人的遊艇！」店員說：「因爲你買了之後，就會變成窮人！」店員是個健壯的年輕人，穿著黃襯衫、藍褲子，妙語如珠，兩人你來我往開了幾句玩笑，老人轉頭看瑪麗·福瓊的臉是否亮起來，但她心不在焉地看著外裝電動機船後方的牆面。

「我們小姐對船沒興趣嗎？」店員問。

瑪麗·福瓊轉身慢慢走回人行道，回到車上。老人驚訝地看著她，不敢相信這麼聰明的孩子，怎麼會只不過是賣塊地就鬧這麼大彆扭。「她一定是身體不舒服，」老人說：「我們下次再來。」接著他也回到車上。

老人擔心地看著外孫女，提議：「我們去吃甜筒。」

「我不想吃什麼甜筒。」她說。

老人眞正要去的地方其實是法院，但不想明說。「我去辦事的時候，妳去那家十分錢商店好不好？」他問，「我有二十五分錢，妳可以買點東西。」

「我不想在十分錢商店買東西，」她說：「也不要你的二十五分錢。」

老人暗罵自己蠢，這孩子連船都沒興趣，二十五分錢又算得了什麼。「怎麼了，孩子？」他和顏悅色地問：「不舒服嗎？」

她轉頭看著他的臉，一個字、一個字地說：「草坪！我爹地的小牛在那裡吃草。我們再也看不到樹林了。」

老人努力克制怒氣。「他打妳！」老人大吼，「妳卻擔心他的牛要到哪裡吃草！」

「從來沒有人打過我，」她說：「要是有人打我，我就殺了他。」

一個七十九歲的男人，不能被個九歲小孩壓倒。老人臉上露出與外孫女同樣堅決的神情。「妳是福瓊家的人，還是皮茲家的人？妳要作出決定。」

她用不容質疑的口氣大聲挑釁：「我是瑪麗—福瓊—皮茲。」

老人大吼：「我，我百分之百是福瓊家的人！」

外孫女對於這個事實無言以對，只能沉默不語。有那麼一瞬間，她看起來完全被打敗，老人心煩意亂地發現，那種臉完全就是皮茲家的臉，那是皮茲家的表情，完完全全就是。他感到心力交瘁，宛如那表情是出現在自己臉上。老人厭惡地轉頭倒車，一路駛向法院。

法院是廣場正中央一棟紅白色建築，四周草皮大多已被踏平。老人把車停在法院前方，專橫地拋下一句「給我待在這兒」，然後就下車，狠狠關上車門。

老人花了半小時拿到地契，擬定買賣合約，回到車上時，外孫女坐在後座一角，表情疏離，似乎在預示什麼。天色暗了下來，空氣中一股懶洋洋的熱氣，彷彿大風暴即將來襲。

「我們最好快點上路，免得碰上暴風雨，」老人提高聲音，「到家之前，我還得去個地方。」

然而老人這幾句話得到的回應，就跟載著一具小孩屍體一樣。

開往提爾曼商場途中，老人再次回想接下來要做之事的種種正當理由，還是找不出任何邏輯謬誤。他決定了，雖然外孫女這種態度不會維持太久，但他要一輩子對她感到失望。等外孫女心情好起來，就得向他道歉，船就別買了。他看出來了，外孫女會不聽話，就是因爲每次他的態度都不夠堅決，他對她太好。老人想著想著，錯過還有多少哩路會抵達提爾曼商場的路標，直到最後一個告示牌歡樂地跳出：「朋友們，提爾曼世界到了！」他把車停在車棚下。

老人看都沒看瑪麗．福瓊一眼，直接下車，走進昏暗的商場，提爾曼靠在櫃檯上等他，後方是三排罐頭架。

提爾曼是個動作快但話不多的人，雙手習慣交疊在櫃檯上，一顆小頭像蛇一樣動來動去，長著一張倒三角臉，頭上布滿斑點。一雙綠眼細得不得了，舌頭永遠露在微張的嘴外。他準備好支票簿，兩人立刻進入正題，一下便檢查完地契，提爾曼在買賣契約上簽字，福瓊先生也跟著簽。交易完成後，兩人隔著櫃檯握手。

福瓊先生握住提爾曼的手，感到心中放下一塊大石。木已成舟，沒什麼好說的了。不管跟外孫女或他自己，都不會再有爭論。老人覺得自己依照原則行事，確保了家鄉未來能夠進步。

兩個人鬆開手時，提爾曼的臉瞬間變色，整個人消失在櫃檯下，好像雙腳被拖下去一樣。原本所站的地方，一個瓶子砸在後方罐頭上。老人轉身，瑪麗．福瓊站在門口，脹紅的臉帶著瘋狂的表情，又舉起一個瓶子。老人閃開，瓶子在後方櫃檯上砸碎，她又從箱裡抓出另一個瓶子。老人撲向她，但她躲到店內另一邊，胡言亂語，尖叫個不停，手邊抓到什麼就扔什麼。老人再次撲向她，這回抓到裙角，把她拖到店外，抓緊後一把抱起。瑪麗・福瓊不斷哭喊，但離車子還有幾呎遠時，身體突然軟下。老人用力打開車門，把人扔進去，接著跑到車子另一側上車，用最快速度開走。

老人覺得自己一顆心膨脹到跟車子一樣大，正在奮力往前衝，以這輩子最快的速度，載他前往不可避免的終點。頭五分鐘，他腦中一片空白，怔怔地加速往前衝，好像被自己的怒氣推著向前。漸漸的，他的腦袋又能思考了，瑪麗・福瓊縮成一團，擠在座位角落，不斷吸著鼻子喘氣。

老人這輩子沒看過這種孩子。不管是自己的孩子或任何人的孩子，從來沒有人敢在他面前這樣耍性子。他也從來沒想過，自己一手教出的孩子，整整陪伴他九年的孩子，竟然讓他出這種洋相。他對她可是連手都沒抬起來過！

原來如此，他懂了，他就是這點做錯。

外孫女會無緣無故尊敬皮茲，就是因爲皮茲會打她。如果他現在不揍她——這下可是有好理由——她以後要是變成壞孩子，那都是他的錯。不得不這麼做了，今天一定得打她。老人開下公路，駛進通往家裡的泥土路。他告訴自己，等修理完她，她就再也不敢亂丟瓶子。

老人加速開在泥土路上，駛進自己的產業，拐進一旁只能容下一輛車的小路，在林中顛顛簸簸開了半哩路。老人在自己見過皮茲拿皮帶抽女兒的同樣地點停車，路面開始變寬，容得下兩輛車併行，或是讓一輛車掉頭。光禿禿的醜陋紅土空地旁，長著似乎等著目睹一切的細長松樹，泥中突出幾塊石頭。

「下車。」老人伸手打開外孫女身旁的車門。

她下車，沒看老人一眼，也沒問來這裡做什麼。老人從自己那邊車門下車，走到車頭。

「我要抽妳！」老人的怒吼迴盪在空中，空氣震動起來，似乎一路傳到松樹頂。他不想在打人的時候被傾盆大雨淋到，催促道：「動作快，抱住樹。」接著解下皮帶。

瑪麗·福瓊過了好一會兒，才明白老人想做什麼，好像她的理解得穿越腦中的一陣迷霧。她一動也不動，迷惑的表情變成恍然大悟。幾秒鐘前，她一張臉哭到扭曲脹紅，但模糊的線條逐漸消失，表情變得堅決起來，接著鐵了心。「沒人打過我，」她說：「要是有人敢試試看，我就殺了他。」

「頂嘴也沒用。」老人瞪著外孫女，膝蓋感到十分無力，好像隨時要往前或往後倒下。

瑪麗·福瓊後退一步，堅決地看著老人，拿下眼鏡，放在剛才老人要她抱住準備挨打的那棵樹旁一塊小石頭後方。她說：「拿下你的眼鏡。」

「不准對我下命令！」老人扯著嗓子大吼，不熟練地用皮帶抽向她的腳踝。

她猛然撲到他身上，速度快到他想不起第一下是怎麼回事，不知她是用整個身子的重量用力撞他，還是用腳踢他，還是用拳頭揍他胸口。老人揮著皮帶，不曉得該打在哪裡，只是試著推開外孫女，想弄清楚該怎麼把她抓牢。

「下去！」他大吼，「我說下去！」然而外孫女似乎同一時間從四面八方展開攻擊，好像他不是被一個小孩襲擊，而是一群小惡魔一湧而上，她們全都穿著厚重棕色校鞋，拳頭都像小小的堅硬石塊。老人的眼鏡飛了出去。

她沒有停止攻擊，大吼著：「我說過叫你拿下眼鏡。」

老人抓著膝蓋，單腳跳動，外孫女拳如雨下打著他的肚子，五隻尖爪刺進胳膊肉裡，她掛在他的手臂上，借力使力，腳重重踢向他的膝蓋，空出的那隻手一遍又一遍揍向胸口。驚恐之中，他看見她的臉出現在眼前，牙齒外露，咬住他下巴，老人發出公牛般的嘶吼，彷彿看見自己的臉從四面八方同一時間咬住自己，卻無力反抗，有人一直在踢他，肚子被踢，褲襠被踢。突然間，他倒在地上，像個著火的人在地上翻滾，她立刻跳到他身上，跟著一起滾，腳仍舊踢個不停，而且現在兩隻手都空出來，可以同時揮拳擊打胸口。

「我年紀大了，」他尖叫，「放過我！」然而她沒停手，再次攻擊下巴。

「停下，停下！」他喘氣，「我是妳外公！」

女孩停下，臉正對著他。一模一樣的淺色眼珠，看進一模一樣的淺色眼珠。「你得到教訓了嗎？」她問。

老人看著和自己一模一樣的臉孔，那張臉充滿勝利的敵意。「你被揍了，」那張臉說：「是我打的。」接著那張臉加強語氣，一個字、一個字地說：「我百分之百是皮茲家的人。」

老人趁外孫女鬆手的空檔，掐住她的喉嚨，一股力氣湧上來，兩人調換位置，他在上，她在下。老人看著和自己長得完全一樣、卻說自己姓皮茲的臉，緊緊掐著脖子，用力把頭敲向底下的石頭，接著又再多敲兩下，看著那張臉逐漸失焦，翻出白眼。他說：「我的體內完全沒有一滴皮茲的血。」

老人死盯著自己被征服的模樣，直到發現那張臉雖然不發一語，但也絲毫沒有懺悔之意。眼珠又轉了回來，動也不動凝視前方，看也不看他。「這下妳得到教訓了吧。」老人遲疑地說。

他苦撐著剛才被亂踢一通的雙腿，發著抖，硬撐著走了兩步，然而剛才在車內變大的心臟仍在膨脹。他轉頭，望著身後一動也不動、頭躺在石頭上的小小身軀，看了很久很久。

他往後摔倒在地，無助地看著光禿禿的樹幹，一路望著松樹頂，心臟繼續膨脹，用力抽動，速度快到他覺得自己被拉過樹林，跟著醜陋的松樹以最快速度奔向湖邊。那裡有個小開口，一個他可以逃離樹林的小地方。距離還這麼遠，他就已經望見那裡，一塊白色天空映在水中的小開口，他跑向那裡，開口越變越大，一瞬間整座湖出現在眼前，波瀾壯闊，大水湧至腳邊。他突然想起，自己不會游泳，船也還沒買。左右兩側，枯瘦樹木集結起來，排成深色的神祕隊伍，穿越水面，消失在遠方。他無助地四處張望，希望有人能救自己，但一個人影也沒有，一旁只有一隻巨大黃色怪物，和他一樣待在原地不動，吞下大口泥土。

——發表於《黨派評論季刊》（*Partisan Review*）第二十四卷：一九五七年夏季號；之後並收入《一九五八年美國最佳短篇小說選》及其短篇小說集《上升的一切必將匯合》。

揮之不去的寒意

亞斯貝瑞的車廂，正好停在母親站立等候的位置。母親戴著眼鏡的細瘦臉龐，一見到列車人員後方努力直起身子的他，原本明亮的大笑容瞬間消失，取而代之的是明顯驚嚇的表情。在那一瞬間，他第一次明白，自己的病已重到外表一望即知。天空是寒冷的灰，有如東方異國君王的白金色太陽，從木材鎮周圍的黑色林子後方升起，在磚木平房街區，灑下奇異光線。亞斯貝瑞覺得自己即將目睹莊嚴的變身，平房屋頂在下一秒鐘，即將幻化爲高聳塔樓，成爲供奉他不認識的神祇的異國廟宇。幻境只持續了一瞬間，他的注意力就被拉回母親身上。

母親小小尖叫一聲，看起來嚇壞了。很好，母親一看見他的臉，就知道死神已經降臨。母親六十歲了，終於要了解現實人生，她要是撐過他的死，這次的經歷大概會讓她有所成長。亞斯貝瑞走下火車向母親打招呼。

「你氣色看起來很差。」母親像個醫生一樣，久久打量著他。

「我不想講話，」亞斯貝瑞立刻打斷母親，「我這一路過來累壞了。」

福克斯太太注意到兒子左眼充血，全身蒼白水腫，而且以二十五歲的年輕人來說，他的髮線後退到悲劇的程度，左上方稀疏的紅色一角，逐漸縮成一個點，讓他鼻子看起來更長，一臉不耐煩的樣子，而他對她說話時，的確也是那個調調。「北方很冷吧，」她說：「怎麼不脫外套，這裡沒那麼冷。」

「不需要妳告訴我冷不冷！」他高聲說：「我都這麼大了，想脫外套的話，我自己會脫！」身後的火車靜靜駛離，露出兩塊一模一樣的破舊店舖街區。他望著鋁製車廂的小點消失在樹林中，感到自己與廣大世界的連結就此消失。他轉身冷冷面對母親，氣憤自己居然有那麼一瞬間，在這破敗的鄉下火車轉運站，看見想像中的寺廟。他已經完全接受自己會死，但還沒準備好死在這種鬼地方。

他感覺死亡將臨已近四個月，獨自在冷死人的公寓，縮在兩條毯子與大衣下，中間還塞了三層《紐約時報》。一天晚上，他渾身發冷，不停冒汗，被單都濕了，他原本還想，或許自己不是眞的病得那麼重，但這下不必懷疑。那天晚上之前，他原本就感覺精力逐漸消失，身體和頭隱隱約約痛著。他曠職好幾天，丟了書店的兼差工作，接下來只得靠讓他能離家的積蓄過活，然而那點錢很難維持生活，一天天減少，最後一點也不剩，所以他回到這裡。

「車呢？」他低聲說。

「還要再走一下。」母親回答，「對了，你姊睡在後座，因爲我不想一個人這麼早出門，等一下不要吵醒她。」

「我不會的，」他說：「別惹睡覺的狗。」他拿起兩件鼓脹的行李，穿越馬路。

行李對他來說太重，終於走到車旁時，母親看出他已累壞。兒子以前從來不曾帶兩個行李箱回家。自從他第一次離家上大學，每次回來，都只帶夠用兩週的日用品，而且一臉逆來順受的樣子，讓人知道他只準備忍耐整整十四天，多一天都不行。母親評論道：「你這次帶的東西比較多。」然而他沒回應。

他打開車門，兩箱行李塞到姊姊翹起的腳邊。他先是厭惡地看著她的腳——穿著女童軍的鞋——接著又打量她身上其他地方。黑套裝，頭上罩著白布，底下的金屬髮捲東一個、西一個凸出來。眼睛閉著，嘴巴大開。姊弟倆容貌一樣，只是姊姊五官大了點。她比他大八歲，是個鄉下小學的校長。亞斯貝瑞輕輕關上門，免得吵醒姊姊，接著繞到車子另一邊，坐進前座，闔上眼。母親倒車回到馬路上，幾分鐘內，他感覺車子駛上公路，睜開眼睛。道路往前延伸，兩側是長著黃色苦味草的開闊原野。

「怎麼樣，木材鎮是不是繁榮了？」母親問道。她每次都問這問題，而且是眞心在問。

「這鬼地方還在就不錯了。」他鄙夷地說。

「有兩家店重新裝修了門面。」她說。突然間她忍不住了：「回家是好事，這裡的醫生可以好好照顧你！下午我就帶你去看布洛克醫生。」

「我不去。」他努力壓住顫抖的聲音，「我不看布洛克醫生。今天下午不去，永遠都不去。妳以爲如果我眞的想看醫生，不會早就去了嗎？北方就有好醫生。妳不知道紐約的醫生比較高明嗎？」

「布洛克醫生會把你當家人照顧，」她說：「紐約的醫生不會把你當自己人。」

「我不需要他把我當自己人。」他凝視著一閃即逝的紫色原野，過了一會兒，開口說：「我的問題不是布洛克治得好的。」他帶著哭音的說話聲逐漸模糊。

他辦不到。他無法像朋友高爾茲說得那樣，把人世的一切視爲幻象。他無法把先前的人生，也無法把剩下的幾週性命全當成一場夢。高爾茲斷言，死亡算不了什麼。以前的高爾茲，臉總是脹成憤怒的紫色，後來跑去日本六個月，回來時全身髒兮兮，卻變得跟佛陀一樣超然，聽到亞斯貝瑞快死了，他一臉平靜，引用不知出自哪裡的一句話：「如是滅度無量無數無邊眾生，實無眾生得滅度者。」不過，有一次高爾茲動了惻隱之心，自掏腰包，花了四塊五，帶他去上吠檀多哲學的課，結果只是白花錢。高爾茲入迷聽著台上那個深色皮膚的瘦子講話，亞斯貝瑞則無聊地打量聽眾，目光掃過幾個穿印度紗麗女孩的頭。聽眾裡有個日本年輕人，一個戴土耳其氈帽、穿藍黑色衣服的男人，幾個像是秘書的女孩。最後，在最後一排，有個戴眼鏡、一身黑衣的瘦弱神父。神父一臉彬彬有禮但又興趣缺缺的樣子，保持著高人一等的沉默表情，亞斯貝瑞立刻覺得找到了知音。下課後，幾個學員到高爾茲的公寓聚會，那神父也去了，但話依舊不多。大家談起亞斯貝瑞快死的事，神父溫文有禮地聆聽，但沒說什麼。一個穿紗麗的女生說，人不可能實現自我，因爲實現自我代表救贖，而救贖沒有意義。高爾茲又引經據典：「度化即破除偏執，實無眾生可度。」

亞斯貝瑞問神父：「您怎麼看那種說法？」他學神父露出克制的笑容，望著其他人的頭頂，嘴角帶著一絲對世事瞭然於心的冷笑。

神父回答：「的確可能出現新人類，要有輔助就是，」他冷冷地說：「當然，是在三位一體的聖靈引領之下。」

穿紗麗的女生說：「胡說八道！」然而神父只對她笑了笑，看起來有點被逗樂的樣子。

神父起身離開時，悄悄遞給亞斯貝瑞一張小名片，上頭寫著「耶穌會，依納．佛格列」與地址。亞斯貝瑞心想，或許當時該用那張名片，神父是人間的代表，會懂他的死是場獨特的悲劇，不是身邊這群吱吱喳喳的俗人能懂的事，而且也遠遠超出布洛克的醫術範圍。亞斯貝瑞再次強調：「我的問題不是布洛克治得好的。」

母親立刻明白兒子在說什麼：他的意思是說，他的神經要撐不住了。母親沒再多說，沒說自己早料到會有這麼一天。人們自認聰明時——就算是眞的聰明——旁邊的人就算費盡唇舌也打不醒他們。亞斯貝瑞又更麻煩，他不只聰明，還具備藝術家性格。眞不曉得兒子哪來這種氣質，他父親同時集律師、生意人、農場主與政治人物於一身，沒人比他更精明實際。她這作母親的，也一向是和現實打交道的人，在丈夫死後，拉拔兩個孩子念到大學以上，然而她卻看到兩個孩子受的教育越多，能做的卻越少。他們的父親在只有一間教室的校舍念完八年級而已，卻什麼事都能做。

她可以告訴亞斯貝瑞什麼東西有益處，她可以告訴他：「如果你多曬點太陽，在牛奶場工作一個月，就會脫胎換骨！」然而她也曉得兒子會怎麼回應。兒子去牛奶場只會礙手礙腳，但只要他願意，她會想辦法，去年她就讓他在那裡工作，因為他返鄉時，正在寫跟黑人有關的劇本（她實在不懂，怎麼會有人想讓黑人當主角），說自己想去牛奶場和黑人一起工作，找出他們需要什麼。要不是兒子那麼心高氣傲，誰的話都聽不進去，她會告訴他，黑鬼想要的就是打混。那次家裡的黑人忍著和亞斯貝瑞一起工作，亞斯貝瑞學會了裝擠奶器，有一次還洗了全部的瓶子，好像還幫忙混合過飼料，接著一隻母牛踢了他，他就再也不肯回去。她知道要是兒子現在回牛奶場，或是到外頭修修柵欄什麼的，做點實實在在的工作，別再搞什麼寫作，就不會神經衰弱。「你那個黑人劇本怎麼樣了？」她問。

「我不寫劇本了，」他說：「還有聽清楚了，我不會到任何牛奶場工作，也不會曬什麼太陽。我病了，發燒、畏寒、眩暈，只求妳離我遠一點。」

「如果真病了，該給布洛克醫生看看。」

「我也不會找布洛克看病。」他說完就精疲力竭癱在椅背上，兩眼直視前方。

母親轉彎開進自家產業，紅土小路延伸了四分之一哩長，把前面的牧草場隔成左右兩半。沒奶的牛一邊，有奶的一邊。她放慢車速，停下車子，注意力被一頭乳頭有問題的母牛吸引。「他們沒好好照顧牠，」她嚷著，「看看那個乳房！」

亞斯貝瑞故意扭頭不去看母親指的方向，卻和一隻瞪大眼的更塞種小牛四目相對，小牛彷彿察覺他們之間心有靈犀。「我的天啊！」亞斯貝瑞痛苦大叫，「可以走了嗎？現在才早上六點！」

「好好好。」母親立刻繼續往下開下去。

「在吵什麼？」後座的姊姊拉長聲音，「噢，是你啊，」她說：「太棒了，太棒了，大藝術家又要來跟我們住了。大膩素家，大膩素家。」她扯著濃濃的鼻音。

亞斯貝瑞沒回姊姊的話，也沒轉頭。他這輩子早就學到教訓，千萬別回這女人的話。

「瑪麗—喬治！」母親斥責，「亞斯貝瑞不舒服，不要煩他。」

「他怎麼了？」瑪麗—喬治問道。

母親宣布：「到家了！」好像除了她以外，大家都看不到。白色的雙層農舍佇立在丘頂，展示著寬敞的門廊與美觀的柱子。母親一向對這房子深感自豪，不只一次告訴亞斯貝瑞：「你家多棒啊，一半的北方人會不惜一切擁有這樣的地方！」

她去過他在紐約的可怕住處，他們爬了五層樓深色石階，每一樓都擺著無蓋的垃圾桶，最後抵達他的公寓，裡面是兩間潮濕雅房和一間小套房。「如果在家裡，你不可能住這種地方。」她輕聲說。

「不！」他帶著狂熱的表情回答，「的確不可能！」

老實講，她眞不懂那些心思細膩、古古怪怪的藝術家。女兒說亞斯貝瑞的問題，就出在他根本不是藝術家，缺乏天分，不過女兒自己過得也不很開心。亞斯貝瑞說姊姊雖裝出知識份子的模樣，但智商不可能超過七十五，而且她眞心想作的事其實是嫁人，但還過得去的男人連看她一眼都懶。福克斯太太曾經試著告訴兒子，姊姊要是費點心思打扮，也可以很漂亮，但兒子說姊姊就別癡心妄想了，她要真有幾分姿色，就不會是鄉下小學的校長。姊姊則說，要是亞斯貝瑞有那麼一丁點天分，也早就出版過東西。她想知道，弟弟究竟出版過什麼，甚至別說出版了，他寫出過什麼？

福克斯太太說，亞斯貝瑞才二十五歲，但瑪麗—喬治說那年紀的人，早在二十一歲就出版過作品，也就是說他已經整整晚了四年。福克斯太太不懂這方面的事，但或許兒子是在寫本很長的書。瑪麗—喬治說，不用什麼很長的書，他能寫得出一首詩就要偷笑。福克斯太太祈禱，可別真的只是一首詩。

福克斯太太把車停在一旁，嚇得一群珠雞四散，在半空中繞著屋子啼叫打轉。她念出兒歌：

「到家啦，到家啦，啦啦啦。」

「天啊。」亞斯貝瑞呻吟。

瑪麗—喬治扯著鼻音：「藝術家來到毒氣室了。」

亞斯貝瑞打開車門下車，遊魂似地走向屋子，忘了還沒拿行李。瑪麗—喬治也下車，站在車門邊，斜眼看著弟弟用搖搖晃晃的痀僂身軀，走上前門台階，頓時目瞪口呆。「怎麼搞的，」她說：「亞斯貝瑞身體還真的有毛病，看起來活像一百歲。」

「我剛才不是講了嗎？」母親噓了一聲，「從現在起閉上妳的嘴，別去煩他。」

亞斯貝瑞進屋後，在大廳愣了一下，從窗邊掛著的鏡子，看見一張虛弱的蒼白臉孔回瞪著自己。他抓著樓梯扶手，使勁爬上陡斜的樓梯，走過轉角，再爬上另一段短一點的樓梯，走進自己的房間。房間寬闊通風，擺著褪色的藍地毯，以及為了迎賓新換的白窗簾。他沒仔細瞧房間，就面朝下驀地倒在床上。那是張狹長的古董床，有裝飾用的高聳床頭板，上頭雕著花圈與擺滿木頭水果的籃子。

他人還在紐約時，寫了一封滿滿兩本筆記本的信給母親，打算等自己死了之後再給她看。那封信非常像卡夫卡寫給父親的家書。亞斯貝瑞的父親二十年前就去世了，他覺得老頭實在幸運。他敢肯定，父親是那種凡事都要插一手的法院地方鄉紳，絕對無法忍受他這種人。他讀過父親一些信件，愚蠢的程度讓他大為驚嚇。

當然，他也知道母親無法一下子讀懂他的信，她那遲鈍的腦袋，得花點時間才能瞭解信中的含義，不過她應該看得懂他原諒她對他所做的一切。母親大概要讀了那封信，才會懂自己一輩子究竟對兒子做了些什麼。亞斯貝瑞覺得母親根本沒意識到自己所造的孽，只是過得心滿意足，渾渾噩噩，不過讀了那封信之後，她將經歷一場痛苦的醒悟，而這將是他唯一能留給她的珍貴事物。

若說母親讀了信會痛苦，他其實也寫得心痛，有時甚至寫不下去——為了面對她，他也得面對自己。「我來到這裡，是為了逃離家中的奴役氣氛，」信上寫著：「我要追尋自由，解放想像，使其如飛鷹逃離牢籠，『飛翔於擴大的氣旋之中』（引自葉慈），然而我發現什麼？我的想像力無力飛翔，它是被妳馴養的鳥，氣鼓鼓地待在自身的牢籠，拒絕走出箝制！」接下來的話劃了兩條底線，「我缺乏想像力，我缺乏天分，我無力創作，我什麼都沒有，只有渴望的份。妳爲什麼不乾脆連那份渴望也奪走？女人，妳爲什麼要剪掉我的翅膀？」

寫到這，他跌進絕望的深淵，心想讀了這些話之後，母親至少會開始理解他的悲劇，以及自己應負的責任。雖然她不曾強迫他按照自己的意思過活，她甚至不必強迫。她的方式如同他所呼吸的空氣，等他終於找到其他空氣時，也無法存活了。亞斯貝瑞覺得，就算母親無法立刻讀懂，這封信會帶給她揮之不去的寒意，或許有一天，她會看清自己的面貌。

亞斯貝瑞已經銷毀自己寫過的其他所有作品——兩本缺乏靈魂的小說、六齣呆板劇本、散文詩、簡短的故事草稿——只留下寫著最後一封信的兩本筆記本。它們正躺在姊姊氣喘吁吁拖上二樓的黑色行李箱，母親提著小行李箱，走在姊姊前頭，率先進了房間，亞斯貝瑞轉過身。

「我來開箱子，幫你把東西拿出來，」她說：「你躺著吧，我馬上送早餐過來。」

亞斯貝瑞坐了起來，煩躁地告訴母親：「我不需要什麼早餐，行李我自己開就好，妳不要動。」

姊姊來到門口，一臉好奇，把黑色行李重重摔在門檻上，用腳推進房間，一路推到能看清楚弟弟的地方。「要是我臉色像你那麼難看，」她說：「我會立刻上醫院。」

母親狠狠瞪了女兒一眼，她自討沒趣地離開。福克斯太太關上門，走到床邊，在兒子身旁坐下。「好了，這次你回來要待久一點，好好休息。」她說。

「這次我回來，」他說：「就不會走了。」

「太好了！」母親大喊，「你可以在自己的房間裡，弄個小小的工作室，早上寫劇本，下午幫忙擠奶！」

他面無表情的蒼白臉孔轉向她說：「窗簾拉上，讓我睡一下。」

母親離開，他瞪著灰牆上的水漬。漏水形成的長條冰錐圖案，從上方橫梁向下延伸。床上方的天花板也有一道漏水痕跡，看起來像隻展翅的猛禽，喙上有條斜穿的冰錐，翅膀和尾巴也垂掛著細小冰錐。他還小的時候，天花板就已經有那個圖案，一直讓他覺得不舒服，有時候還會被嚇到。他常幻想那隻鳥會動，突然衝下來，銜著冰錐刺進他的頭。亞斯貝瑞閉上眼，想著再過幾天，就不用看到那東西了，他沉沉睡去。

亞斯貝瑞醒來時已是下午，眼前是張嘴巴開開的粉色臉孔，兩側眼熟的大耳上，掛著布洛克醫生的黑色聽診器，管子一路延伸到他敞開的胸口。醫生見他醒了，做出的鬼臉像個中國佬，白眼翻到快掉出來，大聲要他張嘴：「說啊——！」

小孩都喜歡布洛克醫生，附近數十哩內的孩子一有嘔吐發燒，都讓布洛克醫生過去看他們。福克斯太太笑容滿面站在醫生後方：「布洛克醫生來了！」她的樣子簡直像醫生是她在屋頂抓到的天使，現在她要把他送給心愛的小男孩。

「叫他滾出去。」亞斯貝瑞低聲說。他在黑洞深淵中看著那張蠢驢臉。

布洛克醫生搖著耳朵靠過來，仔細觀察亞斯貝瑞。禿頭的他，長著一張嬰兒般無知的圓臉，模樣看不出丁點智商，唯一的例外是一對冷靜客觀的鎳幣般的鐵灰色眼睛，總是不動聲色，好奇打量著一切。「亞斯貝瑞，你的樣子看來的確不太妙。」他喃喃自語，拿下聽診器，丟進診療袋。「你這種年紀，我沒看過這麼憔悴的人，你是怎麼照顧自己的？」

亞斯貝瑞的後腦杓傳來一陣又一陣強力跳動，好像他的心臟被困在裡頭，正在想辦法衝出來。他說：「我沒叫你來。」

布洛克醫生一手放上那張對自己怒目而視的臉，拉開眼皮，仔細觀察。「你在北方一定過著不規律的生活。」他壓按亞斯貝瑞的後腰，「我以前也去過一次，」他說：「我看到他們什麼都沒有，就立刻回家。來，嘴張開。」

亞斯貝瑞下意識張開嘴，醫生立刻熟練地查看喉頭。亞斯貝瑞猛然閉上嘴，吃力地說：「我要是想看醫生，就會待在紐約，紐約才有好醫生！」

「亞斯貝瑞！」母親斥責。

「你喉嚨痛多久了？」布洛克醫生問道。

「是她叫你來的！」亞斯貝瑞說：「她可以回答你的問題。」

「亞斯貝瑞！」母親大喊。

布洛克醫生彎腰，從診療袋拿出一條橡皮管，拉起亞斯貝瑞的袖子，綁住上臂，拿出針筒找血管。一邊哼著聖歌，一邊刺入針頭。亞斯貝瑞繃緊身體，氣呼呼地瞪著，忍受著白癡侵犯自己的血液。「主有一天必然降臨，」布洛克醫生低聲哼唱，「噢，主有一天必然降臨。」針筒滿了後，他抽出針頭，「血液不會說謊。」他邊說邊把血倒進瓶子，封口，放進袋子。「亞斯貝瑞，」他又開始問，「上一次……」

亞斯貝瑞坐起來，抽痛的頭一下子往前頂：「我沒叫你來，我不會回答任何問題。你不是我的醫生，我的問題不是你能力所及。」

「許多事都非我能力所及，」布洛克醫生說：「我在世上還沒找到一件我能完全瞭解的事。」他嘆了口氣，站起來，眼睛彷彿在遠方對著亞斯貝瑞閃爍。

「他身體很不舒服，」福克斯太太替兒子解釋，「態度才這麼不好。我希望您能每天過來，讓他早日痊癒。」

亞斯貝瑞雙眼充滿怒火，再度宣布：「我的問題非你能力所及。」他躺回去，閉上眼，直到布洛克和母親離開房間。

接下來幾天，亞斯貝瑞的身體狀況每況愈下，腦子卻異常清楚。死亡即將降臨時，他神智清明，卻得忍受的母親的愚蠢嘮叨。母親每天都在念母牛的事，什麼戴絲怎麼了，貝絲布頓怎麼了，還有牛的各種內疾，什麼乳腺炎、螺旋蟲、小產。母親堅持要他白天走出房間，坐在門廊上「欣賞風景」。要跟母親吵架太耗力氣，因此他會硬拖著身體，硬梆梆地癱在那兒，腳裹著阿富汗毛毯，手抓著椅子扶手，一副即將跳進耀眼湛藍天空的樣子。草原占地四分之一畝，一直延伸到隔出前方牧場的鐵絲網處。白天時，沒奶的母牛會在一排楓香樹下休息。路的另一頭是兩座丘陵，中間有座池塘，母親可以坐在門廊上，看著牛群走過水壩，抵達另一頭的丘陵。他白天被迫坐在那裡時，整個風景被框在一排樹籬中，呈現一片褪色的藍，令他憂鬱地想起黑人褪色的工作服。

他不耐煩地聽著母親數落工人。「那兩個人不笨，」她說：「他們精得很。」「他們是被迫的。」他喃喃自語，然而跟母親爭論這種事沒什麼用。去年他在寫一齣黑人劇本，想和他們相處一陣子，瞭解他們對於自身處境眞正的看法，然而那兩個黑人在母親手底下工作的這些年，早就失去爲自己爭取權益的能力，不會爲自己開口。叫摩根的那個皮膚是淺棕色，有印第安血統。老一點的叫藍道爾，又黑又肥。他們兩人跟他講話時，好像他是隱形人，他站在左邊時，他們對著右邊說話。站在右邊時，他們對著左邊說話。亞斯貝瑞和他們並肩工作兩天後，覺得無法融入，因此決定來點大膽嘗試，不能只試著和他們說話。一天下午，他站在藍道爾身旁，一邊看他調整擠乳器，一邊悄悄拿出菸點上。藍道爾停下手邊的工作，望著亞斯貝瑞，等他吸了兩口才說：「她不准有人在這抽菸。」

另一個黑人靠過來，站在原地露出大大的笑容。

亞斯貝瑞回答：「我知道。」他刻意停下動作，晃了晃菸盒，先是拿到藍道爾面前，藍道爾抽出一支菸，接著又移到摩根面前，摩根也抽出一支。接著亞斯貝瑞親自爲他們點菸，三個人原地抽了起來，沒人說話，只有兩台擠乳器不斷傳來的喀噠聲，以及一頭母牛偶爾用尾巴拍打身體的聲音。在那情感交融的一刻，黑人與白人的差異消失於無形。

隔天，牛奶店退回兩罐牛奶，理由是有股菸味。亞斯貝瑞出來頂罪，告訴母親抽菸的人是他，兩個黑人沒抽。「如果你抽了，那他們也有抽。」母親說：「你以爲我不知道他們兩個什麼德性？」母親不信兩個黑人是無辜的，不過這次的實驗讓他興奮極了，決定找一天再試一遍。

隔天下午，他和藍道爾在擠乳間把新鮮牛奶倒進罐子時，他一時興起，拿起兩個黑人用過的果凍杯，幫自己倒了滿滿一杯溫熱牛奶，一飲而盡。藍道爾愣住了，彎著腰，定在罐子上方看他。「她不允許那種事，」他說：「她絕不允許那種事。」

亞斯貝瑞又倒了杯牛奶，遞過去。

他重申：「她不允許那種事。」

「聽著，」亞斯貝瑞啞著喉嚨說：「這個世界正在改變，你們喝過的杯子我也能喝，我喝過的杯子你們也能喝！」

藍道爾說：「她嚴禁我們喝這裡的牛奶。」

亞斯貝瑞堅持要他接下杯子。「你之前拿了香菸，」他說：「現在拿走這杯牛奶。對我母親來說，一天少個兩、三杯根本沒差。我們如果想活得自由自在，首先就得自由自在地思考！」

另一個黑人靠過來站在門邊。

藍道爾說：「我不想喝那杯牛奶。」

亞斯貝瑞轉身，把杯子遞給摩根：「來吧，孩子，喝掉這杯牛奶。」

摩根盯著他，露出精明的表情，他說：「我沒看到你喝。」

亞斯貝瑞討厭牛奶，剛才那杯溫牛奶已經讓他肚子不舒服。他喝下半杯，剩下的遞給黑人。黑人接過，凝視著杯子，好像裡頭藏著什麼天大的祕密，接著擺在冷卻器旁的地上。

「你不喜歡牛奶？」亞斯貝瑞問道。

「我喜歡，但我不會喝那杯牛奶。」

「爲什麼？」

摩根說：「她不允許。」

「我的天啊！」亞斯貝瑞暴跳如雷，「她她她！」隔天他故技重施，再隔天，再隔天，但兩個黑人就是不肯喝牛奶。幾天後一個下午，他正準備踏進擠乳間，聽見摩根在問：「你怎麼讓他每天都喝牛奶？」

藍道爾回答：「他做的事不關我的事。」

「他怎麼會那樣講自己的媽媽？」

「因爲小時候打得不夠。」藍道爾說。

亞斯貝瑞終於受不了家中的生活，提早兩天回紐約。他認爲自己早已死在那裡，現在的問題在於他能忍受這裡多久。他可以加速自己的死亡，但自殺不太好。他將死得理直氣壯，那是人生送他的禮物，也是他這輩子最大的勝利，然而對鄰居來講，出了個自殺的兒子是母親的失敗，他不要母親被那樣公開羞辱，她默默從他的信中瞭解實情就好。他把筆記本封進牛皮紙袋，寫上：「亞斯貝瑞．波特．福克斯死後才可拆閱。」他還沒想好要把信擺在哪，只得先把紙袋鎖進房內的書桌抽屜，鑰匙收在睡衣口袋裡。

早上坐在門廊上時，母親覺得該談點兒子會感興趣的事。第三天早上，她提起他的寫作。「等你好起來，」她說：「我覺得你可以寫本有關我們南方的書，我們需要另一本像《飄》的好書。」

亞斯貝瑞覺得胃壁開始緊縮。

「你可以加進戰爭場景，」母親建議，「講戰爭的書都很長。」

他把頭輕輕靠上椅背，好像怕碰碎一樣。過了一會兒，他說：「我不會寫什麼書的。」

「這樣啊，」她說：「不想寫書的話，寫詩也好，詩是很好的東西。」母親明白兒子需要和讀書人聊聊，但她只認識女兒瑪麗—喬治一個讀書人，而且兒子不想跟姊姊講話。她想過，退休的衛理公會牧師布希先生是不錯的人選，但一直沒提這件事，現在是時候試一試了。「我想請布希博士過來看你，」她提高布希先生的頭銜，「你會喜歡他的，他在收藏稀有錢幣。」

她的話引發意想不到的反應。亞斯貝瑞開始全身顫抖，笑到痙攣，上氣不接下氣，一分鐘後才平靜下來，咳了一聲，「如果妳認為我臨終前需要教會的協助，」他說：「妳就大錯特錯，而且就算要找，也絕不會找布希那頭蠢驢。我的天啊！」

「我不是那個意思，」她說：「他手上有些埃及豔后時代的錢幣。」

「如果妳找他來，我會叫他下地獄。」他說：「布希！虧妳想得到！」

「很高興你覺得世上還有好笑的事。」母親出言諷刺。

兩人默不作聲。過了一會兒，母親抬頭，看見兒子再度往前坐，對著她微笑，一張臉亮了起來，像是想到什麼絕妙的主意，她望著他。他說：「讓我來告訴妳，我想請誰來做客。」母親心想，這還是兒子到家後第一次露出開心的神情，但隱約又有股惡作劇的感覺。

「你想邀誰？」她狐疑地問。

「我要見神父。」他宣布。

「神父？」母親大惑不解。

「最好是找耶穌會的人。」他說。他的臉越來越亮，「沒錯，一定要想辦法找耶穌會的人，城裡有耶穌會神父，妳可以打電話過去，幫我找一個過來。」

「你發什麼神經？」母親問。

「大部分神父都受過非常良好的教育，」他說：「但是找耶穌會更萬無一失。耶穌會的神父有辦法跟人談天氣以外的事。」他想起上次碰過的依納．佛格列，心中浮現耶穌會神父的形象。這次的神父大概會比較世故、憤世嫉俗一點。神父有古老組織的保護，有辦法憤世嫉俗，有辦法遊走各方。他死前要跟有文化的人聊一聊——就算是在這鳥不生蛋的地方也一樣！再說了，母親會被氣個半死。怎麼這麼晚才想到這絕妙點子。

「你又不是那個教會的人，」福克斯太太立刻指出，「而且他們在二十哩外，不會肯派人來。」她希望這麼說就能斷了兒子的念頭。

亞斯貝瑞坐回去，想了想，決定逼母親打這通電話。每次只要他堅持，她最後都會答應。

「我就要死了，」他說：「我從來不曾拜託妳任何事，只此一次，妳卻拒絕我。」

「你不會死的。」

「等妳終於願意接受的時候就太遲了。」他說。

另一陣令人不舒服的沉默降臨，母親立刻接話：「現在的醫生不會讓年輕人死，他們會開新藥。」她抖起腳，身上散發令人煩躁的自信，「現在的人跟以前不一樣，要死沒那麼容易。」她說。

「媽，」他說：「妳應該開始作心理準備，我想就連布洛克都知道，只是還沒告訴妳。」布洛克醫生自從第一次看診後，每次來都很嚴肅，不再講笑話，也不作逗趣的表情，只是靜靜抽血，鎳幣色的眼珠散發敵意。照理講，他這個作醫生的人是死神的敵人，而他現在看起來也眞的像在對抗死神，還說自己在弄清楚病因前，不會隨便開藥，亞斯貝瑞當面嘲笑他。「媽，」他說：「我就要死了。」他故意讓自己所說的每一個字都打擊著母親的理智。

母親臉色一白，但未退卻，氣沖沖地說：「你以爲我會坐在這眼睜睜看你死？」她的眼神堅毅一如遠方的兩座古老山脈，亞斯貝瑞頭一次懷疑起自己的判斷。

「你是這樣以爲的嗎？」母親憤怒問道。

「我不認爲妳能做些什麼。」他聲音顫抖。

「哼。」她起身離開門廊，彷彿再也無法忍受這場愚蠢對話。

亞斯貝瑞一時忘了耶穌會的事，飛快回想一下自己的症狀：他越來越常發燒，中間穿插發寒，而且渾身無力，連把自己拖到門廊上都難，還缺乏食慾。布洛克醫生也絲毫無法使母親心安。就連現在坐在這裡，他都能感到一股新的寒意正在襲來，就像死神在惡作劇，搖晃著他的骨頭。他拿起腳上的阿富汗毛毯裹在肩上，搖搖晃晃上樓，爬進床上。

他的病越來越嚴重，接下來幾天變得十分虛弱，一直纏著母親，要她請耶穌會的人過來。福克斯太太無計可施，只得順著傻兒子的意。她打了電話，冷冷解釋道自己的兒子病了，可能有點神智不清，要求和神父說話。她講電話時，亞斯貝瑞光著腳，靠在樓梯扶手上聽，身上裹著阿富汗毛毯。她掛電話時，他對著樓下問神父什麼時候過來。

「明天會找個時間過來。」母親不耐煩地回答。

亞斯貝瑞知道，母親會願意打這通電話，代表她的信心開始動搖。每次她讓布洛克醫生進門和送他出去時，兩人老是在樓下走廊竊竊私語。那天晚上，他聽見她和瑪麗—喬治在客廳低聲講話，好像提到他的名字。爲了聽清楚她們講什麼，他從床上爬起，躡手躡腳來到走廊，接著又往下走了三級階梯。

「我不得不打電話給那個神父，」母親說：「恐怕他是眞的病了。我原本還以爲只是神經衰弱，但看來這次是眞的。布洛克醫生也覺得事情嚴重，而且不管究竟是什麼病，他那麼虛弱，更讓情況不妙。」

「媽，妳別鬧了。」瑪麗—喬治說：「我早就告訴過妳，我再講一遍：他那只是身心症而已。」瑪麗—喬治無事不能擺出專家的樣子。

「不，」母親說：「他是眞的病了，醫生說的。」亞斯貝瑞覺得聽見母親聲音啞了。

「布洛克是白癡，」瑪麗—喬治說：「面對現實吧：亞斯貝瑞是因爲沒有寫作天分才生病，他用生病來逃避成不了藝術家的事實。妳知道他需要什麼嗎？」

「不知道。」母親說。

「送他去做個兩、三次電擊治療，」瑪麗—喬治說：「一次解決他腦袋裡那個當藝術家的春秋大夢。」

母親倒抽一口氣，亞斯貝瑞抓緊扶手。

「聽好了，」姊姊說個不停，「接下來五十年，他都會繼續賴在這裡當閒人。」

亞斯貝瑞回到床上。從某方面來講，姊姊說得沒錯。他讓藝術之神失望了，不過他一直是忠誠的僕人，因此藝術之神現在送他去見死神。他從一開始就帶著神祕的清醒看清這點。他一邊入睡，一邊想著家族墓地裡的寧靜位置，他很快就要在那裡安歇了。過了一會兒，他看見自己的屍體被緩緩送至墓地，母親和瑪麗—喬治百無聊賴地坐在門廊椅子上觀看一切。棺材抬到水壩時，她們會抬頭看著送葬隊伍的身影倒映在池塘上，後頭跟著一個身著羅馬教士硬領的深色細長人影。那名神父有張沉默寡言的臉，奇妙地同時既禁欲又腐敗。屍體放進山坡上挖得不深的墓穴，面容模糊的送葬者靜靜在原地站了一會兒後，在天色暗下的綠地中散去。耶穌會神父走到一棵枯樹下抽菸沉思。月亮升起，亞斯貝瑞感覺有東西俯身看著自己，原本冰冷的臉龐傳來一絲暖意。他知道那是藝術之神來喚醒他，他坐起來，睜開雙眼。山丘上，所有燈光聚集在母親的房子上，黑色池塘水面點綴著鎳色小星，耶穌會神父不見蹤影，在他四周，母牛在月光下四散吃草，一隻斑點特別多的白色大母牛輕柔舔著他的頭，彷彿那是一塊鹽。他心一驚，醒了過來，床被夜間這場發汗浸濕，他在黑暗中坐著發抖。知道人生盡頭沒幾天就要來臨。他凝視著死亡的火山口，暈暈沉沉倒回枕頭。

隔天，母親發現兒子病懨懨的臉上，出現幾乎稱得上神聖的光彩，看起來像得提早過聖誕的垂死孩童。他在床上坐起，指揮母親重新擺放幾張椅子，還要她拿下一張少女被鏈在岩石上的畫，因為他知道耶穌會神父會取笑這種畫。他還要求搬走搖椅，一切都如他的意之後，牆上布滿污漬的房間感覺有點像修道院密室，他覺得訪客會喜歡這裡。

他等了一整個早上，不耐煩地看著天花板，嘴裡銜著冰錐的鳥似乎也在靜靜等候，然而神父一直沒出現，直到快傍晚才來。母親一開門，樓下大廳立刻傳來轟隆隆的模糊聲響，亞斯貝瑞的心臟瘋狂跳動。不一會兒，樓梯傳來嘎吱聲，接著幾乎在同一時間，神色不自然的母親走進來，後頭跟著一個身材壯碩、大步闖進房間的老人。老人搬動床邊一張椅子坐下。

「我是普格托利的芬恩神父。」他聲如洪鐘，有張紅潤大臉，一頭灰短髮，一隻眼睛看不到，不過好的那隻又藍又清澈，銳利地盯著亞斯貝瑞，神父袍上有塊油漬。「聽說你想跟神父聊聊？」他說：「非常明智，沒人知道親愛的天父何時會召喚我們。」神父好的那隻眼睛瞄了亞斯貝瑞的母親一眼：「謝謝妳，妳可以離開了。」

福克斯太太僵住，不肯走開。

亞斯貝瑞說：「我想一個人和芬恩神父談談。」雖然沒料到會來這樣一位神父，但他突然覺得多了個盟友。母親不高興地看他一眼，走出房間，但亞斯貝瑞知道母親會守在門口。

「您能過來眞是太好了，」亞斯貝瑞說：「這地方太沉悶，沒有聰明人可以聊天。神父，不曉得您怎麼看喬伊斯？」

神父抬起椅子往前坐。「你得大聲點，」他說：「我一隻眼睛看不到，一邊耳朵聽不見。」

「您怎麼看喬伊斯？」亞斯貝瑞大聲說。

「喬伊斯？哪一個喬伊斯？」神父問。

「詹姆斯．喬伊斯。」亞斯貝瑞大笑回答。

神父揮著大手，好像有蚊蟲在煩他。「沒見過這個人，」他說：「聽著，你早上和晚上有沒有祈禱？」

亞斯貝瑞感到困惑，忘記得大聲點神父才聽得到，喃喃自語：「喬伊斯是個大作家。」

「你沒祈禱？」神父說：「你得定期祈禱，不然不會學好。你得和耶穌說話，不然你不會愛耶穌。」

「我一向對耶穌受難的神話很感興趣。」亞斯貝瑞大聲說，但神父似乎沒聽見。

神父問：「你有沒有罪？」亞斯貝瑞臉色發白，神父沒等他回答就往下說：「我們全都有罪，但你得向聖靈祈禱。思想、心靈與肉體，全都得倚賴祈禱才能戰勝，你要和家人一起祈禱。你有沒有和家人一起祈禱？」

「天啊，」亞斯貝瑞喃喃自語，接著大聲回答：「我母親沒時間祈禱，姊姊是無神論者。」
「你們眞該感到羞愧！」神父說：「那你得替她們祈禱。」
「藝術家靠著創造來祈禱。」亞斯貝瑞提出看法。
「不夠！」神父怒氣沖沖，「不每天祈禱就是忽視永恆的靈魂。你懂不懂教義問答？」
「當然不懂。」亞斯貝瑞喃喃自語。
「是誰創造了你？」神父擺出權威架勢。
「對於這件事，不同的人有不同解釋。」亞斯貝瑞說。
「上帝創造了你。」神父嚴厲地說：「誰是上帝？」
「上帝是人創造出的概念。」亞斯貝瑞回答。他興致來了，要爭這個？沒問題。
「上帝是永恆的完美眞神，」神父說：「你這孩子眞無知。上帝爲什麼要創造你？」
「上帝沒有……」
「上帝要你在這個世界認識祂，愛祂，侍奉祂，並在下一個世界與祂同在！」老神父語帶責備，「如果你連教義問答都不會，怎麼可能知道如何拯救自己不滅的靈魂？」
亞斯貝瑞知道自己搞了大烏龍，該是時候送走這愚蠢的老傢伙。「聽著，」他說：「我不是天主教徒。」
「不願祈禱的糟糕藉口！」老神父嗤之以鼻。
亞斯貝瑞微微陷進床裡，大喊：「我要死了。」

「但你還沒死！」神父說：「如果你從來不曾和上帝說話，怎麼去見上帝？怎麼得到不曾祈求的東西？不追尋上帝的人，上帝不會派聖靈降臨到他們身上。你要祈求上帝派來聖靈。」

「聖靈？」亞斯貝瑞說。

「你無知到連聖靈都沒聽過？」神父問。

「我當然聽過。」亞斯貝瑞怒斥，「聖靈是我最不需要的東西！」

「聖靈是你最終能得到的東西。」神父的獨眼燃燒著憤怒火焰，「你要你的靈魂蒙受永恆的詛咒嗎？你想被剝奪神賜予的永生嗎？你想承受比烈火還恐怖的失苦深淵嗎？你想永世承受失苦嗎[1]？」

亞斯貝瑞手腳無助地扭動，好像被那隻恐怖的眼睛釘在床上。

「你的靈魂充滿廢物，聖靈怎麼可能進入？」神父重重敲著床頭櫃，大吼：「聖靈是不會降臨的，除非你看清楚自己是個——是個懶惰、無知，又自以為是的年輕人！」

福克斯太太衝進來。「夠了！」她大喊，「你怎麼會對一個病得這麼重的可憐孩子說這種話？你讓他不舒服，你該離開了。」

「這可憐的孩子連教義問答都不懂，」神父起身，「我還以為妳會教他每天祈禱，妳這不負責任的母親。」神父轉頭，親切地告訴床上的人：「我會祝福你，之後你得自己每天祈禱。」神父

1　pain of loss：天主教義中，失苦即人靈在地獄或煉獄中，不得享見天主美善之苦。

將手放在亞斯貝瑞頭上，低聲念了些拉丁語。「隨時打電話給我，」他說：「我們可以再聊聊。」神父說完，跟著福克斯太太走出去。亞斯貝瑞最後聽到的話是：「他基本上是個好孩子，但非常無知。」

母親打發神父走後，立刻回到樓上，原本想告訴兒子，看吧，早告訴過你，但看到兒子蒼白憔悴地坐在床上，眼睛瞪大直視前方，像個被嚇到的孩子，不忍心再多說什麼，便匆忙下樓。

隔天早上，亞斯貝瑞實在過於虛弱，福克斯太太下定決心，一定要送他去醫院。亞斯貝瑞一直說：「我不去什麼醫院。」他不斷搖晃沉重的腦袋，好像想把頭從身體上搖下來。「只要我還醒著，我不去什麼醫院。」他痛苦地想著，一旦失去意識，母親就會把他拖到醫院，為他輸血，讓他再苟延殘喘個幾天。他確定自己要死了，可能就是今天，回想自己無用的一生，他感到痛苦萬分，覺得自己是個必須塡塞的空殼，卻不知道要塞進什麼。他看著房裡每一樣東西，彷彿這是最後一眼——荒謬的古董家具，地毯花紋，母親換上的可笑畫作。他甚至看了嘴裡銜著冰錐的那隻猛禽，感覺那東西會在那裡是有意義的，只是他參不透。

他在尋找某些東西，找著感到一定得有的東西，在他死前，一定要有個具備深刻意義的最後體驗——他自己想辦法得到的體驗。他一向自立自強，不曾哀求過神。

有一次，當時瑪麗—喬治十三歲，他五歲，姊姊騙他，只要他進去一個人山人海的大帳篷，就會給他神祕禮物。她拖他到台前，台上站著一個穿藍色西裝、打紅白領帶的男人。「來吧，」她大聲說：「我已經被拯救了，但你可以救他。他是個人小鬼大的討厭鬼。」他掙脫姊姊的手，像隻小狗衝了出去，事後他跟姊姊討禮物，姊姊說：「要是你那時候等一等，就能得到救贖，但你跑了，所以什麼都得不到！」

時間一分一秒過去，亞斯貝瑞要發狂了，他害怕最後就這樣隨隨便便死去。母親焦急地坐在他床邊，打過兩通電話給布洛克醫生，但都沒找到人。亞斯貝瑞心想，到了這時候，母親還不知道他就要死了，只剩最後幾小時了。

屋內光線益發詭譎，彷彿有東西將要現形，深色形體進入房間等著。窗台上方幾呎是模糊樹影的邊緣，那道光似乎就停在那裡。突然間，亞斯貝瑞想起上次在牛奶場與黑人交流，大家一起抽菸。想到那件事，他興奮到發抖。他們可以最後再一起抽一次菸。

過了一會兒，他在枕頭上轉過頭：「媽，我想和家裡的黑人說再見。」

母親臉色發白。有那麼一瞬間，似乎要痛哭失聲，但接著嘴角線條剛硬起來，額頭皺起。「說再見？」她冷冷地說：「你要去哪裡？」

他靜靜凝視母親，告訴她：「我想妳知道的。把他們找來，時間不多了。」

「無聊。」母親埋怨，但立刻起身走出去。他聽見她走出屋外前，又打了一次電話給布洛克。母親在這種時候還想著布洛克能夠救他，他一陣感動，但又覺得她實在可悲。他作好心理準備等著，就像虔誠教徒準備迎接最後一次聖餐禮。很快的，他聽見上樓腳步聲。

「藍道爾和摩根來了。」母親說。她帶兩個黑人進房，「他們過來打招呼。」

兩個黑人笑容滿面走到床邊，藍道爾在前，摩根在後。「你看起來氣色很好，」藍道爾說：

「很有精神的樣子。」

「你很有精神，」另一名黑人附和，「是啊，先生，你看起來很好。」

「我以前沒看你氣色這麼好過。」藍道爾說。

「沒錯，他看起來很健康吧？」母親說：「我覺得他看起來很好。」

「沒錯，先生，」藍道爾說：「我覺得你一點病也沒有。」

「媽，」亞斯貝瑞擠出聲音，「我想私下跟他們講話。」

母親僵住，大步離開，到走廊對面的房間坐下。亞斯貝瑞從敞開的房門，看見母親輕輕搖著椅子，兩個黑人一副手足無措的樣子。

亞斯貝瑞頭昏腦脹，想不起自己要做什麼。他說：「我要死了。」

兩個黑人笑容僵住。藍道爾說：「你看起來很好。」

「我要死了。」亞斯貝瑞又講一遍。想起來了，他要和他們一起抽菸。他把床頭櫃的菸盒遞到藍道爾面前，忘了先搖一根出來。

藍道爾把整盒菸放進口袋。「謝謝您，」他說：「我眞的很感謝。」

亞斯貝瑞瞪大了眼，好像又忘了自己要做什麼。過了一秒，他發現另一個黑人的臉變得十分憂傷，然後又發現他不是在難過，而是在生悶氣。他摸了一下床頭櫃抽屜，拿出一包未拆封的菸，用力塞給摩根。

「謝謝您，亞斯貝瑞先生。」摩根臉亮了起來，「您氣色看起來眞的很好。」

「我要死了。」亞斯貝瑞不耐煩地說。

「您看起來很好。」藍道爾說。

摩根預測：「您幾天後就能起床走動。」兩名黑人似乎不曉得該把目光擺在哪裡。亞斯貝瑞的視線費力搜尋走廊對面，但母親把搖椅轉了個向，背對著他，顯然不想幫他送走兩個黑人。

過了一會兒，藍道爾說：「您大概是得了小感冒。」

摩根說：「我感冒的時候，會喝點松節油加糖。」

藍道爾罵摩根：「閉上你的嘴！」

「你才閉嘴，」摩根說：「我知道自己感冒的時候喝什麼。」

「人家喝的藥跟你不一樣。」藍道爾低吼。

「媽！」亞斯貝瑞用顫抖的聲音喊著。

母親站了起來，「探視時間太長，亞斯貝瑞先生要休息了，」她喊著，「你們可以明天再過來。」

「我們先走了，」藍道爾說：「您氣色看起來眞的很不錯。」

「眞的很不錯。」摩根附和。

兩人一前一後走出去，一路上猛誇病人的氣色，不過他們還沒到走廊，亞斯貝瑞的視線便模糊了。有那麼一瞬間，母親看起來像是門邊一抹陰影，跟著兩個黑人下樓。亞斯貝瑞聽見母親又打了一次電話給布洛克醫生，不過沒興趣知道他們說了什麼。他頭昏眼花，知道死前不會有什麼深刻體驗了。該了結的事都了結了，只剩下得把鎖著信的抽屜鑰匙交給母親，然後靜靜等死。

他沉沉睡去，醒來時大約五點，黑暗中看見母親瘦小蒼白的臉孔。他掏出睡衣口袋的鑰匙，交給母親，喃喃交代等他死了之後，再打開桌裡收著的信，但母親一副沒聽懂的樣子，隨手把鑰匙擱在床頭櫃。亞斯貝瑞再度進入夢鄉，腦中有兩塊巨石互相旋繞。

六點多時，他再度醒來，樓下傳來布洛克醫生停車的聲音。那聲音像是叫喚，一下令他從夢鄉清醒，不祥的預感在心中升起。前方正在等他的命運，似乎會比想像中更令人幻滅。他一動不動躺在床上，就像地震前一刻愣住的動物。

布洛克醫生和母親一邊講話，一邊上樓，但聽不清在說什麼。醫生擠眉弄眼走了進來，母親在微笑。「親愛的，猜猜你得的是什麼病！」她大喊。母親的聲音帶著子彈的力道射在他身上。「老布洛克找出問題了。」布洛克醫生一屁股坐進床邊的椅子，像個獲勝的拳擊手，雙手高高舉起，接著又一下落在大腿上，彷彿剛才那個動作累壞了他。布洛克醫生拿出開玩笑用的印花紅手帕，抹了抹整張臉，每一次拿開手帕，都做出不同表情。

「您真是太高明了！」福克斯太太說。「亞斯貝瑞，」她說：「你得的是波狀熱，那種病會反覆發作，但不會致命！」她明亮的笑容有如不加燈罩的燈泡，「這下我可放心了。」她說。

亞斯貝瑞緩緩坐起，面無表情，接著又躺回去。

布洛克醫生靠過來對他微笑，滿意極了。「你不會死。」

亞斯貝瑞全身只有眼睛震了一下。表面上看不出來，但在模糊視線的深處，眼珠以幾乎察覺不到的方式動了一下，好像有東西在虛弱掙扎。布洛克醫生的視線像鋼針般往下探，刺住不動，直到那東西失去性命。「亞—斯—貝—瑞，波狀熱不是什麼太嚴重的病，」他低聲說：「跟母牛會得的布魯氏菌病是一樣的。」

亞斯貝瑞發出一聲低沉的呻吟後，陷入沉默。

母親輕聲說：「他一定是在北方喝到沒用巴士德法殺菌的牛奶。」接著像是以為他要睡覺一樣，就和醫生躡手躡腳離開。

兩個人的腳步聲消失在樓梯間，亞斯貝瑞再度坐起，幾乎是偷偷摸摸地轉頭望向擱著交給母親那把鑰匙的床頭櫃，手伸了出去，抓住鑰匙放回口袋。他掃視房間，看著小小的橢圓梳妝鏡。今日鏡中回瞪的雙眼，如同每一天看到的雙眼，只不過今天比較蒼白，帶著震驚的清明，像是準備好目睹即將來臨的恐怖景象。耀眼的金紅太陽靜靜在紫色雲層下移動，下方是映著黑色樹影的緋紅天空，樹林形成一道易碎的牆，就像他在心上築起迎接未來的脆弱防禦工事。亞斯貝瑞倒回枕頭，眼睛盯著天花板，被發熱與發寒折磨數週的四肢失去知覺，體內的舊生命已消磨殆盡，等著新生命降臨。在那一瞬間，他開始感到一陣寒意，那陣寒意十分奇特、十分輕盈、有如一股在冰冷深海中激起漣漪的暖流。他喘了起來。那隻陪伴他度過童年歲月與生病時期的猛禽，停在他頭頂，帶著奇異的氛圍等著，似乎隨時會動起來。亞斯貝瑞臉色發白，眼中似乎有道旋風扒除了最後的幻象。他看見自己的餘生脆弱無助，飽受折磨，卻一直活下去，他將活在洗滌罪惡的恐懼之中。亞斯貝瑞發出無能為力的最後一聲抗議，然而沒有烈火，聖靈帶著寒冰不可抗拒地持續降臨。

——發表於《哈潑時尚雜誌》（*Harper's Bazaar*）一九五八年七月號，之後並收入其短篇小說集《上升的一切必將匯合》。

家的慰藉

湯瑪斯退到窗邊，腦袋擠在牆壁跟窗簾之間，往下俯瞰車道，那輛車就停在那裡。他母親跟那小蕩婦正要下車。他母親緩緩鑽出車外，態度沉著、動作彆扭，然後那個小蕩婦微呈O形的長腿滑了出來，連身裙縮到膝頭上方。她發出一聲尖笑，奔去與狗會合，狗兒歡天喜地衝過來歡迎她，因為喜悅而發抖。怒意帶著不祥的沉默在湯瑪斯的龐大身軀內強力匯聚，好似正逐漸群集的暴民。

現在輪到他打包、上旅館去，待在那裡直到房子淨空為止。

他不知道行李箱在哪裡，也討厭打包，他需要自己的書本、那台不是手提式的打字機，他習慣用電毯，況且無法忍受在餐廳用餐。他母親以她那大膽冒失的善心，正準備破壞這棟房子的安寧。

後門砰地甩上，女孩的笑聲從廚房往上竄，穿過後側走廊，沿著樓梯井，鑽入他房間，宛如一道閃電朝他襲來。他往旁邊一跳，站著怒瞪四周。那天早上他就把話說得明明白白：「──如果妳再把那姑娘帶回家，我就離開。妳可以選擇──要她還是要我。」

她做出了選擇。一陣強烈痛苦揪住他的喉嚨。他這輩子活到三十五歲，這還是頭一次……他覺得眼睛後方有種熱燙的濕氣。接著，他穩住自己，頓時感到怒意難當。恰恰相反的是：她沒做出任何選擇，她只是仗著他離不開他的電毯。看來得給她點顏色瞧瞧。

女孩的笑聲第二次往上迴盪，湯瑪斯臉孔一皺。腦海再次浮現她昨晚的模樣，當時她侵入他的房間。他醒來時發現自己的房門開著，她就站在門口。她轉向他時，走廊上有足夠光線照出她的模樣。那張臉就像音樂喜劇裡的女演員──尖下巴、寬闊圓潤的顴骨、貓般的空洞眼睛。他當時從床上彈了起來，抓起一張直背椅，把她逼到門外，他把椅子舉在身前，像馴獸師要趕走危險的貓科動物。他沿著走廊默默驅趕她，一直走到母親房門前才停步敲門。女孩倒抽一口氣，轉身溜進客房。

不久，他母親打開房門，憂慮地往外窺望。她因爲抹了晚霜而滿臉油膩，臉孔周圍覆滿粉紅橡皮髮捲。她望向走廊，女孩已隱去蹤影。湯瑪斯站在她面前，椅子仍舊舉在身前，彷彿準備壓制另一頭野獸。「她竟然想進我房間，」他一面嘶聲怒道一面擠進房裡，「我醒來的時候，她正想溜進我房間。」他把房門帶上，暴跳如雷地拔高音量。「我無法忍受這種事！我無法再多忍受一天！」

他母親被逼到床邊，一屁股坐在床緣。她身型笨重，卻有張嶙峋得令人費解、與體型毫不協調的瘦削腦袋。

「我最後一次告訴妳，」湯瑪斯說：「這種事我無法再多忍受一天。」她的行動往往有跡可尋。而這次這件事，即使出發點是基於無比的善意，卻讓美德成了笑柄，以如此盲目的強度追求美德，只是害得身涉其中之人顯得愚蠢，讓美德本身因此變得荒唐。「多一天都不行。」他重複。

他母親使勁搖搖頭，眼睛依舊盯著房門。

湯瑪斯把椅子擺在她面前，坐了下來，往前欠身，彷彿準備對智力有問題的孩子解釋事情。「還有一件事也給她帶來不幸，」他母親說：「好可怕，好可怕，她跟我說過那名字，可我忘了是什麼，一種她控制不了的東西，天生下來就這樣。湯瑪斯，」她用手托著下顎說：「想想如果是你呢？」

他氣急敗壞，一時喘不過氣。「我要怎麼說妳才明白，」他沙啞地說：「要是她幫不了自己，妳也幫不了她？」

他母親的眼神雖親近卻又難以碰觸，宛如夕陽西下後，遠處的那片藍。「好像是信愛成癮（Nimpermaniac）。」她嘀咕道。

「是性愛成癮（Nymphomaniac），」他狠狠地說：「她不需要給妳什麼花稍的名字。她是道德白癡，妳只需要知道這件事。她天生就沒有道德機能，就像有人天生就缺臂或缺腿，懂嗎？」

「我一直在想，你也可能會有這種遭遇，」她一面說，手還托著下顎，「換作是你，要是沒人收留你，你覺得我會有什麼感覺？萬一你有信愛成癮的毛病，腦袋又不大靈光，做了身不由己的事，然後……」

湯瑪斯湧現一種深切難忍的自我厭惡，彷彿他正緩緩變成那個女孩。

「她身上穿了什麼？」她突然瞇眼問道。

「什麼也沒穿！」他吼道：「這樣妳總算能把她趕出去了吧！」

「天這麼冷，我怎麼忍心把她踢出去？」她說：「今天早上，她才又威脅說要自殺。」

「那把她送回監獄。」湯瑪斯說。

「湯瑪斯，如果是你，我就不會把**你**送回去。」她說。

他趁著還能自制，起身抓住椅子，逃出那房間。

湯瑪斯很愛母親。他愛她，因爲這是他的天性，可是有時，他就是無法忍受她對他的愛。有時，那種愛會變成純粹愚蠢的謎團，他會感應到周身有股勢力，一種完全超乎他控制的隱形暗流。她總是從最老套的考量出發——**是好事就該做啊**——然後有勇無謀地與魔鬼打交道，而她當然永遠認不出對方就是惡魔。

對湯瑪斯來說，惡魔只是個比喻，可是用來形容他母親陷入的狀況相當貼切。但凡她還有點智性，他就可以用早期基督教史向她證明，過度的美德是不必要的，有節制的善同樣會產生有節制的惡，如果埃及的聖安東尼[1]當初待在家裡照顧妹妹，就不會受到惡魔糾纏。

湯瑪斯並非憤世嫉俗之人，他並不反對美德，而是把美德當作秩序的原則，認爲美德是讓生活足堪忍受的唯一東西。他自己的生活就因母親較理智的德行果實而變得得以忍受——她把這棟屋子打理得井然有序，餐餐美味至極。可是當美德超乎她的控制，像是現在，他就會有群魔湧現的感覺，這些惡魔並不是他自己或老太太心裡的怪癖，而是擁有個性的常客，雖然存在但隱而不見，隨時可能驚聲尖叫或搖晃鍋子。

女孩一個月前因爲開了空頭支票而被送進郡立監獄，他母親在報上看到女孩的照片。她在早餐桌上瞅著照片良久，然後越過咖啡壺遞給他。「想像一下，」她說：「才十九歲，就進了那骯髒的監獄，她看起來一點都不壞。」

湯瑪斯瞟了瞟照片，上頭的人落魄邋遢、一臉精明。他的觀察結果是：現在犯罪年齡看來是逐漸降低了。

「這姑娘看起來滿健全的啊。」他母親說。

「健全的人不會開空頭支票。」湯瑪斯說。

「你不曉得自己在緊要關頭會做出什麼事。」

「我不會開空頭支票就是了。」湯瑪斯說。

「我想，」他母親說：「我要帶盒糖果去送她。」

要是當時他堅決阻止，後續的事情就都不會發生。要是他父親還活著，就會在那一刻急踩煞

1 Anthony of Egypt（西元約251-356）早期基督教隱修士，曾放棄個人財產，在沙漠中獨自靈修數十年，對後世基督教修道院的靈修方式有重大影響。

車。帶盒糖果是她最喜歡做的好事。只要有與她相同社會階層的人搬來鎮上，她就會帶盒糖果上門拜訪；她朋友的孩子如果生了小孩或得到獎學金，她就會帶盒糖果登門探訪。要是有老人摔斷髖骨，她也會帶盒糖果去探病。本來他對母親帶糖果探監一事還覺得頗有意思的。

此刻他站在自己房裡，女孩的笑聲在腦中亂竄，他咒罵自己當初竟然覺得這有意思。

他母親探監回來後，門也沒敲就衝進他書房，整個人癱倒在沙發上，把腫脹的小腳抬上扶手。不久，體力恢復夠了，才拿張報紙墊在腳下，接著又往後一倒，說：「我們眞不曉得另一半人過的是什麼樣的日子。」

湯瑪斯知道，雖然母親的對話總是不脫陳腔濫調，但背後總有實際經驗撐腰。他難過的倒不是女孩坐牢，而是他母親得看到她坐牢。他希望能讓母親避開所有令人不快的景象。「唔，」他說著收起期刊，「妳現在最好忘掉那件事，那姑娘會坐牢，是她罪有應得。」

「你無法想像她經歷過什麼事，」她說著，再次坐起身，「聽我說，」那可憐的女孩史妲兒由繼母養大，繼母自己有三個親生子女，其中一個幾乎成年的男孩老用可怕的手法佔她便宜，她最後不得不逃家去找親生母親。找到親生母親後，母親爲了擺脫她，卻送她去讀各式各樣的寄宿學校。而在每一所學校，她都因爲一些變態與虐待狂而不得不逃學，那些傢伙的行徑禽獸不如，筆墨無法形容。湯瑪斯能看出他母親現在是刻意保留女孩說過的種種細節。每當她講得含混不清，聲音發顫時，他就能看出她想起了女孩繪聲繪影說過的種種恐怖情事。他原本希望，過個幾天，關於這一切的記憶會漸漸消退，可是並沒有。隔天她帶著衛生紙和冷霜回到監獄，又過幾天，她宣稱自己去請教了一位律師。

就在這種時候，湯瑪斯會真心哀悼父親已不在人世，雖然父親在世時也往往令他難以忍受。老頭子絕對無法忍受這等愚行。他父親不會受無用的慈悲心觸動，而會（背著她）動用必要的關係，請他的老友——也就是警長，關照一下，女孩就會被打包送往州立監獄服刑。但父親往往在暴怒中投入這些行動，直到有天早晨（他氣沖沖瞥了妻子一眼，彷彿所有責任都該由她獨攬），暴斃在早餐桌上。湯瑪斯遺傳了父親的理性，但沒有他的冷血無情；他繼承了母親對善的熱愛，但沒有她那種追求善的傾向。他對所有實際行動的計畫，就是冷眼等待，靜看事態如何發展。

律師發現，女孩重複再三的那些暴行大多是假的，但當他向湯瑪斯的母親解釋，那女孩雖然有精神病態人格，但瘋狂程度不足以進精神病院，罪行也沒有重大到得坐牢，而性格的穩定程度卻又不足以適應社會，湯瑪斯母親的情緒受到比之前更深的觸動。女孩欣然承認自己講的故事是假的，因爲她天生有說謊癖，她說，她說謊是因爲缺乏安全感。女孩曾陸續接觸好幾位精神科醫師，而他們對她的教育起了最後一根稻草的作用。她因此深知自己無藥可救。面對這樣的苦惱，他母親似乎屈服於某種痛苦的謎團之下，除了加倍努力，沒有其他事可讓這個謎團變得可以忍受。讓他心煩的是，如今她似乎也懷著慈悲看待**他**，彷彿她那模糊不明的善行再也分不清界線。

幾天後，她衝了進來，說律師已將女孩保釋出來——交給了她。

湯瑪斯從他的扶手木椅中站起來，丟下原本在讀的評論，那張平靜的大臉因爲不出所料的痛苦而皺縮。「妳該不會要把那姑娘帶來這裡吧！」他說。

「不，不，」她說：「鎮定點，湯瑪斯。」她千辛萬苦替女孩在鎮上的寵物店謀了份差事，安排女孩在她認識的一位壞脾氣老婦人家住宿。人們的心地都不夠善良，史妲兒這一生如此坎坷，大家卻不願爲她設身處地著想。

湯瑪斯再次坐下，拾回評論。他的模樣彷彿剛逃離某種自己根本懶得搞清楚的險境。「妳都不聽勸，」他說：「等過個幾天，那姑娘從妳身上榨出想要的東西之後，就會拍拍屁股離開這裡，妳永遠不會再有她的消息。」

過了兩個晚上，他回到家，一打開客廳門，就被某種毫無深度的尖利笑聲刺中，他母親和女孩就坐在壁爐附近，瓦斯壁爐已經點燃。女孩乍看之下給人一種外型扭曲的印象，頭髮剪得像狗或小精靈似的，穿著最新潮的服裝。她眼睛發亮，以熟稔的態度久久瞅著他看，瞬間露出親密的笑容。

「湯瑪斯！」他母親語氣堅決，不容他拔腿逃離，「這位是史妲兒，你聽過很多她的事了。史妲兒要跟我們一起吃晚餐。」

女孩自稱史妲兒．德瑞克，但律師查出她的眞名是莎拉．漢姆。

湯瑪斯不動不語，只在門口流連，似乎猛然陷入某種困惑。當他終於開口說：「妳好嗎？莎拉？」語氣如此厭惡，連自己聽到都爲之震驚。他紅了臉，自覺對這樣可悲的生物表現蔑視，實在不符自己的身分地位。他走進來，決心至少表現出合宜的禮貌，然後重重坐進直背椅中。

「湯瑪斯專門寫歷史，」他母親說著，一面用威脅的眼神看著他，「他是本地歷史學會今年的會長。」

女孩欠身，更明確地對湯瑪斯投以注意力。「好棒喔！」她用沙啞的嗓音說。

「目前，湯瑪斯正在寫這個國家的早期墾殖移民。」他母親說。

「好棒喔！」女孩重複道。

湯瑪斯藉由意志力，好不容易才擺出一副房裡沒有其他人的模樣。

「欸，妳知道他看起來像誰嗎？」史妲兒腦袋一偏，從斜角端詳著他問道。

「噢，某個有名望的人吧！」他母親淘氣地說。

「像電影裡的警察，我昨天晚上看的電影。」史妲兒說。

「史妲兒啊，」他母親說：「我想妳該要小心選擇電影的類型，妳應該只看品質最好的那些。我覺得犯罪故事對妳會有不好的影響。」

「噢，這是一部在講惡有惡報的片子，」史妲兒說：「我發誓裡面的警察就跟他一個樣。裡面的人一直騙那傢伙，他就會露出一副再也沒法多忍一分鐘，不然就要爆炸的樣子。他超好笑的，而且長得很不賴唷。」她補上一句，一面欣賞地斜睨湯瑪斯一眼。

「史妲兒，」他母親說：「我想，要是妳可以培養一下音樂品味會很好的。」

湯瑪斯嘆口氣。他母親嘰嘰呱呱往下講，但女孩根本聽也不聽，只任由視線在他身上嬉戲。她的眼神彷彿化為雙手，先停在他的膝頭，然後往上移到他的脖子。她的眼中流露某種嘲諷光芒，他知道她很清楚看到自己令他難以忍受。他非常確定，自己面對的是腐敗的化身，不過，那是無從指責的腐敗，因爲背後並沒有可爲之負責的心靈。在他眼前的，就是無知最令人難以忍受的型態。他心不在焉地自問，上帝對這點有何看法，他是說，如果上帝對這種事可能有什麼看法的話。

整頓飯下來，他母親表現得如此愚蠢，他幾乎不忍正眼看她，而既然更無法忍受看到莎拉．漢姆，他索性目露非難與嫌惡，定定望著房間對面的餐具櫃。女孩每說一句話，他母親就認眞回應，彷彿女孩的話値得嚴肅以對。他母親向莎拉提出幾項計畫，希望莎拉能夠妥善運用閒暇時光。莎拉．漢姆理都不理這些忠告，簡直只當鸚鵡在說話。有一次，湯瑪斯無意間望向莎拉的方向，她眨了眨眼。他嚥下最後一口甜點，起身喃喃自道：「我得走了，我還有會要開。」

「湯瑪斯，」他母親說：「我要你順路載史妲兒回家，我不希望她晚上自己搭計程車。」

一時間，湯瑪斯讓憤怒靜靜延燒，接著轉身離開房間。不久，他帶著曖昧不明的堅決神情回來。女孩已經準備好，溫順地等在客廳門口。她仰面對他抛出極爲崇拜與信任的神情。湯瑪斯沒伸出手臂，但她還是一把勾住他的胳膊，兩人一起踏出房門、走下階梯，她的模樣彷彿是巴著奇蹟似動起來的一座紀念碑。

「要乖喔！」他母親呼喚。

莎拉．漢姆竊笑，戳戳他的肋骨。

之前拿外套時，他判定機會來了，他要跟女孩說，除非她不再當他母親的寄生蟲——這點他會親自監督——否則她就得回監獄去。他會讓她知道，他明白她在打什麼算盤；他會讓她知道，他可沒那麼無知，有些事他就是無法忍受。坐在書桌前，一筆在手，無人比湯瑪斯更能言善道，但當他跟莎拉．漢姆一起關在車子裡時，恐懼揪住了他的舌頭。

她把雙腳蜷進身下並說：「我們終於能夠獨處了。」然後咯咯輕笑。

湯瑪斯將車子從屋前一個急轉，迅速駛向柵門。一旦上了公路，就高速奔馳，彷彿後有追兵。

「天啊！」莎拉．漢姆說著，雙腳從座椅上甩下，「哪裡失火了嗎？」

湯瑪斯沒有回答。幾秒之後，他感覺她悄悄越湊越近。她伸伸懶腰，謹慎挪近，最後一手軟趴趴搭在他肩上。「湯西不喜歡我，」她說：「可是人家我覺得他可愛死了。」

湯瑪斯只用四分鐘多一點就趕完進城的三哩半路程。遇到的第一個十字路口是紅燈，他也不予理會。還有三個街口就到老婦人家了。車子抵達目的地後尖叫急停，他跳出車外，衝到女孩那邊，將車門打開。她待在車裡不動，湯瑪斯不得不等待。不久，一條腿出現了，接著她那張白晰扭曲的小臉冒了出來，昂首盯著他。那張臉的神情有種盲目的感覺，那種盲目屬於那些不知道自己看不見的人。湯瑪斯湧現奇特的噁心感。那雙空洞的眼睛掃過他。「沒人喜歡我，」她用悶悶不樂的語氣說：「如果你是我，而我連跟你同車走上三哩路都受不了，你會有什麼感覺？」

「我母親喜歡妳。」他嘟囔。

「她！」女孩說：「她比這個時代落伍大概七十五年吧！」

湯瑪斯喘著氣說：「要是我發現妳再煩她，我就找人送妳回監獄。」他的音量雖然不比耳語大多少，但後面有股鈍重的力道。

「你能找誰啊？」她說著便縮回車內，彷彿現在根本不打算下車了。湯瑪斯把手伸進車內，盲目地揪住她的外套前襟，硬把她拉出來，然後鬆手放開。接著他撲回車內，快速駛離。另一邊車門開著，她的笑聲雖然不具形體，卻眞實無比，沿著街道蹦蹦跳跳，彷彿準備從敞開的車門那邊跳進來，跟著他一道乘車離開。他伸過手，猛地甩上車門，然後開回家，氣到沒法去開會。他打算讓母親知道他的不滿。他打算一舉掃除她的疑惑。父親刺耳的聲音在他腦中響起：

笨蛋啊，老頭子說：現在快表明立場，趕在她之前讓她看看誰才是老大。

可是當湯瑪斯回到家，他母親早已明智地上床就寢。

翌晨，他出現在早餐桌前，眉頭低垂、下顎突出，表明他正處於危險的情緒中。湯瑪斯打算表明決心時像頭公牛，在攻擊前，會先往後退，垂下腦袋、刨抓地面。「好了，現在聽著，」他起了個頭，猛力拉開椅子坐下來，「關於那個姑娘的事，我有話跟妳說，而且我只打算說一次。」他吸口氣。「她什麼都不是，只是個小蕩婦。她在妳背後嘲笑妳，打算把妳榨個精光，妳對她來說什麼都不是。」

他母親的模樣像是昨晚也睡得很不安穩。她早上沒梳妝打扮，只披著浴袍，裹上灰色頭巾，讓她的臉有種令人不安的無所不知神情。要說他是跟個女占卜師共進早餐也不爲過。

「今天早上你得用罐頭奶油了，」她邊說邊替他倒咖啡，「我忘了買鮮奶油。」

「好啦，妳聽到我說的沒？」湯瑪斯低聲怒道。

「我耳朵沒聾，」他母親說著把鍋子擱回矮托架，「我知道，對她來說，我只是個滿口空話的老太婆，」

「那妳幹嘛堅持蠻幹……」

「湯瑪斯，」她說著用手托腮，「換作是你……」

「明明就不是我！」湯瑪斯邊說邊緊抓住膝邊的桌腳。

她繼續托腮，微微搖頭。「想想你擁有的一切，」她開始說：「這個家帶來的所有慰藉，還有品德，湯瑪斯。你沒有不良嗜好，也沒有天生缺陷。」

湯瑪斯開始像個氣喘快發作的人那樣呼吸。「妳這說法不合邏輯，」他用疲軟的聲音說：「換作是**他**絕對會阻止這種事。」

老太太身子一僵，說：「你跟他不一樣。」

湯瑪斯張著嘴無言以對。

「不管怎樣，」他母親的語氣隱含控訴意味，彷彿可能收回這番恭維，「既然你這樣死命反對她，我不會再邀她來了。」

「我不是反對她，」湯瑪斯說：「我是反對妳害自己出洋相。」

湯瑪斯下了桌，一關上書房房門，父親就在他腦中蹲了下來。老頭子並非出身鄉下，而是在城裡長大，卻養成鄉下人蹲著說話的方式，後來搬到這小地方，他才得以發揮這種能力。他會在法院草坪上與人對話的中途蹲下，他的兩、三個同伴也會跟著蹲下，而對話完全不會中斷。他向來不屑開口扯謊，卻會用身體姿態騙人。他就以這紮實的技巧，讓當地人漸漸視他為一份子。

儘管讓你母親對你為所欲為吧，他父親說：你不像我，沒有當個男人的料。

湯瑪斯開始積極投入閱讀，父親的影像轉眼便隱沒不見。然而女孩在他的存在深處又引發騷動，那裡是他分析能力無法觸及之處。他覺得自己好像眼睜睜看著龍捲風在一百碼外掃過，同時有種感覺，就是那龍捲風會回過頭，筆直朝他撲來。他一直到上午過半，才終於穩住心神，得以全神貫注地工作。

過了兩個晚上，他跟母親晚餐後坐在書房裡，各自分讀一份晚報，這時電話爆出火警般的刺耳鈴聲。湯瑪斯伸手接起。話筒握在手中，尖亢的女聲對著房裡放聲尖叫：「過來接這姑娘！過來接她！醉了！她醉倒在我家客廳，我不能忍受這種事！她搞丟工作還醉醺醺的回來！我不能忍受！」

他母親彈起身子，一把抓走話筒。

湯瑪斯父親的幽魂在他眼前升起。打電話給警長，老頭子提示道。「打電話給警長，」湯瑪斯高聲說：「打電話叫警長過去接她。」

「我們馬上過去，」他母親正在說：「我們馬上過來接她，叫她把東西整理好。」

「她這個樣子哪有辦法整理東西，」那聲音尖叫道，「妳不應該把這種貨色丟給我！我這可是體面人家！」

「叫她打給警長。」湯瑪斯吼道。

他母親掛上話筒，望著他。「就算是條狗我都不願交給那個男人。」她說。

湯瑪斯叉起雙臂坐在椅子上，定定地看著牆面。

「想想那可憐的姑娘，湯瑪斯，」他母親說：「她一無所有，一無所有啊，而我們什麼都有。」

他們抵達時，莎拉．漢姆倚著寄宿公寓的前門階梯扶手，岔開腿頹坐在地，無沿圓帽低低蓋住額頭，是老婦人硬套上去的，她的衣服鼓出行李箱外，也是老婦隨手扔進去的。女孩正用低沉私密的語氣，自言自語說著醉話。一道口紅沿著一側臉頰延伸。她任由他母親領著走到車子那裡，進了後座，似乎仍不知道是誰拯救了自己。「整天除了一堆該死的長尾小鸚鵡，沒人可以講話。」她忿忿低語。

湯瑪斯根本沒下車，厭惡地瞟了女孩一眼後就沒再正眼看她。他說：「我跟妳說最後一次，她該去的是監牢。」

他母親坐在後座，握住女孩的手，沒有答話。

「好啦，帶她去旅館。」他說。

「我不能把個喝醉的姑娘帶去旅館，湯瑪斯，」她說：「你明明知道。」

「那帶她去醫院。」

「她不需要監獄、旅館或醫院，」他母親說：「她需要的是個家。」

「她不需要我的家。」湯瑪斯說。

「湯瑪斯，就今天晚上，」老太太嘆著氣說：「今天晚上就好。」

從那時起到現在已經過了八天。那個小蕩婦在客房裡安頓下來。每天，他母親都出門去替她找工作與寄宿之處，但總是鎩羽而歸，因爲那個老婦人的警告已經傳遍城內。湯瑪斯要不是守在自己的臥房，就是書房。對他而言，他的家不但是家、也是工作室與教堂，就跟龜殼一般私密、一樣必要。他無法相信這裡會受到這種褻瀆。他那張潮紅的臉永遠帶著驚愕的怒意。

女孩早上一起床，就會高唱藍調歌曲，聲音揚起竄升、顫抖波動，然後突而俯衝，暗示著激情即將獲得滿足。湯瑪斯在書桌前，一聽見就會彈起身，瘋狂地將衛生紙塞進耳中。每一次他只要從一個房間移往另一個房間，或是一個樓層移向另一個樓層，她就一定會出現。每回他上樓或下樓中途，她一定會迎面走來，與他錯身而過，忸怩作態地縮縮身子，或是跟在後頭上上下下，吐出故作悲情、帶薄荷味的小小嘆息。她似乎樂見湯瑪斯對她深惡痛絕，每每把握機會引發他的這種反應，彷彿這樣能讓她的苦難更添光彩。

他老頭——黃蜂似的小矮個，戴泛黃巴拿馬草帽，穿皺面條紋西裝、刻意弄髒的粉紅襯衫、小小的波洛領帶（small string tie）——彷彿在湯瑪斯的腦中坐定不走，他通常以蹲踞之姿，每當湯瑪斯從勉強的專注中停頓，他就會以同樣刺耳的語氣吐出建言：堅定立場啊，去找警長。

警長簡直是湯瑪斯父親的翻版，只不過他穿方格襯衫，戴德州風格帽子，年輕十歲，騙起人來也是駕輕就熟，而且眞心佩服那老頭。湯瑪斯跟他母親一樣，對警長光滑的淡藍目光避之唯恐不及。湯瑪斯一直巴望能有別的解決辦法，一心祈求有奇蹟出現。

有莎拉．漢姆在家裡，用餐變得難以忍受。

「湯西不喜歡我，」第三或第四晚，她在晚餐桌上，望著對座湯瑪斯龐大僵直的身影噘著嘴說。湯瑪斯的神情像是受困於難忍的氣味。「他不希望我在這裡，沒人希望我在旁邊。」

「他叫湯瑪斯，」他母親打岔，「不叫湯西喔。」

「湯西是我取的，」她說：「我覺得很可愛。可是他討厭我。」

「湯瑪斯才不討厭妳。」他母親說：「我們不是那種會討厭人的人。」她補上一句，彷彿那是好幾個世代前開始遺傳下來的家族缺陷。

「噢，別人不要我的時候，我會知道，」莎拉．漢姆繼續說：「連監獄那邊也不想要我。我在想，如果我自殺，上帝會不會要我？」

「試試看不就知道。」湯瑪斯嘀咕。

女孩尖聲狂笑，又突然打住，臉孔皺縮，身子開始顫抖。「最好的作法就是自殺，」她牙齒打顫說道：「這樣我就不會礙到任何人。我會下地獄，也不會擋到上帝的路。然後連惡魔也不會想要我，他會把我從地獄踢出來，連地獄都……」她立時放聲哭嚎。

湯瑪斯起身，端起餐盤與刀叉，帶去書房把晚餐吃完。從此，他就不曾在餐桌上用餐，而是讓母親把飯菜端到他書桌上。用餐時，他老是強烈感覺到老頭子在場。老頭坐在椅子上，椅子往後斜撐，拇指扣住吊褲帶，一面說著這種話：要是我啊，她休想把我趕離我的餐桌。

過了幾個晚上，莎拉．漢姆用一把削皮刀割腕，然後陷入歇斯底里。湯瑪斯晚餐過後就把自己關進書房，聽見門後一聲驚叫，然後是一連串的尖叫，接著是他母親在屋裡穿梭的慌忙步伐。他動也沒動。最初他希望女孩割的是頸子，可是這希望破滅了，因爲他意識到，她不可能割了頸子還尖叫不停。他回頭去讀期刊，尖叫聲不久後退去。過了片刻，他母親帶著他的外套跟帽子衝進來。「我們必須送她去醫院，」她說：「她想自殺，我在她手臂綁了條止血帶。噢天啊，湯瑪斯，」她說：「想像一下，竟然心情低落到做那種事！」

湯瑪斯僵著身子站起來，戴好帽子、披上外套。「我們帶她去醫院，」他說：「把她留在那邊。」

「再把她逼進絕望的深淵？」老太太嚷道：「湯瑪斯！」

湯瑪斯現在站在房間中央，意識到自己已經到了非行動不可的臨界點，他必須打包、必須離開、必須出走，但依舊動彈不得。

讓他暴怒的不是那個小蕩婦，而是他母親。醫生發現女孩幾乎沒傷到自己，所以只在劃傷處抹上一道優碘，還取笑那條止血帶，惹得女孩火冒三丈，但他母親對這起事故遲遲無法釋懷，肩上似乎平添了新的憂傷重擔，而且不只是湯瑪斯，連莎拉．漢姆都被惹得氣惱不已，而這似乎是種泛泛的憂傷，不管他們兩人遇上什麼好運，這種憂傷都會找上門來。莎拉．漢姆的遭遇將老太太一把拋入爲世界哀悼的愁緒之中。

自殺未遂隔天早上，他母親搜遍整間屋子，把所有刀子跟剪刀蒐集起來，鎖進抽屜。還把一罐老鼠藥倒進馬桶，然後收走廚房地板上的蟑螂藥片，接著踏進湯瑪斯的書房，低聲說：「他那把槍在哪裡？我要你鎖起來。」

「槍在我抽屜裡，」湯瑪斯吼道：「我才不要鎖起來。要是她轟了自己，那更好！」

「湯瑪斯，」他母親說：「她會聽到的！」

「聽到就聽到！」湯瑪斯高喊：「妳難道不知道，她根本沒有自殺的意思？妳難道不曉得，她那種人永遠不會自我了結？妳難道……」

他母親溜出門外，隨手把門帶上，免得他的聲音傳出去。莎拉．漢姆的笑聲在走廊上不遠處，嘩啦啦闖進他的房間：「湯西，等著瞧，我會自殺，然後他就會很遺憾對我不好。我會用他那把左輪小手槍，他那把珍珠槍柄的左輪小手槍！」她先是大喊，然後模仿電影中的怪獸，發出痛苦的狂笑。

湯瑪斯咬牙切齒。他拉開書桌抽屜，摸索那把手槍。這是從老頭那兒繼承來的東西，老頭的想法是，每個家都該有把上膛的槍。某天晚上這一帶有個鬼鬼祟祟的人，老頭子就往那人身側送出兩顆子彈，但湯瑪斯從沒開槍射過什麼。他根本不怕這女孩拿槍自戕。他關上抽屜。她那種人只會頑強地抓住生命不放，不放過任何裝腔作勢的機會，以便從中撈點好處。

他腦中浮現好幾個除掉她的構想，可是每一種構想的道德調性都在在顯示那些建議出自與他父親雷同的心靈，於是湯瑪斯一一駁回。他要等女孩做出違法的事，才能找人把她再關起來。若是老頭，就會毫無顧慮把她灌醉，然後讓她開他的車上公路，同時主動通知公路巡警說她在路上，不過，湯瑪斯認為這樣做低於自己的道德底限。種種建議繼續浮現腦海，一個比一個更加過分。

對於女孩拿槍自殺一事，他完全不抱希望，可是那天下午他往抽屜一看，槍竟然不見了。他的書房只能從裡面鎖上，無法從外頭上鎖。他一點都不在乎那把槍，可是想到莎拉．漢姆的雙手曾在他的文件中遊走，他就心頭火起。現在連他的書房都受到污染。沒被她碰過的淨土只剩他的臥房。

結果那天晚上她就闖了進來。

早餐時分，他既沒用餐，也沒坐下。他站在自己那張椅子旁邊，發出最後通牒，他母親啜著咖啡，彷彿只有自己在這房間，而且痛苦非常。「我已經盡可能忍受這件事，」他說：「既然我清楚看出，妳根本不在乎我，不在乎我的平靜、舒適或是工作環境，我就準備選擇剩下的唯一一步。我再給妳一天時間，如果妳今天下午再把那姑娘帶回家，我就離開。妳可以選擇——要她還是要我。」他還有更多話要說，但說到這時聲音破了，於是便離開。

早上十點，他母親與莎拉．漢姆結伴出門。

下午四點，他聽到車輪碾過碎石礫，便衝到窗邊。車子停下，狗兒警覺起身，搖著尾巴。他似乎踏不出第一步，也就是邁向走廊櫥櫃去找行李箱。彷彿有人遞了把刀給他，告訴他，如果想保住性命，就得替自己開刀。他無助地握緊兩隻巨手。表情陷入舉棋不定與暴跳如雷的騷亂。那雙淡藍眼眸似乎在他激動的臉龐上滲出汗來。他將眼睛閉上片刻，父親的形象在眼皮背面斜睨著他。白癡！老人嘶聲怒道：白癡！那個手腳不乾淨的蕩婦偷了你的槍！去找警長！去找警長啊！

片刻過後湯瑪斯才睜開眼，臉上似乎又是一陣驚愕。他在原地至少駐足了三分鐘，接著緩緩轉身，好似調轉方向的龐大艦艇，然後面對房門。他又在原地多停了片刻，接著才抬腳離開，一臉決心熬過磨難的模樣。

湯瑪斯不知該上哪去找警長。那個男人自有規則，上班時間隨自己安排。湯瑪斯先到他在監獄的辦公室，但他不在，然後又到法院，書記員說，警長到對街的理髮店去了。「副警長在那邊。」書記員邊說邊指出窗外，一位穿格子衫的壯漢斜倚著警車側面，正望著虛空。

「我得找到警長本人。」湯瑪斯說完就踱向理髮店。他雖然很不想跟警長打交道，但意識到至少那男人還有點腦袋，不只是一團會出汗的肉。

理髮師說警長前腳剛走。於是湯瑪斯又回頭踅向法院，從街邊踏上人行道的當兒，就看到一個微駝的結實身影，正對著副警長憤怒地比手劃腳。

湯瑪斯因爲緊張慌亂而帶著攻擊姿態走上前。他在三呎外戛然停下，用過大的音量說：「我可以跟你談談嗎？」句尾還沒加上警長的姓名，他姓費爾伯樂。

費爾伯樂將那張五官尖銳、布滿皺紋的臉龐稍微轉到足以將湯瑪斯的臉收進眼底的角度，副警長也是，可是兩人都沒發話。警長拿開唇上的一小截香菸，扔在腳邊，對副警長說：「早跟你說過該怎麼做。」他舉步離開時微微頷首，向湯瑪斯示意如果想見他就儘管跟上。副警長悄悄繞過警車，坐了進去。

湯瑪斯跟在費爾伯樂後頭，一同越過法院廣場，最後停在一棵樹下，樹蔭遮蔽了四分之一塊前側草坪。費爾伯樂等待著，身子微微前傾，又點起一支菸。

湯瑪斯開始滔滔說出來意。他沒時間事先準備說詞，講得近乎語無倫次。把同一件事重複幾次之後，好不容易才把自己所想的說出口。他講完時，警長身子依舊微微前傾，以某個角度對著湯瑪斯，眼睛不特別盯著什麼。他一語不發地維持原樣。

湯瑪斯又開始說，這次放慢速度，語氣更微弱，費爾伯樂任他說了一陣之後才開口：「我們逮過她一次。」這才緩緩露出無所不知的滿面皺紋淺笑。

「那件事與我無關，」湯瑪斯說：「是我母親。」

費爾伯樂蹲了下來。

「我母親試著要幫那姑娘，」湯瑪斯說：「但她不知道那姑娘爛泥扶不上牆。」

「我想，她是自不量力吧。」下方傳來興味盎然的聲音。

「她跟現在這件事無關，」湯瑪斯說：「她不曉得我來這裡。那姑娘拿了槍，很危險。」

「要是**他**呀，」警長說：「絕對不會讓任何事，尤其是女人惹出的事，有機會成氣候。」

「那姑娘可能會拿槍殺人。」湯瑪斯無力地說，低頭望著德州風格的帽子圓頂。

一陣久久的沉默。

「她把槍放哪？」費爾伯樂問道。

「我不知道。她平常睡客房，一定在裡面吧，可能在她行李箱裡。」湯瑪斯說。

費爾伯樂再次陷入沉默。

「你可以來搜索客房。」湯瑪斯用緊繃的語氣說：「我可以回家，拉起前門門閂，你就能安靜地走進來，上樓搜索她房間。」

費爾伯樂轉頭，兩眼毫無顧忌盯著湯瑪斯的膝頭。「你好像很清楚該怎麼辦案嘛，」他問：「要跟我交換工作嗎？」

湯瑪斯什麼都沒說，因爲想不出能說什麼，可他鍥而不捨地等著。費爾伯樂摘掉唇間的菸屁股，丟在草地上。在他身後，法院門廊上有群閒人，原本斜倚在大門左側，現在移到右邊，因爲有片陽光落在那裡。樓上有扇窗戶吹出一張皺巴巴的紙，冉冉飄下樓來。

「我六點左右過去，」費爾伯樂說：「前門的門閂就別上，然後別擋我的路——你自己，還有她們兩個女的都一樣。」

湯瑪斯鬆了口氣，吐出嘶啞的聲音，意思是「謝了」，然後邁步橫越草地，彷彿刑滿才剛獲釋。「她們兩個女的」這個詞好似一枚刺果，卡在他腦袋裡——費爾伯樂對他母親的微妙侮辱，比起譏諷他無能對他的傷害更深。他上了車，臉突然一紅。他是不是等於把母親交到警長手中——成了警長取笑的對象？爲了鏟除那小蕩婦，他是不是背叛了母親？他馬上明白實非如此。他的出發點是爲母親著想，是爲了替她除掉毀了他倆安寧的寄生蟲。他發動車子，迅速開回家，可是一轉上車道，他就判定停車的地方跟房子隔點距離，然後悄悄從後門進去會更好。他把車停在草坪上，繞個圈朝屋後走去。天空飄著芥末色線條。狗兒在屋後門墊上睡覺。一聽見主人的腳步聲，狗兒睜開一隻黃眼，瞅他一眼後再次閉上。

湯瑪斯踏進廚房。裡頭空蕩蕩的，家中悄無聲息，讓他意識到廚房時鐘的滴答聲有多響亮。五點四十五分。他連忙踮起腳尖，穿過走廊走到前門，拉開門閂後駐足傾聽片刻。客廳的門關著，後方傳來他母親的輕柔鼾聲，他推想她是看書看到睡著了。走廊另一邊，那小蕩婦的黑外套和紅提包披掛在椅子上，離他的書房不到三呎遠。他聽到樓上有流水聲，斷定她正在泡澡。

他走進書房，坐在書桌前等待，一面反感地注意到，每過幾分鐘，他的身體就竄過一陣戰慄。他無所事事閒坐了一、兩分鐘，然後拿起筆，開始在面前一只信封的背面畫方框。他瞥瞥手錶。五點四十九。不久，他百無聊賴中把書桌的中央抽屜拉到大腿上方。他一時茫然地瞪著那把槍，接著發出短促的叫聲，身子彈了起來。她竟然把槍放回來了！

白癡！他父親嘶聲說：白癡！把槍塞進她提包，別只傻站在那裡。把槍塞進她提包！

湯瑪斯站在原地瞪著抽屜。

低能！老頭子怒氣沖沖。把握時間動作快！把槍塞進她提包啊！

湯瑪斯動也不動。

蠢蛋！他父親嚷著。

湯瑪斯拿起那把槍。

快啊，老頭子下令。

湯瑪斯開始往前走，拿槍的手遠離身體。他打開房門，看著那把椅子。黑外套跟紅提包就在上頭，幾乎唾手可得。

快啊，你這呆瓜，他父親說。

客廳門後，母親幾不可聞的鼾聲起起伏伏，彷彿標示著某種時間秩序，但似乎與湯瑪斯所剩不多的時間毫不相干。沒有其他聲響。

快啊，蠢蛋，趁她醒來之前。老頭子說。

鼾聲停下，湯瑪斯聽到沙發彈簧發出哀鳴。他抓起紅提包，提包摸起來有種皮膚的觸感。提包打開時，那女孩專屬的氣味撲面而來。他皺著臉，把槍塞進去，然後身子退開。他的臉透著醜陋晦暗的紅。

「湯西放了什麼在我包包裡？」她叫喚道，喜悅的笑聲順著樓梯往下彈跳。湯瑪斯連忙旋身。她站在樓梯頂，以時裝模特兒的姿態往下走，以明確的節奏，輪流將裸腿從浴袍內往外踢蹬。「湯西很調皮喔。」她用低啞的聲音說。她走到樓梯底，對湯瑪斯拋出佔有性的斜睨，湯瑪斯現在一臉灰敗而非通紅。她伸出手，用指頭將包包拉開，瞥著那把槍。

他母親打開客廳門往外看。

「湯西把手槍放進我包包裡！」女孩尖聲叫道。

「荒唐，」他母親打著呵欠說：「湯瑪斯把他的手槍放妳包包作什麼？」

湯瑪斯微拱著身子站在原地，手腕無助地垂下，彷彿雙手才從一灘鮮血中抽回。

「我不知道要作什麼，」女孩說：「可是他眞的放了。」然後她開始繞著湯瑪斯走，雙手搭臀，脖子往前伸，親暱的笑容牢牢對準他。她的表情頓時綻開，就像湯瑪斯一碰包包，包包就打開那樣。她難以置信地把頭一偏。「噢天啊，」她緩緩地說：「他還眞是怪人一個。」

那一刻，湯瑪斯不僅暗暗詛咒女孩，也詛咒讓這女孩存在的整個宇宙秩序。

「湯瑪斯不會把槍放妳包包的，」他母親說：「湯瑪斯是紳士。」

女孩發出嘻笑的噪音。「妳自己看嘛。」她邊說邊指著敞開的包包。

快說你是在她包包裡**發現**的，呆瓜，老頭子嘶聲怒吼。

「我在她包包裡發現的！」湯瑪斯大喊，「這手腳不乾淨的臭婊子偷了我的槍！」

聽到他的聲音裡有另一個人存在，他母親驚愕地倒抽一口氣。老太太那張女占卜師般的臉龐頓時刷白。

「發現個屁啦！」莎拉．漢姆尖聲說，準備去拿包包，但湯瑪斯的手臂彷彿受到父親指引，搶先奪得包包，一把抽走了槍。女孩在慌亂中撲向湯瑪斯的喉頭，若非他母親爲了保護女孩而往前撲，女孩早就勒住他的脖子。

開槍啊！老頭子喊道。

湯瑪斯開了槍。那聲爆響彷彿旨在終結世間的邪惡。聽在湯瑪斯耳中，這聲爆響即將粉碎蕩婦們的笑聲，直到所有尖叫聲止息，不剩任何東西可以攪擾完美秩序的平靜。

回聲一波波漸漸消逝。在最後一波回音淡去之前，費爾伯樂打開屋門，腦袋探進走廊。他皺起鼻子。前幾秒鐘，他一臉不願承認自己覺得意外的模樣。他的雙眼清澈如玻璃，映出現場景況。老太太倒在女孩與湯瑪斯之間的地板上。

警長的腦袋好似計算機，立即開始運轉。他清楚看出事實，彷彿早已印成白紙黑字：**那傢伙一直想殺害母親，然後嫁禍給那女孩，但費爾伯樂動作快了一步。他們倆都沒意識到他從門口那裡探進頭來。**他審視這場景時，腦中閃現更多洞見。殺人犯與蕩婦站在老太太的屍體上方，正要癱向彼此懷中。任何失德的場面，警長只要一眼就能立刻辨識出來。他早已習慣親臨現場時，發現那裡往往不如預期那般糟糕，然而這回恰恰符合他的期待。

——發表於《肯揚評論季刊》第二十二卷：一九六〇年秋季號，之後並收入其短篇小說集《上升的一切必將匯合》。

上升的一切必將匯合

醫生告訴朱利安的母親，爲了血壓問題，必須減重二十磅。於是每週三晚上，朱利安都必須搭公車帶母親到城裡Y地去上減重班。那個減重班專爲五十歲以上、體重介於一百六十五至兩百磅的勞工女性開設。他母親還算這群人當中比較苗條的，不過她說淑女是不透露年齡或體重的。自從黑白混乘之後，她就不願在夜裡獨自搭公車，因爲減重課是她的少許樂趣之一，加上對健康有必要，更不要說是免費的了。她說，想想她過去爲他做過的一切，朱利安至少可以不嫌痲煩帶她過去。朱利安不願去想她爲他做過的一切，不過每逢週三晚上他都強打精神帶她過去。

她快準備好要出發了，正站在玄關鏡子前戴帽，他則背著雙手，一副釘在門框上似的，恍如聖賽巴斯汀等待萬箭穿心。那頂帽子是新買的，花了她七塊半。她一直叨唸：「也許我不應該花那麼多錢買的。不應該，我當初眞不應該。我要摘下來，明天拿去退。一開始就不該買的。」

朱利安翻了個大白眼。「該，妳當初應該買的，」他說：「戴上去，我們走吧。」這頂帽子醜不堪言，紫色絲絨帽緣從一側垂下，在另一側揚起；其餘部分是綠色，看起來就像棉芯外露的靠墊。他判定，要說這頂帽子富喜感，倒不如說它生氣勃勃而又可悲。能帶給她樂趣的淨是些小事，這點真教他憂鬱。

她再次提起那頂帽子，然後緩緩放在頭頂。灰髮像兩片羽翼似的從她紅潤臉頰兩側突出，但她那雙天藍色眼眸卻有著不經世事的天真神情，她十歲時肯定就是這模樣。若非她是個歷盡千辛萬苦的寡婦，一路供他吃穿、讓他受教育，至今仍在供養他，直到「他站穩腳步」為止，大可以說他是要帶個小女孩進城去。

「好了，好了，」他說：「我們走吧。」為了敦促她出發，他自己打開門，開始走下步道。天空是死氣沉沉的紫羅藍色，襯出了這一帶房舍黑壓壓的剪影，淨是些球莖狀的豬肝色畸形東西，全都一樣醜陋，卻沒兩戶長得一樣。四十年前這裡原本是個時髦街坊，他母親老是認為，能在這裡落戶安居再好不過。每棟房子四周都有圈細窄的土地，通常上頭就坐著個邋遢的孩子。朱利安雙手插在口袋裡走著，垂著腦袋往前推，眼神呆滯，在為了她的樂趣而自我犧牲期間，決心讓自己完全麻木無感。

門開了，他轉身發現矮胖的身影，戴著糟糕透頂的帽子，正朝他走來。「唔，」她說：「人生就這麼一遭，多付出一點，至少就不會遇上跟我一樣打扮的人走來走去。」

「總有一天我會開始賺錢，」朱利安陰鬱地說——心知自己永遠不會——「到時候，妳高興什麼時候開那種玩笑，都隨妳。」可是他們首先會搬家。他腦海浮現那種最近的鄰居都在方圓三哩之外的住處。

「我覺得你表現得不錯啊，」她邊說邊拉手套，「你才畢業一年，羅馬不是一天造成的。」

在Y地減重班的成員中，會戴帽子跟手套去上課，而且有個孩子上過大學的，只有寥寥幾個，她就是其中之一。「要花時間的，」她說：「這個世界亂成一團。這頂帽子戴我頭上，比別人好看，不過，當初售貨小姐拿出這頂帽子的時候，我說：『收回去，我才不要戴在頭上呢。』她說：『戴上去，看了就知道。』她一幫我戴上，我就說：『哎呀！』她說：『我覺得啊，妳跟這頂帽子眞是相得益彰，況且，』她說：『戴了這頂帽子，妳就會變得與衆不同。』」

朱利安暗想，要是她當初自私點，要是她是個對他鬼吼鬼叫的酗酒老太婆，他會自立得多。他往前走，沉浸在憂鬱中，彷彿在殉道過程中失去了信仰。她曾見他那張絕望煩躁的長臉，就一臉悲痛地驟然停下腳步，拉住他的手臂。「等等我，」她說：「我要回屋裡把這東西摘下，明天就拿去退。我眞的瘋了，這七塊五十分可以拿來付瓦斯費。」

他狠狠揪住她的手臂。「妳不要拿去退，」他說：「我喜歡這頂帽子。」

「唔，」她說：「我想我不應該……」

「閉上嘴，好好享受就是了。」他嘀咕著，比之前更加憂鬱。

「這世界亂成一團，」她說：「而我們還能有些享受，這簡直就是個奇蹟。我告訴你，這世界反了。」

朱利安嘆口氣。

「當然了，」她說：「如果你知道自己是誰，你去哪都不成問題。」每次只要帶她去上減重課，她必定跟他說上一回。「課堂的人大多跟我們不同類，」她說：「可是我對任何人都很親切。我知道自己是誰。」

「他們才不在乎妳親不親切，」朱利安粗蠻地說：「知道自己是誰，這種事情只對一個世代有用。妳根本搞不清楚自己現在的地位，或者自己是誰。」

她停住腳步，瞪他一眼。「我很確定自己是誰，」她說：「如果你不知道自己是誰，我爲你感到可恥。」

「見鬼啦。」朱利安說。

「你曾祖父當過這個州的州長，」她說：「你爺爺是個有錢的地主，你奶奶是葛德海家族的人。」

「妳可不可以看看四周，」他緊繃地說：「看看妳現在在哪裡？」他大手一揮，指指這個鄰里，夜色逐漸降臨，至少讓這裡看來沒那麼髒亂。

「你是誰，就永遠是誰，」她說：「你曾祖父有大農場，還有兩百名奴隸。」

「不再有奴隸這種東西了。」他煩躁地說。

「他們當奴隸的時候還比較幸福。」她說。他發出呻吟，看到她又要開始唱那個老調。她每過幾天就會提一次，彷彿在開放軌道上行駛的列車。他清楚沿途的每一個停靠站、每一個中繼站、每一片濕地，知道她最後會在哪個點上提出結論，有如列車莊嚴地滑入車站：「荒唐，這根本不實際。他們的地位是該提昇沒錯，可是應該乖乖待在屬於他們自己那一邊。」

「別再談了。」朱利安說。

「那些半白的，」她說：「我才替他們難過呢，簡直是悲劇。」

「可不可以別說了？」

「想想要是我們是半白的，我們一定感觸良多。」

「我現在就感觸良多了。」他發出哀叫。

「唔，我們來聊點愉快的事吧，」她說：「我記得小時候去爺爺家的情形。那時候，那棟房子有雙排階梯，往上通向二樓——做飯都在一樓。因為廚房牆壁的氣味，我以前老愛待在樓下。我會坐在那裡，鼻子抵著灰泥深呼吸。其實那地方原本是葛德海家族的，可是你爺爺契斯特尼家付了貸款，替他們保住房子。他們當時家道中落了，」她說：「可是不管中不中落，他們從沒忘記自己是誰。」

「那棟破敗的大宅肯定提醒了他們。」朱利安咕噥著。他每談起那棟房子就語帶輕蔑，每想起那棟房子就充滿嚮往。那棟房子賣掉以前，他小時候曾經看過一回。雙排樓梯早已腐朽拆除。當時裡頭住的是黑鬼。可是那棟房子在他心目中，有如他母親對它的印象。它經常出現在他夢中。他會站在寬闊前廊上，傾聽櫟木樹葉颯颯作響，然後在挑高大廳裡漫步，走進相連的客廳，盯著那些磨薄的地氈跟褪色的壁毯。他突然想到，真正懂得欣賞那棟房子的是他，而不是她。他喜愛它破舊的優雅，勝過他說得出口的任何東西，而正是因為這點，他們曾經住過的鄰里，對他而言全是種折磨——而她卻幾乎不知有何差別。她把自己的駑鈍無感稱作「能屈能伸」。

「我記得以前當我保姆的老黑仔卡洛琳，世界上沒人比她更好。我一直非常尊敬我的有色朋友，」她說：「我願意爲他們做任何事情，他們……」

「拜託妳，可不可以別再談這話題了？」朱利安說。他自己搭公車時，總是刻意坐在黑鬼身邊，以便補他母親的罪孽。

「你今天晚上火氣特別大，」她說：「你還好嗎？」

「我還好，」他說：「別再談了。」

她噘起嘴唇。「唔，你心情很差的樣子，」她評論道：「我不要跟你講話了。」

他們抵達公車站，放眼不見車影，朱利安雙手還塞在口袋裡，腦袋前伸，拉長了臉望著空蕩蕩的街道。不只必須等公車，還得搭公車，這種沮喪開始像隻燙熱的手，順著他脖子悄悄溜上。他母親痛苦地嘆了口氣，這時他又意識到她的存在。他淒涼地看著她。她在那頂荒謬的帽子下站得筆挺，彷彿把帽子當成旗幟，代表著她想像中的尊嚴。他心中升起一股邪惡的衝動，想挫挫她的精神。他突然鬆開領帶，拉下來塞進口袋。

她身子一僵。「你帶我進城的時候，爲什麼非得端出那個模樣？」她說：「爲什麼刻意讓我難堪？」

「要是妳永遠不搞清楚自己的地位，」他說：「至少可以弄清楚我的地位。」

「你看起來像個——流氓。」她說。

「那我一定就是了。」他嘟囔道。

「我回家算了，」她說：「我不煩你了，如果你連這種小事都沒辦法幫我……」

他翻翻白眼，又把領帶繫回去。「回歸我的階級。」他嘀咕。然後把臉擠向她，一面嘶聲說：「真正的文化在腦袋裡，腦袋裡，」他邊說邊輕輕敲頭，「在腦袋。」

「是在心裡，」她說：「在你做事的方式裡，你就是要按照自己的身分做事。」

「在該死的公車上，沒人在乎妳是誰。」

「我就在乎自己是誰。」她冷冰冰地說。

亮著燈的巴士出現在前方山丘頂端，公車越駛越近，他們往外走到街頭迎了上去。他扶著她的手肘，將她撐上嘎吱作響的階梯。她臉上帶著淺笑走進車廂，彷彿進入一個人人都在等她的會客室。他投進代幣，往寬闊的前座一坐，這排面對走道的座位足以容納三人。有個留著黃色長髮的齙牙瘦削女人正坐在前座的一頭。他母親移到她身旁，在身邊替朱利安留了座位。他坐下來，望著走道對面的地板，那裡定定放了雙瘦腳，穿著紅白兩色帆布涼鞋。

他母親馬上起了話頭，不針對什麼人，只想吸引任何想聊天的人。「天氣還能更熱嗎？」她說著，從皮包裡取出一把畫了日本風景的黑摺扇，舉在身前搧了起來。

「我想可能會更熱，」齙牙女人說：「可是我確定我家公寓已經熱到頂了。」

「一定是午後陽光的關係。」他母親說。她往前坐，把整輛公車前後掃視一遍。公車半滿，全是白人。她說：「看來公車上都是自己人。」朱利安縮了一下。

「還眞難得，」走道對面的女人說，就是那雙紅白帆布涼鞋的主人，「幾天前我上了公車，他們多得跟跳蚤似的——前前後後，整輛車都是。」

「這世界到處亂成一團，」他母親說：「我眞不知道我們怎麼會讓事情走到這個地步。」

「讓我最心煩的，就是那些好家庭的小伙子竟然去偷汽車輪胎，」齙牙女人說：「我跟我家孩子講，我說啊，你可能沒錢，可是我們把你養成正派的人，要是讓我逮到你蹚這種渾水，就讓他們把你送到感化院去。屬於哪個階層，就要有什麼樣子。」

「有教就有效，」他母親說：「妳孩子上高中嗎？」

「九年級。」女人說。

「我兒子去年才大學畢業，他想寫作，可是在正式投入以前，暫時先賣打字機。」他母親說。

女人欠身往前，瞅瞅朱利安。他惡狠狠瞥了她一眼，她又貼回椅背。走道對面的地板上有份棄置的報紙。他起身取回報紙，打開來舉在身前。他母親壓低嗓門低調地繼續對話，可是走道對面的女人高聲說：「唔，不錯啊，賣打字機跟寫作很接近了，可以在兩個跑道之間自由轉換。」

「我告訴他，」他母親說：「羅馬不是一天造成的。」

躲在報紙後面的朱利安，退進了他心中的內在隔間，他大多時間都在那裡度過。那就是他無法忍受身處的環境時，爲自己建立起來的某種心靈泡泡。他可以從那個泡泡裡往外觀看並加以評斷，但在那裡面安全無虞，可以免於受到外界任何侵擾。只有在這裡，他覺得自己可以擺脫同胞的愚蠢。他母親從未進過這個泡泡，但他從泡泡裡面可以把她這人看得一清二楚。

這位老太太還算聰明，他認爲，如果她從正確的前提起步，就可以對她抱有更高期許。她依據自己幻想的世界法則來生活，他從未見過她踏出那個世界一步。而那個世界的定律就是爲他犧牲自己，實情卻是她先把事情搞得一團亂，才創造出不得不爲他犧牲的局面。如果他准許她犧牲，那只是因爲她缺乏遠見，使得這些犧牲變得必要。她這輩子在沒有契斯特尼家的資源下，奮力表現得像契斯特尼家族的成員，把她認爲契斯特尼家族成員理應擁有的一切給了他。她說：既然掙扎求存是這麼有趣，又何必抱怨？她說：當你最後勝出，就像她最後勝出，回顧艱難時光是多麼有意思！他無法原諒她，她竟然掙扎得津津有味，而且竟然以爲自己最後勝出了。

她說她贏了，意思是她成功養大了他，送他上大學，而且他最後長成一表人才——相貌出衆（她自己的牙齒掉了不補，好讓他矯正牙齒）、聰穎過人（他意識到自己太聰明而不可能成功）、前途無量（他當然沒什麼前途可言）。她原諒他的陰鬱，說他未臻成熟，把他的激進想法解釋成缺乏實務經驗。她說他對「人生」毫無概念，說他甚至還沒進入眞實世界——而他就像個五十歲男人，對人生的理想早已幻滅。

這一切更諷刺的地方在於，儘管她這個樣子，他還是長成了一表人才。儘管上的是三流大學，但憑著自己的積極主動，最後得到了第一流的教育；儘管成長期間由狹隘心靈所掌控，卻長成了心胸寬大的人；儘管她愚蠢的觀點，他卻擺脫了偏見，勇於面對現實。最神奇的地方在於，他並未因爲對她的愛而盲目，有如她愛他愛到盲目，他在情感上可以完全擺脫她的牽絆，能以全然的客觀來看她。他不受母親的掌控。

公車猛地一晃，停了下來，將他從冥想中搖出來。後側座位的女人踩著小步，往前踉蹌走著；她調正姿勢時，險些跌進他的報紙。她下了車，一個壯碩的黑鬼上車來。朱利安放低報紙以便觀看。看出日常生活運作中的不公義時，總能帶給他些許滿足。這點肯定了他的想法：也就是方圓三百哩內，除了少數幾個特例之外，沒有值得他認識的人。那個黑鬼打扮光鮮，提著公事包，環顧四周後，坐在三個一組的座位末端，紅白帆布涼鞋女人就坐在那排座位的另一頭。黑鬼馬上展開報紙，將自己遮掩起來。朱利安的母親立刻態度堅持地用手肘戳他肋骨，耳語道：「現在知道我為什麼不自己搭公車了吧。」

紅白帆布涼鞋女人在黑鬼坐下的同時，站了起來，往公車後頭走去，坐在剛下車女人的座位上。他母親往前探出身子，對她拋出一抹贊同的表情。

朱利安起身越過走道，坐在帆布涼鞋女人原本的位置上。他從這位置，平靜地望著對面的母親。她的臉脹成怒紅。他盯著她，把自己的眼光變成陌生人的眼光。他感覺自己的緊繃感突然解除，彷彿這是公開向她宣戰。

他很想跟這黑鬼聊聊，談談藝術、政治或他們周圍這些人所無法理解的任何話題，但那男人一直穩穩死守在報紙後方，要不是刻意不理會女人換了座位，不然就是壓根沒注意到。朱利安完全無法傳達自己的同情。

他母親一直譴責地盯著他的臉不放。齙牙女人則是熱切看著他，彷彿他是新品種的怪物。

「可以借個火嗎？」他問那黑鬼。

男人視線不離報紙，手兀自探進口袋，遞給他一盒火柴。

「謝了。」朱利安說，一時傻乎乎地拿著火柴。門上有個**禁止吸菸**的標示俯瞰著他。單是這樣原本阻止不了他，重點是他身上根本沒菸，因爲買不起，幾個月前就戒了。「抱歉。」他喃喃，將火柴遞還。黑鬼放低報紙，惱怒地瞥他一眼。男人接過火柴，再次舉起報紙。

他母親繼續盯著他看，並未因他一時不自在而出言調侃。她一直流露出受傷的眼神，臉龐似乎紅得不自然，彷彿血壓直往上竄。朱利安不准自己臉上浮現一絲同情。占了上風的他，迫不及待想保住這個地位，讓它持續下去。他想給她一個教訓，是效果可以維持好一陣子的那種，但現在似乎無以爲繼。黑鬼怎麼就是不肯從報紙後方現身。

朱利安交抱雙臂，沉著地盯著前方，雖然面對著她，卻彷彿看不到她，彷彿不再認可她的存在。他腦海中浮現的情景是，當公車到站時，他會繼續坐在椅子上，當她說「你不下車嗎？」的時候，他會露出一種表情看著她，彷彿她是個莽撞搭訕的陌生人。他們下車的街角通常冷冷清清，不過照明充足，讓她自己走過四條街口到Y地去無傷大雅。他決定等時候到了，再決定要不要放她自己下車。一到十點，他還是得到Y地接她回家，但他可以讓她整晚納悶他會不會出現。她沒理由認爲自己可以永遠依賴他。

他再次遁入那個天花板挑高的房間，房中零星擺了幾件古董大型家具。他的靈魂一時間擴張起來，不過一意識到母親就在對面，這幻象就開始萎縮。他冷冰冰地端詳她。她的腳穿著小小包鞋，孩子似地懸在空中，搆不到地面。她現在用誇張的譴責神情瞅著他。他覺得自己完全脫離了她。那一刻，他可以快意地賞她巴掌，就像掌摑一個在他照管下特別惹人厭的孩子。

他開始想像各種異想天開的方法，就爲了給她一個教訓。他可以跟什麼知名的黑鬼教授或黑鬼律師稱兄道弟，找一晚帶對方回家作客。他可以找到充分理由，可是她的血壓會飆到三百，他可不能把她逼到中風的地步，再者，他從來都交不到黑鬼朋友。他曾試著在公車上跟那類比較優秀的黑鬼聊天，就是看起來像教授、牧師或律師的那些。某天早上，他坐在一個看來頗傑出的深棕色男人身邊，對方以宏亮嗓音，態度肅穆地回答他問題，後來他卻發現對方是葬儀業者。另外有一天，他坐在一個抽雪茄、手戴鑽戒的黑鬼身邊，不自然地寒暄幾句之後，黑鬼按了下車鈴，起身越過朱利安上方時，還往他手裡塞了兩張樂透彩券。

他想像母親病重時，自己只能替她找到黑鬼醫生。他對這想法玩味了幾分鐘，然後拋開，一時想像自己以支持者身分參加靜坐示威活動。這是有可能的，但他並未在這想法上多加流連。反而逐漸逼近終極的恐怖，就是把一個有黑種人嫌疑的美麗女子帶回家。妳要有心裡準備，他說：妳無計可施，我就是選了這個女人。她聰明、高貴，甚至心地善良，吃過不少苦頭，卻也不覺得吃苦有什麼樂趣。現在來迫害我們吧，儘管放馬過來，迫害我們吧。把她趕出去啊，可是要記得，那也等於把我趕出去。他瞇細眼睛，透過自己催生出的憤慨，望著走道對面的母親一臉發紫，呼應她的道德本性，縮成侏儒般大小，木乃伊似地坐在那頂猶如旗幟的荒唐帽子底下。

公車停下，他再次被倒出幻想之外。門以吸吮的嘶聲打開，黑暗中浮現一個身型魁偉、打扮鮮豔的有色女人，她一臉惱怒，帶著一個小男孩上車。那孩子可能四歲，穿著方格呢短套裝，頭上戴了插藍羽毛的軟氈帽。朱利安希望孩子可以坐在他身邊，那女人就可以擠到他母親身旁。他認爲這樣的安排再好不過。

女人在等代幣，一面環顧四周，看看有哪些座位可選——他希望她坐在大家最不希望她坐的地方。她的模樣有點眼熟，可是朱利安說不上來是什麼。她在女性中算得上巨人。那張臉不只是要挺身迎敵，而是要主動搜尋敵方。她豐厚的下唇往下扯，就像個「**少惹我**」的警告標示。她臃腫的身軀包覆在綠色縐綢連身裙內，雙腳從紅鞋中溢出。她戴了頂醜不拉嘰的帽子。紫色天鵝絨帽緣一側下垂，另一側翹起；其餘部分是綠色的，看起來就像棉芯外露的靠墊。她提著一只巨大紅色手提包，彷彿塞滿石頭似地鼓脹著。

讓朱利安失望的是，小男孩爬上他母親身旁的空位。他母親把所有的小孩，不管是黑是白，都統一劃歸爲：「可愛」這個類別。而且她認爲，整體來說，小黑鬼還比白人小孩可愛。她在小男孩爬上座位的時候，衝著他笑。

同時，女人在朱利安身旁的空位重重坐下。教他心煩的是，她把自己硬塞進座位裡。女人在他身旁坐定時，他看到母親臉色一變；他滿意地領悟到，原來母親對這種事比他還反感。她的臉色幾乎是灰的，眼神中有種黯淡的認知，彷彿對於某種可怕的對比覺得作嘔。朱利安看出，這是因爲就某個意義上來說，她和那女人交換了兒子。雖然他母親不會意識到這舉動的象徵意義，但感覺得到。他的興味在臉上一覽無遺。

他旁邊的女人喃喃嘀咕了些他聽不明白的話。他意識到身旁有某種怒氣騰騰的東西，發出像貓咪憤怒時的咕嚕低吼。他什麼都看不到，只看到直直擱在臃腫綠色大腿上的紅色手提包。他想像女人站著等代幣時的模樣——笨重的身形，從紅鞋子往上升起，越過紮實的臀部、龐然的胸脯、傲慢的臉龐，到那頂綠紫兩色的帽子。

他瞪大雙眼。

兩頂造型相同帽子的景象，好似燦爛朝陽的光芒，破雲潑灑在他身上。喜悅頓時點亮他的臉龐。他無法相信命運竟然給他母親這般教訓。他大聲咯咯笑，好讓母親看看他，並看見他所看到的。她緩緩將目光轉到他身上。那雙眸子裡的藍似乎變成了瘀紫。有那麼一刻，他對她的無辜略感不安，不過這種感覺只延續了一會兒，最後大原則拯救了他。公義讓他有資格放聲一笑。他的燦笑剛硬起來，直到母親清楚得到訊息，彷彿他眞的說出口似的：**妳心胸狹窄，這樣的懲罰恰如其分，這件事可以教會妳永難忘懷的一課。**

她的視線移向女人。她似乎無法忍受再看著兒子，反倒覺得那女人更討人喜歡。他再次意識到身旁那渾身是刺的存在。女人就像隆隆作響的火山，準備活過來。他母親的嘴角開始微微牽動。他的心一沉，在她臉上看出逐漸恢復平靜的徵兆，明白這件事只會一時讓她覺得有趣，根本不會是什麼教訓。她一直盯著女人，臉上漾起饒富興味的笑容，彷彿那女人是隻偷了她帽子的猴兒。小黑鬼睜著大眼，仰頭入神地望著她。他已經花了好些時間想挑起她的注意。

「卡佛！」女人突然說：「過來！」

卡佛明白聚光燈終於照在他身上，於是縮起雙腳，轉向朱利安的母親，然後嘻嘻笑起來。

「卡佛！」女人說：「聽到沒？過來！」

卡佛滑下椅子，但背靠椅基蹲著，腦袋頑皮地轉向朱利安的母親，她正對他笑著。女人把手伸過走道，將他揪扯過來。他坐正之後，在她膝上倒掛著，朝朱利安的母親猛笑。「他眞可愛啊。」朱利安的母親對齙牙女人說。

「大概吧。」女人沒把握地說。

女黑鬼猛地把孩子拉正，但孩子溜出她的掌握，衝過走道，笑得花枝亂顫，手腳並用爬上了他心愛之人的隔壁座位。

「我想他喜歡我。」朱利安的母親說，然後對女人微笑。她對比自己劣等的人特別表示親切時，就會露出這種笑容。朱利安看到一切都無望了。那個教訓有如屋頂上的雨水，從母親身上滾落。

女人站起來，把小男孩從座位上扯下來，彷彿要搶救他免於疾病感染。朱利安可以感覺到她的怒意，因爲她沒有他母親那種笑容可當武器。女人猛甩小孩的大腿一掌，小孩嚎哭一聲，腦袋撞向她的肚子，雙腳踢著她的小腿。「給我守規矩。」她大聲怒斥。

公車停了，原本在讀報的黑鬼下車了。女人移過去，把小男孩砰地一把放在朱利安跟她自己之間。她牢牢壓住孩子的膝蓋。不久，孩子就用雙手摀臉，透過指尖窺看朱利安的母親。

「我看到你……嘍！」朱利安的母親說，然後把手放在臉前，窺看著孩子。

女人往下拍掉孩子的手。「別再鬧了，」她說：「不然看我怎麼修理你！」

朱利安心懷感謝，下一站就是他們的目的地。他往上伸手拉車鈴線。女人同時往上伸手拉了拉。噢我的天，他暗想。他有種恐怖的直覺：他們一起下車時，他母親會打開皮包，拿一個五分硬幣給小男孩。這個舉動對她來說，自然得有如呼吸。公車停了，孩子想賴在車上不走，女人起身，拖著孩子衝到公車前側。朱利安跟母親站起來，尾隨在後。他們接近車門時，朱利安想替母親提包包。

「不用，」他母親喃喃，「我想給那孩子一個五分硬幣。」

「不行！」朱利安低聲嘶語，「不行！」

他母親含笑俯視孩子，打開包包。公車門打開，女人抓起孩子的手臂，把他掛在臀側，帶他一起下車。一到街上，她就放他下來，搖了搖他。

朱利安的母親走下公車階梯時，不得不先關上皮包，但一等雙腳踩上地面，就又打開，開始在裡頭摸摸找找。「我只找得到一分錢，」她低語，「可是看起來是新的。」

「不要這樣！」朱利安咬牙激動地說。轉角有盞街燈，她連忙走到街燈下，以便把皮包裡瞧個清楚。女人牽著依然面朝後方的孩子，沿街快速離去。

「噢小傢伙！」朱利安的母親叫喚，快快走了幾步，就在剛過路燈那裡趕上母子倆。「這裡有個全新的一分錢要給你喔。」她遞出那枚銅板，硬幣在昏暗燈光下發出銅光。

壯碩的女人轉身，一時聳起肩膀，臉上凍結著受挫的怒氣，狠狠瞪著朱利安的母親。接著，女人就像一座再多施一盎司壓力就要突破極限、瞬間炸開的機器，朱利安看到黑色拳頭隨著紅提包往外一揮。他緊閉雙眼、縮起身子，聽見女人吼道：「誰的一分錢他都不要！」等他睜開眼，女人抱著小男孩，小男孩目瞪口呆從母親肩頭回望，母子倆最後沿街走遠。

「就叫妳不要那樣，」朱利安氣呼呼說：「就叫妳別那樣了！」

他咬牙切齒，居高臨下望著母親片刻。她雙腿伸在身前，帽子落在大腿上。他蹲下來，望著她的臉。她面無表情。「都是妳活該，」他說：「現在起來吧。」

他撿起她的提包，把掉落在外的東西放回去。他把帽子從她懷裡撿起來。他瞥見她的一分錢就在人行道上，撿起來，故意在她眼前把那枚硬幣投進提包。然後他站起身，伸出雙手俯身要拉她起來。她還是動也不動。他嘆口氣。漆黑的公寓建築聳立在他們兩側，亮著不規則的長方型光線。街廓盡頭，有個男人從門裡走出來，朝反方向走遠。「好了，」他說：「要是有人剛好經過，想知道妳幹嘛坐在人行道上，怎麼辦？」

她握住他的手，喘著大氣使勁拉著起身，然後佇立片刻，微微搖晃，彷彿黑暗中有點點亮光在她周圍旋繞。她的眼神布滿暗影，困惑不解，最後終於落在他臉上。他並未嘗試遮掩自己的惱怒，說道：「我希望這件事可以給妳個教訓。」她傾身向前，視線掃過他的臉，似乎想辨識他的身分，然後，彷彿找不到任何熟悉的痕跡，埋頭就朝錯誤的方向邁去。

「妳不去Y了嗎？」他問。

「回家。」她喃喃。

「唔，要用走的嗎？」

她以繼續前進當作回答。朱利安背著雙手跟了上去。他覺得不能讓她白受這場教訓，卻不解釋其中有何意義，要順道讓她明白自己剛才所經歷的事。「不要以爲那只是個傲慢的女黑鬼，」他說：「那代表了全部的有色人種，他們再也不會接受妳高高在上施捨的一分錢。那就是妳的黑人分身，她跟妳戴同款帽子，很確定的是，」他畫蛇添足地補充（純粹只因覺得有趣），「戴在她頭上比戴妳頭上好看。這整件事的意義在於，」他說：「舊世界早已過去，舊禮儀已經過時，妳的親切啥也不値。」他恨恨想起那棟失去已久、本該屬於他的房子。「妳不是妳自己以爲的那種人。」他說。

她繼續往前走，理都不理他。她的頭髮一側鬆脫，提包掉了卻沒注意。他彎身撿起，要還給她，但她並未接過。

「也沒必要表現得跟世界末日一樣吧，」他說：「因爲這個世界還沒走到盡頭。從現在開始，妳必須活在新世界裡，難得面對幾件新事實。開心點，」他說：「又不會要妳的命。」

她呼吸急促。

「我們等公車吧。」他說。

「回家。」她含糊不清地說。

「我很討厭妳的這種表現，」他說：「跟個小孩子似的。我對妳的期待不止這樣。」他決定停在原地，逼她跟著停下，好好等公車來。「我不要再走了，」他邊說邊停下，「我們要搭公車。」

她繼續往前，彷彿沒聽見他說的。他往前跨出幾步，抓住她的手臂，阻止她繼續往前。他凝視她的臉，一時屏住呼吸。他望著的是張不曾見過的面孔。「叫爺爺來接我。」她說。

他受到打擊，瞪大眼睛。

「叫卡洛琳來接我。」她說。

他驚愕地放開她，她再次踉蹌前行，步姿彷彿一腳長一腳短。黑暗的潮浪似乎將她沖離他身邊。「母親！」他叫嚷著，「親愛的，甜心，等等！」她身子一癱，倒在路上。他衝上前，跪在她身邊嚷著：「媽媽，媽媽！」他將她翻過身，她的臉孔嚴重扭曲。一眼睜大瞪著，稍稍瞥向左側，彷彿起錨離開停泊之處。另一隻眼牢牢盯著他，再次掃視他的臉龐，但什麼也沒找著，最後合了起來。

「在這裡等著，在這裡等著！」他喊著跳了起來。他看到遠處有團燈光，開始拔腿衝向光源想要求助。「救命！救命！」他高喊，但他聲音微弱，細如游絲。他跑得越快，那些燈光就飄得越遠，他雙腳痲木地移動，彷彿一直停在原地。黑暗潮浪似乎將他沖回她身邊，一刻不停地拖延，遲遲不讓他進入自責與憂傷的世界。

——本作爲一九六三年歐·亨利短篇小說獎首獎作品；最初發表於《寫作新世界》第十九卷：一九六一年號；之後並收入《一九六二年美國最佳短篇小說選集》及其同名短篇小說集。

鶺鴒鎮的節慶

凱爾宏把豆莢形狀的小車停在姑婆家車道上，謹慎地下了車，左右張望一番，彷彿預期怒放的杜鵑花會對他帶來致命的影響。老太太們的屋前不是體面的草坪，而是種滿三層紅白兩色杜鵑花，從人行道開始，一路往後延伸到她們那棟未上漆的氣派房子邊緣。兩位姑婆就在前廊上，一坐一站。

「我們家寶貝來了！」他的貝希姑婆用吟詠的聲音說，意在說給坐在兩呎外另一位耳聾的姑婆聽。隔壁院落的女孩因此轉過頭，她正盤腿坐在樹下看書。她抬起戴眼鏡的臉，盯著凱爾宏，然後把注意力——凱爾宏清楚看到她帶著冷笑——轉回書上。他拉長臉，冷靜地繼續走向前廊，準備熬過與姑婆的一番寒暄。他自願在杜鵑花節期間回鶺鴒鎮，姑婆們會把這個舉動當成是他個性變好的徵兆。

這些老太太下顎方正，看起來就像裝了木頭假牙的喬治．華盛頓。她們穿著黑色套裝，胸前有大片褶飾，雪白頭髮往後紮。她們輪流擁抱過他之後，他無力地往搖椅一坐，對她們露出靦腆的笑容。他之所以會來這裡，只是因爲辛格頓激發了他的想像，可是他在電話上對貝希姑婆說，他要來享受這個節慶。

耳聾的那位瑪緹姑婆喊道：「凱爾宏啊，你祖父要是看到你對這個節慶起了興趣，一定會很欣慰。他可是這個節日的發起人啊，知道吧。」

「欸，」男孩回喊，「你們這次還多了點額外的小刺激，那件事怎麼樣了？」

節慶開場十天前，有個姓辛格頓的男人因爲沒買杜鵑花節胸章，在法院草坪上的模擬法庭中受到公審。審判期間，他被囚禁在手足枷裡；被判有罪後，跟山羊一起鎖在「監牢」中，那隻山羊也因同樣罪過而受刑。所謂的「監牢」就是一個戶外廁所，由青商會會員借來爲這場合使用。十天之後，辛格頓現身法庭前廊上的側門，用消音自動手槍，射殺當時坐在那裡的五位顯要，另外誤殺了人群當中的一個人。無辜男子中了槍，這枚子彈原本的目標是鎮長，他當時正俯身去拉鞋舌。

「眞是不幸的意外，」瑪緹姑婆說：「破壞了這節慶的氣氛。」

他聽到隔壁草坪上的女孩猛力合起書本。她的頭頂在圍籬上方露出——前傾的頭子與表情激切的小臉。女孩匆匆掃了他們一眼，隨即隱去身影。「看來什麼也沒破壞啊，」他說：「我路過鎭上的時候，看到人群比以前都多，而且旗子都掛出來了。鷓鴣鎭，」他喊道：「會好好埋葬死者，但就是不放棄賺錢的機會！」話講到一半，女孩的前門就砰地甩上。

貝希姑婆已走進屋裡，拿著一只小皮盒出來。「你跟我們父親長得眞像。」說完便拉了張椅子到他身邊。

凱爾宏興味索然打開盒子，撒得膝上都是鐵鏽色灰塵，然後取出他祖父的迷你肖像來。他每次過來，姑婆必定拿給他看。那老頭——圓臉禿頭，整體來說其貌不揚——端坐著，雙手疊在一支黑手杖頂端，神情天眞中帶著決心。商業大亨，男孩暗想，然後畏縮一下。「都有六個鎮民被射殺，節慶還如火如荼在進行。」他挖苦地問，「那這位中流砥柱大人物，對今天的鷓鴣鎮會有什麼看法？」

「父親的觀念很先進，」貝西姑婆說：「——是鷓鴣鎮有過最具前瞻性的商人。要是活在今天，他若不是被射殺的其中一個顯要，就會搶先制服那個瘋子。」

男孩不曉得他對這事能忍受多少。報紙登出六位「受害者」的照片，與一張辛格頓的照片。辛格頓的臉是那群人中模樣最突出的。身型寬闊但骨架突出而陰鬱。一隻眼比另一隻偏圓，在那隻更接近圓的眼睛裡，凱爾宏看出男人的從容，他知道為了堅持作自己的權利，他將會、也願意吃苦受難。在那隻一般的眼睛裡，則潛藏著精明的輕蔑，整體而言是飽受折磨的神情，他因為周遭的瘋狂，自己最後終於發了狂。另外六張臉就跟他曾祖父一樣，毫無特色。

「隨著歲數增長，你會越來越像我們父親，」瑪緹姑婆預言，「你有他那種紅潤氣色，表情也差不多。」

「我明明跟他完全不同。」他僵硬地說。

「都是白裡透紅的，」貝西姑婆大笑，「而且你的小腹也開始跑出來了喔。」她說著用拳頭突襲他的肚子。「我們家寶貝現在幾歲啦？」

「二十三，」他嘀咕，暗想要是整趟來訪期間都這樣，那還得了。等她們都欺負過一輪之後，也許就會放過他了。

「交女朋友了嗎？」瑪緹姑婆問。

「沒有。」他疲憊地說：「我想，」他繼續說：「在這邊，大家都只是把辛格頓當成瘋子？」

「對，」貝西姑婆說：「——怪咖一個，從來不照規矩來，跟這邊的其他人都不一樣。」

「真是糟糕的缺點。」男孩說。雖然他自己的雙眼彼此對稱，但跟辛格頓一樣都是闊臉，不過兩人真正相似的地方是內在。

「既然他精神失常，也就不必負責了。」貝西姑婆說。

男孩眼睛一亮，往前一坐，視線集中在老太太身上。「那麼，」他問，「真正有罪的是誰？」

「父親三十歲的時候，腦袋就跟嬰兒一樣光滑了，」她說：「你最好趁早找個女伴，哈哈。你現在打算做什麼呢？」

他手伸進口袋，抽出菸斗跟菸草包。就是沒辦法問她們深入點的問題。她們都是虔誠的福音派教友，可是她們缺乏道德上的想像力。「我想我要寫作。」他說著便開始往菸斗裝填菸草。

「唔，」貝西姑婆說：「不錯啊，也許你會變成瑪格麗特．米契爾[1]第二。」

「我想你會幫我們講講公道話，」瑪緹姑婆喊道，「很少人這樣做。」

「我會替妳們講公道話的，」他陰森地說：「我準備寫篇論說……」他打住話頭，把菸斗塞進嘴裡，往後一坐。跟她們講這個實在太荒唐了。他抽出菸斗並說：「唔，說來話長，妳們女士不會有興趣的。」

貝西姑婆意味深長地把腦袋湊上來。「凱爾宏，」她說：「可別讓我們失望啊。」她們瞅著他，彷彿剛剛才想到，她們一直愛撫的寵物蛇可能有毒。

「你們必曉得眞理，」男孩用最激烈的神情說：「眞理必叫你們得以自由[2]。」

聽到他引用聖經，她們就一臉放下心來了。「他拿個小菸斗，」瑪緹姑婆問，「樣子很可愛吧？」

「小鬼，最好快找個女伴啊。」貝西姑婆說。

幾分鐘後，他逃離她們身邊，提著行李到樓上，然後又下樓來，準備出門將自己浸泡在寫作素材中。他打算花上整個下午採訪大家對辛格頓的看法。他希望自己能寫點東西，替那個瘋子辯

1 Margaret Mitchell（1900-1949）美國作家，經典小說《飄》的作者。

2 出自《新約聖經》〈約翰福音〉8：32。

護，也期望藉由此次書寫來減輕自己的罪疚，因爲在辛格頓純潔之光的照耀下，他自己的表裡不一、他的陰影，全都投射在他眼前，比平日更加黑暗。

今年夏季的三個月份，他都跟父母住在一起，販售冷氣機、船艇和冰箱，這樣就足以應付其他九個月的生活開銷，將他眞正的自我（反抗者、藝術家兼神祕主義者）催生出來。在另外那九個月裡，他住在城裡另一頭，跟另外兩個無所事事的小伙子住在沒暖氣的無電梯公寓，可是夏天的罪疚追著他進入冬季；事實上，即使他在夏季時沒有投入銷售熱潮，生活也照樣過得下去。

當他對父母說明自己瞧不起他們的價値觀，父母面面相覷，眼神中閃現意會的光芒，彷彿兒子會有這種表現不出意料，他們讀過這類的內容。他父親主動說要給他一小筆津貼，資助他住那間公寓。他爲了追求獨立而拒絕了這筆錢，但他內心深處很清楚，這並不是爲了保有獨立，而是因爲他很享受賣東西。面對顧客時，他往往得意忘形；他的臉孔會發光出汗，複雜的心思隨風而逝。他受到強烈衝動左右，就像男人貪杯或追求女色的驅力。而他對這種事拿手得不得了。他的表現如此優秀，公司甚至頒發業績獎狀給他。他用引號框住業績兩字，跟室友把獎狀拿來射飛鏢。

他在報上一看到辛格頓的照片，那張臉就開始在他的想像中燃燒，好似一顆帶有譴責意味、陰暗的解放之星。翌晨，他便打電話給姑婆說要來探訪，而不到四個鐘頭，他就橫越了一百五十哩路程抵達鶌鴣鎮。

他走到屋外的路上，貝西阿姨攔住他並說：「六點之前回來喔，小綿羊，我們有個甜美的驚喜要給你。」

「是米布丁嗎？」他問道。她們的廚藝都很差。

「比布丁甜多了！」老太太說著翻起白眼。他趕緊離開。

隔壁女孩已帶著書回到草坪上。他懷疑自己是不是應該認識她。兒提時代來拜訪姑婆時，她們總會找個鄰居的怪小孩當他的玩伴——有一次是個穿女童軍服的胖白癡，另一次是個背誦聖經經文的近視男孩，還有個身材幾乎呈正方形的女孩，把他打得眼睛烏青後就離開了。感謝主，他現在長大了，她們再也不敢隨便替他找事塡滿時間。他路過時，女孩沒抬頭，他也沒開口。

一旦到了人行道上，大量怒放的杜鵑花就影響了他。它們似乎像色彩的潮浪沖過草坪，湧上白色房子正面，粉紅與緋紅的波峰，白色的波峰，以及接近紫藍的神祕色調，還有黃紅色的狂野波峰。斑爛繽紛的色彩幾乎讓他因爲隱伏的快感而停止呼吸。苔蘚從老樹上垂下。在破敗的內戰前所建的房屋裡，這些是模樣最賞心悅目的。這地方的污點，就呈現在他曾祖父的話語中，而那番話留存下來，成了這個城鎮的座右銘：「美就是我們的經濟作物」。

他姑婆家距離商業區有五條街。他匆匆穿過那五個街口，不消幾分鐘就來到光禿的市區，中央有個搖搖欲墜的法庭。烈日猛照停在每個可用空間的車頂。國旗、州旗和邦聯旗在每個角落的街燈上飄揚。人們隨意走動。他姑婆住的那條街有涼蔭而且安靜，那裡的杜鵑花明明開得最好，可是剛才與他錯身而過的卻不超過三人。人們群聚在此，貪婪地盯著那些可悲的櫥窗展示，帶著慵懶的敬意路過法庭門廊，也就是當初濺血之處。

他納悶，這些人是否認爲他是爲了相同理由來到這裡。他很想用蘇格拉底的風格開啓街頭討論：造成六位鎮民喪生，眞正有罪的是誰？可是就在他掃視眼前景象的當兒，他看不出有誰會對探索意義眞心抱有興趣。他漫無目的地走進藥局，裡頭昏暗無光，瀰漫著發酸的香草味。

他坐在櫃臺的高凳上，點了杯萊姆汁。正在準備飲料的小伙子蓄著精緻的紅色鬢腳，襯衫前襟別著杜鵑花節胸章——就是辛格頓當初拒絕購買的東西。凱爾宏的視線立刻落在上頭。「看來你已經向主致敬了。」他說。

男孩似乎沒聽懂這句話的深義。

「胸章啊，」凱爾宏說：「胸章。」

男孩低頭看了看，又望向凱爾宏。男孩把飲料擺上櫃臺，繼續看著他，彷彿服務的對象身上帶著有趣的殘缺。

「你很享受節慶氣氛嗎？」凱爾宏問。

「你是說這些活動嗎？」男孩說。

「我相信，」凱爾宏說：「這些輝煌的事件，就從這六個人的死亡揭開序幕。」

「是的，先生，」男孩說：「冷血殺了六個人喔，其中四個我還認識。」

「那麼這份榮耀你也有份。」凱爾宏說著，突然感覺店外的街道陷入靜寂。他望向門口，及時看到靈車經過，後面跟著一列緩慢移動的車隊。

「那個就是自己辦葬禮的人，」男孩尊敬地說：「另外五個中槍的昨天就辦完了，葬禮很盛大。可是他後來才死，沒趕上。」

「他們手上沾了無辜的血，也有罪疚的血。」凱爾宏說著便怒瞪著男孩。

「不是什麼**他們**，」男孩說：「全是一個人幹的，一個叫辛格頓的男的，他瘋了。」

「辛格頓只是個工具，」凱爾宏說：「鵪鴣鎮本身就有罪。」他大口灌完飲料，放下玻璃杯。

男孩看著他的樣子，彷彿他瘋了似的。「鵪鴣鎮又沒槍殺什麼人。」他用高亢氣惱的聲音說。

凱爾宏在櫃臺上放了十分錢後離開。最後一輛車在街廓末端轉彎。他覺得沒那麼熱鬧了。大家顯然因爲看到靈車而紛紛遠離走避。隔兩扇門那裡，有個老男人從五金行探出身子怒目望向街上送葬隊伍消失之處。凱爾宏迫切需要與人溝通。他怯怯地走上前說：「就我所知，那是最後一場葬禮。」

男人用手貼在一隻耳朵後方。

「那個無辜男人的葬禮。」凱爾宏喊道，然後對著街道點點頭。

老人吵雜地清清鼻孔，表情並不友善。「唯一射對目標的子彈，」他用刺耳的嗓音說：「畢勒是個廢物，老喝得醉醺醺。」

男孩拉長了臉。「那我想另外五個就是英雄嘍？」他淘氣地暗示。

「都是些優秀的人，」老人說：「在執行勤務的時候喪生，我們替那五個人合辦了英雄式的葬禮——盛大的告別式。畢勒的家人想催葬儀業者動作快點，好讓他一起參加，可我們就偏讓畢勒參加不了，要不簡直丟臉。」

我的天啊，男孩暗想。

「辛格頓做的唯一一件好事，就是替我們除掉了畢勒，」老人繼續說：「現在該要有人替我們鏟除辛格頓。現在他人在昆西，過得可逍遙嘍，不花一毛錢躺在涼爽的床上，吃掉你的跟我的稅金。他們當初應該當場斃了他。」

這番話駭人聽聞，凱爾宏無言以對。

「既然打算把他留在那裡，應該叫他自己付伙食費。」老人又說。

男孩輕蔑地瞟了一眼後走開。他過街到法院廣場，以奇怪的角度往前走，只爲盡快跟那老傻瓜拉開距離。樹下散落著板凳。他在那裡找了張沒人的板凳坐下。法院階梯側面，有幾個人站在那裡參觀「監牢」，就是原本把辛格頓跟山羊一起關著的地方。頓時他意識到自己對朋友處境會有的那種憐憫，湧現出同理心。他覺得自己好像被丟進戶外廁所，掛鎖喀噠扣上，他的視線鑽過腐爛中的木板空隙，怒目直視外頭鬼叫嬉鬧的那些蠢人。山羊發出噁心的噪音；他看出自己跟整個社群的精神禁錮在一起。

「有六個人在這裡被槍打死。」附近有個悶糊的古怪聲音說。

男孩嚇得一跳。

是個白人小女孩，舌頭捲在可樂瓶口內，坐在腳邊一塊沙地上，用冷淡的眼神望著他。她的眼睛跟瓶子一樣綠，光著腳，一頭淺色直髮。她把舌頭從瓶子裡抽出來，爆出噗一聲。她說：「是一個壞人做的。」

接觸到孩子那種篤信不移態度時會有的沮喪感，湧上男孩心頭。「不，」他說：「他不是壞人。」

孩子把舌頭塞回瓶子，再默默抽出，眼睛一直沒離開他。

「因爲大家對他不好，」他解釋，「他們對他很壞。他們很殘忍。要是有人對妳殘忍，妳會怎麼做？」

「開槍打他們。」她說。

「唔，他就是這麼做了。」凱爾宏皺眉說。

她繼續坐在那裡，眼睛仍舊盯著他。她的視線簡直就是鷓鴣鎮本身毫無深度的凝視。

「你們這裡的人迫害他，最後終於把他逼瘋了，」男孩說：「他不肯買胸章，那算是罪嗎？他在這裡是局外人，你們就無法忍受。人的基本權利之一，」他說，怒視孩子透明的視線，「就是有權利不用表現得像個傻瓜。就是有權利可以跟別人不同。」他沙啞地說：「我的天啊，就是有權利當你自己。」

她依然盯著他不放，抬起一腳架在膝蓋上。

「他是個大壞蛋。」她說。

凱爾宏起身走開，氣憤地瞪著前方。憤慨讓他的視線一片朦朧，四周的活動在他眼中模糊不明。兩個高中女中穿著鮮豔的裙子和外套，轉進他的路線上，尖聲說：「買張票，來看今晚的選美比賽。看誰能當選鷓鴣杜鵑花小姐！」他猛地轉到旁邊，連看都不看她們一眼。她們咯咯笑著，笑聲一路尾隨他，直到他經過法院，走上法院後方的街廓。他在原地佇立片刻，無法決定接下來要做什麼。眼前是家理髮店，看起來空蕩涼爽。眨眼間他走了進去。

理髮師獨自在店裡讀報，此時從報紙後方抬起頭來。凱爾宏說要理髮，滿心感激地往椅子上坐。

理髮師是個瘦骨嶙峋的高眺傢伙，眼眸原本可能色調更深，模樣像是吃過不少苦頭的人。他替男孩套上圍巾，站著盯住男孩的圓腦袋，彷彿那是顆南瓜，而他正在忖度該如何剖起。接著他轉動椅子，讓凱爾宏面向鏡子。迎面而來就是張圓臉、其貌不揚的天眞影像。男孩的表情變得激動起來。「你跟他們其他人一樣都信那套鬼話嗎？」他好鬥地問。

「再說一遍？」理髮師說。

「這裡在進行的部落儀式，讓理髮業的生意變好了嗎？這些活動啊，這些活動。」他不耐煩地說。

「唔，」理髮師說：「去年這裡多來了一千人，今年預計會更多——」他說：「因爲那場悲劇的關係。」

「悲劇。」男孩重複，繃緊了嘴。

「被槍殺的六個人。」理髮師說。

「那場悲劇，」男孩說：「那麼另一場悲劇呢？就是被這些白癡迫害，最後開槍射殺六人的那個男的呢？」

「噢，他啊。」理髮師說。

「辛格頓，」男孩說：「他以前會光顧這邊嗎？」

理髮師開始剪起他的頭髮。一聽到有人提起那名字，臉上浮現奇特的不屑表情。「今晚有選美比賽，」理髮師說：「明晚是樂團表演，星期四下午有場大遊行，就是跟選美小姐……」

「你到底認不認識辛格頓？」凱爾宏打岔。

「還滿熟的。」理髮師說完便閉上嘴。

當男孩意識到辛格頓搞不好坐過他正坐的這張椅子，一陣戰慄竄過全身。他在鏡子裡拚命細看自己的臉，看看是否藏有肖似辛格頓的地方。緩緩地，他看到它出現了，這就是在他情緒激動下揭露出的祕密訊息。「他光顧過你的店沒有？」他問道，然後屏息等待答案。

「他跟我是姻親，」理髮師憤慨地說：「可是沒來過這裡，他是個超級守財奴，死都不肯出門剪頭髮。他都自己剪。」

「罪不可恕啊。」凱爾宏高聲說。

「他的遠房表親娶了我小姨子，」理髮師說：「可他從來沒在路上認過我。我走過他身邊，就我跟你這麼近的距離，他還繼續往前走。眼睛一直盯著地上，好像在跟蹤什麼蟲子似的。」

「心無旁騖，」男孩喃喃說道：「他肯定不知道你在街上。」

「他知道，」理髮師說，不悅地噘著嘴，「他知道。我剪頭髮，他剪折價券，就這樣。我剪頭髮，」他重複說著，彷彿這句子在他耳中有種讓人滿足的音韻，「他剪折價券。」

典型的比較心理，凱爾宏暗想。他又問：「辛格頓家族以前很富有嗎？」

「他身上只有一半辛格頓的血統，」理髮師說：「辛格頓家族對外都說他沒流著辛格頓家的血。只是有個辛格頓女孩到外地過完九個月假期後，抱著他回來。後來他們都死了，財產留給了他。誰也不曉得他的另一半血統從哪來。我猜是外國血統。」他的語調暗示著眞相不止如此。

「我越來越有概念了。」凱爾宏說。

「他現在沒辦法剪折價券了。」理髮師說。

「是沒辦法。」凱爾宏的聲音揚起，「現在他在受苦，他是代罪羔羊，他背負著這個社群的罪孽，爲了其他人的罪過而犧牲。」

理髮師頓住，嘴巴微開，片刻後用更崇敬的語氣說：「先生啊，你誤會他了，他平日不上教堂的。」

男孩脹紅了臉，說道：「我自己也不上教堂。」

理髮師看來又接不了話。他站著，沒把握地舉著剪刀。

「他是個人主義者，」凱爾宏說：「不願勉強自己跟比他劣等的人同流合污。他不願墨守成規。他是個有深度的人，活在可笑的人當中，最後他們終於把他逼瘋，釋放了他的暴力，結果自己不幸首當其衝。注意，」他繼續說：「他們沒有審判他。他們只是馬上把他關到昆西去。這又爲什麼？因爲啊，」他說：「只要一審判，就會曝露出他根本是無辜的事實，眞正有罪的是這個社群。」

理髮師的臉一亮。「你是律師吧？」他問。

「不是，」男孩怏怏地說：「我是寫作的。」

「噢噢噢，」理髮師喃喃說：「我就知道一定是這一類的。」不久又說：「你寫過什麼？」

「他沒結過婚？」凱爾宏無禮地往下說：「他自己住辛格頓家族鄉下的房子？」

「應該說是房子的殘骸，」理髮師說：「他不肯花一毛錢修繕，就讓房子一直破爛下去，才沒有女人要他咧。只有買女人他才肯掏錢。」他說著，臉頰內發出粗俗的噪音。

「你之所以會知道，是因爲你也都在場，」男孩幾乎無法控制自己對這偏執狂的反感。

「不是，」理髮師說：「大家都知道。我剪頭髮，」他說：「可是我才不會活得像頭豬一樣。我家有排水系統，還有冰箱，冰箱還會吐冰塊到我老婆手裡呢。」

「他不是物質主義者，」凱爾宏說：「對他來說，有些事比排水系統更重要，比方說，獨立。」

「哈，」理髮師嗤之以鼻，「他才沒那麼獨立呢。有一次他差點被雷劈到，看到的人都說，你該看看他屁滾尿流逃走的樣子，像是有窩蜜蜂鑽進褲子裡，看到的人都笑得東倒西歪。」他發出土狼般的笑聲，猛拍自己膝蓋。

「眞討厭。」男孩咕噥。

「還有一次，」理髮師繼續說：「有人老遠跑去他家水井放了隻死貓。一直都有人做這些有的沒的，就是想看能不能逼他掏出點錢來。另外有一次……」

凱爾宏開始想掙脫圍巾，彷彿那是張困住他的羅網。他脫身後，用力把手伸進口袋，拿出一塊錢，丟在驚愕理髮師的架子上。然後衝向門口，任由門在身後甩上，用以表達對那地方的審判。

走回姑婆家的路程並未讓他平靜下來。杜鵑花隨著夕陽降臨，色調更為濃豔，樹木在那些老房子上方保護似地窸窣作響。這裡沒人為辛格頓著想，他躺在昆西污穢的病房床上。現在，男孩確確實實感覺到辛格頓無辜的力量，他想，為了確實呈現那男人所承受的苦難，寫篇簡單的文章還不夠。他必須寫本小說；他必須具體呈現根本的不公不義是如何運作，而不是單用說的。他滿腦子都在想這件事，結果路過姑婆家都沒發現，多走了四戶人家後還得回頭。

貝西姑婆在門口迎接他，把他拉進客廳。「就跟你說我們要給你個甜美的驚喜！」她說著拉住他的手臂，一起走進客廳。

沙發上坐了個穿著萊姆綠連身裙、四肢修長的女孩。「記得瑪麗—伊莉莎白吧，」瑪緹姑婆說：「就是你以前來這裡的時候，帶去看電影的那個小可愛啊。」他怒氣未消，認出對方就是之前在樹下看書的女生。「瑪麗—伊莉莎白回來過春假，」瑪緹姑婆說：「瑪麗—伊莉莎白是個真正的學者，不是嗎？瑪麗—伊莉莎白？」

瑪麗—伊莉莎白拉長了臉，以示才不在乎自己是不是真正的學者。她對他露出的表情清楚讓他曉得，她跟他差不多，都不覺得自己會享受見面這件事。

瑪緹姑婆揪緊手杖頭，開始要從椅子上起身。「我們要提早吃晚餐，」另一個姑婆說：「因為瑪麗—伊莉莎白要帶你去看選美比賽，比賽七點開始。」

「太好了。」男孩講這句話的語調，姑婆們沒注意到，但他希望瑪麗—伊莉莎白聽見了。用餐期間，他完全不理會女孩。他與姑婆之間的應答擺明了都是冷嘲熱諷，但姑婆們領悟力不夠，不足以明白他的影射。她們每聽他講一件事，就笑得跟蠢蛋似的。她們叫了他兩次「小綿羊」，女孩對此發出冷笑。除此之外，她沒表現出玩得盡興的樣子。她的圓臉在眼鏡後方依然稚氣十足。智障，凱爾宏暗想。

飯局結束後，兩人在走向選美比賽的路上依舊不言不語。女孩比他高個幾吋，微微走在前方，彷彿想在途中擺脫他，可是走過兩個街口後，她驟然停下腳步，開始在隨身的草編大袋子裡撈撈找找。她拿出一支鉛筆，用牙齒咬住，繼續翻找東西。眨眼間便從袋底拿出兩張票券與速記員的筆記簿。拿出這些東西後，就合上提袋，繼續往前走。

「妳打算記筆記嗎？」凱爾宏用極盡諷刺的語調探問。

女孩環顧四周，彷彿想辨認發話者是誰。「對，」她說：「我要記筆記。」

「妳喜歡這種東西？」凱爾宏用同樣的語調問，「妳喜歡啊？」

「看了就想吐，」她說：「我打算快快寫篇短文。」

男孩茫然看著她。

「別讓我干擾你享受這場比賽，」她說：「不過這整個地方虛偽至極，爛到骨子裡。」她語調中帶著憤慨的氣音。「他們作賤了杜鵑花！」

凱爾宏目瞪口呆，片刻過後才恢復平靜。「不需要多了不起的腦袋，就能推出那個結論，」他傲慢地說：「要找出超越的方式，才需要洞察力。」

「你的意思是表達的形式。」

「殊途同歸。」他說。

他們又默默走過兩個街口，不過兩人似乎都受到撼動。法院在望，他們穿過街道走到那裡，繩子圍起廣場剩下的空間作爲入口，瑪麗—伊莉莎白把票券塞給站在入口旁的男孩。人們開始在圍場裡的草地上聚集。

「妳記筆記的時候，我們是不是要站在這裡？」凱爾宏問。

女孩停步面對他。「欸，小綿羊，」她說：「你想幹嘛都隨你高興。我要到我爸辦公室工作，就在法院那棟樓。如果你想要，儘管待在樓下幫忙選出鷓鴣鎮杜鵑花小姐。」

「我也去，」他自制地說：「我想觀察偉大女性作家記筆記的情形。」

「隨便你。」她說。

他尾隨登上法院階梯，穿過側門。他氣惱極了，沒意識到自己穿過的那扇門，就是辛格頓當初駐足開槍的地點。他們穿過好似穀倉的空蕩走廊，默默爬上染有菸草汁污漬的一段階梯，進入另一道穀倉似的走廊。瑪麗—伊莉莎白在草編袋子裡撈鑰匙，開了她父親的門鎖。他們進入一個陳舊的大房間，房裡擺滿法律書籍。女孩彷彿他很無能似的，自行拖了兩把直背椅到可俯瞰門廊的窗邊。然後坐下盯著外頭，顯然立刻全神貫注於樓下的場景。

凱爾宏在另一張椅子坐下。爲了惹惱她，他開始放肆地徹底打量她。她手肘倚窗欠身坐著，他一直沒把目光從她身上移開，前後至少五分鐘之久。他盯著她看了那麼久，都怕她的影像會永遠蝕刻在他視網膜上了。最後他再也受不了這種沉默。「妳對辛格頓有什麼看法？」他突然問道。

她抬起頭，一副望穿他的模樣。「基督的形象。」她說。

男孩驚愕不已。

「我的意思是，那是個迷思，」她拉長臉說：「我不是基督徒。」她把注意力轉回外頭的景象。樓下傳來號角的響聲。「十六個穿泳裝的女生要上場了，」她拉長語調，「你一定很感興趣吧？」

「聽著，」凱爾宏狠狠地說：「好好聽進腦袋裡。我對這該死的節慶或該死的杜鵑花女王都沒興趣。我會來這裡，只是因爲同情辛格頓。我打算寫他，可能會寫本小說。」

「我打算寫篇非虛構的研究。」女孩回話的語氣表明，她不屑寫虛構的東西。

他們望著對方，不掩對彼此的強烈反感。凱爾宏覺得要是自己探索得夠，就會暴露她本質上的膚淺。「既然我們的形式不同，」他再次露出諷刺笑容，「我們可以比較一下各自找到的資訊。」

「事情很簡單，」女孩說：「他是代罪羔羊。鷓鴣鎮忙著選杜鵑花小姐的時候，辛格頓在昆西受苦。他在贖罪……」

「我指的不是抽象資訊，」男孩說：「而是具體資訊。妳看過他嗎？他長什麼樣？小說家對狹隘的抽象概念——尤其是顯而易見的東西沒興趣。他是……」

「你寫過幾本小說？」她問。

「這是我的第一本，」他冷冰冰說：「妳見過他沒？」

「沒有，」她說：「對我來說沒必要。他長什麼樣不是關鍵——眼睛不管是棕色還是藍色——對思想家來說，根本不值一哂。」

「搞不好，」他說：「妳只是不敢看看他。小說家從來不怕面對眞實的對象。」

「我才不怕看他呢，」女孩氣呼呼說：「如果眞有必要。他棕眼還是藍眼，對我來說根本無所謂。」

「這件事不只關乎他眼睛是棕還是藍，」凱爾宏說：「妳可能會發現，親眼看過他，可以充實妳的理論。我不是說查出他的眼眸顏色。我的意思是，就存在的意涵上，實際接觸他的人格。人格的謎團，」他說：「就是藝術家所感興趣的東西。人生不存在抽象之中。」

「那你怎麼不去看他？誰攔著你了？」她說：「你何必問我他長什麼樣子？自己去看不就得了。」

這些話就像一袋岩石轟然落在他頭上。片刻過後他說：「自己去看？去哪裡看？」

「到昆西啊，」女孩說：「不然你以爲是哪裡？」

「他們不會讓我見他的。」他說。這提議讓他大感驚駭；不知怎地，他當下無法理解這種事，他覺得這種事根本無從想像。

「如果你說跟他有親戚關係，他們就會同意，」她說：「離這裡才二十哩，誰攔著你了？」

他正準備說「我跟他又沒親戚關係」，可是一時打住，因爲險些背叛對方而紅透了臉。他們是精神上的親族啊。

「你就去看看他眼睛是棕還是藍，享受一點存在上的……」

「我想妳的意思是，」他說：「如果我去，妳也想一塊去嘍？既然妳不怕見見他？」

女孩臉色一白。「你不會去的，」她說：「你根本應付不了那點存在上的……」

「我會去，」他抓到可以讓她閉嘴的良機，「如果妳願意跟我一塊去，明天早上九點來我姑婆家會合。可是我懷疑，」他補上一句，「我不會看到妳。」

她把長長的頸子猛地往前一伸，怒瞪著他。「噢，會的，你會看到我的，」她說：「你會看到我過去。」

她把注意力轉回窗邊，凱爾宏什麼也沒看進眼裡。兩人似乎突然身陷某種巨大的私密問題。外頭間歇傳來喧鬧的歡呼聲。每隔幾分鐘就響起音樂跟掌聲，可是他們倆都充耳不聞，也沒注意對方。最後，女孩從窗邊退開並說：「如果你對這場比賽已經有點概念，我們就可以離開了。我寧可回家看書。」

「我來之前就有概念了。」凱爾宏說。

他送她到家門口，分道揚鑣時，他的精神在昏眩中稍微一振，轉眼又垮下來。他知道，單憑自己絕不可能想到可以去見辛格頓。這個經驗會很折騰人，但或許是他個人獲得救贖的機會。看到辛格頓身陷慘境，可能會讓他痛苦到足以有所提昇，讓他永遠擺脫從商的本能。販售是他目前為止唯一證明自己擅長的事；可是他無法相信不是人人生來就都有藝術家天分，也許他可以藉由受苦而在藝術上有所成就。至於那女孩，他懷疑，她即使看到辛格頓，也不會產生什麼效果。她有那種特別惹人厭的狂熱，就是聰明孩子獨有的特質——只有腦袋，沒有情感。

他一夜睡不安穩，斷斷續續夢見辛格頓。一度他還夢見自己開車到昆西，要賣冰箱給辛格頓。他早上醒來時，老天漠不關心地下起綿綿細雨。他把頭轉向灰色窗玻璃。他不記得昨晚夢見什麼，但直覺並不愉快。女孩那張扁臉浮現在他腦海。他想到昆西，一排排低矮紅建築，粗糙的腦袋探出釘上鐵條的窗戶。他試著把心神集中在辛格頓身上，但他的心思就是想要迴避。他並不想去昆西。他想起自己要寫的是本小說。一夕之間，他寫小說的欲望好似有瑕疵的輪胎那樣消了氣。

他躺在床上時，細雨變成穩定的滂沱大雨。雨勢可能會阻止女孩過來，或者至少她會以為可以用下雨當藉口。他決定等到九點整，如果到時她還沒出現，他就自己出發。但他不打算去昆西，而是計畫打道回府。也許等辛格頓對治療有了反應，到時再去看他比較好。他起身寫了張紙條要託姑婆轉交給女孩，說他推斷女孩幾經考量後判定自己不足以面對這樣的體驗。紙條寫得非常簡潔，最後以「謹上」收尾。

她八點五十五分抵達，滴著雨站在姑婆的門廳，粉藍色塑膠雨衣將身體裹成管狀，只露出一張臉。她抓著潮濕的紙袋，大嘴扭成了沒把握的笑容。一覺醒來，她顯然失去了一點自信。

凱爾宏幾乎無法保持禮貌。他的姑婆們以爲這是一場浪漫出遊，吻別送他出門，愚蠢地站在前廊揮舞小手帕，直到他跟瑪麗伊莉莎白坐上車子離開。

女孩的體型對這輛小車來說太大了。她不停挪著身子，在雨衣裡扭來扭去。「雨把杜鵑花都打壞了。」她以中立的語調表示。

凱爾宏無禮地保持緘默，試圖把她從自己的意識中抹除，這樣他就可以在意識裡重建辛格頓。他已經完全失去了辛格頓。雨水以大片的灰水之姿降下。他們開上公路時，視線幾乎無法穿越田野看到隱約的林線。女孩一直往前俯身，瞇眼望著不透明的擋風玻璃。「要是有卡車突然闖出來，」她尷尬笑著說：「我們兩個就完了。」

凱爾宏停下車說：「我很樂意載妳回家，然後我再自己去。」

「我非去不可，」她盯著他沙啞地說：「我必須見見他。」在眼鏡後面，她的眼睛變得比原本大，有種可疑的液態感。「我必須面對。」她說。

他動作粗魯地再次發動車子。

「你必須向自己證明，自己有辦法站在那裡看著一個男人釘上十字架，」她說：「你必須跟他一起熬過。這事我想了一整晚。」

「這件事，」凱爾宏喃喃，「也許可以給妳一個比較平衡的人生觀。」

「這很私人，」她說：「你不會明白的。」然後把頭轉向車窗。

凱爾宏試著把精神集中在辛格頓身上。一個特徵又一個特徵，在腦海中逐漸把那張臉拼湊起來，每一次就在即將拼組完成時，就會四分五裂，不剩任何東西。他默默開車，不顧後果地往前衝刺，彷彿想故意碰上坑洞，看著女孩衝破擋風玻璃。她時不時會無力地擤擤鼻子。過了十五哩左右，雨勢漸歇，最後停止。他們兩側的林木線變得烏黑清晰，田野一片濃綠。等院區進入視線，他們就可以把整片地方看得一清二楚。

「基督只需要忍受三個小時[3]，」女孩忽然用高亢的聲音說：「可是辛格頓下半輩子都要關在這裡！」

凱爾宏突然望向她。她的側臉出現一道淚痕。他別開視線，敬畏中帶著憤怒。「要是妳受不了，」他說：「我可以帶妳回家，再自己回來。」

「你自己是不會回來的，」她說：「況且我們都快到了。」她擤擤鼻子。「我要他知道，有人站在他那邊，我想跟他說這件事，無論對我會有什麼影響。」

男孩在暴怒中突然浮現一個可怕念頭，就是他必須跟辛格頓說點話。在這個女人面前，他能對辛格頓說什麼呢？她已經粉碎了他們兩人之間的神交。「我希望妳明白，我們過來是爲了傾聽，」他劈頭就說：「我開大老遠的路可不是爲了聽妳用妳的智慧來驚嚇辛格頓。我是來傾聽**他**的。」

「早該帶錄音機來的！」她嚷嚷，「那樣就可以把他說的話一字不漏保留一輩子！」

「如果妳以爲可以拿著錄音機接近那樣的男人，」凱爾宏說：「就表示妳連基本的理解力都沒有。」

「停！」她細聲尖叫，朝擋風玻璃俯身，「那個就是了！」

凱爾宏猛踩煞車，狂亂地往前張望。

他們右邊的山丘上有一群不顯眼的低矮建築，好似密集群生的疣。

男孩無助地坐在車裡，車子彷彿有了自己的意志，轉向並朝入口行去。**昆西州立醫院**的字樣就刻在水泥拱門上，車子不費吹灰之力駛了過去。

「入此門者了斷希望。[4]」女孩喃喃。

他們不得不在距離大門一百碼處停下，有個戴白帽的胖護士領著一隊病患穿過他們面前的馬路，那些病患就像年長的小學童般腳步散亂地走著。有個虎牙女人身穿糖果色條紋連身裙、頭戴黑毛線帽，對著他們揮拳。一個禿頭男人精力充沛地揮著手。有幾位露出惡意的神情。隊伍拖著腳步穿過綠地，抵達另一棟建築。

不久，汽車再次往前行駛。「停在中間那棟建築前面。」瑪麗—伊莉莎白指示。

「他們不會讓我們見他的。」他咕噥著。

「如果你跟這整件事有關，他們就會，」她說：「停車讓我出去，我來處理。」她的臉頰已經

3 耶穌在十字架上受到六個小時的煎熬，前三個小時殉道、受人折磨迫害，後三個小時為人們完成救贖、受神審判。

4 典故出自但丁《神曲》地獄入口的銘文。

乾了，是公事公辦的嗓音。他停好車，她下車。他看著她消失在建築物中，陰鬱又滿足地想到，她再不久就會長成成熟的妖怪——虛假的智性、虛假的情感、卻有最高的效率，這些特質會攜手運作，最後產生呼風喚雨、吹毛求疵的博士。又有一隊病人穿過馬路，其中幾個人指著這輛小車。凱爾宏沒去看，但意識到有人在看他。「動作快點。」他聽到護士說。

他再次望去，小聲驚叫。他的車窗裡有張柔和的臉，裹在綠色手帕裡，露出無牙但溫柔得令人心痛的笑容。

「快走啊，甜心。」護士說道，然後那張臉退開。

男孩迅速搖起窗戶，但心揪成一團。他再次看到手足枷裡那張痛苦的臉——微微不對稱的雙眼，張開闊嘴但憋住的無用哭喊。那個景象才維持了一下，但當它一過去，他就很確定，見到辛格頓即將讓他有所改變。此次探訪過後，他將獲得他以往不曾想像過的奇特平靜。他閉眼坐了十分鐘，知道自己即將得到啓示，試著讓自己有所準備。

車門突然打開，女孩喘著氣，彎身在他身旁坐定。她一臉蒼白，舉起兩張綠色許可條，指著寫在上頭的名字：一張印著凱爾宏．辛格頓，另一張寫著瑪麗—伊莉莎白．辛格頓。兩人一時盯著便條，然後面面相覷。兩人似乎都看出，在與辛格頓的親緣關係之中，無可避免地讓彼此也有了親緣關係。凱爾宏慷慨大方地伸出手。她跟他握了握手。她說：「他在左邊第五棟建築。」

他們開車到第五棟建築，停好車。那是間低矮的紅磚結構，窗戶都裝了鐵條，一如其他幾棟，只是這棟樓外頭有一條條黑色污跡。有扇窗有兩隻手垂掛出來，掌心向下。瑪麗—伊莉莎白打開帶來的紙袋，開始取出要送辛格頓的禮物。她帶了一盒糖果、一條香菸跟三本書：現代文庫版的《查拉圖斯特拉如是說》、平裝本的《群衆的反抗》，還有薄薄一本加了圖飾的豪斯曼詩集。她把香菸和糖果遞給凱爾宏，自己帶著書本下了車。她開始往前走，可是在到門口的半途打住腳步，用手捂著嘴，喃喃說：「我受不了。」

「好了，好了。」凱爾宏和善地說，手搭在她背上，輕輕推她往前，她又開始往前移動。

他們走進門廳，地面鋪的油氈布沾有污漬，迎面就是一種特殊氣味，彷彿那是個隱形職員。一張書桌面對門口，後頭坐了個模樣不勝煩擾的脆弱護士，眼神左右閃動，彷彿預期自己最終會從背後遭到突襲。瑪麗─伊莉莎白把兩張綠色許可條交給她。女人看著許可條，發出哀嘆。「到那邊去等，」她用忍辱負重的疲憊聲音說：「準備他很花時間，他們那邊不該給你們許可條的。他們又怎麼知道這裡或那裡的實際狀況，那些醫師哪裡在乎啊？要是由我作主，不合作的病患就不該讓他們會客。」

「我們是他的親戚，」凱爾宏說：「我們有權利見他。」

護士猛地仰頭，無聲一笑，然後在喃喃碎唸中走開。

凱爾宏再次把手搭在女孩背上，引導她走進等候室，兩人在巨型黑色皮沙發上坐得很近，相距五呎外的對面是一模一樣的家具。除了角落裡有張搖搖欲墜的桌子，房裡沒有其他東西，桌上擺了只白色空花瓶。搭了鐵條的窗戶在他們腳邊地上投下帶濕氣的方形光影。他們四周似乎有種強烈的死寂，雖說這地方一點都不安靜。建築一頭持續傳來哀悼的聲響，細膩得好似貓頭鷹迅速顫動的哭號；他們聽到另一頭傳來迅速揚起的陣陣笑聲。更接近他們身邊的，是打破周遭靜寂的穩定平板咒罵聲，規律得有如機關槍。每個噪音似乎都獨立於另一個噪音而存在。

兩人坐在一起，彷彿在等待人生中的某起重大事件——婚姻或是瞬間的死亡。他們似乎已在事先注定的匯聚中結合。同一瞬間，兩人分別不由自主做出動作，彷彿想拔腿就逃，但已經太遲。笨重的腳步聲幾乎來到門口，機關槍似的咒罵也掩襲上來。

兩位魁梧的看護帶著辛格頓進來，辛格頓夾在兩人之間好似蜘蛛。他舉高雙腳，遠離地面，所以看護必須扛著他。咒罵聲就出自他的嘴。他穿著前方開敞，在背後綁住的那種病人服，雙腳卡在黑鞋裡，鞋帶已被移除。腦袋瓜上有頂黑帽，不是鄉下人戴的那種，而像電影裡的槍手會戴的那種黑色圓頂硬禮帽。兩個看護走到那張空沙發，從沙發後方合力將他甩過椅背，依然抓著他不放，再各自繞過沙發扶手，分坐在他兩側，咧嘴而笑。他們可能是雙胞胎，不過一人金髮一人禿頭，他們有著相同的那種好性子的蠢笨長相。

至於辛格頓，他用那雙微微不搭調的綠眼瞅著凱爾宏。「你們想幹嘛？」他尖聲說：「說話啊！我的時間很寶貴。」那雙眼睛幾乎就是凱爾宏在報上看到的，只是那雙眼睛的穿透光芒微微帶有爬蟲的感覺。

男孩入神地坐著。

片刻之後，瑪麗—伊莉莎白以緩慢沙啞，幾不可聞的聲音說：「我們是要來告訴你，我們能夠理解。」

老人的怒目轉向她，一時雙眼靜定不動，好似樹蛙瞥見獵物的眼神。喉嚨似乎鼓脹起來。

「啊啊啊，」他彷彿剛吞下可口的東西，「咿咿咿。」

「當心了，老爹。」一個看護說。

「讓我跟她坐。」辛格頓說，把手臂從看護掌握中猛力抽出，看護立刻又抓住。「她知道自己想要什麼。」

「讓他跟她坐，」金髮看護說：「她是他姪女。」

「不行，」禿頭那位說：「繼續抓著，他可能會把衣服脫了，你也知道**他**。」

可是另一個人已經鬆開辛格頓一邊手腕，辛格頓現在往外朝著瑪麗—伊莉莎白傾身，使勁想擺脫依舊抓著他不放的看護。女孩雙眼茫然。老人開始從牙縫發出暗示性的噪音。

「好了，好了，老爹。」偷閒的那位看護說。

「不是每個小妞都有機會搭上我，」辛格頓說：「聽好了，妹子，我的錢可多了。鷓鴣鎮上沒有一個我騙不到手的，那整個地方都是我的——這間旅館也是。」他的一手抓向她的膝蓋。

女孩發出壓抑的小小驚叫。

「而且我在其他地方還有別的產業，」他喘氣，「妳跟我很像，我們不是他們那種等級的。妳是皇后，我會把妳放在花車上！」那一刻，他掙脫了手腕，一舉撲向她，但兩個看護馬上彈起身子要抓他。瑪麗—伊莉莎白貼著凱爾宏縮著身子，老人靈活地跳過沙發，開始在房間裡衝刺。為了逮住他，看護四肢大張，試著從兩邊包夾。他們就快抓到他時，他踢開鞋子，衝過他們之間，跳上桌子，把得花瓶摔碎在地。「看著，小妞！」他尖聲說，開始把病人袍往上拉過腦袋。

瑪麗—伊莉莎白已經拔腿衝出房間，凱爾宏跟在她背後狂奔，及時把門推開，免得她一頭撞上。兩人手忙腳亂上了車，男孩連忙開走，彷彿他的心就是馬達，再怎麼加速都不夠快。天空一片森森的骨白，滑溜溜的公路好似大地露出的一條神經，在眼前延展開來。行駛五哩路後，凱爾宏把車靠在路邊，因爲精疲力盡而停下。兩人默默坐著，什麼也沒看進眼裡，最後轉頭面面相覷。他們兩人立刻在對方身上看出與那位親戚的相似處，不禁畏縮一下。兩人把頭撇開，又再轉回，彷彿集中精神後，或許能夠找到讓人更能忍受的影像。對凱爾宏來說，女孩的臉似乎映出天空的赤裸。他在絕望中湊上去，她的眼鏡上無可救藥地升起一個迷你面容，讓他打住動作，使他定在原地不動。那張圓臉天眞、不起眼，跟鐵環一樣，那張臉的天賦直直往前推進未來，舉辦一場又一場節慶。就像王牌業務員，它似乎一直在那裡，等著要收服他。

——發表於《評論家雜誌》（*The Critic*）第十九卷：一九六一年三月號。

瘸腿的先進天堂

中島臺將廚房隔成兩半，薛普坐在臺邊的椅凳上，吃著單人份盒裝穀片。他機械式地吃著，眼睛盯著那孩子。孩子在貼了壁板的廚房裡，從一個櫥櫃走到另一個櫥櫃，一路蒐集他早餐的備料。他是個十歲金髮孩子，圓胖多肉。薛普以那雙熱切的藍眼牢牢盯著他。這孩子的未來就寫在臉上。他會成爲銀行家。不，更糟，他會經營一家小額貸款公司。薛普只希望這孩子善良、無私，但兩者似乎都不大可能。薛普還年輕，但頭髮已都白了，豎起的頭髮像用窄刷構成的光輪，頂在他敏感的粉紅臉龐上。

男孩腋下夾著一罐花生醬，一手端著盤子，上頭放了四分之一塊巧克力小蛋糕，另一手握著番茄醬瓶。他似乎沒注意到父親。他爬上椅凳，開始把花生醬抹在蛋糕上。他又大又圓的耳朵從腦袋往外傾，似乎把雙眼的距離扯得有點太開。他的綠襯衫褪色嚴重，在前襟飛馳而過的牛仔只剩一抹影子。

「諾頓，」薛普說：「我昨天看到路佛斯．強森，你知道他那時候在幹嘛嗎？」

孩子心不在焉望著他，視線朝前但並不集中。那雙眼眸的藍比父親的淺，彷彿跟身上的襯衫一樣也褪色了；其中一眼幾乎難以察覺地斜向眼眶外緣。

「他在巷子裡，」薛普說：「手伸進垃圾筒，想在裡頭挖東西吃。」他打住，想讓孩子把這段話聽入心裡。「他餓了。」他把話講完，然後想用目光穿透孩子的良心。

孩子拿起那塊巧克力蛋糕，從角落啃起。

「諾頓，」薛普說：「你知道分享是什麼意思嗎？」

注意力閃現。「拿出你有的一些東西。」諾頓說。

「拿出**自己有的**一些。」薛普沉重地說。眞是無藥可救。什麼缺點幾乎都好過自私——像是火爆的脾氣，甚至是說謊的傾向，都比自私要好。

孩子倒著拿番茄醬罐，開始拍打瓶底，將醬汁淋到蛋糕上。

薛普的表情更痛苦了。「你十歲，路佛斯．強森十四歲，」他說：「可是我確定路佛斯穿得下你的襯衫。」路佛斯．強森是他去年在感化院嘗試協助的男孩，兩個月前釋放出來。「他在感化院的時候，看起來狀況還不錯，可是我昨天看到他時，瘦成了皮包骨。他早餐沒有花生醬加蛋糕可吃。」

孩子頓住。「蛋糕走味了，」他說：「所以我才加東西在上面。」

薛普轉向中島臺末端的窗戶，側面草坪翠綠平整，一道約五十呎左右的斜坡，通向郊區的小樹林。他妻子還在世時，他們一家常在屋外草地上用餐，連早餐都是。他那時從沒注意到這孩子的自私。「聽我說，」他說著便轉頭回來看著孩子，「看著我，聽好了。」

孩子看著他，至少視線是朝前的。

「路佛斯離開感化院的時候，我給了他一把我們家的鑰匙——爲了表示我對他的信任，這樣他隨時都有地方可去，也會覺得受到歡迎。他一直沒用，可是我想他現在會用了，因爲他看到我，而且肚子也餓了。要是他不用，我會出去找他，帶他過來。我不能眼睜睜看著有孩子從垃圾桶挖東西吃而不管。」

男孩皺眉，突然意識到自己有些什麼受到了威脅。

薛普嫌惡地繃緊了嘴。「路佛斯的父親在他出生前就過世，」他說：「他母親在州立監獄。他是爺爺養大的，住在沒水沒電的棚屋，那老頭每天打他。你想在那種家庭環境裡生活嗎？」

「我不知道。」孩子無力地說。

「唔，你可以找個時間好好想想。」薛普說。

薛普是市府的休閒娛樂總監，每逢星期六都到感化院當輔導員，那是份無給職工作，唯一的回報只有滿足感，心知自己幫助了無人在乎的孩子。強森是他共事過最聰穎的孩子，也是最弱勢的。

諾頓把沒吃完的蛋糕翻過來，彷彿不想再碰。

「也許他不會來。」孩子說著，眼睛微微亮起。

「想想你擁有而他都沒有的一切！」薛普說：「想想如果你必須挖垃圾找吃的？想想你如果有隻巨大腫脹的腳，走起路來身體一邊高一邊低？」

男孩一臉茫然，顯然無法想像這種事情。

「你有健康的身體，」薛普說：「還有很好的家。你學到的只有眞理，沒有別的。你爹地把你需要的跟想要的都給你了。你沒有會亂打人的爺爺，你母親也不在州立監獄。」

孩子推開盤子。薛普大聲哀嘆。

男孩突然扭曲的嘴唇下方糾結起來，臉孔擠成一團團腫塊，眼睛瞇成細線。「如果她在監獄裡，」他用某種痛苦的吼聲開始說：「我就可以去看她……了。」眼淚撲簌簌滾落臉龐，番茄醬滴在下巴上，嘴巴一副被人毆打似的。他不顧一切放聲嚎哭。

薛普一籌莫展，慘兮兮坐著，宛如遭到自然力量劈打。這不是一般的悲慟，而是孩子自私本性的一部分。她都過世一年多了，一個孩子的悲慟不該持續那麼久。「你都快十一歲了。」他語帶譴責地說。

孩子開始發出高亢起伏的噪音，聽了教人痛苦。

「要是你別再老想著自己，想想可以替別人做什麼，」薛普說：「就不會再想念你母親了。」

男孩默默不語，但肩膀持續抖動，接著臉一垮，再次放聲嚎哭。

「她不在了，你以爲我就不寂寞嗎？」薛普說：「你以爲我就不想念她嗎？我想啊，可是我不會悶悶不樂坐著，我忙著幫助別人。你什麼時候看到我呆呆坐著，滿腦子只有自己的煩惱？」

男孩彎腰駝背，彷彿耗盡力氣，但依然淚流不止。

「你今天要做什麼？」薛普爲了轉移孩子的注意力而問。

孩子用手臂揩揩眼睛。「賣種籽。」他咕噥著。

總是在賣東西。孩子有四個容量一夸脫的罐子，裡面放滿了他儲蓄的五分和十分硬幣，每隔幾天就從衣櫃裡拿出來清點總數。「你賣種籽要做什麼？」

「爲了得獎。」

「什麼獎？」

「一千塊錢。」

「要是你有一千塊錢，你要做什麼？」

「存起來。」孩子說，然後在肩膀上蹭蹭鼻子。

「你肯定會這樣沒錯。」薛普說：「聽著，」然後把聲音壓低到近乎懇求的語氣，「要是你湊巧贏了一千塊錢，不想把那筆錢花在比你不幸的孩子身上嗎？你不想送幾個鞦韆跟體操吊架到孤兒院嗎？你不想替可憐的路佛斯・強森買隻新鞋嗎？」

男孩開始從中島臺退開。接著突然往前傾身，張著嘴在盤子上方流連。薛普再次哀嘆。孩子一股腦兒全吐了出來，蛋糕、花生醬、番茄醬——甜膩軟塌的爛糊。他流連在原地乾嘔，又吐出更多，然後張著嘴在盤子上方等候，彷彿預料接著會嘔出自己的心臟。

「沒關係，」薛普說：「沒關係，那不是你能控制的。把嘴擦乾淨，去躺躺。」

孩子在原地又多流連片刻，然後抬起臉，盲目地看著父親。

「去啊，」薛普說：「去躺下來。」

男孩拉起襯衫衣擺，抹了抹嘴，然後爬下椅凳，晃出廚房。

薛普坐在那裡望著半消化的那攤食物。酸腐臭氣傳到了他那裡，他往後退開。他怒火中燒。起身拿著盤子到水槽那裡，轉開水沖洗，然後陰鬱地望著那團東西沖下水管。強森可憐細瘦的手在垃圾桶裡撈撿食物，而他自己的孩子自私、冷漠又貪婪，竟然吃得多到吐出來。他用拳頭猛推，關起水龍頭。強森反應靈敏，卻一出生就被剝奪一切。諾頓資質一般或偏低，卻享有一切優勢。

他回到中島臺那裡吃完早餐。紙盒裡的穀片早已泡得軟爛，但他根本沒注意自己在吃什麼。強森有潛力，值得有人投注心力。當初那孩子跛著腳走進來第一次晤談時，薛普一眼就看出來了。

薛普在感化院辦公的地方是個狹窄小室，有扇窗、一張小桌跟兩把椅子。他沒進過告解室，可是他想，跟他在這裡做的一定是同類的事，只是他做的是解釋，並不赦免。他的資格比教士還牢靠；做這種事以前，他可是先受過專業訓練的。

強森進來接受第一次晤談時，薛普正在讀這男孩的紀錄——無意義的破壞、砸破窗戶、放火燒市區公用垃圾桶、割破輪胎——都是些從鄉間突然移植到都市的男孩會做的事，強森也不例外。他讀到了強森的智商分數，熱切地抬起雙眼。

男孩頹坐在椅子邊緣，手臂垂在大腿之間。窗戶流洩進來的光線落在他臉上。眼眸是鋼灰色，非常鎮定，已練到目光筆直不旁視。一頭細薄的黑髮，扁扁的額髮垂在額頭側面，不像一般男孩那種馬虎樣，而是像個老頭的兇惡樣。他那種聰慧伶俐清楚顯現在臉上。

薛普露出笑容，以便消弭兩人之間的距離。

男孩的表情並未軟化。他往後靠向椅背，把一隻恐怖的內翻足抬到膝上。那隻腳穿著厚重的破鞋，鞋底有四五吋厚。鞋底貼皮已經剝離，空空的襪子末端像從截斷頭顱吐出的灰舌。薛普馬上看透了這個案子。路佛斯的胡鬧是對那隻腳的心理補償。

「唔，路佛斯，」他說：「我從這裡的紀錄看到，你只需要在這裡待一年。你出去以後打算做什麼？」

「我沒有做計畫的習慣。」男孩說，視線漠然地移往薛普身後，望向窗外遠處某個東西。

「也許你該計劃一下。」薛普說著便露出笑容。

強森繼續盯著他後方。

「我希望看到你善用自己的聰明才智，」薛普說：「什麼對你來說最重要？我們來談談你覺得重要的事情吧。」他的目光不由自主往下落在那隻腳上。

「隨你看個夠。」男孩拉長語調。

薛普臉一紅。那畸形的黑色團塊在他眼前膨脹起來。他不理會男孩的發言與睨視。「路佛斯，」他說：「你惹了一堆沒意義的麻煩，可是我想，等你明白自己做那些事的原因後，就比較不會再犯了。」他露出微笑。這些孩子沒幾個朋友，很少看到和顏悅色的臉龐，他的輔導成效有一半正是來自對他們微笑。他說：「關於你的很多事，我想我可以解釋給你聽。」

強森冷漠地瞅著他。「我不需要誰來解釋，」他說：「我早就知道我幹嘛做我做的事。」

「欸，那很好啊！」薛普說：「那麼我想你可以告訴我，你做那些事情的原因？」

一層黑光蒙上男孩的雙眼。「是撒旦，」他說：「他掌控了我。」

薛普穩穩看著他。男孩臉上沒有說笑的徵象，細薄嘴唇的線條流露驕傲。薛普的眼神剛硬起來，一時湧現鈍重的絕望，彷彿面對的是本性的某種根本扭曲，而這扭曲發生在太久以前，以致於現在已經矯正不來。這男孩關於人生的疑問，早已從釘在松木上的告示得到回答：**撒旦控制了你嗎？悔改吧，不然就下地獄。耶穌是救世主**。不管有沒有讀聖經，他都知道內容。他的絕望化爲暴怒。「胡扯！」他嗤之以鼻，「現在都太空時代了！你太聰明，不該給我那種答案。」

強森的嘴微微抽搐，表情輕蔑中帶著興味，眼中閃現挑釁的光芒。

薛普細看男孩的臉龐。只要聰明，任何事都有可能。他再次微笑，那抹微笑就像邀請男孩走進學校教室，而那裡的窗戶全都敞開向光。「路佛斯，」他說：「我要安排你每星期跟我會談一次。也許我有辦法替你的解釋找到解釋。也許我可以跟你解釋你所說的惡魔。」

之後，那年餘下的時間，他每週六都跟強森會談。他的話題隨性，是男孩以前從沒聽過的那種談話。爲了讓男孩可以更上層樓，他會講得稍微高過男孩的程度。他從簡單的心理學、人類心靈的詭計，講到天文學，以及此刻正以超音速繞地球快轉，不久就會環繞星辰的太空艙，他直覺把話題集中在星辰上。除了鄰居的物品外，他想給男孩某個可以伸手探求的目標，希望擴張男孩的視野，希望男孩可以望見宇宙，看出連宇宙最黝暗的地方都可以突破。為了把一只望遠鏡放進強森手裡，他不惜付出一切。

強森少言寡語。為了自尊，一旦開口，就是提出反對意見或無意義的反駁，那隻內翻足永遠架在膝上，好似隨時備用的武器，可是薛普不會上當。薛普望著孩子的眼睛，每星期都看到對方眼神中有某些東西逐漸潰解。男孩臉龐剛硬但震驚，抗拒正在心中肆虐的光，薛普可以看到自己切中了他的要害。

強森現在自由了，卻靠掏垃圾過活，重新找回自己舊有的無知。這種事的不公義眞教人憤慨。他被送回祖父那裡；想也知道那老人有多無腦。也許男孩現在已逃離祖父身邊。想爭取強森監護權的念頭以前就有過，但那祖父是個阻礙。薛普想到自己可以為這樣的男孩做點什麼就興奮難耐，其他事一概比不上。男孩每踩一步，背就會一歪，所以首先他要帶路佛斯去訂作一隻新的矯正鞋。然後他會鼓勵男孩發展某種智性上的興趣。他想到望遠鏡，他可以買一支二手的，他們可以架在閣樓窗邊。他坐了將近十分鐘，想著如果強森就在他身邊，他可以做些什麼。被諾頓糟蹋的東西，正可讓強森蒸蒸日上。昨天他看到強森在挖垃圾桶，當時他揮揮手，然後起步往前。但強森看到他便瞬間打住動作，以老鼠的敏捷轉眼消失蹤影，但在消失前，薛普看到男孩表情上的變化。有個東西在男孩眼中點燃了，他很確定，就是對自己失去的光的記憶。

薛普起身將穀片盒丟進垃圾桶。他出門前，先瞧瞧諾頓的房間，確定諾頓狀況回穩了。那孩子正盤腿坐在床上，把夸脫罐裡的零錢在面前倒成一大堆，正照著五分、十分、二十五分的幣值分類。

那天下午，諾頓獨自在屋裡，蹲在房間地板上，把花的種籽包裹繞著自己排好。雨水劈打窗玻璃，在簷溝裡喀啦作響。房間已經變暗，可是每隔幾分鐘就被無聲的閃電照亮，地板上的種籽包就會愉快地現形。他動也不動蹲著，好似一隻蒼白大青蛙蹲在這些可能長成整片花園的東西之間。他雙眼馬上警戒起來。雨水毫無預警地嘎然停歇。那片寂靜相當沉重，彷彿有人以暴力強逼滂沱大雨噤聲。他一直保持不動，只有眼睛骨碌轉著。

鑰匙在前門門鎖中轉動，在這片寂靜中響起清晰的喀噠聲響。這聲音非常慎重，反倒引人注意，扣住人的心思，彷彿是心靈而不是手在控制開鎖的動作。孩子彈起身子，躲進衣櫥。

腳步聲開始在玄關裡移動。從容不規則，一聲輕、一聲重，然後悄然無聲，彷彿訪客停下傾聽自己的聲音，或在查看什麼。廚房門旋即尖聲打開，腳步聲越過廚房到冰箱那裡。衣櫥和廚房共用一堵牆。諾頓站著，耳朵貼著牆。冰箱門開了，一陣拉長的沉默。

諾頓脫下鞋子，悄悄走出衣櫥，跨過那些種籽包。走到房間中央時，他嘎然停步，僵著身子留在原地。一個臉龐瘦削的男孩穿著濕答答的黑西裝，擋在他的門口，讓他逃也逃不開。男孩的頭髮因雨打濕而貼著頭顱，站在那裡就像隻渾身濕透的憤怒烏鴉。男孩的目光像大頭針一樣刺穿了那孩子，讓孩子動彈不得，接著開始掃視房裡的一切：沒鋪好的床、大窗上的骯髒窗簾、一張闊臉年輕女人的照片就放在五斗櫃頂端的雜物堆之間。

孩子的舌頭突然失控。「他一直在等你，他要給你一隻新鞋，因爲你只能從垃圾桶挖東西吃！」他像老鼠一般尖著嗓子說。

「我從垃圾桶挖東西吃，」男孩瞪著敏銳明亮的眼睛緩緩說：「是因爲我喜歡吃垃圾桶的東西，懂沒？」

孩子點點頭。

「而且我自己有方法可以弄到鞋子，懂沒？」

孩子像受催眠似地點點頭。

男孩跛著腳走進來，往床上一坐，把枕頭墊在背後，往外伸展短的那條腿，刻意讓那隻大黑鞋十分顯眼地靠在床單褶層上。

諾頓的視線落在上面，依然文風不動。那鞋底跟磚頭一樣厚。

強森微微擺動那隻腳，露出笑容。「只要用這個踢人一次，」他說：「他們就會懂得少來惹我。」

孩子點點頭。

「去廚房，」強森說：「用裸麥麵包跟火腿，替我弄個三明治，然後順便拿杯牛奶過來。」

諾頓像機器玩具那樣離開，朝著正確方向邁進。他做了一份火腿垂在側面、油滋滋的三明治，再倒了杯牛奶。接著一手拿著牛奶，一手捏著三明治回到房間。

強森帝王般地往後倚在枕頭上。「謝了，服務生。」他說完便接過三明治。

諾頓站在床畔，握著玻璃杯。

男孩大口咬下三明治，步調穩定地吃到結束爲止，然後接過那杯牛奶。他像孩子似地用雙手捧杯，爲了喘口氣而放低杯子時，嘴唇四周沾了一圈牛奶。他把空杯遞給諾頓。「服務生，去替我拿顆柳橙來。」他啞著嗓子說。

諾頓到廚房去，帶著柳橙回來。強森徒手剝皮，任橙皮一一落在床上。他緩緩吃著，往身前吐籽。吃完時，用床單抹抹雙手，然後久久打量諾頓。諾頓的服務似乎軟化了他的態度。「你是他孩子沒錯，」他說：「都一臉蠢樣。」

孩子屹立在原地，彷彿沒聽見。

「他蠢斃了。」強森以嘶啞的嗓音愉快地說。

孩子將視線定在男孩臉龐的側面過去一點，直直盯著牆壁。

「嘰嘰呱呱講不停，」強森說：「卻什麼重點也沒說。」

孩子的上唇微微提起，但悶不吭聲。

「屁話一堆，」強森說：「只會講屁話。」

孩子的臉開始浮現好鬥的警戒神色，稍微往後退開，彷彿準備立刻撤退。「他是好人，」他嘀咕，「他幫忙別人。」

「好什麼好！」強森用野蠻的語氣說，把腦袋往前推。「給我聽好了，」他低嘶，「我才不在乎他是不是好人咧。他有**毛病**！」

諾頓一臉震驚。
廚房的紗門砰地一聲，有人進來了。強森馬上往前一坐。他說：「是他嗎？」
「是廚子，」諾頓說：「她下午都會過來。」
強森起身，跛著腳踏進走廊，站在廚房門口。諾頓跟了上去。
那黑人女孩正在衣櫥那裡，褪下亮紅色雨衣。她是個高䠷的女孩，膚色淺黃，嘴唇宛如一朵顏色變深乾萎的大玫瑰。頭髮在頭頂梳整成一層層，往一邊傾斜，好似比薩斜塔。
強森從牙縫發出噪音。「哎唷，看看潔敏瑪阿姨[1]。」他說。
女孩動作頓住，傲慢地看著他們，簡直把他們當成地板上的灰塵。
「來吧，」強森說：「我們來看看除了黑鬼之外，你們還有什麼。」在走廊上，他打開右手邊第一道門，望進鋪著粉紅磁磚的浴室，咕噥道：「馬桶竟然有粉紅的！」
他一臉喜感地轉向孩子。「他會坐在那上面嗎？」
「是給客人用的，」諾頓說：「不過有時候他也會坐。」
「他應該在馬桶裡把腦袋清個乾淨。」強森說。
隔壁房間的門開著，打從妻子過世以來，薛普就睡這個房間。一張苦行者似的鐵床就擺在光

1 Aunt Jemima是個美國楓糖漿品牌的吉祥物，呈現黑人婦女的刻板印象，有種族歧視之嫌。慈祥和藹、充滿母性，很會做鬆餅，愛說浪漫化的舊南方故事。

禿禿的地板上。一疊少棒聯盟制服堆在角落。文件散落在一張拉蓋大書桌上，在各個地方用幾支菸斗壓住。強森站定，默默往房間裡看，皺起鼻子。「猜猜是誰？」他說。

隔壁房間的門關著，但強森打開來，把頭猛塞進昏暗的室內。窗簾合攏，空氣不流通，瀰漫著淡淡香水味。裡頭有張寬闊的古董床跟巨大的化妝桌，桌上的鏡子在半明半暗中發亮。強森使勁按下門邊的電燈開關，穿過房間走到鏡子那裡，往裡頭直瞧。亞麻鋪巾上放著銀色扁梳和髮刷。他撿起扁梳，開始梳頭，先把頭髮直直往下梳到額頭，然後掃到一側，希特勒式的髮型。

「別碰她的梳子！」孩子說。他站在門口，臉色蒼白、喘著大氣，彷彿親眼目睹有人褻瀆聖地。

強森放下扁梳，拿起髮刷，掃了一下頭髮。

「她死了。」孩子說。

「我不怕死人的東西。」強森說著便拉開頂層抽屜，手滑了進去。

「你髒不拉兮的手別碰我媽的衣服！」孩子用噎住的尖亢聲音說。

「別生氣啦，甜心。」強森嘀咕，拉出一件皺巴巴的圓點紅色女衫，又扔回去。接著抽出一條綠絲巾，在頭頂甩著圈圈，然後讓它飄落地面。他的手繼續往抽屜深處挖，旋即扯出了一條裙色束腹衣，上頭懸著四個金屬撐條。「這一定是她的馬鞍。」他評論道。

他謹慎地舉高搖了搖，然後拿來扣在自己腰際，跳上又跳下，讓金屬撐條胡亂舞動。他打起響指，左右扭臀。「我要熱舞狂歡，」他唱道，「我要熱舞狂歡。取悅不了那個女人，救不了我的倒楣靈魂。」他開始到處走動，猛跺正常的那隻腳，把笨重的那隻腳往旁邊甩。他跳出房門，經過備受打擊的孩子，沿著走廊朝廚房舞去。

半小時後，薛普回到家。他把雨衣披在走廊椅子上，走到客廳門前，然後打住腳步，臉色幡然一變，散放喜悅的光芒。強森那抹深暗身影，正坐在粉紅鋪墊高背椅上。背後的牆面從地板到天花板都擺滿書籍。他在讀其中一本。薛普瞇細眼睛，那是一本大英百科。強森讀得全神貫注，連頭也不抬。薛普屏住氣息。這場景再適合這男孩也不過。他非得把男孩留在這裡不可，他就是得想個辦法。

「路佛斯！」他說：「看到你這小子眞好！」他伸出手臂往前奔。

強森抬起頭，一臉空白，只說了：「噢哈囉。」盡可能不去理那隻伸出的手，但薛普就是不把手抽走，他只好勉強握了握。

對於這種反應，薛普早有心理準備。強森的性格就是絕不展現熱忱。

「都好嗎？」薛普說：「爺爺對你都好嗎？」他往沙發邊緣一坐。

「他死翹翹了。」男孩無動於衷地說。

「不會吧！」薛普嚷著。他起身，然後在更靠近男孩的矮桌上坐下。

「沒啦，」強森說：「他沒掛，只是我希望他掛了。」

「唔，他在哪裡？」薛普喃喃。

「他跟一夥剩下的教友到山上去了，」強森說：「就他跟其他幾個人，他們要把幾本聖經埋在洞穴裡，不同的動物各帶兩隻，那一類的事。就像諾亞，只是這次會是降下大火，不是洪水氾濫。」

薛普的嘴諷刺地繃緊。「我懂了，」接著又說：「換句話說，那個老傻子拋棄你了？」

「他不是傻子。」男孩語氣憤慨地說。

「他到底是不是拋棄了你？」薛普不耐煩地問。

男孩聳聳肩。

「你的假釋官在哪裡？」

「不是我要追蹤他，」強森說：「應該是他來追蹤我。」

薛普笑了。「等等。」他站起身，踏進走廊，把雨衣從椅子上拿去走廊壁櫥掛好。他必須給自己時間想想，決定要怎麼開口問男孩，男孩才會留下。他不能勉強男孩，一定要出於男孩自願。強森假裝不喜歡他，這只是爲了維持自尊。他詢問的方式，必須還能讓男孩保有自尊。他打開壁櫥門，取出衣架。他妻子的一件冬季灰色舊外套還掛在那裡。他把那件外套往旁邊推，可是外套動也不動。他粗魯地把它拉開，臉一扭，彷彿看到繭中的幼蟲。諾頓就躲在外套裡，臉龐脹蒼白，神情恍惚悲慘。薛普盯著他，突然想到一種可能。「出來。」他揪住孩子的肩膀，堅定地將孩子推向客廳的粉紅椅子，強森就坐在那裡，大腿擱著百科全書。薛普有了破釜沉舟的打算。

「路佛斯，」他說：「我有個問題，我需要你幫幫忙。」

強森疑心地抬頭一看。

「聽著，」薛普說：「我們家裡需要多一個小伙子。」他的語氣流露眞心的迫切。「諾頓這輩子從來都不需要分享任何東西，他不懂分享的意義，我需要找人來教教他。要不要幫我這個忙？待在這裡，陪我們一陣子吧，路佛斯。我需要你幫這個忙。」他興奮得聲音都變細了。

孩子突然活過來，滿面怒意。「他闖進她的房間，用了她的梳子！」他尖叫，猛扯薛普的手臂。「還套上她的束腹衣，跟莉歐拉一起跳舞，他……」

「夠了！」薛普厲聲說：「你就只會打小報告嗎？我又沒有要你報告路佛斯做了什麼。我只是要你讓他覺得像在自己家。懂了沒？」

「看到我們是什麼情形了吧？」他轉向強森問道。

諾頓狠狠踢了粉紅椅腳，險些就踢到強森腫脹的腳。薛普猛地把孩子往後扯。

「他說你說的話都是屁！」孩子尖聲說。

強森的臉掠過一抹狡猾的快意。

薛普不會因此退卻。這些侮辱是男孩的防禦機制之一。「怎麼樣啊，路佛斯？」他說：「要不要來陪我們一陣子？」

路佛斯望著前方，一語不發，面露淺淺的笑容，似乎盯著某種讓他覺得愉悅的未來景象。

「我不在乎，」他說著翻過一頁百科，「我在哪裡都活得下去。」

「太好了，」薛普說：「太好了。」

「他說，」孩子低啞地小聲說：「你蠢斃了。」

一陣沉默。

強森舔濕手指，又翻了一頁百科。

「我有事情跟你們兩個說。」薛普語調毫無變化，視線在兩人之間挪移，語速緩慢，彷彿即將出口的話只打算講這麼一次，而他們有必要認眞傾聽。「如果路佛斯對我的看法，會對我產生任何影響，」他說：「那我當初就不會請他過來。路佛斯會幫我，我也會幫他，我們兩個要合力幫你。要是我讓路佛斯對我的看法，干擾了我能爲路佛斯做的事，我這就是自私了。如果我可以幫助一個人，我想要的就是全心投入，瑣碎的小事影響不了我。」

他們兩人一聲不吭：諾頓盯著椅墊，強森更仔細瞅著百科裡某個細小的印刷字體。薛普望著他們兩人的頭頂。他漾起笑容。說到底，他贏了。男孩要留下來了。他伸出手，搓搓諾頓的頭髮，拍拍強森的肩膀。「現在你們兩個坐在這邊認識一下，」他爽朗地說，然後走向門口，「我去看看莉歐拉留了什麼給我們當晚餐。」

他一離開，強森就抬起頭，望著諾頓。孩子意興索然地回望他。「天啊，小鬼，」強森聲音刺耳地說：「你怎麼受得了？」他的臉龐因憤慨而僵硬，「他以爲自己是耶穌基督！」

II

薛普的閣樓是個裝潢未完的大房間，橫梁畢露，沒裝電燈。他們在其中一扇天窗那裡，把望遠鏡擱在三角架上。望遠鏡現在指向漆黑的天際，那裡有枚細細的月亮，跟蛋殼一般脆弱，剛從鑲著燦亮銀邊的雲朵後方浮現。儲物箱上放了盞煤油燈，將他們的影子向上投射，三人的影子在頭頂上的接榫處糾纏成團，微微晃動。薛普坐在紙箱上，看著望遠鏡，強森就在他手肘邊，等著要看。望遠鏡是薛普兩天前在當鋪花了十五塊錢買來的。

「別一直佔著啦。」強森說。

薛普起身，強森滑上箱子，眼睛貼上那具儀器。

薛普坐在幾呎外一張直背椅上，愉快地滿面潮紅。他的夢想大半實現了。不到一星期，他就讓這男孩的視野透過一條細管抵達星辰。他心滿意足望著強森拱起的背。男孩穿了諾頓的方格呢襯衫，還有他買來的新卡其褲。鞋子下星期就會做好。男孩過來的隔天，他就帶男孩上輔具店訂製一隻新鞋。強森對那隻腳很敏感，彷彿它是件聖物。年輕店員頂著一顆亮粉紅的禿頭，用褻瀆的雙手丈量那隻腳時，男孩一臉快快不樂。鞋子將會翻轉男孩的態度。即使雙腳正常的孩子，甫拿到一雙新鞋時，也會愛上全世界。諾頓拿到新鞋時，接下來幾天，無論走到哪裡，眼睛老是盯著自己的腳看。

薛普的視線越過房間投向那孩子。他正抵著儲物箱席地而坐，正忙著玩一條找到的繩子，用繩子從腳踝沿著腿一路繞到膝蓋。孩子看起來如此遙遠，薛普簡直就像拿反了望遠鏡看他。自從強森來到他們身邊，薛普只有一回不得不用鞭子教訓諾頓——就是頭一晚當諾頓意識到強森竟然要睡他母親的床時。薛普並不贊同用鞭子來管教孩子，尤其在氣頭上。而這次不僅在氣頭上，他還動手鞭了孩子，但效果不錯就是了。自此諾頓就沒再鬧過事。

孩子並沒有對強森表現出積極的慷慨，可是面對自己控制不了的事，他似乎只能認命接受。早晨，薛普會送他們兩人到Y地的泳池去，給他們錢在自助餐廳吃午餐，並交代他們下午到球場跟他會合，看他的少棒聯盟球隊練球。每天下午，他們都默默拖著腳步，緩緩抵達公園，一副各懷心事的閉鎖表情，彷彿沒有意識到彼此存在。兩人沒打架，他至少可以爲這點心懷感激。

諾頓對望遠鏡未曾表示興趣。「你不想起來看看望遠鏡嗎？諾頓？」薛普說。這孩子沒表現出任何智性上的好奇，讓他相當氣惱。「路佛斯會比你超前很多喔。」

諾頓漫不經心地往前傾身，望著強森的背。

強森從儀器上轉過身。他的臉龐又豐滿起來，原本瘦削臉頰上的憤慨漸漸退去，存藏在他雙眼的洞穴中，就像躲避薛普善意的難民。「不用浪費寶貴時間，小子，」他說：「看過一次月亮，就等於全都看過了。」

這些突如其來的乖僻表現，讓薛普覺得別有興味。男孩只要懷疑有什麼事是爲了讓他進步，就會加以抗拒。他對什麼特別有興趣時，就會拚命裝出覺得無聊的模樣。薛普才不會上當。強森暗地裡正在學習薛普想要他學習的東西——他的恩人對侮辱無動於衷，善意與耐心的盔甲上毫無裂隙，沒有箭矛能成功刺穿。「總有一天，你可能會上月亮，」薛普說：「再十年，人類就可能定期往返月亮了。你們可能會上太空。當太空人（Astronauts）耶！」

「太瘋人（Astro-nuts）[2]啦。」強森說。

「不管是瘋子還是人，」薛普說：「你，路佛斯．強森都有可能上月亮去。」強森眼睛深處有些東西騷動起來，這一整天他都悶悶不樂。「我不會活著上月亮啦，」他說：「我死的時候會下地獄。」

「至少有可能到月亮去。」薛普乾巴巴地說。應付這種事的最好方法，就是溫柔的揶揄。「我們可以看到月亮，我們知道月亮在那裡，可是沒人拿得出可靠的證據，說地獄存在。」

「聖經裡就有證據，」強森陰沉地說：「你死了就會到那裡，永遠受火刑。」

孩子向前欠身。

「說地獄不存在的人，」強森說：「就是跟耶穌唱反調。死人會受到審判，壞人會被打入地獄。他們受火刑的時候，會咬牙哭泣。」他說下去。「而且地獄裡永遠黑漆漆的。」

孩子張著嘴，眼神似乎越來越空洞。

「那裡是撒旦管的。」強森說。

諾頓霍地起身，蹣跚地向薛普跨出一步。「她在那裡嗎？」他高聲說：「她在那裡受火刑嗎？」他踢掉腳上的繩索。「她著火了嗎？」

「噢我的天。」薛普喃喃。「不，不，」他說：「她當然沒有，路佛斯弄錯了。你母親不在任何地方。她沒有不快樂，就是沒有。」要是當初妻子過世的時候，他向諾頓說她會上天堂，諾頓

2　太空人（Astronauts）的後半字根naut的諧音nut亦可作瘋子解。

總有一天會再見到她，現在的處境就會輕鬆一點。可他就是沒辦法用謊言撫養兒子長大。

諾頓的臉開始扭曲，下巴鼓起一團糾結的肌肉。

「聽著，」薛普趕緊開口，把孩子拉向自己，「你母親的靈魂活在其他人心中，如果你跟她一樣善良慷慨，她也會活在你心中。」

孩子的淺色眼睛剛硬起來，露出不買帳的神情。

薛普的同情變成了嫌惡。小孩竟然寧可母親身在地獄，也不願她不存在。「你懂嗎？」他說：「她不存在。」他用手搭著孩子的肩膀。「我只能這樣告訴你，」他放輕語調，惱火地說：「我只能給你眞相。」

孩子並未放聲嚎哭，而是猛地抽走身子，揪住強森的衣袖。「她在那裡嗎？路佛斯，」他說：「她在那裡受火刑嗎？」

強森雙眼放光。「唔，」他說：「如果她很邪惡，她就會在那裡。她是個婊子嗎？」

「你母親不是婊子！」薛普厲聲說，感覺好似駕著沒煞車的車子，「我們不要再談這種傻事了，我們本來在談月亮。」

「她相信耶穌嗎？」強森問。

諾頓一臉茫然，片刻之後說：「相信。」彷彿看出有必要這麼說：「她信，」他說：「一直都信。」

「她才不信。」薛普嘟囔。

「她一直都信，」諾頓說：「我聽她說過，她一直都信。」

「那她有救了。」強森說。

孩子仍然一臉困惑。「哪裡？」他說：「她在哪裡？」

「高高在上的地方。」強森說。

「那個地方在哪裡？」諾頓倒抽一口氣。

「就在天空的某個地方，」強森說：「可是你必須死了才能去那裡，搭太空船也到不了。」他眼裡有一道細窄的光芒，就像穩穩瞄準標靶的光束。

「人類都要上月亮了，」薛普嚴厲地說：「就像幾十億年前頭一隻從海洋裡爬上陸地的魚，身上沒有能在陸地生活的裝備，必須從內在慢慢調整，於是發展出肺臟來。」

「我死的時候，我會下地獄，還是去她在的地方？」諾頓問。

「如果是現在，你會去她在的地方，」強森說：「可是如果你活得夠久，就會下地獄去。」

薛普忽地站起身，拿起煤油燈。「關上窗戶，路佛斯，」他說：「睡覺時間到了。」

走下閣樓樓梯的路上，他聽到強森在背後故意高聲耳語：「小鬼，明天我把全部都告訴你，等他閃開的時候。」

隔天，男孩們來到球場時，他看到他們是從觀眾席後方現身，繞過球場邊緣。強森的手搭在諾頓肩上，腦袋彎向孩子的耳朵，孩子臉上有種全然的信任，有某種逐漸理解的光芒。薛普的一臉苦相強硬起來。這就是強森想用來惹惱他的方式，可是他不會被惹惱。諾頓不夠聰明，不會受到太大損害。他盯著孩子那張乏味的專注小臉。何必試著讓孩子高人一等？天堂與地獄都是專給平庸者的，而說起來，這孩子不是別的，就是平庸者。

兩個男孩走進觀眾席，坐在約十呎外，面對著他，可是沒有認出他的任何表示。他往背後一瞥，少棒隊球員已經在球場上各就各位。接著他起步走向觀眾席。他走近時，原本用氣音講話的強森停下。

「你們今天都在幹嘛？」薛普和藹地問。

「他一直在跟我說……」諾頓正要開口。

強森用手肘推推孩子的肋骨。「我們沒幹嘛。」強森說，臉上彷彿蓋上一層空白的釉料，但有種共謀的神情傲慢地穿透出來。

薛普覺得臉頰溫熱，但什麼也沒說。穿著少棒聯盟球衣的一個孩子跟了上來，正用球棒推推他的腿背。他轉身，攬住男孩的脖子，跟著他回去比賽。

那天晚上，他到閣樓的望遠鏡那裡和男孩們會合時，發現諾頓獨自在那裡。諾頓坐在紙箱上，拱著背，專注地透過那具儀器觀看。強森不在。

「路佛斯呢？」薛普問。

「我說路佛斯在哪裡？」他說得更大聲。

「去某個地方了。」孩子身子沒轉就說。

「去哪了?」薛普問。

「他只是說他要去某個地方,他說他受夠了看星星。」

「原來。」薛普鬱悶地說。他轉身下樓,找遍整棟屋子,就是沒找到強森。接著他到客廳坐下。昨天他本來深信自己成功收服了這男孩,今天卻面臨一敗塗地的可能。他一直太寬容,太在乎要讓強森喜歡他。他湧上一絲罪惡感。強森喜不喜歡他,又有什麼差別?與他何干?等男孩進門,他們要建立幾項共識。只要你住這裡,晚上就不能單獨出門,懂嗎?

我又不是非待這裡不可,要不要待這裡都無所謂。

噢,我的天啊,他想。他可不能讓事情走到那個地步。他必須堅定,可又不能小題大作。他拿起晚報。仁慈與耐心總是需要的,只是他態度不夠堅定。他抓著報紙坐著,可是沒讀進心裡。除非他端出堅定的態度,否則男孩不會尊重他。電鈴響起,他走去應門。他打開門,往後退開,一臉痛苦失望。

一個碩壯陰鬱的警員站在門廊上,抓住強森的手肘。巡邏車在路邊等著。強森臉色非常蒼白,下巴往前推,彷彿想抑制自己的發抖。

「我們先把他帶過來,因爲他大鬧特鬧,」警察說:「現在既然你見到他了,我們要帶他上警局,問他幾個問題。」

「出了什麼事?」薛普喃喃。

「轉角那棟房子,」警察說:「受到嚴重破壞,碗盤摔得滿地都是,家具都翻倒了……」

「跟我一點關係都沒有！」強森說：「我走在路上，只管自己的事，警察就上來抓我。」

薛普嚴厲地看著男孩，懶得把表情放軟。

強森滿臉通紅。「我只是在路上走。」他嘀咕道，但語氣不怎麼有說服力。

「來吧，小鬼。」警察說。

「你不會讓他把我帶走吧？」強森說：「你相信我吧？」他語氣中有種懇求，是薛普以往不曾聽過的。

這是關鍵時刻。男孩必須學會，犯下過錯的時候，就不可能受到保護。「路佛斯，你得跟他走。」他說。

「我明明說我什麼也沒做，你還要讓他把我帶走？」強森尖聲說。

薛普受傷的感覺越來越強烈，面孔也越來越剛硬。他還來不及把鞋子給男孩，男孩就辜負了他。他們原本預定明天要去拿鞋的。他的遺憾突然都轉向那隻鞋子；而看到強森就讓他加倍氣惱。

「你平常還裝得一副對我多有信心的樣子。」男孩咕噥。

「我原本對你很有信心啊。」薛普一臉木然地說。

強森跟著警察轉身，可是在他動身前，純粹的恨意像一道光似地，從眼洞中掃向薛普。

薛普站在門口，看他們上了巡邏車然後開走。他召喚自己的惻隱之心。他明天會去警局，看看如何把路佛斯帶離困境。在拘留所裡待上一晚對他沒什麼傷害，而且這個經驗能教會他，辜負一心對他仁慈的人是要承擔後果的。然後他們會一起去拿鞋子，或許在拘留所裡過一夜，對男孩的意義遠大於此。

翌晨八點，警長來電告訴他，可以接強森走了。「我們逮到犯案的黑鬼了，」他說：「你這小伙子跟這案子沒關係。」

薛普十分鐘內就趕到警局，羞愧得滿臉火燙。強森垂頭彎腰坐在辦公室外顏色單調的長凳上，讀著一本警界雜誌。房裡沒有其他人。薛普在他身旁坐下，試探地把手搭上他的肩膀。男孩往上一瞥——噘著嘴——又回頭讀雜誌。

薛普覺得渾身不舒服，突然強烈意識到自己做了多麼醜陋的事。他就在男孩可能永遠轉性、改邪歸正的節骨眼上辜負了男孩。「路佛斯，」他說：「我道歉，我錯了，你是對的，我對你作了不公平的判斷。」

男孩繼續閱讀。

「對不起。」

男孩舔濕手指，翻過一頁。

薛普打起精神，又說：「我那時是個傻瓜，路佛斯。」

強森的嘴微微一斜，盯著雜誌，頭也沒抬地聳聳肩。

「這次你能不能就算了？」薛普說：「不會再發生這種事了。」

男孩抬起頭，明亮的雙眼流露敵意。「我會忘了這件事，」他說：「可是你最好記住。」他起身闊步走向門口，在房間中央，他轉過來，伸臂朝薛普一勾。薛普跳起來跟了上去，彷彿男孩扯著一條隱形的牽繩。

「你的鞋子。」他熱切地說：「今天就是拿你鞋子的日子！」還好有這隻鞋！

可是當他們到輔具店，卻發現鞋子的尺寸小了兩號，新的要再等十天才會做好。強森的脾氣卻一瞬間有了改善。店員顯然是丈量時弄錯了，可男孩堅持是腳長大了。他一臉滿意地離開店家，彷彿那隻腳藉由擴張，靠著自己的靈感來運作。薛普一臉憔悴。

經過這件事之後，他加倍努力。既然強森對望遠鏡失去興趣，他就買了一架顯微鏡和一盒標本載玻片。如果他沒辦法用廣闊無垠來讓男孩折服，那就試試無限微小。連續兩個晚上，強森似乎全心投注在新儀器上，接著又頓失興趣，晚上坐在客廳讀百科全書，似乎就已讓他滿足。他大口吞下百科，就像他大口嚥下晚餐一樣，十足穩定且胃口毫無波動。每個主題似乎都進了他的腦海，經過一陣蹂躪後，又被拋出去。看到男孩垂頭彎腰坐在沙發上，閉著嘴讀書，沒有任何事情能讓薛普更加滿意。這樣過了兩、三個晚上之後，薛普原本的願景再次浮現。他的信心回來了。他知道總有一天自己會爲強森驕傲。

週四晚上，薛普去市議會開會，沿途先把男孩們放在電影院，回程時順道接他們回家。抵達家門時，有輛汽車正在屋前等候，擋風玻璃上方放了盞紅燈。薛普轉進車道時，自己的車燈映亮了車內兩張陰鬱的面孔。

「是條子！」強森說：「一定又有什麼黑鬼闖進哪間屋子，然後他們又來找我揹黑鍋。」

「咱們走著瞧。」薛普嘀咕。他把車子停在車道上，熄掉車燈。「你們小鬼先進屋上床去，」他說：「這裡我來處理。」

他走出車外，大步邁向警車，把頭猛湊向車窗。兩個警察看著他，沉默但一臉精明。「薛爾頓街和米爾斯街交口的房子，」駕駛座那位說：「一副被火車碾過的樣子。」

「他在市區看電影，」薛普說：「我兒子跟他在一起。他跟之前那個案子無關，跟這個案子也無關，我全權負責。」

「如果我是你，」最靠近他的那位說：「我可不會爲他這種小混蛋負責。」

「我說我會負責，」薛普冷冰冰地重複，「你們的人上次搞錯了，別又再來。」

警察面面相覷。「反正要操心的不是我們。」駕駛座那位說完，鑰匙一轉發動車子。

薛普走進屋裡，坐在漆黑的客廳。他並不懷疑強森，也不希望男孩以爲他有所懷疑。要是強森認爲他又起疑，他就會失去一切。不過，他想知道強森的不在場證明沒有漏洞，他想到諾頓的房間問個明白，強森中途有沒有離開電影院。可是那等於火上添油。強森會知道他在做什麼，就會暴跳如雷。他決定去問強森本人。他會有話直說。他在心裡反覆斟酌自己要說什麼，然後起身走到男孩房門口。

門開著，彷彿強森預期他會過來，不過，強森人倒是在床上。從走廊灑入的光線恰足以讓薛普看出被單下強森的身形。薛普走進來，站在床腳。「他們走了，」他說：「我跟他們說，你跟這件事一點關係都沒有，還說我會負責。」

枕頭那裡傳來一聲嘟噥：「嗯」。

薛普猶豫一下。「路佛斯，」他說：「你看電影的時候，沒半途離開去做別的事吧？」

「你還假裝對我多有信心的樣子！」一道暴怒的聲音傳出，「根本一點信心也沒有。你對我的信任，根本沒比之前多！」聲音在看不到身體的狀況下響起，彷彿比起強森露臉時來自他內心更深處。那是譴責的呼喊，微帶著輕蔑。

「我對你有信心啊，」薛普認眞地說：「我對你有十足信心。我相信你，我百分之百信任你。」

「你老是盯著我，」那聲音怏怏地說：「等你問我一堆問題之後，就會到走廊對面問諾頓一堆問題。」

「我沒打算問諾頓任何事，從來都沒有，」薛普柔聲說：「我一點都不懷疑你。你不可能先在市區看電影，跑回這裡闖進別人家，然後再趕回電影院，時間來不及。」

「所以你才相信我！」男孩嚷嚷，「——就因爲你認爲我辦不到。」

「不，不，」薛普說：「我相信你，因爲我相信你具備大腦跟勇氣，不會再惹禍上身。我相信，現在你對自己的認識夠深，知道不用去做這種事。我相信，只要你下定決心付出努力，想成爲什麼樣的人都有可能。」

強森坐起身。微光照上他的額頭，但臉孔其他部分都隱而不見。他說：「我是可以闖進那裡，時間來得及。」

「可是我知道你沒有，」薛普說：「我一點都不懷疑。」

一陣沉默。強森往後躺下。接著聲音傳來，低沉沙啞，彷彿很勉強才說出口。他說：「當你想要的，全都有了的時候，你是不會想偷東西跟破壞的。」

薛普屏住氣息。男孩在向他道謝！在向他道謝啊。語氣中有感恩，有欣賞。他佇立原地，在黑暗中傻笑，試著讓那一刻停駐不動。他不由自主朝枕頭跨出一步，伸出手，摸摸強森的額頭。跟鏽鐵一樣冰冷乾燥。

「我懂，晚安了，小子。」他說著便趕緊轉身離開房間。他隨手關上門，站在那裡激動得無法自己。

走廊對面，諾頓的房門開著。孩子側躺在床上，望著從走廊灑入的光線。

在這之後，跟強森繼續往下走就順利了。

諾頓坐起身子，搖手召喚他。

他過了一會兒才看到孩子，但沒讓視線集中在孩子身上。他只要進房跟諾頓說話，就會失去強森的信任。他心裡躊躇，在原地停步片刻，彷彿什麼也沒看見。明天他們就要回去拿鞋了。這會是他們兩人之間良好關係的高潮。他迅速轉身，回到自己房裡。

孩子坐了一會兒，望著父親原本所站的地方，最後目光渙散，又躺回床上。

隔天，強森陰鬱沉默，彷彿以坦露心事爲恥。眼神似乎罩著陰影。他猶如遁入自己內心，正經歷某種決心上的危機。薛普迫不及待要去輔具店。他把諾頓留在家裡，因爲他不想分心。他希望能夠自由地細細觀察強森的反應。對於即將拿到鞋子，男孩沒有露出滿足，或甚至有興趣的樣子，可是等到事情成眞時，男孩肯定會被打動。

輔具店是個小小的水泥倉庫，排滿、堆滿了對付病痛的器具。輪椅跟助步器幾乎佔滿地面。牆上掛滿各式各樣丁字杖與撐架，義肢堆在架子上，腿、手臂、手、爪跟鉤，綁帶和吊帶，還有無法辨識的不知名殘疾專用器材。房間中央的小空地上，擺了一排黃色塑膠墊椅子，還有試鞋用的凳子。強森頹坐在一張椅子上，將那隻腳抬上凳子，然後抑鬱地盯著它看。約莫是鞋頭的地方已再次綻開，他用一塊帆布補過，似乎還用原本的鞋舌補了另一個破口。兩側都用線繩捆住。

薛普的臉因爲興奮而脹紅，心跳快得不自然。

店員腋下夾著那隻新鞋，從店舖後方現身。他說：「這次終於弄對了！」他跨坐在試鞋的凳子上，舉起那隻鞋，笑得彷彿這鞋子是他用魔術變出來的。

那是個黑色光滑無形狀的物件，經過打磨拋光，發出可怕的亮澤。看起來就像個鈍重武器。

強森陰沉地盯著鞋子。

「穿上這隻鞋後，」店員說：「你根本不會知道自己在走路。你會以爲自己在搭車！」他彎下亮粉紅的禿頭，開始小心解開舊鞋線繩。他把舊鞋移除的樣子，彷彿在將還有生氣的動物活活剝皮。他的表情緊繃。脫下鞋後露出套著髒襪子的那團腳肉，令薛普覺得作嘔。他撇開雙眼，直到新鞋套上爲止。店員迅速綁好鞋帶。「現在站起來走走看吧，」他說：「看看是不是就像電動滑行器。」他對薛普眨眨眼。「穿上那隻鞋後，他根本不會知道自己的腳不正常。」

薛普的臉龐因愉悅而發亮。

強森站起來，試走幾碼路。他僵硬地走著，較短那側幾乎沒有往下沉。他背對他們，僵直地佇立片刻。

「太棒了！」薛普說：「太棒了。」彷彿自己送了根新脊椎給男孩。

強森轉過身。嘴唇抿成冰冷的細線。他回到座位，脫掉鞋子，然後把腳伸進舊鞋，開始綁鞋帶。

「你想先帶回家再看合不合穿嗎？」店員喃喃。

「不是，」強森說：「我根本不打算穿。」

「有什麼問題嗎？」薛普拔高嗓音。

「我不需要新鞋，」強森說：「需要的時候，我自然有辦法弄到。」他一臉冷硬，但眼中閃過勝利光芒。

「小鬼，」店員說：「你是腳有毛病，還是腦袋有病啊？」

「你拿腦袋瓜去泡水啦，」強森說：「你的腦子著火了。」

店員鬱悶但帶著尊嚴起身，問薛普鞋子要怎麼處理，他氣餒地抓著鞋帶懸在半空。

薛普氣得臉色暗紅。他盯著正前方一件皮製束腹帶，上頭連著人工手臂。

店員又問他一次。

「包起來，」薛普咕噥道，目光轉向強森，「他還沒成熟到可以穿這隻鞋，」他說：「我本來以爲他沒那麼幼稚。」

男孩斜睨著他，說道：「你以前就搞錯過。」

那晚，他們照舊坐在客廳閱讀。薛普怏怏穩坐在紐約時報週日版後方不動。他想恢復自己的好心情，可是每次只要想到被拒的鞋子，心頭就再次湧上惱怒。他沒把握自己會用什麼神情看強森。他領悟到，男孩之所以拒絕那隻鞋，是因爲沒安全感。強森對自己的感恩之情感到害怕。強森不知要怎麼面對他逐漸意識到的新自我。強森明白過去的自我受到威脅，而現在生平頭一遭面對自己以及自己的可能。強森正在質疑自我認同。這麼一想，薛普對男孩的同情勉強恢復了一點。過了幾分鐘，他放下報紙看著強森。

強森正坐在沙發上，視線越過百科頂端。一臉出神模樣，可能一直在聽遠處某種聲響。薛普專注地看著男孩，但男孩持續傾聽，並未轉過頭。薛普暗想，這可憐的小鬼迷失了。薛普在這裡坐上一整晚，鬱悶地讀著報紙，一直沒吭聲打破緊繃氣氛。他說：「路佛斯。」

強森持續文風不動，坐著傾聽。

「路佛斯，」薛普用緩慢的催眠語調說：「你想成爲什麼，都能辦得到。你可以當科學家、建築師、工程師，或任何你用心追求的東西，你可以成爲這當中的佼佼者。」他想像自己的聲音穿透男孩黑暗的靈魂洞窟，觸動男孩。強森往前傾但未轉身。街上有扇車門關上。一片寂靜，然後忽地門鈴大作。

薛普跳起來走去開門。以前來過的警察站在那裡，巡邏車在路邊等著。

「讓我見見那個小鬼。」他說。

薛普拉長了臉，往旁邊讓開。「他一整晚都在這裡，」他說：「我可以保證。」

警察走進客廳。強森一副看書看到入神的樣子，轉眼便帶著心煩的神情抬起頭，像是大人物工作到一半被打斷。

「小老弟，大概半小時前，你在溫特大道那戶住宅的廚房窗外看什麼？」警察問。

「別再爲難這小鬼了！」薛普說：「我擔保他一直在這裡，我一直在他身邊。」

「你聽到他說的了，」強森說：「我一直在這裡。」

「不是每個人都會留下你那種足跡。」警察說，瞥瞥那隻內彎的腳。

「不可能有他的足跡，」薛普火冒三丈地低吼，「他一直在這裡。你這是在浪費自己的時間跟我們的時間。」他感覺**我們的**這種說法將自己和男孩凝聚起來。「我對這種事很厭煩了，」他說：「你們這些人懶得要死，不出去追查誰犯下這些事，想也不想就先跑來這裡。」

警察不理會這番話，繼續透視強森。多肉的臉上長著一雙小眼，神情警戒。最後他轉向門口。「我們遲早會逮到他，」他說：「等他把腦袋塞進窗戶，屁股露在外頭的時候。」

薛普把警察送到門口，在他身後甩上門。他精神大振。這正是他所需的，他滿臉期待走回原地。

強森已放下書本，坐在那裡狡猾地瞅著他。他說：「謝了。」

薛普打住腳步。男孩露出掠食者的表情，大剌剌地斜睨著。

「你撒謊的技術不賴嘛。」他說。

「撒謊？」薛普喃喃。男孩有可能出了門又回來嗎？他覺得一陣作嘔。接著怒氣推著他上前。「你離開過嗎？」他氣憤地說：「我沒看到你離開啊。」

男孩只顧著微笑。

「你明明上閣樓去看諾頓了啊。」薛普說。

「並沒有，」強森說：「那小鬼瘋了，他什麼都不想做，只想看那個臭望遠鏡。」

「我不想聽諾頓的事，」薛普刺耳地說：「你上哪去了？」

「我去蹲那個粉紅馬桶，」強森說：「沒有目擊證人。」

薛普拿出手帕，抹抹額頭，勉強擠出笑容。

強森翻翻白眼。「你不相信我。」他像兩天前的晚上在漆黑房中那樣破了嗓。「你裝出一副對我充滿信心的樣子，可是根本一點信心也沒有。事情一燙手，你就像其他人一樣急著躲開。」破音變得誇張，帶有喜感，公然表示嘲諷。「你不相信我，你根本沒信心，」他哀訴著，「而且你也沒比那條子聰明。說什麼足跡——那根本是陷阱。沒有任何足跡。那地方後面整個鋪了水泥，而且我的腳是乾的。」

薛普緩緩把手帕放回口袋，一屁股坐在沙發上，盯著腳下的地氈。男孩內彎的腳就在他的視野內。那隻東拼西湊的鞋子似乎長出強森的臉，正對他咧嘴而笑。他揪住沙發椅墊邊緣，用力到指節泛白。冰冷的恨意搖撼了他。他痛恨那隻鞋、痛恨那隻腳、痛恨那個男孩。他的面色變得蒼白。恨意嗆住了他，他對自己感到驚駭。

他抓住男孩的肩膀，狠狠揪住，彷彿爲了支撐自己免於癱倒。「聽著，」他說：「你去看那窗戶是爲了讓我難堪。你處心積慮就想那樣——想搖撼我幫助你的決心，可是我的決心沒有動搖。我比你更堅強。我比你更堅強，而且我要救你。美善將會得勝。」

「如果不是眞的，就不可能，」男孩說：「如果不對，就不可能。」

「我的決心沒有動搖，」薛普重複，「我會救你的。」

強森的表情再次變得狡猾。「你不會救我的，」他說：「你會叫我離開這屋子。另外兩件事也是我幹的——第一件，還有另一件，是我看電影途中跑去做的。」

「我不會叫你離開，」薛普說，機械式的聲音不帶起伏，「我會救你的。」

強森猛地把頭往前伸。「救救你自己吧，」他嘶聲說：「除了耶穌，沒人救得了我。」

薛普短促地一笑。「你騙不了我的，」他說：「我在感化院就已經把那種觀念從你腦袋沖掉了，至少我把你從那種觀念中救出來了。」

強森臉上肌肉一僵，表情的嫌惡強烈到薛普不禁往後一縮。男孩的眼睛就像哈哈鏡，薛普在裡面看到自己既醜惡又怪誕。「我會讓你見識一下。」強森低聲說。男孩驟然起身，開始直往門口疾走，彷彿等不及脫離薛普的視線。但他穿過的是後側走廊的門，而不是前門。薛普在沙發上轉身，往後望，男孩消失在那裡。他聽到男孩甩上房門。男孩沒離開。薛普雙眼中的激烈散去，現在一副平板、了無生氣，彷彿男孩揭露實情帶來的震撼，直到現在才抵達他意識的中心。「要是他離開就好了，」他喃喃，「要是他現在自願離開就好了。」

翌晨，強森出現在早餐桌邊，身上就是當初穿來爺爺的西套。薛普假裝沒注意，可是單看一眼，就領悟了早已心知肚明的事，那就是他困住了，現在只剩一場心理戰，而強森最終會獲勝。他眞希望自己從未見過這男孩。惻隱之心的失敗讓他痲木。他盡可能早點出門，一整天都害怕晚上要回家。他抱著淡淡的希望，希望男孩在他回家時已自行離開。男孩穿上爺爺的西裝，意思可能就是要離開了。到了下午，他的希望逐漸增長。他回到家，打開前門時，心怦怦跳著。

他在走廊上停步，默默望進客廳。他滿懷期待的表情褪去，臉龐頓時就像他的白髮一樣衰老。兩個男孩在沙發上坐得很近，讀著同一本書。諾頓的臉靠著強森的黑西裝袖子，強森的手指滑過他們正閱讀的一行行字底下。兄與弟。薛普木然地望著這場景，幾乎達一分鐘之久。接著他走進房裡，脫掉外套，丟在椅子上。兩個男孩都沒注意到他。他走向廚房。

莉歐拉每天下午離開前，就會把做好的晚餐留在爐子上。他把餐點移到餐桌上。他的頭在痛，神經緊繃。他在廚房凳子上坐下，待在那裡，陷入憂鬱。他納悶自己有沒有辦法惹得強森勃然大怒，然後自願求去。昨天晚上讓男孩大怒的是講到耶穌的事。可以用這話題來點燃強森的火氣，可是這讓他沮喪。他爲什麼不能乾脆叫男孩離開？承認失敗就好了。想到要再次面對強森，就讓他作嘔。男孩看著他的樣子，彷彿有罪的是他，彷彿他是道德上的棄民。他毫不自誇地心知自己是個好人。他沒什麼好自責的。現在他對於強森的感受來得不由自主，他很想對男孩懷抱惻隱之心，他希望能夠幫助男孩。他渴望屋裡只有他自己和諾頓的時光，當時他只需要應付孩子單純的自私，還有自己的寂寞。

他起身從架上取下三個餐盤，拿到爐子那裡。他漫不經心地開始把利馬豆和碎肉盛進盤子。等餐點放上餐桌，就叫他們進來。

他們把書帶了過來。諾頓把自己的餐墊推到強森那一側，椅子搬到強森旁邊。他們坐下，書放在兩人中間。是本紅邊黑書。

「你們在讀什麼？」薛普邊問邊坐下。

「聖經。」強森說。

神啊給我力量，薛普壓低嗓門說。

「我們從小雜貨店摸來的。」強森說。

「我們？」薛普嘀咕。他轉身怒瞪諾頓。孩子面色發亮，眼睛透著興奮的光澤。他頭一次意識到這孩子的改變。孩子一臉警醒，穿著藍色方格呢襯衫，藍眸之亮超過他之前所見。這孩子內在有了種奇異的新生命，意味著某種新的、更粗野的惡習。「所以你現在會偷東西了？」他沉著臉說：「還沒學會慷慨，就先學會偷竊。」

「不，他沒有，」強森說：「順手牽羊的是我，他只在旁邊看。他沒辦法讓自己留下污點。我就沒差，反正我會下地獄。」

薛普忍住不發話。

「除非，」強森說：「我悔罪。」

「悔罪吧，路佛斯，」諾頓用懇求的語氣說：「悔罪吧，聽到沒？你不會想下地獄的。」

「別再胡扯了。」薛普嚴厲地看著孩子。

「如果我悔罪，我就會去當牧師，」強森說：「如果要悔罪，沒道理只做一半。」

「你以後想當什麼，諾頓，」薛普用脆弱的聲音說：「也想當牧師嗎？」

孩子眼中閃現狂野的喜悅光芒。「太空人！」他喊道。

「太好了。」薛普苦澀地說。

「除非你相信耶穌，否則那些太空船對你沒什麼好處，」強森說著舔濕指頭，開始翻閱聖經，他說：「聖經裡有寫，我唸給你聽。」

薛普往前傾身，憤怒低語：「把聖經收走，路佛斯，吃你的晚餐。」

強森繼續尋找那個段落。

「把聖經收走！」薛普吼道。

男孩動作打住，抬起頭，表情震驚但帶著喜悅。

「那本書是讓你逃避的東西，」薛普說：「是給懦夫看的，那種人不敢靠自己的雙腳站起來，不敢靠自己的力量把事情想明白。」

強森猛地睜大眼，將椅子稍微從桌邊退開。「撒旦掌握了你，」他說：「不只我，還有你。」

薛普伸手越過桌面要抓書，但強森一把拿走，放在大腿上。

薛普笑了出來。「你不相信那本書，你明明知道你不信！」

「我信！」強森說：「你又不知道我信什麼、不信什麼。」

薛普搖搖頭。「你不信的，你太聰明了。」

「我才沒有太聰明，」男孩嘀咕，「你根本不認識我。就算我不信它，它也還是真的。」

「你不信！」薛普說，臉繃得死緊。

「我信！」強森氣喘吁吁說：「我會讓你看到我信！」他打開大腿上的書本，撕下一頁塞進嘴裡。他定定盯著薛普，雙顎激烈動作，嚼得紙張噼啪響。

「給我停下，」薛普用耗盡力氣的死板聲音說：「停。」

男孩舉起聖經，用牙齒扯出一張，開始在嘴裡碾磨，雙眼火亮。

薛普伸手越過桌面，把那本書從他手裡打掉。「下桌去。」他冷冰冰地說。

強森嚥下嘴裡剩下的東西，睜大雙眼，彷彿輝煌的景象就在眼前展開。「我吃下去了！」他喘氣說道：「我像以西結[3]一樣把它吃下去了，吃起來就像蜜！」

「下桌。」薛普說，雙手在盤邊緊緊握拳。

「我吃下去了！」男孩嚷道。驚奇轉變了他的臉。「我像以西結一樣吃了聖經，吃了聖經以

3　Ezekiel，是《舊約聖經》〈以西結書〉中的先知，神吩咐以西結吃下書卷，他吃下之後口中覺得甘甜如蜜。

後，我不想碰你的食物，我再也不用吃東西了。」

「走吧，」薛普輕聲說：「走吧，走吧。」

男孩起身拿著聖經往走廊走。他在門口那裡頓住，就像即將踏入某種暗黑啓示錄的小小黑色人影。「惡魔掌握了你。」他用歡喜的聲音說完就消失了身影。

晚餐過後，薛普獨坐客廳。強森離開了，可是他無法相信男孩就這樣走了。起初那種解放的感覺已經過去。他覺得麻木冰冷，彷彿就要生病似的，恐懼像霧氣般降臨他的內心。就這樣離開，這結局對強森來說太反高潮；強森會回來試著證明什麼的。強森可能會在一週之後回來，放火燒掉這地方。現在，似乎什麼事都可能發生。

他拿起報紙試著閱讀。不久便拋下報紙起身踏進走廊，豎耳傾聽。男孩可能躲在閣樓裡。他走到閣樓那裡打開門。

煤油燈亮著，在樓梯上灑下昏暗的光線。他什麼也沒聽見。「諾頓？」他喚道，「你在上面嗎？」沒回答。他登上窄階去看。

提燈灑下藤蔓般的奇特陰影，諾頓眼睛貼著望遠鏡坐著。「諾頓，」薛普說：「你知道路佛斯去哪了嗎？」

孩子背對著他，拱身坐著，專注無比，一雙大耳就在肩膀正上方。突然間他揮揮手，伏低身子，更貼近望遠鏡，彷彿再怎麼樣都距離自己看到的東西不夠近。

「諾頓！」薛普高聲說。

孩子動也不動。

「諾頓！」薛普吼道。

諾頓嚇了一跳，轉過身，眼中有種不尋常的亮光。似乎用了一會兒才認出是薛普。「我找到她了！」他上氣不接下氣地說。

「找到誰？」薛普說。

「媽媽！」

薛普在門口穩住自己，籠罩在孩子四周叢林般的陰影濃重起來。

「過來看！」孩子嚷著，用方格呢襯衫的衣擺抹抹汗涔涔的臉，又把眼睛貼回望遠鏡，背部在專注中僵固不動，立刻又揮起手來。

「諾頓，」薛普說：「你在望遠鏡裡除了星群之外，什麼也不會看到。今天晚上你已經看夠了，最好去睡覺了。你知道路佛斯在哪嗎？」

「她在那裡！」他嚷道，沒從望遠鏡上轉開，「她對我揮手了！」

「我要你在十五分鐘內上床睡覺。」薛普說。片刻之後又說：「聽到沒，諾頓！」

孩子開始瘋狂揮手。

「我是認真的，」薛普說：「我十五分鐘內就會去檢查你上床沒。」

他再次走下樓梯，回到客廳。他走到前門，粗略往外瞥一眼。天空擠滿星斗，他真傻，竟以爲強森搆得著那些星辰。屋後小樹林中某處，傳來牛蛙低沉空洞的鳴聲。他回到椅子上，怔怔坐了幾分鐘，然後決定上床就寢。他把雙手擱上椅子扶手，往前傾身，聽見警車的鳴笛，就像災難警示的第一聲尖響，緩緩進入這個鄰里，越來越靠近，最後在屋外以一聲悲鳴平息下來。

他感覺肩膀一陣冰冷的重壓，彷彿有人用冰凍的斗篷圍住他。他走到門口開門。

兩名警察架著穿得一身黑、正在咆哮的強森，沿著步道走過來，雙手各與一個警察銬在一起。一個記者在旁邊小跑步，另一名警察在巡邏車裡等候。

「這是你家小鬼，」警察裡最陰鬱的一位說：「我不是說過我們會逮到他嗎？」

強森野蠻地把手臂往下扯。「我在等你們！」他說：「要不是因爲我想被逮，你們才抓不到我。這是我的點子。」他對警員說話，卻斜睨著薛普。

薛普冷冰冰看著他。

「你爲什麼想被逮？」記者問道，跑步繞過來到強森身邊。「你爲什麼故意想被逮？」這個問題以及看到薛普，似乎讓男孩勃然大怒。「爲了給那個自以爲是耶穌的自大鬼好看啊！」他嘶聲怒吼，一腿往外踢向薛普，「他以爲自己是神，我寧可住感化院也不住他家。我寧可去坐牢！惡魔掌握了他。他蠢斃了，他跟他那個瘋小孩一樣腦袋不清楚！」他頓住，然後迅速下了異想天開的結論。「他對我作過暗示！」

薛普的臉色刷白，抓住門板。

「暗示？」記者熱切地說：「什麼樣的暗示？」

「不道德的暗示！」強森說：「不然你覺得會是什麼暗示？可我根本不吃那一套，我是基督徒，我……」

薛普的臉因痛苦而緊繃。「他知道那不是眞的，」他以遭受打擊的語氣說：「他知道自己在說謊。我盡了一切努力幫他，我對他的付出還超過對自己的孩子。我希望救他，我失敗了，但雖敗猶榮。我沒什麼好自責的。我也沒暗示他什麼。」

「你記得是哪些暗示嗎？」記者問道：「你能跟我們說說，他到底講了什麼嗎？」

「他是個下流的無神論者，」強森說：「他說沒有地獄。」

「唔，既然他們兩個見過面了，」一位警察會意地嘆口氣說：「我們走吧。」

「等等。」薛普說，他走下一階，牢牢盯著強森的眼睛，急著盡最後一分努力想要拯救自己。「說實話，路佛斯，」他說：「你不用貫徹這個謊言，你不邪惡，只是一時困惑。你不用補償那隻殘缺的腳，你不用……」

強森往前一撲。「聽聽他說什麼！」他尖叫道：「我說謊、偷東西，是因爲我技術高明！我的腳跟這件事沒關係！瘸腿的先進天堂！跛腳的人都會聚在一起[4]。我準備要被救的時候，耶穌就會救我，而不是什麼愛說謊的無神論者，不是……」

「講夠了，」警察邊說邊把他往後扯，他對薛普說：「我們只想讓你看看，我們逮到他了。」

---

4 出自《舊約聖經》〈彌迦書〉4：6，「耶和華說：到那日，我必召聚瘸腿的，集合被趕散的，和我所苦待的。」

兩個警察轉身，拖著薛普離開，強森身子半轉，回頭對薛普尖叫：

「瘸腿的會奪走戰利品！[5]」強森尖聲說，但聲音悶在警車裡。記者手忙腳亂爬進前座，坐在駕駛身邊，然後猛地摔上車門，警笛哀鳴著進入黑夜。

薛普留在原地，微屈著身子，就像中槍但仍舊站著的男人。片刻之後，他轉身回到屋裡，坐進先前那張椅子。他合上眼，腦中浮現強森在警局被一群記者包圍，精心細述自己的謊言。「我沒什麼可自責的。」他喃喃自道。他的每個行動都是無私的，唯一的目標就是要拯救強森，讓強森步上正路，他竭盡一切力量，犧牲了自己的名譽，他爲強森付出的多過自己的孩子。污濁懸在四周，好似空氣中的臭氣，如此近逼，感覺就像自己嘴裡的氣味。「我沒什麼好自責的。」他重複道。嗓音聽起來乾扁刺耳。「我爲他付出的多過自己的孩子。」一陣恐慌突然襲上心頭。他聽到男孩歡喜的聲音：撒旦掌握了你。

「我沒什麼好自責的，」他又開始說：「我爲他付出的多過自己的孩子。」他聽見自己的聲音，卻彷彿是控訴他之人的聲音。他默默重複這個句子。

慢慢地，血色從他臉上褪去。在有如光輪的白髮下方，他的臉色近乎灰敗。那個句子在他腦中迴盪，每個音節都像一次鈍重的擊打。他扭著嘴，合上眼抵擋這份啓示。諾頓的臉在他眼前升起，空虛、孤絕，左眼幾乎難以察覺地朝眼眶外緣傾斜，彷彿無法忍受悲慟的全景。他的自我嫌惡如此清晰強烈，頓時心一揪，喘著想要換氣。他像個貪婪的人，用善事塡補自己的空虛。爲了滿足對自己的願景，忽略了親生的孩子。他看到洞察一切的惡魔、人心的探測器，從強森眼中斜睨著他。他的自我形象逐漸萎縮，最後眼前的一切盡是黑的。他驚駭地癱坐不動。

他腦海浮現諾頓坐在望遠鏡前，拱背聳耳；看到諾頓的手猛地舉高，狂亂揮舞。對這孩子的愛痛苦地湧了上來，彷彿生命注入他的內在。就他看來，小男孩的臉似乎轉變了；成了他救贖的形象；盡是亮光。他發出喜悅的哀嘆。他會好好補償孩子，永遠不再讓孩子受苦。他會身兼母職。他跳起來，衝向孩子的房間，準備親吻孩子，告訴孩子他愛他，跟孩子說永遠不會再辜負他。

諾頓房裡亮著燈，但床鋪空空如也。他轉身奔上閣樓階梯，在樓梯頂端急忙旋身，好似瀕臨深坑邊緣的男人。三角架倒下，望遠鏡掉落在地。上方幾呎處，孩子吊在恍如叢林的陰影中，就在橫梁正下方，孩子就從那裡啓程踏上太空之旅。

——發表於《史瓦尼評論季刊》（*Sewanee Review*）第七十卷：一九六二年夏季號，並收入其短篇小說集《上升的一切必將匯合》。

---

5 出自《舊約聖經》〈以賽亞書〉33：23，「敵人的帆索鬆開，桅杆晃動不穩，風帆無法揚起。那時，大量的戰利品將被瓜分，甚至瘸子都分得一份。」

外邦為何爭鬧

提爾曼到州首府出差，結果在那裡中風，在當地醫院住了兩星期。他不記得搭救護車回家的情形，但他妻子記得。妻子在他腳畔的折疊座位上坐了兩個鐘頭，一路牢牢盯著他的臉龐。只有他往內扭轉的左眼，似乎還含藏著他先前的個性——那顆眼睛流露出熊熊怒火。臉上的其他部位都已準備告別人世。正義是嚴酷的，當她發現這件事時，不禁湧現出滿足感。也許就是要發生這種崩毀，才足以喚醒華特。

他們抵達時，兩個孩子正巧也回家了。瑪麗莫德從學校開車過來，沒意識到救護車就在後頭。她下了車——壯碩的三十歲女性，長了張稚氣的圓臉，一頭胡蘿蔔色的濃密髮絲，髮絲從她頭上的隱形髮網中探出。她吻了吻母親，瞥見提爾曼時，倒抽一口氣，接著一臉嚴厲，但情緒慌亂地跟在擔架後的服務員身後大步走著，尖聲指示他要怎麼抬擔架，才能繞過屋前階梯的弧形轉角。她母親暗想：就像個老師的模樣，舉手投足就是老師的樣子。帶頭的服務員抵達門廊時，瑪麗莫德發出用來控制孩童的語氣厲聲說：「起來，華特，開門！」

華特正坐在椅子邊緣，全神觀望眼前的情景，手指插在書裡，也就是救護車抵達時被中斷處。他起身撐開紗門，服務員扛著擔架穿過門廊，他目不轉睛瞅著父親的臉，顯然看得入神。「很高興看到你回來，隊長。」他說著抬起一隻手，比了個馬虎的敬禮手勢。

提爾曼憤怒的左眼似乎把他納入眼底，卻沒露出認得兒子的表示。

羅斯福站在門內等候，從現在起，他要從園丁轉任看護了。他換上重要場合必穿的白色外套，往前盯著擔架上的東西，眼中的血絲膨脹起來。接著，雙眼蒙上淚光，黑色臉頰像冒汗似地映出淚水的亮光。提爾曼用正常的那隻手臂無力地隨意擺動，這是他向他們任何人表示感情的唯一動作。那個黑鬼尾隨擔架到後側臥房去，像遭人痛打似地嗚咽著。

瑪麗莫德也進去指揮抬擔架的人。

華特跟母親留在門廊上。「把門關上，」她說：「蒼蠅都要進來了。」

她一直在觀察華特，在他那張平和的大臉上搜尋任何徵象，看看是不是有某種迫切感觸動他，讓他覺得自己現在必須挺身掌控情勢，覺得必須做點事情，任何事情——要是能看到他犯錯，甚至把事情搞得一團糟，她都會覺得高興，因爲那就表示他有所行動——但她看不出絲毫動靜。他的視線落在她身上，雙眼在眼鏡後方微微發亮。他細細端詳過提爾曼的臉；意識到羅斯福的淚水、瑪麗莫德的困惑，現在他正在端詳她，看看她如何面對這局面。她在他的眼眸中，看到自己的帽子溜向後腦杓，於是使勁拉扯帽子擺正。

「妳應該像剛才那樣戴，」他說：「有種歪打正著的放鬆感。」

她盡可能繃緊臉色。「現在責任在你身上了。」她用刺耳決斷的語氣說道。

他杵在原地，掛著淺淺的笑容，一語不發。她暗想，兒子就像個吸收劑，什麼都吸了進去，卻什麼也吐不出來。說她眼前是個套上家族臉孔的陌生人也不爲過。他跟父親、祖父一樣，都有同樣厚重的下顎，上方是相同的羅馬鼻，臉上掛著同樣態度曖昧的律師笑容；他有同樣的眼睛，非藍、非綠也非灰；他的頭很快就會跟他們一樣禿。她的臉又繃得更緊了。「要是你想待在這裡，」她說著交抱雙臂，「就得接下責任管理這個地方。」

他的笑容隱去，用力看她一眼，空無表情，接著視線越過她，往外投向草地，繼而越過四棵櫟樹與遠處的黑色樹林線，進入空曠的午後天際。「我還以爲這裡是家，」他說：「看來我不能隨便假設。」

她的心一揪，頓時領悟到，原來他居無定所，哪裡都無法爲家。「這裡當然是家，」她說：「可是總要有人接手，得有人盯著這些黑鬼工作。」

「我沒辦法盯著黑鬼工作，」他嘀咕，「那大概是我最不擅長的事。」

「我會跟你說該做什麼。」她說。

「哈！」他說：「妳是會這樣沒錯。」他瞅著她，淡淡的笑容回來了。「女士，」他說：「妳就要闖出一片天了，妳天生就是接手管理的料。要是老頭子十年前就中風，我們都會過得更好。妳有能力指揮載貨車隊穿過不毛荒地，妳有能力阻止一群暴民，妳是十九世紀碩果僅存的人，妳是……」

「華特，」她說：「你是男人，我只是個女人。」

「妳這一代女人，」華特說：「勝過我這一代任何一個男人。」

她的嘴憤慨地緊繃成線，幾乎看不出腦袋微微顫動，低聲說：「我根本沒有臉說這種話！」

華特重重坐進原本那張椅子，把書翻開，臉上浮現遲鈍的潮紅。「我這個世代只有一個優點，」他說：「就是勇於說出關於自己的眞相，也不會覺得丟臉。」他已經讀了起來，與她的對談到此爲止。

她僵直佇立原地，帶著愕然的嫌惡盯著他看。她兒子。她唯一的兒子。他的眼睛、頭顱跟笑容都有這個家族的相貌，可是底下卻是完全不同類型的男人，與她所熟知的迥然不同。他的內在沒有天眞、沒有正直，沒有對罪惡或對上帝揀選的信念。她眼前這個男人不偏不倚地同時追求善與惡，每個問題都能看出諸多面向，導致最後無法行動、無力工作，甚至沒辦法盯著黑鬼上工。任何邪惡都可能進入那樣的中空。老天才知道，她暗想並屛住氣息，老天才知道他能做些什麼！

他什麼都還沒做過。現在都二十八歲了。就她看來，他只在瑣碎的事情上花過心思。他有種氣息，就是正在等待某種重大事件，而遲遲無法開始任何工作，因爲工作只會被打斷。既然他永遠無所事事，她原本以爲或許他想當藝術家、哲學家或之類的，但實情並非如此。他不想以眞名撰寫任何東西。他只寫信給自己不認識的人，寫信給報社，藉此自娛。他選用不同姓名，展現不同的性格，頻頻寫信給陌生人。這是個奇特、微小、可鄙的惡習。她父親跟她祖父一直是有操守的人，可是比起大惡，他們更瞧不起小惡。他們知道自己是誰，知道做什麼樣的事對自己有益。但你根本不可能弄清楚華特知道什麼，或者他對任何事情的觀點。他讀的書，往往跟當前重要的事毫不相干。她往往跟在他身後，發現他留在某處的書本裡有畫了線的奇怪段落，然後接下來幾天，她就會苦思那個段落而不得其解。他曾在樓上浴室地板留下一本書，她在其中發現一個段落，自此不祥地縈繞心頭。

「愛應該要充滿憤怒。」段落這樣起頭，她暗想，唔，我的愛也是。她總是憤怒不已。段落繼續：「既然你唾棄我的請求，也許你會聽聽我的告誡。噢你這柔弱的軍人，你待在你父親家裡做什麼呢？你的堡壘和壕溝在哪裡？你在前線熬過的寒冬在哪裡？聽！戰役的號角聲從天堂高聲響起，看看我們的將軍出現在雲朵間，全副武裝大步行進，準備征服全世界。我們的王從嘴裡吐出一把雙刃劍[1]，砍除擋在路上的一切。從小憩中起身，進入戰場吧！拋下遮簾，迎向烈陽。」

她把書翻過來看看自己在讀什麼。原來是聖傑羅姆寫給伊力奧多羅的信，責備他拋下了沙漠。註解寫道，伊力奧多羅是西元三七〇年圍繞在傑羅姆身邊的知名人士之一，曾經陪伴傑羅姆到近東地區，打算投入隱修生活。伊力奧多羅繼續前往耶路撒冷，兩人分道揚鑣。他最終回到義大利，後來成爲聲名顯赫的神職人員，擔任阿爾蒂諾的主教。

1　出自《新約聖經》〈啓示錄〉19：15「有一把利劍從他口中吐出來，他要用這劍擊打列國，他必用鐵杖治理他們；並且還要踹全能　神烈怒的壓酒池」。

華特讀的就是這種東西——對於現在毫無意義可言的東西。接著她不愉快地一震，突然想到，嘴裡咬劍、大步行進，準備施行暴力的將軍，就是耶穌基督。

——發表於《君子雜誌》（*Esquire*）一九六三年七月號。

啓示

德爾平夫婦走進候診室。這間候診室非常小，幾乎坐滿了人。而大噸位的德爾平太太進來後，讓空間看起來更小了。德爾平太太聳立在室內中央雜誌桌的桌首，襯出這個房間的不足與荒謬。她在衡量該坐哪裡時，那雙晶亮的黑色小眼把所有病患都看進眼裡。那裡有張空椅，沙發上也有空間，上頭坐了個穿著骯髒藍色連身短褲的金髮孩子，應該叫那孩子移過去，讓點空間給女士坐。他五歲或六歲，可是德爾平太太一眼就看出，沒人會叫他移到旁邊去。他彎腰駝背坐在位子上，雙手閒閒放在兩側，掛著鼻涕，腦袋上那雙眼睛也是一派懶散。

德爾平太太一手穩穩搭在克勞德肩上，開口說話，音量讓想聽的人都聽得見：「克勞德，你去坐那張椅子。」然後推著他在空椅上坐下。克勞德面色紅潤、禿頂、身形粗壯，比德爾平太太矮了點，不過他坐下來的模樣，彷彿很習慣聽老婆的指令行事。

德爾平太太繼續站著。除了克勞德之外，候診室裡唯一的男性是個肌肉強健的結實老頭，他展開棕紅色雙手，各搭一邊膝頭，閉著雙眼，彷彿睡著或死了，或是假裝在睡，免得必須起身讓座給她。她眼神和善地落在一位穿著講究的灰髮女士身上，後者與她對上視線，臉上表情寫明：如果那是我家孩子，包準會有點禮貌，挪挪位子——沙發上的空間綽綽有餘，容得下妳跟他。

克勞德嘆口氣，抬起頭，作勢起身。

「坐下，」德爾平太太說：「你也知道你腿那樣，不該站著。他腿上有潰瘍。」她解釋道。

克勞德把腳往雜誌桌面一抬，往上捲起褲管，露出大理石白圓胖小腿上的紫色隆起。

「我的天，」那討人喜歡的女士說：「怎麼弄的啊？」

「牛踢了他。」德爾平太太說。

「哎呀！」女士說。

克勞德放下褲管。

「也許那個小男孩可以移過去點。」女士建議，但孩子文風不動。

「等下就會有人離開。」德爾平太太說。她無法理解，口袋滿滿的醫師爲什麼沒錢找個大小適合的候診室，他們每天把腦袋探進醫院門內，瞧你一瞧，五塊錢就到手了。這間候診室沒比車庫大多少。桌子上擠滿模樣軟塌的雜誌，桌子一頭有個綠色玻璃大菸灰缸，裡面塞滿菸屁股跟沾了血點的棉球。要是這地方歸她管，就會常叫人去清那菸灰缸。房間前頭，沿牆並未擺放椅子，牆面有個長方形嵌板，可以望進看診室裡頭，護士來來去去，秘書在聽廣播。嵌板的開口那兒有株裝在金色花盆裡的塑膠蕨類，葉片幾乎垂到地面。廣播柔聲播放福音音樂。

就在那時，內門打開，一張護士的臉出現在那洞口，呼喚下一位病患，護士一頭黃髮，德爾平太太沒見過有人把頭髮堆到那麼高的。坐在克勞德身旁的女人抓住椅子扶手，撐起自己，把貼在腿上的連身裙拉鬆，吃力地緩步穿過剛才那扇護士消失在內的門。

德爾平太太坐進空出的椅子，椅子像馬甲似地緊緊箍住她。「我眞希望能夠減重。」她說著翻翻白眼，發出滑稽的嘆息。

「噢，**妳**又不胖。」那位時髦太太說。

「噢，我就是胖，」德爾平太太說：「克勞德高興吃什麼就吃什麼，體重從來不超過一百七十五磅，可是我啊，只是看看好吃的東西，體重就增加了。」她笑得肚子跟肩膀抖抖顫顫。「你高興吃什麼就吃什麼，不是嗎？克勞德？」她邊問邊轉向他。

克勞德只顧著笑。

「唔，只要妳個性好，」時髦女士說：「我想不管妳噸位大小，都沒差別。好個性勝過一切。」

女士隔壁坐了個十八或十九歲的胖女孩，對著一本厚厚的藍書拉長了臉，德爾平太太看到書名是《人類發展》。女孩抬起頭，臭著臉面向德爾平太太，彷彿看她的長相不順眼；女孩一臉心煩，彷彿只要她想看書就有人聊天吵她。那可憐的女孩臉色泛青，滿面痘子，德爾平太太心想，在那年紀長了那張臉眞可憐。她友善地對女孩一笑，但女孩的臉只是更臭。德爾平太太自己胖歸胖，但膚質向來很好，她都四十七歲了，但除了因爲太常笑，眼周有了細紋之外，臉上一絲皺紋也沒有。

醜女孩隔壁就是那個孩子，坐姿仍舊相同，隔壁有個皮膚粗糙的瘦削老婦，穿著印花棉布連身裙。她和克勞德在他們家的幫浦室裡放了三包雞飼料，袋子上的花紋就跟老婦的衣服相同。她打一開始就看出來，那孩子是跟這老婦一道的。她從他們的坐姿就看得出來——空茫、垃圾白人那型的，彷彿要是沒人叫他們起來，就會在那裡一直坐到天荒地老審判日來臨。往直角望去，就在打扮體面的討喜女士身旁，有個臉型瘦長的女人，肯定是那孩子的娘。她穿著黃色運動衫、酒紅色長褲，衣褲看起來都質感粗糙。唇邊還沾著鼻菸粉。骯髒的黃髮用一小張紅色紙緞帶紮在腦後。德爾平太太暗想，比任何時候看到的黑鬼都要糟糕。

正在播放的福音讚美歌是〈當我仰望而祂俯視〉。德爾平太太知道這首歌，就在心裡唱出歌詞的最後一句：「我知道不久之後，我將會戴上冠冕。」

德爾平太太總是不動聲色地注意別人的腳。穿著講究的女士穿了紅灰麂皮鞋好搭配自己的衣服。德爾平太太自己穿的是雙黑色漆皮包的好鞋。醜女孩穿的是女童軍鞋搭厚襪子。老女人穿著網球鞋，那對垃圾白人中的母親踩著黑色乾草編成，綴著金色飾帶，看來像臥房拖鞋的東西——這女的會穿這種鞋也不出所料。

德爾平太太有時夜裡遲遲無法入眠，就會自問，如果她不能當她自己，她會選擇當什麼人。如果耶穌在造她以前對她說：「現在只剩兩個位置可讓妳選，要不是當黑鬼，就是當垃圾白人。」她會怎麼說？「拜託，耶穌，拜託，」她會說：「讓我等到有別的位置再說。」祂會說：「不，妳現在就得到人間去，我只有那兩個位置，妳快決定吧。」她會扭著身子哀求不止，可是沒用，她最後就會說：「好吧，就把我變成黑鬼——但別是個廢物。」他就會把她造成乾淨整潔、受人敬重的黑鬼女人，還是她自己，只不過膚色是黑的。

孩子母親旁邊有個還算年輕的紅髮女子，正在讀雜誌，嘴裡嚼著口香糖，拚了老命似的——克勞德就會這麼說。德爾平太太看不到女人的腳，不是垃圾白人，只是普通人。有時德爾平太太在夜裡也會細數人的階級來打發時間。這堆各色人種的底層是膚色最黑的，如果她是有色人種，她不要當這種，大部分有色人種都在這個階層；他們的隔壁——不是上一層，而是隔開點距離——就是垃圾白人；然後在他們上面，就是有房子的人，而這些人上頭就是有房又有地的人，她跟克勞德就屬於這個階層。她跟克勞德上面是家財萬貫的人，房子更大，土地也更多。可是，一想到這裡她就體會到事情的複雜，因爲有些富人很普通，應該排在她跟克勞德，以及血統純正但家道中落而必須租房子之人的下面。然後還有有房也有地的有色人種。城裡有個黑人牙醫，他有兩輛紅色林肯房車，一個泳池，還有一座農場，養了有血統認證的那種白面牛。通常到她睡著時，各個階層的人們就在她腦海中翻騰喧鬧。她會夢到他們全都擠在貨櫃裡，一起被載走，放進瓦斯烤爐。

「這個鐘眞漂亮，」她說著朝右邊點點頭，那是個大掛鐘，鐘面四周是散射的太陽光芒銅飾。

「對啊，非常漂亮。」時髦女士和善地說：「而且很準時。」她瞥向手錶補了一句。

女士身邊的醜女孩往上瞥了時鐘一眼，冷笑一下，然後逕直望著德爾平太太，再次冷笑，又把視線移回她的書上。她顯然是那位女士的女兒，雖然母女倆個性天差地別，但有同樣的臉型，相同的藍眸。那雙眼睛在女士身上發出悅人的亮光，在女孩乾枯的臉上卻看來時而悶燒、時而噴火。萬一耶穌當時說的是：「好了，妳可以當垃圾白人、黑鬼或醜八怪」，那該如何是好！

德爾平太太萬分同情那女孩，她認爲長得醜是一回事，表現得醜陋又另當別論了。

嘴唇沾到鼻菸粉的女人在椅子上轉身，抬頭看看那只鐘。然後轉回來，看起來是望向德爾平太太旁邊一點，女人有隻眼是斜視，她大聲問：「妳想知道哪裡可以買到那種鐘嗎？」

「不，我已經有個不錯的鐘了。」德爾平太太說。要是讓那種人加入對話，可就沒完沒了。

「可以用綠郵票[1]來換，」女人說：「他很可能就是這樣弄來的。存夠綠郵票，幾乎什麼都換得到。我自己就換了些裝飾品。」

妳該去換條毛巾跟肥皂啦，德爾平太太暗想。

「我用我的綠郵票換了床單呢。」討喜的女士說。

那女兒猛力合上書，直視前方，視線直接穿過德爾平太太，繼續往前穿越黃色窗簾，以及德爾平太太背後整牆的平板玻璃窗。女孩的眼睛似乎突然亮起奇特的光，好似夜間馬路標示透出的那種不自然光線。德爾平太太轉頭看，外頭是不是有什麼她該看看的景象，可什麼也沒看到。只有路過的人影透過窗簾，投射出淺淡的陰影。女孩沒理由針對她露出醜陋的神情。

「芬利小姐。」護士把門開了道縫說。嚼著口香糖的女人起身，路過她和克勞德前方，走進看診室。女人踩著紅色高跟鞋。

桌子正對面，醜女孩的眼睛牢牢盯住德爾平太太，彷彿有什麼非常特殊的理由看她不順眼。

「天氣眞好啊，不是嗎？」女孩的母親說。

「這種天氣恰好適合採棉花啊，要是可以叫黑鬼去採的話，」德爾平太太說：「可是黑鬼再也不想採棉花了。本來就叫不動白人去採，可是現在連黑鬼都不願意幹這種活——因爲他們可以跟白人平起平坐了。」

「反正他們就是**想**爭地位。」垃圾白人女往前傾身說。

「妳有那種採棉花的機器嗎？」討喜的女士問道。

「沒有，」德爾平太太說：「那些機器只能採到田裡一半棉花，反正我們家也沒多少棉花。如果現在想務農，什麼多少都要種一點。我們有幾畝棉花、幾頭豬跟幾隻雞，還有克勞德自己照顧得來的白面牛。」

「有個東西我就不想要，」垃圾白人女說著，用手背抹過嘴唇，「就是豬，又臭又討厭，到處哼哼叫，亂挖一通。」

德爾平太太幾乎不怎麼搭理那女人。「我們家的豬不髒也不臭，」她說：「牠們比我見過的一些孩子都還乾淨呢。牠們的腳不碰泥土地的。我們家有個豬圈，就在水泥地上養牠們。」她向討喜的女士解釋，「克勞德每天下午都用水管沖洗豬隻，也會把地板洗乾淨。」比起坐在那邊的孩

1　Green stamps。一九三〇到一九八〇年代由Sperry & Hutchinson company推出的獎勵活動，民眾在超商和百貨結帳櫃臺、加油站及零售店等處，都能領到這樣的票卷，累積到一定數量即可兌換該公司目錄上的商品。

子乾淨多了，她暗想。可憐又惹人厭的小東西。他除了把髒手的拇指塞進嘴裡，依然動也不動。女人別開臉不看德爾平太太。「我知道我才不會用水管沖什麼豬呢。」她對著牆壁說。

妳才不會有豬可以用水管沖呢，德爾平太太暗想。

「哼哼叫，亂挖地，哀哀鬼叫。」女人嘀咕。

「我們什麼都有一點，」德爾平太太對討喜的女士說：「在自己跟幫手應付得來的程度就好，有更多也沒用。今年我們找了夠多黑鬼來摘棉花，可是克勞德得去載他們來上工，晚上還得載他們回家。他們連半哩路都不願走。不，他們就是不願。我告訴妳，」她說著便快活地笑了，「老要討好那些黑鬼，我真的很厭煩，可如果你要他們替你工作，你就得愛他們不可。他們早上過來時，我得跑出去說：『你們今天早上都好嗎？』等克勞德要載他們到田裡去時，我就要死命揮手，他們也會揮手回應。」她迅速揮揮手示範。

「我也是這樣處理。」討喜女士說，表示自己完全能夠瞭解。

「是啊，」德爾平太太說：「他們從田裡回來的時候，我得提著一桶冰水跑出去招待。從現在開始，就都是這種情形了。」她說：「就乾脆好好面對。」

「我只懂一件事，」垃圾白人女說：「有兩件事我絕對不會做：去愛黑鬼或是用水管沖豬。」然後發出輕蔑的短促吼聲。

德爾平太太與討喜女士交換眼色，表示她倆都明白，你必須要先「擁有」某些東西，才能「懂」某些事。可是每次德爾平太太只要和討喜女士互換眼色，就會意識到那醜女孩奇特的眼睛還是盯著她，要把注意力轉回這場對話就變得吃力起來。

「擁有東西的時候，」她說：「就必須好好照料。」如果你除了呼吸跟身上的褲子之外什麼都沒有，她暗地裡補上一句，你就只能每天早上進城來，坐在法院牆頂上吐痰。

有個醜惡的旋轉陰影掃過她背後的窗簾，淺淺淡淡投射在對面牆上。然後有輛單車鏗鏗鐺鐺靠在這棟樓的外牆。門打開，有色男孩捧著藥房的杯架悄悄走進來，上頭放了兩個紅白兩色大紙杯，杯頂還加了蓋。男孩高銚，膚色很黑，穿著褪色白褲跟綠色尼龍襯衫。他彷彿照著音樂節拍，緩緩嚼著口香糖。他把杯架放在蕨類盆栽旁的診間開口，然後探進腦袋找秘書。秘書不在裡頭。他雙臂靠著窗櫺等待，窄瘦的臀部往外翹，左右搖擺。他還把手高舉過頂，搔搔後腦杓底。

「小伙子，看到那邊那個按鈕了嗎？」德爾平太太說：「你按下去，她就會來。她可能在後面哪個地方。」

「是嗎？」小伙子和善地說，彷彿從沒見過那按鈕。他往右傾身，手指一撳。「她有時候會出去。」他說著扭身面對他的觀眾，手肘搭在背後的櫃臺上。護士出現了，他又扭身回去。她遞給他一塊錢，他在口袋裡撈找，找出零錢點數給她。她給他十五分錢當小費，他拿著空杯架離開。笨重的門緩緩轉動，最後終於帶著吸吮聲關上。一時片刻無人發話。

「他們應該把黑鬼都送回非洲，」垃圾白人女說：「他們當初就是從那裡來的。」

「噢，沒有我那些黑人好朋友，我可過不下去。」討喜女士說。

「有一大堆人比黑鬼還差勁，」德爾平太太附和，「他們有各種各樣，就像我們也有各種各樣。」

「對，要有各種各樣的人，世界才能運轉下去。」討喜女士用悅耳的嗓音說。

討喜女士這樣說時，那個皮膚紅腫的女孩猛地咬合牙齒，下唇下拉外翻，露出嘴裡的淡粉紅色。片刻之後，又捲回來。德爾平太太從沒見過這麼醜陋的鬼臉，有那麼一會兒，她確定女孩是針對她而擠的鬼臉。女孩看著她的神情，彷彿認識她也討厭了她一輩子——似乎不只是女孩的一輩子，也是德爾平太太的一輩子。欸，小妞，我根本不認識妳啊，德爾平太太在心裡默默說。

德爾平太太勉強把注意力轉回討論上。「送他們回非洲不實際，」她說：「他們不會想去的，他們在這裡過得太好了。」

「要是由我來辦——才不管他們想怎樣。」垃圾白人女說。

「絕對沒辦法把所有黑鬼都送回去的，」德爾平太太說：「他們會躲起來，賴在地上、跟你裝病，大哭大叫，狂踢亂揮。絕不可能把他們弄回去。」

「既然他們都過得來，」垃圾白人女說：「就照同樣方式回去啊。」

「那時候他們人還沒這麼多。」德爾平太太解釋。

那女人看著德爾平太太，彷彿眼前有個白癡，但德爾平太太想到這眼光出自何處，也就不以為忤。

「不，」她說：「他們會賴著不走，好上紐約跟白人結婚，改良自己的膚色。他們全部都想，每個人都想的，就是改良自己的膚色。」

「妳知道結果會怎樣吧？」克勞德問。

「不知道，克勞德，怎麼樣？」德爾平太太說。

克勞德眼睛閃閃發亮。「生出白臉黑鬼啊。」他刻意板著臉說。

除了垃圾白人女跟那醜女孩之外，候診室裡的人都笑了。女孩用白晰手指緊抓腿上的書本。垃圾白人女環顧四周的一張張臉龐，彷彿認爲他們全是白癡。穿著飼料布袋連身裙的老女人目光繼續越過地板，面無表情望著對面男人的高筒鞋，就是德爾平夫婦進來時，假裝睡著的那個男人。他開懷大笑，雙手還是五指張開，搭在膝上。小孩倒向一邊，現在幾乎面朝下躺在老女人懷裡。

當眾人笑聲漸歇，收音機上帶鼻音的合唱響徹房間：

「你走向XXX
我走向我的
可是我們全部一起XXX往前
沿著XXX
我們會彼此扶持
不管天氣如何
都面帶笑容！」[2]

2　歌詞中德爾平太太漏聽的部分，此處以XXX表示。

雖然德爾平太太有幾個字漏聽了，但這樣已足夠讓她附和這首歌的精神，讓她的思緒肅穆起來。幫助有困難的人向來是她的人生哲學。她只要發現有人有困難，不管是白人或黑人，廢物人渣或正派人士，她都會不遺餘力出手幫忙。在她心懷感謝的事事物物中，她對這點最為感恩。如果耶穌說：「妳可以出身上流社會，想要多少錢都行，而且纖細迷人，但當不成好女人，」她就得說：「唔，那就別把我變成那種人。讓我變成好女人，其他都無所謂，不管我多胖、多醜或多窮！」她的心飛揚起來。他沒把她造成黑鬼、垃圾白人女或醜八怪！他把她造成她自己，還什麼都給了她一點。耶穌，感謝祢！她說：感謝祢感謝祢感謝祢！每當她細數自己的福氣，總覺得自己輕盈得猶如一百二十五，而非一百八十磅。

「你家小鬼有什麼問題？」討喜女士問垃圾白人女。

「他有潰瘍，」女人得意地說：「他出生以來就沒給過我一點平安日子，他跟她都一個樣。」她邊說邊朝老女人點頭，老女人正用粗糙手指撫過孩子的淺色髮絲。「我只能塞可樂跟糖果進他們肚子。」

誰叫妳只拿這兩種東西餵他們，德爾平太太暗想：誰叫妳懶得生火煮飯。她老早摸透他們這些人了。還不只因為他們一無所有。也因為如果你什麼都給了他們，不消兩星期就會全都弄壞，不然就是搞得髒兮兮，不然就是被他們劈來當柴燒，這是她的個人經驗談。你非幫他們不可，可又幫不了他們。

醜女孩又突然把內唇往外翻，眼睛像雙鑽孔機似的定定望著德爾平太太。這一次，那雙眼睛後方確實有種急切的東西。

小妞，德爾平太太默默驚呼：我又沒對妳怎樣！女孩可能把她跟別人弄混了。我總不能光坐在這裡任人恫嚇吧。「妳一定在上大學吧，」她大膽地問，直接望著女孩，「我看妳在讀書。」

女孩繼續盯著她，擺明了就是不回話。

母親為了女兒這樣失禮而紅了臉。「這位女士在問妳話呢，瑪麗－葛瑞絲。」她壓低嗓門說。

「我聽得見。」瑪麗－葛瑞絲說。

可憐的母親再次紅了臉。「瑪麗－葛瑞絲讀衛斯理學院，」女士解釋。「在麻薩諸塞州。」女士苦著臉補充：「放暑假時，她照常繼續讀書。老在看書，是個百分之百的書蟲。她在衛斯理成績很不錯，修了英文、數學、歷史、心理跟社會學。」她吱喳說個不停。「我想功課太重了，覺得她應該出門玩玩。」

女孩一副準備把他們全都拋出窗外似的。

「學校在北方呢。」德爾平太太喃喃，一面暗想：哼，她在那邊也沒學到多少禮貌嘛。

「我幾乎寧願他是病了，」垃圾白人女說，把大家的注意力硬是拉回自己身上，「他健康的時候，眞壞透了。看來有些小孩天生就壞。有些孩子得病的時候不乖，可是他恰好相反，病了反倒乖。他現在就不給我惹麻煩了。等著看醫生的是我。」

女人，如果我打算送什麼人回非洲，德爾平太太暗想：就是送妳這種人啦。「是啊，沒錯，」她大聲說，可是仰頭望著天花板，「就是有一大堆人比黑鬼還差勁。」而且比豬還髒。她心裡追加一句。

「我想個性壞的人比世界上的任何人都值得同情，」討喜女士用細薄刺耳的聲音說。

「感謝上帝給了我好個性，」德爾平太太說：「我沒有一天找不到能開懷大笑的事。」

「至少從她嫁給我以來就是這樣。」克勞德說道，一臉正色但帶著喜感。

除了女孩跟垃圾白人女之外，大家又都笑了。

德爾平太太腹部抖顫。「他就這麼妙，」她說：「我就是忍不住要笑他。」

女孩透過牙縫發出響亮的醜惡噪音。

她母親把嘴抿得又細又緊。「我想世上最糟糕的東西，」她母親說：「就是不知感恩的人。什麼都有，卻不懂得感念。我就認識一個姑娘，她父母什麼都願意給她，還有個很愛她的弟弟，受到很好的教育，穿最好的衣服，可是對人卻沒一句好話，從來都不笑，成天只會批評跟抱怨。」

「那姑娘大到沒辦法用棍子修理了嗎？」克勞德問。

女孩臉色幾乎發紫。

「對，」女士說：「恐怕無計可施，只能放任她蠢下去。總有一天她會醒來，可到時就太遲了。」

「笑一下又不會死，」德爾平太太說：「只會讓你全身暢快。」

「當然了，」女士憂傷地說：「可有些人就是禁不起別人說兩句，沒法接受批評。」

「如果說我這人有什麼優點，」德爾平太太語帶感情說：「就是懂得感恩了。每當我想到，如果不當我自己，我還可能會是什麼樣的人，還有想到我什麼都有一點，加上又有好個性，我就想大喊，『感謝祢，耶穌，讓一切是現在這個樣子！』原本可能很不一樣的！」首先呢，嫁給克勞德的可能是別人。想到這點，她就感激莫名，一陣強烈喜樂竄遍全身。「噢謝謝祢，耶穌，耶穌，謝謝祢！」她高聲嚷嚷。

那本書直接砸中她左眼上方。幾乎就在她意識到女孩即將丟書那一刻，那本書就擊中了她。她還來不及發出聲音，那張紅腫的臉就越過桌子，嚎叫著朝她衝了上來。女孩的手指如鉗子般陷進她頸子的軟肉。她聽到那母親喊叫出聲，克勞德大吼：「哇！」有那麼一刻，她確定自己身在一場地震之中。

她的視野頓時變窄，眼前的一切彷彿都發生在遠處一個小房間內；或者說，彷彿她拿反了望遠鏡去看這房間。克勞德的臉垮塌，落出視野之外。護士衝進來，出去，然後又進來。接著醫師長手長腳的身影從內門衝出來。桌子翻倒時，雜誌四處亂飛。女孩砰地跌倒在地。映入德爾平太太眼簾的一切突然顛倒，全部變大而非變小。垃圾白人女瞪大雙眼，盯著地面。女孩在那裡，由護士壓住一邊，另一邊由她母親制住，正在她們的抓握中扭動翻轉。醫師跨跪在女孩上方，努力要壓住她的胳膊，一會兒過後他成功了，將一根長針刺了進去。

德爾平太太覺得整個人空空洞洞，除了左搖右擺的心臟，彷彿在肉身打造的大空鼓裡晃動。

「誰有空的，打電話叫救護車。」醫師用年輕醫師面對可怕狀況時的那種隨意語氣說。

德爾平太太一隻指頭也動不了。原本坐在她身邊的老男人動作敏捷地走進診間打了電話，因為秘書似乎還沒回來。

「克勞德！」德爾平太太呼喚。

他不在椅子上。她知道自己必須跳起來找他，可又覺得自己好像在夢裡追火車的人，一切都以慢動作移動，你試著跑得越快，前進的速度反而越慢。

「我在這裡。」一個悶住的聲音說，跟克勞德很不像。

他在地板角落彎起身子，面色蒼白如紙，抓著自己的腿。她想起身到他身邊，可是沒辦法動。反之，她的視線緩緩往下拉向地板上那張翻騰的臉，越過醫師的肩膀就能看到。

女孩的眼睛不再骨碌轉動，而是聚焦在她身上。眼眸色澤的藍似乎比之前淺得多，彷彿後頭原本有扇門緊緊關閉，現在才打開迎進光線與空氣。

德爾平太太的腦袋清明起來，恢復了移動的力量。她往前傾身，最後直直望進那雙兇猛燦亮的眼睛。她心裡很篤定，女孩的確認識她，卻是以某種激烈又個人、超越時空與環境條件的方式。「妳有什麼話要跟我說？」她啞著嗓子問，屏息等待，彷彿等著接收啟示。

女孩抬起頭，目光鎖住德爾平太太的眼睛。「妳這頭地獄來的老疣豬，滾回地獄去吧。」女孩低語，聲音低沉但清晰，雙眼熊熊亮起片刻，彷彿愉快地看出自己的訊息打中要害。

德爾平太太陷回椅子上。

片刻之後，女孩閉起雙眼，疲憊地把頭轉向一側。

醫師起身，將空針筒遞給護士。他傾過身，兩手一時搭在那位發抖的母親肩上。她坐在地板上，嘴唇抿得死緊，將瑪麗—葛瑞絲的手握在懷裡。女孩的手指像嬰兒似地，緊緊繞住拇指。

「去醫院吧，」他說：「我會打電話安排。」

「我們來看看脖子，」醫生用愉快的語氣對德爾平太太說，開始用頭兩根手指檢查她的脖子。她氣管上留下兩道粉紅魚骨般的月牙形線條，一眼上方紅腫起來。他的手指也拂過這裡。

「不用管我，」她口齒不清地說，把他搖開，「去看看克勞德，她踢了他。」

「我等會兒就去看他。」他邊說邊量她的脈搏。他是個瘦削的灰髮男子，生性愛開玩笑，「回家去，今天剩下的時間就休個假吧。」他說完輕拍她的肩。

別再拍我了：德爾平太太在心裡低吼。

「然後在那隻眼睛上方冰敷。」醫生說完，接著走到克勞德身邊蹲下，檢查他的腿。不久便拉著克勞德起身，克勞德跟在醫生後頭，跛著腳步入診間。

直到救護車到來前，候診室唯一的聲響是女孩母親抖顫的哀鳴，她一直坐在地上沒起來。垃圾白人女牢牢盯著女孩不放。德爾平太太望著前方，什麼也不看。救護車逐漸駛近，長長的黝暗陰影映在窗簾後方。救護員走進來，將擔架擱在女孩身邊，動作嫻熟地將她搬上去後抬出去。護士幫那位母親收拾隨身物品。救護車的陰影默默離去，護士回到了診間。

「那姑娘要進瘋人院了吧？」垃圾白人女問護士，但護士逕自往後頭走，一直沒有回答。

「對，肯定要進瘋人院了。」垃圾白人女對其他人說。

「可憐的東西，」老女人喃喃自語，孩子的臉依然埋在她懷裡。他的視線懶懶越過她的膝蓋往外望。他在整場騷動中除了將一腿縮進身下之外，一直動也不動。

「感謝老天，」垃圾白人女熱切地說：「我沒瘋。」

克勞德跛著腳走出診間後，德爾平夫婦打道回府。

他們的小貨卡轉進自家泥土路，越過丘頂時，德爾平太太抓緊窗緣，疑神疑鬼向外張望。土地優雅地往下傾斜，穿越遍地是紫藍色雜草的田野，他們那間黃色小木屋就在斜坡底，端莊地座落在老地方，兩側各有一棵巨大山核桃木，房子四周圍繞著小小花床，好似華麗的圍裙。要是看到兩根發黑煙囪之間有燃燒的痕跡，她也不會大驚小怪。

他們兩人都沒胃口，所以換上家居服後，就把臥房窗簾放下，躺在床上。克勞德把腿擱在枕頭上，她則拿沾水毛巾貼在眼睛上方。她一躺平，背部窄尖、臉上長疣、耳後冒出頭角的豬就在腦海中哼哼叫。她發出哀吟，低聲沉靜的哀吟。

「我不是地獄來的，」她淚漣漣地說：「我不是疣豬。」但這樣的否認毫無力量。女孩的眼神和話語，甚至低沉清晰的語氣都只針對她，根本不容否認。那訊息是針對她一人而發，雖然用在房裡那個人渣身上明明才貼切。這個事實現在才全力襲上她心頭。那裡明明有個丟著自家孩子不管的女人，可是卻被忽略。那個訊息給了露比．德爾平，一個正派體面、賣力工作、勤上教堂的女人。淚水乾了以後，雙眼開始因爲怒意而燃燒。

她用手肘撐起身子，毛巾落進手中。克勞德仰躺著打呼。她想告訴他女孩說了什麼，同時卻又不想把自己是「地獄來的疣豬」這種形象植入他腦海。

「喂，克勞德。」她嘟囔著，推了推他肩膀。

克勞德睜開一隻淺藍色眼睛。

她謹慎地望進那隻眼。他這人什麼也不想，高興怎樣就怎樣。

「什——什麼事？」他說著又閉上眼睛。

「沒事，」她說：「腿會痛嗎？」

「痛死我了。」克勞德說。

「很快就會好的。」她說完就躺下。轉眼間，克勞德又打起鼾來。那天下午剩下的時間，兩人就躺在那裡。克勞德呼呼大睡，她臭著臉面向天花板。偶爾，她會舉起拳頭，在胸口上方做出小小的戳刺動作，彷彿對著隱形的賓客捍衛自己的清白，那些賓客就像聖經裡來安慰約伯的友人，狀似通情達理，其實完全錯誤[3]。

五點半左右，克勞德騷動起來。「得去接黑鬼了。」他嘆口氣，但沒動作。

她正直直往上望，彷彿天花板有什麼難以辨讀的手寫字跡。她眼睛上方的腫包變成了青中帶綠。「聽著。」她說。

「什麼？」

3 典故出自《舊約聖經》〈約伯記〉的故事。約伯信仰虔誠，家道殷實。撒旦向上帝挑戰，聲稱若奪去約伯擁有的一切，他便不再對上帝忠誠。上帝相信約伯的忠誠，接受挑戰，讓撒旦奪走他的財產，殺害他的子女。這時約伯有三個友人來訪，卻都認定約伯必是犯下罪過，上帝才會如此施罰。

「吻我。」

克勞德傾過身，響亮地吻了她的嘴。他掐掐她的身側，兩人十指交扣。她那專注的發狠表情並未改變。克勞德起身，一面哀叫一面低吼，跛著腳離開。她繼續研究天花板。

她一直到聽見小貨卡載黑鬼回來才下床。她起身將雙腳塞進棕色牛津鞋，懶得繫鞋帶，然後步履沉重地踏上屋後門廊，拿起紅色塑膠水桶。她倒了一盤冰塊進去，注滿半桶水，然後往外走進後院。每天下午，克勞德把幫手載來，其中一個小伙子就會幫他一起拿乾草餵牲畜，其他人就等在貨卡後側，等他載他們回家。貨卡停在其中一棵山核桃樹的陰影下。

「你們今天傍晚都好嗎？」德爾平太太陰鬱地問，提著桶子跟長柄杓現身。車上有三個女人和一個男孩。

「都還好，」最老的女人說：「您也都好嗎？」馬上盯住德爾平太太額頭上的暗色腫塊。「您跌倒了是吧？」她語調殷勤地詢問。老女人膚色黝深，牙幾乎掉光，一頂克勞德的舊氈帽掛在她腦後。另外兩個女人年紀較輕、膚色較淺，都戴著嶄新的亮綠色遮陽帽。

德爾平太太把桶子放在貨卡車斗地板上。「你們自己來。」她環顧四周，確定克勞德不在。「不是，我沒跌倒，」她交抱雙臂說：「比那個更糟。」

「您怎麼可能遇到壞事情！」老女人說，一副好像大家都知道，德爾平太太受到上天特殊庇佑。「您只是小小跌了一跤吧。」

「我們到城裡的診所去，要給醫生看看克勞德被牛踢傷的地方，」德爾平太太用平板的語氣說，要他們別再說蠢話，「那裡有個姑娘，一個又胖又壯的姑娘，臉上都是青春痘。我一看那姑娘，就知道她有些怪，可也看不出來怪在哪裡。我跟她媽媽在聊天，處得好好的，突然間，砰轟！她就把正在讀的書朝我丟來，然後……」

「不會吧！」老女人嚷嚷。

「然後她就跳過桌子，開始掐住我。」

「不會吧！」他們全都驚呼，「不會吧！」

「她幹嘛那樣呢？」老女人問，「她有什麼毛病？」

德爾平太太只是怒瞪著前方。

「她一定有病。」老女人說。

「救護車把她載走以前，」德爾平太太繼續說：「她在地上打滾，他們努力要壓住她，替她打針，然後她就對我說了點話。」她頓住。「你們知道她對我說什麼嗎？」

「她說什麼？」他們問。

「她說，」德爾平太太開始說，然後打住，臉色非常陰暗沉重。陽光越來越亮，把頭頂的天空照得白了，山核桃樹的葉子在陽光映襯下變得烏黑。她無法把那些字眼說出口。她嘀咕道：「她說了很難聽的話。」

「她不該對妳說什麼難聽話，」老女人說：「您這麼體貼人，您是我見過最體貼人的女士了。」

「又長得漂亮。」其中一位戴帽子的說。

「也很福態，」另一個女人說：「我從沒見過更體貼人的白人女士。」

「上天作證，我說的都是實話，」老女人說：「阿們！您體貼得不得了，也漂亮得不得了。」

德爾平太太知道黑鬼的恭維值幾分錢，聽了只是更火大。「她說，」她再次開口，這次激烈急促地一口氣把話講完，「說我是地獄來的老疣豬。」

一片震驚的沉默。

「她人在哪？」最年輕的女人用刺耳的聲音嚷嚷。

「讓我見她，我要殺了她！」

「我跟妳一起去幹掉她。」另一位喊道。

「她該進精神病院，」老女人斷然地說：「妳是我認識最體貼人的白人女士。」

「也漂亮，」另外兩個女人說：「福態得不得了，體貼得不得了，耶穌對她很滿意！」

「沒錯。」老女人表示。

白癡！德爾平太太在內心低吼。永遠沒辦法跟黑鬼說點聰明話。可以對他們講話，可跟他們聊不起來。「你們水都還沒喝，」她唐突地說：「喝完以後，水桶就留在車上。我還有事忙，可沒閒工夫站在這浪費時間。」便離開進屋去了。

她在廚房中央佇立片刻，眼睛上方的深暗突起就像迷你的颶風雲，隨時隨地就要掃過她眉梢的地平線。她的下唇危險地往外突。她正了正自己厚實的肩膀，然後大步走進房子前側，從側門出去，開始順著路走到豬圈，臉上的神情彷彿手無寸鐵、孤身投入戰場的女人。

這時，太陽是深黃色，就像秋分前後的滿月，正快速向西移動，越過遠方的林木線，彷彿有意搶在她抵達豬隻那裡前先到達。路面布滿車痕，她把路上幾顆不小的石頭踢開，一面大步前行。豬圈就在穀倉側面那條小徑盡頭的小小土丘上。那裡有個水泥方塊，跟個小房間一樣大，周圍是四呎高的木籬笆。水泥地微微傾斜，方便沖洗豬隻的髒水流進溝渠，流往田地那裡當肥料。克勞德站在外側，就在水泥地邊緣，身子搭在籬笆頂，往下沖洗裡頭的地面。水管連向附近水槽的水龍頭。

德爾平太太爬上水泥台，站在他身邊，往下怒視裡頭的豬隻。裡面有七頭身上滿是毛的長嘴豬仔——黃褐身軀上有肝色斑點——還有一頭老母豬，幾星期前才生產完。她側躺著哼哼叫。那些豬仔跑來跑去，像白癡小孩一樣搖晃身體，細線似的小小豬眼在地上尋找剩下的東西。她在某個地方讀過，豬是最聰明的動物。她對此存疑。牠們應該比狗聰明，曾經有豬當過太空飛行員。那頭豬完美達成了勤務，後來卻死於心臟病，因為他們讓他一直穿著通電服，直挺挺坐著接受檢查，而豬天生就該四腳著地。

哼哼叫，亂挖地，哀哀鬼叫。

「水管給我，」她說著便動手從克勞德那裡猛扯過來，「載黑鬼回家去，然後讓你那條腿歇歇。」

「妳怎麼一副吞了條瘋狗的樣子，」克勞德評論道，但還是乖乖走下檯子，跛著腳離開，不理會她的情緒。

等他聽不見時，德爾平太太站在豬圈側面，手握水管，只要有小豬作勢想躺下，就將水柱瞄準小豬臀部猛沖。等他越過小丘後，她就微微側過頭，用憤怒的目光掃視小徑。放眼不見他的人影了。她再次轉身，似乎打起精神。她聳起肩膀，吸了口氣。

「祢為什麼要送那樣的訊息給我？」她惡狠狠地低聲說，音量不比竊竊私語大聲，但凝聚的怒意與力道比得上大吼。「我怎麼會同時是豬又是我？我要怎麼同時得救又從地獄來？」她閒著的那手緊握成拳，另一手抓著水管盲目對準老母豬的眼睛猛沖，對老母豬的暴怒尖叫充耳不聞。

從豬圈可以看見後側的牧草地，他們的二十頭肉牛就聚在克勞德跟小伙子擺出的乾草捆四周。剛割過的牧草地朝著公路往下傾斜。對面就是他們的棉花田，再過去是暗綠帶灰的樹林，也在他倆名下。太陽落在樹林後方，一片豔紅，就像農夫檢查自己的豬隻一樣，俯視著樹林的圍籬。

「為什麼挑我？」她聲音低沉地說：「這裡的人渣，不管是黑人或白人，我都救濟過。我每天努力工作，累到腰都快斷了，而且還在教會裡服事。」

她的體型就像適合統領眼前這片地景的女人。「我怎麼會是頭豬？」她質問道：「我跟牠們哪裡像了？」她又用水柱朝小豬沖。「外頭有一堆人渣，不用非挑我不可啊。

「要是祢更喜歡人渣，那就儘管去造些人渣吧，」她怒罵，「祢原本可以把我造成人渣，或是黑鬼。如果祢想要人渣，當初幹嘛不把我造成人渣？」她揮動握拳抓住水管的手，空中閃過一條水蛇。「我可以不要再管工作，放鬆過活，髒了也不管，」她低吼，「整天癱在人行道上，喝麥根沙士。吸鼻菸，對著水灘吐菸草汁，沾得滿臉都是菸粉。我可以很邋遢。

「或者祢當初可以把我造成黑鬼。我現在已經來不及當黑鬼了，」她諷刺至極地說：「可是我可以表現得像黑鬼：躺在馬路中間，擋住交通，在地上亂滾。」

天色漸深，事事物物染上某種神祕色調。牧草地浮現某種光滑的綠，整條公路透著藍紫。她準備發出最後的攻擊，這一次她的聲音越過牧草地。「來啊，」她吼道：「叫我豬啊！再叫我一次豬。說我是地獄來的。罵我是地獄來的疣豬啊。底下的翻身作主騎上頭來，可是永遠都有上下之分！」

扭曲的回音傳回她耳中。

最後一陣怒意撼動了她，她大吼：「祢以爲祢是誰？」

事事物物的色彩，田野與緋紅的天空，以透明的強度燃燒片刻。那個問題傳過牧草地，越過公路、棉花田，然後像個回答似地，從樹林後方清晰地傳回她耳邊。

她張開嘴，但發不出聲音。

一輛小卡車出現在公路上，是克勞德的小卡車，正快速奔出她的視野之外，傳動裝置吃力地運作。看起來就像孩子的玩具。隨時可能有更大的貨車撞上去，害得克勞德跟那些黑鬼在路面上腦漿四濺。

德爾平太太站在那裡，目光緊緊盯著公路，全身肌肉緊繃，直到五、六分鐘過後，卡車再次出現，往家裡駛來。她等著卡車轉上他們自家道路。然後她像個活過來的紀念碑雕像，緩緩低頭往下凝望豬圈裡的豬隻，視線彷彿穿透謎團的核心。豬仔都在母豬身邊安頓下來，母豬輕聲低哼。紅光布滿牠們全身。牠們在喘息，其中似乎蘊藏著祕密的生命。

太陽滑入林木線後方前，德爾平太太一直駐足原地，往下盯著豬隻，彷彿正在吸收某種深不可測、對生命來說不可或缺的知識。最後她終於抬起頭，天空只剩一道紫光，穿透緋紅草原，像是公路的延伸，往前進入即將降落的暮靄。她從豬圈柵欄上舉起雙手，比出神職人員般的深刻手勢。一道先知般的光落入她眼中。她看出那道紫是一座無邊的吊橋，從大地往上延伸，穿過一片熊熊烈火。上頭有無數靈魂正轟隆隆走向天堂。有好幾批的垃圾白人，此生難得乾乾淨淨，還有好幾群披著白袍的黑鬼，還有大批怪胎跟瘋子，吼叫拍手，像青蛙一樣蹦蹦跳跳。隊伍殿後的就是那種什麼都擁有一點，同時具有上帝賦予的機智，懂得妥當運用資產的人，她看出，這些人就是她跟克勞德這類人。她傾身將他們瞧得更仔細。他們以無比的莊嚴跟在其他人後方行進，一如既往，秩序井然、富有常識、行爲體面，向來只有他們謹守正道。但她從他們震驚與改變的面龐看出，連他們的德行也燃燒殆盡了。她放下雙手，緊抓豬圈柵欄，雙眼瞇細但眨也不眨盯著前方。不久，那異象消失不見，但她動也不動停在原地。

最後她終於走下來，關掉水龍頭，順著逐漸暗下的小徑，緩緩往蹣往家裡。她四周的樹林中，聞聲不見影的蟋蟀開始大合唱，但她充耳淨是靈魂登高往上，走進星辰滿布的天際，一面高喊哈雷路亞。

——本作爲一九六五年歐・亨利短篇小說獎首獎作品；首度發表於《史瓦尼評論季刊》第七十二卷：一九六四年春季號；之後並收入其短篇小說集《上升的一切必將匯合》。

帕克的背

帕克的太太坐在前廊地板上剝豆莢。帕克隔了點距離坐在階梯上，悶悶不樂看著她。她長相平凡，眞平凡，臉上的皮膚細薄又緊繃，跟洋蔥皮似的，那雙灰色利眼宛如冰錐的尖頭。帕克明白自己當初爲何娶她進門——因爲沒有其他辦法可以把她弄到手——但他不懂自己現在爲何還留在她身邊。她懷孕了，而他並不愛有身孕的女人。儘管如此，他還是留了下來，彷彿被她下了蠱似的。他困惑不解，以自己爲恥。

他們租的房子孤伶伶立在俯瞰公路的聳起路堤上，只有一棵高高的山核桃木相伴。時不時會有車子呼嘯而過，而他妻子的視線就會疑神疑鬼尾隨聲音而去，然後又轉回來盯著大腿上盛滿豆子的報紙。她無法認同的一樣東西就是汽車。除了其他缺點之外，她還永遠都在尋找罪惡。她不抽菸也不嚼菸草，更不喝威士忌，不講髒話也不化妝。老天曉得，塗點東西可以改善她的模樣，帕克暗想。她這樣反對色彩，當初還會嫁給他，就更顯得出奇。有時候他想，她之所以嫁給他，是因為她打算拯救他。有時候他懷疑，她嘴上說不喜歡的東西，其實暗地裡偷偷喜歡。他可以這樣或那樣解釋她的行為，但他不瞭解的是她自己。

她把腦袋轉向他，並說：「你沒理由不能找個男老闆，又不一定非替女人工作不可。」

「噢，妳閉嘴別再唱老調了。」帕克嘀咕。

如果他能確定她在嫉妒他的女老闆，他還會覺得滿足，可是她更可能擔憂的是，如果他跟那女人看對了眼，最後可能會犯罪。他對她說過，那女人是個健壯的年輕金髮女郎；事實上那女人都快七十了，乾癟到除了盡可能壓榨他多幹點活，不會有其他興趣。也不是說老女人就不會對年輕男子有興趣，特別是男人如果像帕克自以為的俊俏迷人的話。可是老女人對他的觀感，就跟對她的老拖拉機一樣——彷彿因為她手頭上也只有這麼一樣東西，只好咬牙忍耐它。帕克駕駛這輛拖拉機的第二天，拖拉機就故障了，她當時立刻派他去砍灌木，撇著嘴悄悄對黑鬼說：「他碰什麼，什麼就會故障。」當時天氣並不悶熱，帕克就脫掉衣服打赤膊，她要求他穿著襯衫上工，他聽完後猶豫不決地穿了回去。

帕克娶的這個醜女人，是他的第一任妻子。他以前有過其他女人，可是他當初的打算是絕不讓自己受法律束縛。他的卡車在公路拋錨那天早上，是他第一次見到她。他好不容易把卡車拖離馬路，進入一個打掃得乾淨整潔的院落，那裡有間塗料斑駁的兩房屋子。他下了車，打開卡車引擎蓋，開始研究馬達。帕克的第六感告訴他，有女人在近處觀察自己。他伏在馬達上幾分鐘後，脖子開始覺得刺痛。他的視線掃過空蕩蕩的院落與屋前門廊。他看不到但感覺得到有女人，要不是從附近一叢忍冬花後面，不然就是從屋裡的窗邊看著他。

帕克突然開始跳上跳下，一隻手胡亂揮，彷彿被機器壓爛似的。他彎下身，把手貼近胸口。「該死！」他大叫，「耶穌基督下地獄！耶穌全能上帝該死！該死下地獄吧！」他繼續往下說，盡可能拉高嗓門，一次次拋出同樣那幾句咒罵。

一隻恐怖的利爪毫無預警摑上他的側臉，他往後跌在卡車引擎蓋上。「這裡不准說髒話！」他身邊有人尖聲說。

帕克的視線如此模糊，一時以爲受到來自天上生物的攻擊，有巨大鷹眼的天使，揮著古老的武器。等到視線開始清晰時，看到眼前有個拿掃帚、皮包骨的高眺女孩。

「我傷到手了，」他說：「我傷到手了。」他火氣大到忘了手其實沒弄傷。「我的手可能斷了。」他大吼著，雖然聲音仍不穩定。

「讓我看。」女孩要求。

帕克伸出手，她湊過來看它。手心上沒傷口，她抓住那隻手，翻了過來。她自己的手乾燥火燙又粗糙，帕克覺得自己在她的碰觸下猛地活了過來。他把她瞧得更仔細，一面暗想：我可不想跟這傢伙有什麼瓜葛。

女孩握著的手粗短偏紅，她目光凌厲盯著那隻手的背面。那裡用紅色和藍色紋了隻棲在大砲上的老鷹刺青。帕克的袖子捲到手肘。老鷹上方是條蜷繞著盾牌的蟒蛇，老鷹與蟒蛇之間有幾顆心，其中某幾顆有弓箭穿過。蟒蛇上方有副攤開的紙牌。帕克手臂上的每吋肌膚，從手腕到手肘，都覆蓋著某種高調張揚的設計。女孩盯著這個，露出幾乎受到震撼的愕然笑容，彷彿不小心抓到一條毒蛇。她放掉那隻手。

「我還有別的刺青，大多是在國外刺的，」帕克說：「這邊這些，大部分都是我在美國刺的。我才十五歲就有第一個刺青了。」

「不用跟我說，」女孩說：「我不喜歡，跟我講也沒用。」

「妳應該看看妳現在看不到的。」帕克說著，眨了眨眼。

女孩的臉頰浮現兩圈紅暈，像兩顆蘋果似的，柔化了她的外表。帕克受到吸引。他想都沒想到她會不喜歡刺青。他至今還沒遇過不受刺青吸引的女性。

帕克十四歲時，在市集上看到一個男人，男人除了用豹皮圍住的腰部，從頭到腳佈滿刺青。帕克隔著距離觀看（他接近帳棚後側，站在板凳上），男人皮膚上的圖案是個色彩鮮豔的單一繁複設計。男人又矮又壯，在高台上到處走動，一面伸展肌肉，那個由男人、野獸與花朵構成的複雜設計，看起來就像在皮膚上微微活動。帕克激動難抑，精神大振，就像有些人在國旗路過時會有的反應。他這男孩習慣張嘴。他笨重熱誠，就跟條麵包一樣平凡。表演結束時，他還站在凳子上，盯著那刺青男原本站立的地方，直到整座帳棚幾乎清空。

帕克以往不曾有過一點驚奇感。一直到在市集上看到那個男人，他才想到自己存在的這個事實中，是否有任何非比尋常之處。即便在當時，這念頭也不曾進入他腦中，但某種奇特的不安在他心裡落定。彷彿盲人男孩被人稍微調轉方向，而他還不知自己的目的地已然改變。

過了一段時間後，他去紋了第一個刺青──棲在大砲上的鷹，由當地一位刺青師操刀。刺青時只是微微疼痛，只足以讓帕克覺得這麼做是值得的。說來也奇怪，因爲他以前總認爲，唯有不痛的事才值得做。隔年他就休了學，因爲他已經十六歲，可以下這個決定。他讀了一陣子職校，又從職校休學，在修車廠工作半年。他工作的目的只爲了去紋更多刺青。他母親在洗衣店工作，可以撫養他，可是她不肯付錢讓他刺青，除了把她的名字刺在一顆心上那回，他也滿腹牢騷地照做。不過，她的名字是貝蒂珍，不需要讓任何人知道。他發現刺青能夠吸引那些他有好感但以往不曾喜歡過他的女孩。他開始喝啤酒打架滋事。他母親眼見他變成這樣，不禁傷心落淚。有天晚上，她拖著他去參加信仰復興布道會，事先卻沒告訴他要去哪兒。他一看到燈火通明的大教堂，就掙脫她的手，拔腿就逃。隔天他謊報年齡，加入海軍。

貼身的水兵褲對粗壯的帕克來說太小，可是那頂傻氣的白扁帽低低壓在額頭上，反倒讓他的臉看來很有想法，近乎認眞。加入海軍一、兩個月後，他的嘴不再老是半開，五官變得剛硬，有了男人的樣子。他在海軍服役五年，似乎與灰色機械船自然融爲一體，只除了他的雙眼，跟海洋一樣的淺灰藍。那雙眼睛映出周遭的無垠空間，彷彿是這片神祕海洋的縮影。靠港時，帕克會四處遊蕩，把眼前那些殘破的地方拿來與阿拉巴馬州伯明罕市作個比較。他每到一處，就去紋更多刺青。

他不再紋船錨和交叉步槍那種無生命的圖案。他肩膀上各刺了老虎和黑豹，胸膛上則是一隻繞住火炬的眼鏡蛇，大腿上是鷹隼，對應胃和肝的部位則各是英女皇伊莉莎白二世與菲立普親王。只要顏色鮮豔，他不在乎主題爲何；他在下腹部紋了幾句髒話，但也只因爲他覺得這才適得其所。帕克對每個刺青只會滿意大約一個月時間，然後原本吸引他的某個特點就會漸漸失效。只要有大小適合的鏡子，他就會站在前面，細看自己的整體模樣。若是呈現出的效果並非繁複細緻的色彩，而是雜亂無章七拼八湊的東西。那時他就會極度失望，然後再去找位刺青師，塡滿另一塊空間。帕克的身體前側幾乎都覆滿了，但背部一個刺青也沒有。他不想在自己無法隨時看到的地方刺青。前側可供刺青的空間逐漸減少，他的不滿日積月累，最後不滿成了普遍的狀態。

一次休假過後，他沒有回營報到，未經正式批准逾假不歸，在一個他不認識城市的民宿裡喝得酩酊大醉。他長期潛伏的不滿突然變得劇烈，在內心開始肆虐。彷彿那些黑豹、獅子、蟒蛇、鷹和隼都穿透他的肌膚，進駐內心，捲入一場大混戰。海軍當局逮到他，在艦上關了他九個月禁閉，最後以軍法判他不名譽退伍。

在那之後，帕克判定只有鄉間空氣才適合人呼吸。他在路堤上租了間棚屋，買了輛舊卡車，兼幾份差事，看心情決定各做多久。遇見未來的妻子時，他正用蒲式耳[1]爲單位買進蘋果，再改用每磅用同樣單位價格轉賣給偏遠鄉間道路上離群索居的農家。

「那邊那些，」女人邊說邊指他的手臂，「也沒比傻印地安人會做的事好，只是虛榮而已。」她似乎找到想要的字眼，說道：「虛榮中的虛榮。」

哼，媽的我何必在乎她怎麼想？帕克自問，但他顯然困惑不解。「我想這裡面總有妳比較喜歡的吧，」他拖拖拉拉想找點東西讓她折服，於是又把手臂擠到她眼前，「妳最喜歡哪個？」

「全都不喜歡，」她說：「不過，比起其他的，那隻雞還不差。」

「什麼雞？」帕克幾乎想要大叫。

她指著鷹。

「那是鷹，」帕克說：「哪種傻子會浪費時間把雞紋在身上？」

「又是哪種傻瓜會去刺青？」女孩說完便轉身走開。她緩步回到屋裡，丟下他，任他自己離去。帕克停留了將近五分鐘，目瞪口呆望著她隱去身影的陰暗門口。

隔天，他帶了一蒲式耳蘋果回來。他才不會被她那種相貌的女人比下去呢。他喜歡身上有肉的女人，這樣就感覺不到她們的肌肉，更不會碰到她們的老骨頭。他抵達時，她正坐在頂階上，院落裡到處是小孩，全跟她一樣瘦削貧窮。帕克記得當時是星期六。他很討厭向女人獻殷勤時，旁邊有小孩搗亂，但幸運的是，他從卡車抬下一蒲式耳蘋果。孩子們湊上來看他抬的是什麼，他給每個孩子各分一顆蘋果，然後叫他們閃一邊去，如此一來就把整群孩子都趕走了。

女孩對他的現身沒任何表示。他簡直就像隻走失的豬仔或山羊，無意間晃進了院落，而她懶得拿掃帚驅趕。他把那籃蒲式耳蘋果放在她身旁的階梯上，然後坐在下一階。

「請用。」他對著籃子點點頭說，然後陷入沉默。

1 bushel，以容積而言，在美國一蒲式耳約等於35公升。以重量而言，在美國，一蒲式耳依不同作物種類，約等於25至27公斤或48至60磅之間。

她迅速拿了顆蘋果，彷彿要是動作不夠快，整籃都會消失不見。飢餓的人讓帕克覺得緊張。因爲他自己這輩子向來不愁吃喝。他越來越不自在，推想道，自己要是無話可說，那又何必說話？他現在想不起自己當初爲何過來，或者自己何不趕快離開，免得又在那群孩子身上多浪費一蒲式耳蘋果。他猜想他們是她的弟妹。

她緩緩嚼著蘋果，但流露專注的興味，微微屈身但望向前方。從門廊望出的景致，先是布滿紫苑草的綿延斜坡，越過公路之後，就是山丘和一座小山的開闊遠景。遼闊景致每每讓帕克沮喪。當你眺望那樣的空間，就會開始覺得有人追著你不放，不管是海軍、政府或是宗教。

「那些孩子是誰的？妳的嗎？」他終於開口。

「我還沒結婚呢，」她說：「是我弟妹。」她說得彷彿自己假以時日也會成婚。

拜託喔誰會娶她啊？帕克暗想。

一個身材壯碩、門牙有縫的寬臉女人，赤著腳出現在門口，就在帕克背後，顯然已在那裡佇立好幾分鐘。

「晚安。」帕克說。

女人越過前廊，拿起剩下的蘋果。「我們謝謝你。」她說完便轉身回到屋裡。

「妳老媽？」帕克低聲咕噥。

女孩點點頭。帕克能夠掏出一堆尖刻的話語，比方說「那我還眞同情妳」，可他陰鬱地保持沉默，只坐在那裡望著那片景致。他覺得自己肯定快生病了。

「如果我明天批到桃子，再帶點給妳。」他說。

「那我會很感激。」女孩說。

帕克根本無意帶一籃桃子回來，但隔天卻發現自己這麼做了。他和女孩對彼此幾乎無話可說，但他確實說了件事：「我背上沒刺青。」

「那你背上有什麼？」女孩說。

「就我的襯衫而已，」帕克說：「呵。」

「呵，呵。」女孩客氣地回應。

帕克覺得自己快瘋了。他一刻也不敢相信自己竟然會受這種女人吸引。除了他帶來的東西之外，她似乎對任何事都沒有一絲興趣。直到他第三次帶了兩顆哈密瓜來。她問：「你叫什麼名字？」

「O．E．帕克。」

「O．E是什麼意思？」

「妳可以叫我O．E就好，」帕克說：「叫我帕克也行，沒人叫我的名字。」

「那是什麼意思？」她堅持。

「別問了，」帕克說：「妳叫什麼？」

「你跟我說那些字母是什麼的縮寫，我就把名字告訴你。」她的語調帶有一絲調情意味，帕克立刻接收到了。他從來不曾對男人或女人透露全名，只有海軍跟政府的檔案，還有他一個月大時的受洗紀錄上才有註明；他母親是衛理公會教友。當他的全名從海軍檔案外洩時，帕克險些殺了那個叫他全名的人。

「妳會到處跟人說。」他說。

「我發誓誰也不說，」她說：「我對聖經起誓。」

帕克默默坐了幾分鐘，然後朝女孩的頸子伸出手，把她耳朵拉近他嘴邊，低聲說了自己的名字。

「俄巴底亞。[2]」她低語，臉龐緩緩亮起，彷彿這名字對她而言是個徵兆。「俄巴底亞。」她說。

帕克仍然覺得這名字很惹人厭。

「俄巴底亞．以利戶[3]。」她以崇敬的語氣說。

「要是妳敢用那名字大聲叫我，我就敲破妳的腦袋，」帕克說：「妳叫什麼？」

「莎拉—露絲．卡茲。」她說。

「很高興認識妳，莎拉—露絲。」帕克說。

莎拉—露絲的父親是福音派牧師，可是到佛羅里達州傳教去了。只要帕克每次都帶一籃東西過來，她母親似乎不介意他對女孩的關注。至於莎拉—露絲，帕克上門三次後，就清楚看到她瘋狂戀上了他。即使她堅持他皮膚上的圖案是虛榮中的虛榮，即使聽過他咒罵，即使她問他他是否得救，而他回答自己不覺得有什麼東西得把他救出來，她還是喜歡他。之後，帕克靈光乍現，就說：「要是妳吻我，我就算得救了。」

她拉長了臉說：「那才不會讓你得救。」

不久，她同意搭帕克的卡車去兜兜風。他把車停在一條冷清清的馬路上，向她提議兩人到卡車後頭去躺著。

「要等我們結婚了才行。」她——就這麼乾脆說出口了。

「噢沒必要，」帕克說著，便向她伸手，她猛力將他推開，力道大到卡車門都脫落了，他發現自己平躺在地。他當場下定決心，再也不要跟她扯上關係。

他們在本郡民事法官的辦公室結婚，因爲莎拉—露絲認爲教會有偶像崇拜嫌疑。帕克對這點沒什麼意見。民事法官的辦公室放滿了檔案紙箱與登記簿冊，簿冊露出布滿灰塵的黃色紙頭。法官是個紅髮老婦，已就任四十年，跟她的簿冊一樣看來滿是塵灰。她在立桌的鐵格柵後方爲他倆證婚，儀式結束時，她比了個花稍的手勢並說：「三塊半，讓你們至死不分！」然後從機器裡猛扯出幾張表格。

婚姻並未讓莎拉—露絲有絲毫改變，卻使帕克陷入前所未有的陰鬱。每天早上他都斷定自己受夠了，決定那晚不回家了，但他每晚還是乖乖打道回府。只要帕克再也忍無可忍，就會去紋個

2 Obadiah在希伯來文中意爲上帝的僕從，他是南國猶大的先知，奉召宣告對以東國的審判。

3 Elihue是本書前篇引述的〈約伯記〉中，當約伯家中遭難後，前來探望他的三位朋友之一。

刺青，可是身上只剩背部還有空間。爲了看到自己背部的刺青，他得找兩面鏡子來，然後在兩面鏡子之間站對位置，對帕克來說，這樣做簡直就是讓自己出洋相。莎拉－露絲要是更有腦袋，就會喜歡他在背上刺青，可是她連他身上其他部位的刺青都不屑看。他想指出那些刺青的特殊細節時，她只會緊緊閉上眼睛，轉身背對他。除非在全然的黑暗中，她寧可帕克穿好衣服，放下袖子。

「在上帝的審判臺前，耶穌會對你說：『除了在身上刺滿圖案之外，你這輩子都做些什麼？』」她說。

「妳才唬不了我，」帕克說：「妳只是怕我那個大塊頭女老闆會太喜歡我，喜歡到說，『來嘛，帕克先生，你跟我來……』」

「你這是在引誘犯罪，」她說：「在上帝的審判臺前，你也必須爲這事負責。你應該回頭去賣大地的果實。」

帕克在家裡通常沒做多少事，光是在聽她說，要是他不痛改前非，到時在上帝的審判臺前會是什麼情形。有時他會找機會打岔，聊起那個大塊頭女老闆的事。「『帕克先生啊，』」帕克說女老闆講：「『我雇你是爲了你的腦袋。』（其實女老闆當時還補了一句：「你爲什麼就是不用呢？」）

「妳應該看看她頭一次見到我打赤膊時，臉上是什麼表情，」他說：「『帕克先生啊，』她說：『你還眞是一幅會走路的風景！』」女老闆確實說了這麼一句，只不過是撇著嘴不屑地說。

帕克心裡的不滿越積越深，除了刺青之外，沒有其他忍受方式。非得在背上刺青不可，他別無選擇。他腦中開始隱約浮現半成形的靈感。他想像在背上紋個刺青，讓莎拉—露絲無法抗拒的——宗教主題。他想到可以紋個聖經展開的圖案，下面刺上**聖經**兩字，頁面上有眞正的經文。有一陣子他覺得這就對了；接著他在腦海裡開始聽到她說：「我不是有眞的聖經了嗎？我有整本聖經可念，你爲什麼以爲我會想反覆讀同一個段落？」他需要比聖經更好的點子！這件事他朝思暮想，最後開始失眠。他的體重早就開始掉了——莎拉—露絲煮東西時，只會把東西全丟進鍋裡滾沸。他繼續留在一個醜陋又懷孕，加上廚藝差勁的女人身邊，他不確定自己爲何這麼做，結果一直處在緊張煩躁狀態，連側臉都開始微微抽搐。

有一、兩次他發現自己會突然轉頭，彷彿覺得有人在跟蹤。他爺爺最後是在州立精神病院終老，不過那也是七十五歲時的事了。雖然他急著想刺青，但選對刺青並讓莎拉—露絲乖乖就範這件事同樣迫切。他持續擔憂這件事，雙眼開始變得空洞出神。雇用他的老女人告訴他，如果他不能把心思放在工作上，她知道去哪裡可以找到更適任的十四歲黑人小鬼。要在以前，帕克保準拍拍屁股直接走人，還語氣冷淡地撂下一句：「哼，那妳儘管去找啊。」

過了兩、三天，那天早上他用老女人那台可悲的乾草壓捆機跟破爛的拖拉機，在大片田野上捆乾草。整片田野早已清空，只剩中央一棵巨大的老樹。老女人就是那種因爲樹木又老又大而不願砍掉的人。她把那棵老樹指給帕克看，彷彿帕克沒長眼睛似的，然後要他當心，機器在樹木附近撿拾乾草時，可千萬別撞上那棵樹。帕克從田野外圍開始，繞著圈逐漸駛近。他時不時得走下拖拉機，解開糾結的捆草繩，或是踢走擋路的石頭。老女人要他把石頭扛到田野邊緣，她在場監督時，他聽話照做。但只要他認為跨得過，就會直接開車碾過岩石。他繞著田野行駛時，滿腦子都在想，哪種設計適合他的背。太陽大小有如高爾夫球，開始規律地從他前方移到背後，可他似乎同時看到兩邊的太陽，彷彿後腦杓也有雙眼睛。他突然看到樹木伸出手要抓他。一聲猛烈巨響將他拋入空中，他聽到自己以宏亮到難以置信的聲音高喊：「**上帝在上**！」

拖拉機撞上樹木翻覆，然後爆出火焰，他背部著地。帕克第一個看到的東西就是他的鞋，鞋子很快就被火焰吞噬；一隻被拖拉機壓住，另一隻隔了點距離，獨自焚燒。他光著腳丫。臉上可以感覺到焚燒樹木的陣陣熱氣。他依然坐著，手忙腳亂倒退爬行，雙眼空洞，要是他知道怎麼在胸前比劃十字，早就這麼做了。

他自己的卡車停在田野邊緣的土路上。他依然屁股貼地，朝著卡車倒退爬行，但速度越來越快。到了半路，他爬起身，往前屈著身子開始狂奔，沿途腿軟倒地兩次。雙腿感覺就像生鏽老舊的排雨溝。等他終於抵達卡車那裡，便開著車，沿著馬路左彎右拐揚長而去，途中經過路堤上的家，直奔往城裡足足五十哩的路程。

往城裡的路上，帕克不准自己思考。他只知道自己的生命有了重大改變，朝著更糟的未知往前躍出一大步，而他完全拿它沒辦法。就每方面來說，這個改變都已經完成。

刺青師的店在小街裡，是兩個堆滿雜物的大房間，就在足科醫師診所樓上。帕克還赤著腳，在下午三點多一些，默默闖進刺青師的地盤。刺青師與帕克同齡，都二十八但瘦削禿頭，坐在一張小繪圖桌後方，正用綠墨描著一份圖案。他心煩地抬頭瞟了一眼，似乎沒認出眼前這眼神空洞的傢伙就是帕克。

「讓我看看你那本全是上帝圖案的冊子，」帕克氣喘吁吁地說：「就是宗教主題那本。」

刺青師繼續以帶著智性優越感的眼神望著他說：「我不替醉漢刺青。」

「你明明認識我！」帕克憤慨地嚷嚷，「我是O．E．帕克啊！你幫我刺過青，而且我每次都把錢付清！」

刺青師又瞅著他片刻，彷彿不大能確定。「你瘦了耶，」他說：「肯定是吃牢飯去了。」

「我結婚了。」帕克說。

「噢。」刺青師說道。在鏡子輔助下，刺青師曾經在自己頭頂上紋了隻迷你貓頭鷹，細節完美至極。約莫五十分銅板大小，成了他的招牌作品。城裡有索費更便宜的刺青師，但帕克只想要最好的。刺青師走到房間後側的櫥櫃那裡，開始翻找幾本藝術書籍。「你對誰有興趣？」他說：「聖人、天使、基督還是什麼？」

「上帝。」帕克說。

「聖父？聖子？還是聖靈？」

「只要上帝，」帕克不耐煩地說：「基督。我不在乎，只要是神就好了。」

刺青師帶著一本書回來，將另一張桌子上的紙張清走，把書放在上頭，要帕克坐下來看看喜歡什麼。他說：「最新的在最後面。」

帕克坐在書前，舔濕手指，開始翻閱，從書末最新的圖案開始。有些圖案他認得——好牧者、不要禁止他們[4]、微笑耶穌、醫師之友耶穌，可是他倒退著快速翻過，那些圖案越來越無法讓他放心。有張圖是綠色的枯瘦死人臉，臉上有一道道血斑。另一張是臉色發黃，紫色眼睛下垂。帕克的心開始越跳越快，最後感覺就像個大發電機，在他體內咆哮。他迅速翻過書頁，感覺只要翻到注定的那個圖案，就會有徵兆出現。他繼續翻過，最後差點翻到封面那裡。其中一頁上有雙眼睛匆匆瞥了他一眼。帕克快速往下翻，然後打住。他的心彷彿跟著停擺；那是一片絕對的寂靜。寂靜本身彷彿就是語言，它明明白白說了：**回頭**。

帕克回到那張圖片——拜占庭風格的耶穌，平扁嚴峻，頭部圍著光輪，露出深切懇求的眼神。他坐在那裡發抖；他的心又緩緩跳起來，彷彿因爲某種微妙的力量而復活。

「找到你要的東西了嗎？」刺青師問。

帕克的喉嚨乾到無法說話。他起身把書塞向刺青師，翻到那張圖片。

「這要不少錢喔，」刺青師說：「不過，你不會想要這些小色塊的啦，所以只要把輪廓跟一些比較突出的特徵刺出來就好了。」

「就照圖片弄，」帕克說：「照這個做，不然就都不做。」

「個人做事個人擔，」刺青師說：「不過我可不做白工。」

「多少？」帕克問。

「大概要花兩天時間。」

「多少？」帕克說。

「分期還是一次付清？」刺青師問。帕克之前來刺青時都是分期，但也如期付完。

「先付十塊，每多一天加十塊。」刺青師說。

帕克從皮夾裡掏出十張一元紙鈔，裡頭只剩三塊錢。

「明天早上再來，」刺青師說著把錢收進口袋，「我得先把圖案從書裡描出來。」

「不行，不行！」帕克說：「現在就描，不然把錢還來。」他目露火光，彷彿準備幹架。

刺青師同意了。他推想，笨到想在背上紋基督圖案的人，很可能下一分鐘就會改變主意，可是一旦開工，那人就不大能反悔了。

刺青師在描圖時，叫帕克先到水槽那裡用特殊肥皀清洗背部。帕克照做，回來以後，就在房間裡來回踱步，緊張地扭動肩膀。帕克想再看一次那張圖，但同時又不想看。刺青師終於起身，要帕克趴在工作檯上。他用氯乙烷抹過帕克的背，再用碘筆在背上描出頭像。一小時後，他拿起電動工具。帕克不覺得特別疼。在日本，有人用象牙針在他上臂紋了佛陀的刺青；在緬甸，一個矮小粗壯的棕色男人用兩呎長的削尖細棒在他膝頭各刺一隻孔雀；一些業餘刺青師用大頭針和煤灰替他刺過青。帕克在這位刺青師手下，通常覺得放鬆自在，經常紋著紋著就睡著了，但這次他

4 Forbid Them Not。出自《新約聖經》〈路加福音〉18：16，「耶穌卻叫他們來，說：『讓小孩子到我這裡來，不要禁止他們；因爲在神國的正是這樣的人。』」

一直醒著，每條肌肉都處於緊繃狀態。

到了午夜，刺青師說他準備停手了。他在牆邊的桌上架起一面四呎見方鏡子，又從廁所牆壁拿了面更小的鏡子來，放在帕克手裡。帕克背對桌上那面鏡子站好，移動另一面鏡子，直到看見映影照出他背上奔放噴發的色彩。上頭幾乎完全蓋滿紅、藍、象牙白和橙黃小方塊；他從這些方塊當中看出臉部輪廓——嘴、濃重眉毛的開端、筆挺的鼻子，但臉部一片空白，眼睛還沒紋出來。一時感覺幾乎像是刺青師騙了他，改紋成醫師之友。

「怎麼沒有眼睛！」帕克嚷嚷。

「時候到了就會紋，」刺青師說：「我們還要做一天工。」

帕克當晚在信徒布道會的光之庇護所的小床上過夜。他發現這裡是城裡的最佳去處，因爲不僅免費，而且還有一頓差強人意的飯可吃。他及時搶到最後一張小床，而且因爲赤著腳，還連帶受贈一雙二手鞋，他就在迷糊之中穿著鞋上床睡覺。對於自己當天經歷過的事，他依然備感震驚。整晚他都清醒地躺在長型宿舍裡，成排小床上躺滿起伏身形。唯一的光線來自房間盡頭發光的磷光十字架。那棵樹再次伸手要抓他，然後爆出火焰；一隻鞋子默默燃燒；書裡的眼睛明白地叫他**回頭**，同時卻一聲不發。他眞希望自己不在這個城裡，不在這個信徒布道會的光之庇護所，希望自己不是孤單躺在床上。他慘兮兮地渴望著莎拉—露絲。她的伶牙俐齒與冰椎般的眼睛是他腦中浮現的唯一安慰，他判定自己就快發瘋。她的雙眼比起書裡那雙眼睛，竟顯得溫和而又柔緩。即使他無法喚出書裡那雙眼睛的確實模樣，但依然感覺到它們的穿透力。他覺得，在書裡那雙眼睛的凝視下，自己將透明得有如蒼蠅翅膀。

刺青師交代他隔天早上十點再來，刺青師抵達時，帕克早已坐在陰暗走道的地板等候。帕克起身時，決定一旦刺青完成，就不要再去看它，這樣昨天白天跟晚上的所有感觸就會是某個瘋人一時的失常反應，而他打算回歸平日的健全判斷來行事。

刺青師從中斷的地方開始。「我想知道一件事，」他在帕克背上紋圖時問，「你為什麼想在身上刺這個？你信教去了嗎？得救了嗎？」他用嘲諷的語氣說。

帕克覺得喉嚨發鹹乾燥。「沒啦，」他說：「我才不來信教那一套。我對信教那種事沒啥好感，也不覺得信了教就能得救。」這些話語就像幽魂似地，出了嘴就轉眼蒸發不見，彷彿從未說過。

「那為什麼……」

「我娶了個得救的女人，」帕克說：「我當初不該這樣做的。我應該離開她。她真糟糕，竟然懷孕了。」

「太糟了，」刺青師說：「所以是她逼你弄這個刺青的？」

「不是，」帕克說：「這事她完全不知情，是給她的驚喜。」

「你想她會喜歡這個刺青，然後放過你一陣子？」

「到時候她就沒話說了，」帕克說：「她不能說不喜歡神的模樣。」他判定自己跟刺青師講的家務事夠多了。刺青師只要謹守分際就都還好，但打探常客的私事，他就不喜歡了。「我昨天整夜沒睡，」他說：「我想我現在要補一下眠。」

這一來刺青師閉上了嘴，但帕克睡不著。他躺在那裡想像莎拉—露絲看到他背上的臉時，會驚愕得無法言語。火樹和空鞋在樹下焚燒的景象，偶爾會打斷他此刻的思緒。

刺青師穩定地進行，直到午後四點，除了把滴落的染料從帕克背上抹去，一直沒歇手吃午飯，電動工具幾乎片刻不停。終於完成了。「你現在可以起來看一下了。」他說。

帕克雖然坐起身，但一直留在工作檯邊緣。

刺青師很滿意自己的成果，希望帕克馬上看看，但帕克只是繼續坐在工作檯緣，微微向前傾身，一臉空茫。「你怎麼了？」刺青師說：「快看啊。」

「我沒事，」帕克突然用好鬥的語氣說：「刺青又不會跑哪裡去。只要想看，它都會在。」他伸手拿起襯衫，開始輕手輕腳穿上身。

刺青師粗魯地揪住他的胳膊，將他推到兩面鏡子之間。「現在**就看**！」他因為作品遭到無視而火大。

帕克一看，便臉色發白地走開。映影中的臉孔上，那雙眼睛持續看著他——靜定直接、深切懇求，籠罩在沉默中。

「別忘了，這可是你自己的主意，」刺青師說：「我可勸過你紋別的圖案。」

帕克一語不發穿上襯衫，踏出門口。刺青師吼道：「記得把錢付完！」

帕克走向轉角的酒鋪，買了一品脫威士忌，帶到附近的巷弄裡，不到五分鐘就喝個精光。接著他到附近一家撞球店，是他進城時常去的地方。那裡是個狀似穀倉的明亮場所，一側有吧台，另一側有賭博電玩機，撞球桌就在後側。帕克一進去，穿紅黑格子襯衫的大塊頭男人拍了他的背高聲招呼，然後大喊：「嘿小子！O．E．帕克！」

帕克還沒準備好要讓人碰他的背。「別這樣，」他說：「我的背剛刺了青。」

「你這次又刺什麼了？」男人問，然後對著吃角子機那裡的幾個人喊道：「O．E又刺青了！」

「這次沒什麼特別啦。」帕克說，然後悄悄走到沒人用的那台吃角子機。

「別這樣嘛，」大塊頭說：「我們來看看O．E的刺青。」帕克在他們手中扭動，他們往上撩起他的襯衫。帕克感覺那些手立刻退開，襯衫有如面紗般落在背後那張臉上。撞球室裡鴉雀無聲，帕克覺得這片寂靜是從他周圍這圈人中散放出來的，最後往下蔓延到建築地基，往上穿過屋頂橫梁。

最後某人說：「天啊！」然後大家頓時一片哄鬧，帕克轉身，臉上掛著沒把握的笑容。

「O．E，眞敗給你了！」格子襯衫男說：「這小子眞是個活寶！」

「搞不好他信教去了。」有人大喊。

「沒有可能。」帕克說。

「O．E信了教，在替耶穌作見證是吧，O．E？」嘴裡啣著雪茄的矮小男人嘲諷地說：「這種方式眞有創意。」

「帕克就是專會想新點子！」有個胖男人說。

「小子，算你猛！」某人喊道，大家開始又吹哨又咒罵地表示讚賞，最後帕克說：「啊閉嘴啦。」

「你幹嘛紋這個？」有人問。

「就好玩嘛，」帕克說：「干你什麼事？」

「那你怎麼笑也不笑？」有人喊道。帕克衝向他們，打起架來，就像一場夏季旋風，在翻倒的桌子跟揮舞的拳頭間肆虐。最後其中兩人揪住他，帶著他衝到門口，然後扔出去。一陣平靜籠罩撞球間，氣氛緊繃得不得了，彷彿那個穀倉式的長型房間就是當初約拿[5]搭乘出海航行的船。

帕克在撞球間後方巷弄地上坐了好久，審視自己的靈魂。他看到自己的靈魂好似由事實與謊言織成的蛛網，對他來說毫不重要，可是儘管他這麼想，似乎又相當必要。現在，那雙眼睛永遠在他背上了，是他必須遵從的眼睛。他對這點非常確定。他這輩子牢騷不斷，時而指天罵地，常常覺得害怕，曾經有過一次狂喜，帕克向來跟著心中湧現的這類直覺走——那次狂喜是在市集看到那個刺青男而精神大振；加入海軍時他覺得害怕；娶了莎拉—露絲進門後則牢騷不斷。

想到她，他就緩緩站起。她會知道他該怎麼做，她會幫忙收拾善後，而且她至少會覺得滿意。他覺得，原來一直以來，他想要的就是取悅她。他的卡車還停在刺青師工作的那棟樓前，不會太遠。他上車出城，駛入鄉間夜晚。他的酒幾乎完全醒了，注意到自己的不滿已然消失，可是覺得不大像平常的自己。彷彿他是自己，但又像個陌生人，恍如開車進入一個新國度，雖然即使在夜裡，他對眼前的一切依然熟悉。

他終於回到路堤上的家，把卡車停在山核桃樹下，下了車。他盡可能發出噪音，爲了聲明自己還是這裡的老大，表示他不告而別外宿一晚沒什麼大不了，只是他的慣常作風。他猛力甩上車門，用力登上兩級台階，穿過門廊，猛搖門把。門毫無反應。「莎拉─露絲！」他大喊，「讓我進去。」

這扇門並沒有鎖，打不開顯然是因爲她用椅子抵住門把。他開始猛搥門板，同時使勁扭著門把。

他聽到床墊彈簧吱嘎作響，彎身把腦袋湊上鑰匙孔，可是鎖孔塞了紙張。「放我進去！」他高喊，再次擂門，「妳幹嘛把我鎖在外面？」

屋門附近響起尖銳的嗓音：「誰啊？」

「是我，」帕克說：「O．E。」

他等了片刻。

「是我，」他不耐煩地說：「O．E。」

裡面還是悄然無聲。

他再試一次。「O．E，」他說完便又擂門兩、三次，「O．E．帕克，妳明明認識我。」

一陣沉默。然後那聲音慢條斯理地說：「我不認識什麼O．E。」

5　Jonah，《舊約聖經》〈約拿書〉中的先知，因爲抗拒神交付的任務，而被大魚吞了，後來悔改完成使命。

「別再開玩笑，」帕克懇求道：「妳幹嘛這樣耍我。是我啊，是老O·E，妳又不怕我。」

「誰啊？」同樣冷酷的聲音說。

帕克轉頭，彷彿預料後面會有人給他答案。天空微微發亮，有兩三道黃色漂浮在地平線上。接著，就在他佇立原地時，天際線上方爆出一樹光亮。

帕克倒退貼上家門，彷彿被矛槍釘在那裡。

「誰啊？」屋裡傳出的聲音說，現在帶有一絲決斷意味。門把猛晃，那聲音專橫地說：「誰啊？我在問你。」

帕克彎身把嘴湊近塞了紙的鎖孔。「俄巴底亞，」他低聲說，然後立刻感到那道光穿過他流瀉出來，將他那個蛛網般的靈魂，變成色彩斑斕的完美繁複圖案，裡面是滿園樹木與鳥獸。

「俄巴底亞·以利戶！」他低語。

門開了，他踉蹌走了進去。莎拉—露絲聳立在那裡，雙手抵著後臀。她立刻開口：「你根本不是替什麼大塊頭金髮女人工作，你把她的拖拉機弄壞了，她的拖拉機沒保險，你每一分錢都要賠。她來過這裡，我跟她談了好久，我……」

帕克在發抖，準備點起煤油燈。

「你是怎麼搞的？天都快亮了還浪費煤油，」她質問，「我又沒要看你。」

黃光籠罩著他們倆。帕克放下火柴，開始解襯衫鈕釦。

「都快早上了，你休想碰我。」她說。

「閉嘴啦，」他靜靜說：「看看這個，我就不用再聽妳鬼叫了。」他脫掉襯衫，轉身背對她。

「又刺青了，」莎拉—露絲低吼，「早該料到你又跑去弄了個垃圾在身上。」

帕克的膝蓋在身下一軟，旋身嚷道：「看看嘛！別只是這樣說！快看啊！」

「我看過了。」她說。

「妳知道是誰嗎？」他苦惱萬分地嚷道。

「不知道，誰啊？」莎拉—露絲說：「不是我認識的人。」

「是他。」帕克說。

「他誰？」

「神啊！」帕克嚷道。

「神？神才不是那個樣子！」

「妳又知道他長什麼樣了？」帕克哀鳴，「妳又沒見過。」

「他沒有樣子，」莎拉—露絲說：「他是靈，沒人應該看到他的臉。」

「噢聽著，」帕克哀嘆，「這只是他的圖像。」

「偶像崇拜！」莎拉—露絲尖叫，「偶像崇拜！你到青翠的樹下[6]去把自己跟偶像一起燒了！

---

6 出自《舊約聖經》〈列王紀下〉17：9-10，「以色列人暗中行不正的事，違背耶和華——他們的神，在他們所有的城邑，從瞭望樓直到堅固城，建築邱壇；在各高岡上、各青翠樹下立柱像和木偶。」

我可以忍受謊言跟虛榮，可是無法忍受這個家裡有偶像崇拜！」她抓起掃帚，開始鞭打他的肩膀。

帕克目瞪口呆到無力抵抗，只能呆坐原地任她痛打，她最後差點把他打到失去意識。刺在背上的那張耶穌臉龐浮現粗大鞭痕。接著他蹣跚起身，走向門口。

她把掃帚丟在地上，猛跺兩三次，接著走到窗邊，好好把掃帚抖過，以便甩掉他的污穢。她抓著掃帚，望向山核桃樹，眼神更加堅定。帕克在那裡——那個自稱俄巴底亞·以利戶的傢伙——正倚在樹上，哭得像個嬰孩。

——發表於《君子雜誌》一九六五年四月號，之後並收入其短篇小說集《上升的一切必將匯合》。

審判日

爲了返鄉，譚納一直在儲備精力。他打算能走多遠就先走多遠，然後剩下的路途就交給萬能天主。這天早上跟昨天早上，他都讓女兒替他更衣著裝，讓自己多保存些精力起來。現在他坐在窗邊的椅子上——藍襯衫的鈕釦一路扣到衣領，外套披在椅背上，帽子戴在頭上——就等女兒出門。非得等她出門，要不然他插翅難飛。那扇窗可俯瞰一道磚牆，往下即是充滿紐約空氣的巷弄，就是適合貓咪活動跟放垃圾的地方。幾片雪花飄過窗戶，但太過細薄零散，他退化的視力看不明白。

女兒正在廚房洗碗，她喃喃自語，做什麼事都拖拖拉拉。他當初搬過來時還會回應她，但女兒並不希望有人答話。她怒視著他，意思彷彿是，雖然他是個老糊塗，也還不至於傻到去回應自言自語的女人吧。她用一種聲音質問自己，再用另一種聲音回答。他用昨天讓她幫穿衣服省下的精力寫了張紙條，用別針別在口袋裡。**要是發現我死了，請安排收件者付費的快遞，送到喬治亞**

州柯林斯市的柯曼·帕倫。他在這下頭繼續寫：**柯曼，你拿我的東西去賣，替我付清這筆運費跟殯葬費。如果錢還有剩，你就自己留著。T·C·譚納　敬啓。附註：你好好留在原地，要是他們叫你搬到這邊來，千萬別聽他們的。這種地方不是人住的**。他花了半小時多才寫完這張紙條；字跡雖然凌亂，但只要耐著性子，倒還讀得懂。為了控制寫字的手，他用另一手搭在寫字那隻手上。等他寫完紙條，女兒已經買完雜貨，回到了公寓。

今天他準備就緒了。他只需要把一腳放到另一腳前面，就會走到門口，然後步下階梯。一旦下了階梯，就可以離開這個社區。一旦出了這社區，就可以攔輛計程車，到貨運調車場去。會有某個流浪漢幫忙扶他上車廂的。一旦上了貨運車廂，他就要躺下休息。在夜裡，列車會往南行駛，隔天或後天早晨，不管他是死是活，都會回到老家。不管是死是活。重點在於回到家鄉；是死是活無關緊要。

要是他腦袋清楚，就應該在抵達紐約隔天離開；要是他腦袋靈光，當初就根本不該過來。兩天前，聽到女兒跟女婿早餐吃完道別時，他才有了走投無路的感覺。當時夫婦倆站在前門那裡，她準備目送丈夫踏上長達三天的旅程。他是長途搬家貨車司機。她一定遞了皮製頭罩給他。「你真該替自己買頂帽子，」她說：「真正的那種帽子。」

「然後戴著帽子整天坐在家裡，」女婿說：「就像裡面那傢伙。沒錯！他整天就是戴著帽子坐著。頂著那該死的黑帽子，成天坐著不動。就在裡頭！」

「唔，你可是連頂真正的帽子都沒有呢，」她說：「只有兩邊垂著帽耳的扁皮帽。有身分的人才戴帽子，其他人就只是戴你這種扁皮帽。」

「有身分的人！」他嚷嚷，「什麼有身分的人啊！笑死我了！笑掉我大牙！」女婿長了張肌肉發達的蠢臉，還有搭配那張臉的北佬嗓音。

「我爹地要待在這裡，」他女兒說：「他撐不了多久的。他以前是有地位的。他這輩子只替自己工作，沒在別人手下工作過，還有人——其他人——替他幹活。」

「是嗎？替他幹活的就黑鬼而已，」女婿說：「就這樣而已。我也管過一、兩個黑鬼啊。」

「你手下的黑鬼什麼也不是，」她的聲音突然壓得很低，譚納得往前傾身才聽得見，「使喚真正的黑鬼是要動腦子的，你得知道怎麼應付他們。」

「對啦我就是沒腦。」女婿說。

突然間，譚納心頭湧上對女兒的溫情，這種情況偶爾會有。偶爾她會說點什麼，讓你覺得她內心深處還妥善保存了些許理智。

「你有腦，」她說：「只是不見得會用。」

「他單在這棟樓裡看到黑鬼就爆血管了，」女婿說：「還跟我扯什麼……」

「閉嘴啦，講話別這麼大聲，」她說：「他中風又不是那個原因。」

一陣沉默。「妳要把他葬在哪裡？」女婿換個策略問道。

「葬誰？」

「裡面那傢伙啊。」

「就在紐約啊，」她說：「不然你以為哪裡？我們有塊地啊。身邊沒個有身分的人，我才不要再下南方去呢。」

「對啊，唔，我只想確定一下。」他說。

她回到房裡，譚納雙手緊揪椅子扶手。雙眼牢牢盯著她，就像憤怒屍體的眼睛。「妳明明答應過要把我葬在家鄉的，」他說：「妳說話不算話，妳說話不算話，妳說話不算話。」他的聲音如此乾癟，幾乎聽不見。他開始發抖，雙手、腦袋跟雙腳都抖個不停。「妳要是把我葬在這裡，妳就下地獄受火刑！」他嚷道，往後靠坐在椅子裡。

女兒打著哆嗦注意聽。「你又還沒死！」她吐出一口沉重的嘆息，「要擔心那種事還久得很呢。」她轉身開始撿起散落地上的報紙。她灰髮垂肩，有張逐漸顯出老態的圓臉。「我什麼事都為你做盡了，」她嘀咕，「你還這樣胡鬧。」她把報紙塞進腋下並說：「少拿地獄這種鬼話唬我，我不信那種東西，那是死硬派浸信教徒的胡扯。」接著就走進廚房。

他的嘴繃得死緊，上排假牙卡在舌頭跟上顎之間。淚水還在臉頰流淌，他偷偷把每滴淚都抹在肩膀上。

她的聲音從廚房傳來。「就跟養孩子一樣難搞。他當初一心想來，現在也來了，卻不喜歡。」

他當初並不想來。

「裝成一副不想來的樣子，可是我一眼就看得出來。我說啊，要是你不想來，我哪逼得動你。要是你不想活得跟體面人一樣，我也沒辦法。」

「至於我，」她拔高嗓音說：「我要死的時候，才不會還要挑三揀四呢。他們可以把我埋在最近的地方。我離開這世界的時候，會替那些留下的人著想，不會一心只想到自己。」

「當然不會，」她用另一種聲音說：「妳從來就不是那麼自私的人，總是爲人設想。」

「唔，我盡量，」她說：「我盡量啦。」

他把頭在椅背上靠了一會兒，帽子往下斜蓋住眼睛。他養大了三個兒子跟她。三個兒子都沒了，兩個死在戰場上，一個踏上邪路見魔鬼去了，除了她以外，沒剩下任何覺得對他有責任的人，她結了婚，膝下無子，住紐約市，一副挺了不起的樣子，當她返鄉發現他的生活景況，就準備帶他一起回來。她當時把臉塞進棚屋門口，面無表情盯著片刻，然後立刻放聲尖叫，往後一跳。

「地板上是什麼東西？」

「柯曼啊。」他說。

那個老黑鬼在譚納床腳那裡鋪了草墊，蜷起身子睡了。那身臭烘烘的皮囊裡裝滿骨頭，隱約排成了人形。柯曼年輕的時候，可是虎背熊腰；現在老了卻成了一副猴樣。譚納恰恰相反；他年輕時看來像隻猴子，卻隨著年紀漸長，越來越像頭熊。

女兒往後退到前廊上。有兩把藤椅的坐處斜靠著護牆板，但她就是不肯坐。她跟棚屋拉開大約十呎距離，彷彿需要那麼多空間才能消除臭味。接著她一吐爲快。

「如果你沒有任何尊嚴，我可是有。我很清楚自己的職責，而且把我養大就是爲了做這件事。即便你不是，我母親把我養大也是爲了這件事。她出身普通人家，可不是喜歡跟黑鬼瞎混的那種。」

就在那一刻，那個老黑鬼醒了過來，溜出門外，譚納湊巧瞥見那彎腰駝背的影子溜了出去。她羞辱了他。他高聲大喊，好讓他們兩人都聽見。「妳以爲是誰負責做飯的？妳以爲是誰替我砍柴、幫我清屎尿的？他保釋以後就到我這來了。那個沒用的混混在我手邊幫了三十年的忙。他不是個壞黑鬼。」

她無動於衷。「這到底是誰的棚屋？」她當時問，「你的還他的？」

「我跟他一起建的，」他說：「妳回妳那邊去吧，不管送我一百萬或一袋鹽，我都不會跟你走。」

「看來是你跟他建的，可土地是誰的？」

「佛羅里達那邊的人。」他語帶閃躲地說。他原本就知道這塊地是要賣的，可是他以爲這地差到不會有人買。當天下午才發現情況並非如此。他及時發現這點後，跟著她回家。要是晚一天發現，就還可能在那裡，非法佔用博士的那塊地。

那天下午，他看到那形狀像鼠海豚的棕色身影，大步越過田野，馬上就知道發生了什麼事；不用別人來告訴他。要是那黑鬼擁有了全世界，卻弄不到一塊布滿轍痕的豆田，等最後終於弄到那蕞爾小地時，就會用那種姿態穿過土地，一路將雜草打到兩旁，粗厚的脖子腫脹，懷裡揣著他的金錶和錶鍊。佛利博士。只有部分黑人血統，其餘則是印第安人跟白人。

佛利對黑鬼來說就是一切——既是藥頭、葬儀業者、法律顧問和不動產經紀人，有時他對他們慈眉善目，有時會給他們臉色看。看著佛利走來時，要拿走屬於他的東西，譚納對自己說，準備好，雖然他是個黑鬼。準備好，因爲你除了天生這身白皮，也沒東西可以拿來對付他，不過，這身白皮就跟蛇褪下的皮一樣，再也沒啥用處了。政府要對付你的時候，你一點機會也沒有。

譚納當時就坐在前廊上，直背椅斜倚在棚屋外牆。「晚安啊，佛利。」他邊說邊點頭，博士走過來，突然在空地邊緣頓住腳步，彷彿這時才看到他，雖然對方擺明了在穿過田野時，就已經看見。

「我出來巡視我的地產，」博士說：「晚安。」他講起話急速高亢。

「我近來買下了這塊地方。」博士說著，沒再正眼看他，兀自繞到棚屋側面，不久便走回來站在他面前。接著博士大膽地走到棚屋門口，把頭探進去，柯曼當時正在裡頭睡覺。博士張望片刻後轉到一邊。「我認識那個黑鬼，」博士說：「柯曼·帕倫——他喝了你們私釀的酒，要多久時間酒才會醒？」

譚納抓住椅子底部的瘤節，緊緊握著，然後說：「這棟棚屋不是你的資產。只是建在你的地產上，我不小心弄錯了。」

醫師一時抽出嘴裡的雪茄。「錯不在我啊。」說著便漾起笑容。

譚納只是坐在那裡望著前方。

「犯這種錯沒好處。」博士說。

「我還沒發現過什麼有好處的東西。」他嘀咕。

「任何東西都有好處，」黑鬼說：「只要你知道怎麼讓它生出好處。」他含笑停在原地，上下打量這個非法佔用的人。然後轉身繞到棚屋另一側。一片沉寂。他在找蒸餾器。

那就是可以幹掉博士的時機。棚屋裡有把槍，他可以輕而易舉辦完這件事，可是打從孩提時代，他就因畏懼地獄，只要一遇到這類暴力情境就會腿軟。他從沒殺過人，總是靠著機智與運氣來應付。大家都知道他拿黑鬼很有辦法。應付他們可是有方法的。應付黑鬼的祕訣就是讓他明白，他的腦袋絕對贏不過你；然後他就會跳到你背上，知道自己這輩子在那裡有好處可撈。這三十年來，柯曼就賴在他背上不走。

譚納第一次遇到柯曼時，是在十五哩外荒郊野地的松木林裡，在鋸木場上使喚六個黑鬼幹活。他從沒帶領過這麼差勁的一隊工人，就是星期一還會蹺班的那種。當時的時局氣氛影響了他們。他們還以爲，有個新林肯當選了，打算連工作也要廢除了。他用一把非常銳利的袖珍摺刀管理他們。那時候他的腎出了點問題，手會抖，爲了不讓人看見他那無用的動作，就養成削木頭的習慣。他不想讓他們看到他的手會不由自主發抖，他自己既不願意也不喜歡看到。那把刀在他發抖的手中粗暴地不斷動著，於是這裡那裡紛紛有粗糙的小人形落到地上——他不曾多看它們一眼，要是眞看了，也說不上來是什麼。黑鬼把那些人形木雕撿起來帶回家，他們從黑暗的非洲才來不久。那把刀時時在他手中閃著亮光。不止一次，他突然停下，用隨意的語氣，對身子斜倚、腦袋撇開的黑鬼說：「黑鬼，這把刀現在在我手上，要是你敢再浪費我的時間跟錢，刀子馬上就會往你肚子去。」然後黑鬼就會趕在那個句子講完以前，開始起身——動作慢歸慢，但總算有了動靜。

有個動作懶洋洋的彪悍黑鬼，身形有他兩倍大，開始在鋸木場邊緣遊蕩，旁觀其他人工作。不看其他人工作的時候，就在大家面前呼呼大睡，像頭巨熊似的四仰八叉躺在地上。「那誰啊？」譚納問過，「要是想工作，就叫他過來。要是不想，就叫他快滾。這裡不是給閒人亂晃的地方。」

沒人知道他是誰，只曉得他不想工作，其他一概不知，既不清楚他的來歷，也不曉得他來這兒的目的，雖然他可能是其中某人的兄弟，或是他們所有人的表親。譚納頭一天不理會他；譚納是個臉色發黃骨瘦如柴的白人，還有雙會抖的手，面對的是他們六人。他願意靜心等待麻煩，但不能永遠等下去。隔天，那個陌生人又來了。譚納手下那六個黑鬼半個早上都看到那個閒人，於是離正午還有整整半小時，就拋下工作吃起東西。他沒冒險命令他們起來，而是直接去找麻煩的源頭。

陌生人正倚在空地邊緣一棵樹上，眼睛半開地看著。臉上的傲慢無禮幾乎掩不住背後的警戒，那表情在說：這白人看起來也不怎麼樣，怎麼大搖大擺走過來了，打算幹些什麼？

譚納原本打算說：「黑鬼，這把刀現在在我手上，要是你不滾出我的視線……」但他走近時，改變了主意。黑鬼的眼睛小小的，布滿血絲。譚納猜想對方身上可能有把刀，一眨眼就可能拔出來。他自己的摺刀也動了起來，只受他那隻自有主張的手指使。他不曉得自己在刻些什麼，可是當他走到那個黑鬼身邊時，已經在一塊樹皮上鑿出大小有五十分硬幣的兩個洞。

黑鬼的視線落在他手上，定住不動。黑鬼下巴一鬆，目光並未移開那把在樹皮上魯莽撕扯的刀。觀看的神情，彷彿看到木頭上有個隱形力量在運作。

譚納自己也朝樹皮瞥了一眼，驚愕地看到一副眼鏡的鏡框。

譚納舉起樹皮鏡框遠離身體，透過那兩個洞，目光越過一堆木屑，再望向林子裡，一直看到他們關騾子的圍欄邊緣。

「你視力不怎麼好吧，小子？」譚納說著便用腳蹭起地面，挖出一段鐵絲。他撿起一小段捆乾草的鐵絲，不久又找到另一根更短的，拾了起來，開始把這些鐵絲纏到樹皮上。既然他知道自己在幹嘛了，動作也就不疾不徐。等那副眼鏡完成時，他遞給黑鬼。「戴上去吧，」他說：「我討厭看到有人看不清楚。」

有一刻，那個黑鬼可能會有兩種反應：可能會拿了眼鏡，一把捏爛，或是搶走刀子對付他。譚納在黑鬼因爲酒精而腫脹的混濁雙眼中看見那一瞬間：黑鬼正在衡量兩者的優劣：用刀刺進這白人肚子的快感，以及別的，但譚納無法判斷別的是什麼。

黑鬼伸手接過眼鏡，小心翼翼把鏡腳塞到耳後，望著前方，以誇張的肅穆表情，東瞥瞥西瞧瞧，最後筆直望著譚納，咧嘴一笑，或是做個鬼臉，譚納分不清是哪一種，但立刻有種感覺，就是在眼前看到自己的負像。彷彿扮小丑與束縛是他倆共同的命運。他還來不及解讀，這幻象就已消失。

「牧師，」譚納說：「你爲什麼在這裡閒晃？」他又撿起一塊樹皮，看也不看就刻起來。「今天又不是星期天。」

「今天不是星期天？」黑鬼說。

「是星期五，」他說：「你們這些牧師就是這個樣——整個星期喝得醉醺醺，連星期日是什麼時候都不曉得。你戴上眼鏡以後，看到什麼了？」

「看到一個男的。」

「什麼樣的男人？」

「看到做了這眼鏡的男人。」

「是白還是黑？」

「白的！」黑鬼說，彷彿在那一刻，他的視覺才改善到足以看明白，「沒錯，他是白的。」他說。

「唔，那你就把他當白的來對待，」譚納說：「你叫什麼？」

「我姓柯曼。」黑鬼說。

從那之後，他就擺脫不了柯曼。你把一個黑鬼當猴耍，他就會跳到你背上，永遠賴在那裡不下來，可是你要是讓黑鬼把你當猴耍，你頂多只能幹掉對方或是自己消失。他可不想因爲幹掉黑鬼而下地獄去。他聽到博士在棚屋後面踢了一只桶子。他坐著等待。

不久，博士又出現了，從棚屋另一邊走出來，一路用手杖揮打散布地面的一叢叢雜草，最後停在庭院中央，女兒那天早上也大約在同一位置發布最後通牒。

「你不屬於這裡，」博士開始說：「我可以告發你。」

譚納留在原地，麻木地望過田野。

「你的蒸餾器在哪裡？」博士問道。

「要是還在這裡，也不是我的了。」譚納說完就把嘴緊緊閉上。

黑鬼輕聲笑著。「你運氣還眞背。」他喃喃，「你原本在河岸過去不是有一小塊地？後來搞沒了？」

譚納繼續端詳眼前的樹林。

「如果你想幫我操作蒸餾器，那就好說，」博士說：「如果不想，最好打包走路。」

「我又不見得要替你工作，」他說：「政府還沒硬性規定白人要替有色人種工作。」

博士用拇指肉球抹亮戒指上的鑽石。「我也不比你更喜歡政府啊，」他說：「那你打算去哪？到城裡去，在巴爾的摩旅館租一套房間住？」

譚納不發一語。

「白人要替有色人種幹活的日子快到了，」博士說：「你可以帶頭示範。」

「我不會有那麼一天。」譚納唐突地說。

「你早就走到這麼一天了，」醫生說：「只是對其他人來說，那天還沒到。」

譚納的視線越過最遠的藍色林木線邊緣，然後移向蒼白空蕩的午後天際。「我有個女兒住北方，」他說：「我用不著替你幹活。」

博士從錶袋裡掏錶出來，看了看又放回去。他盯著自己手背半晌，似乎預先計算過時間，暗地知道要花多少時間可以翻轉事情的結果。「她不會想要你這種老爸爸的，」他說：「也許她說她要，可是沒那個可能。即使你很有錢也一樣，」他說：「他們也不會想要你。他們有自己的想法。黑仔們老愛胡鬧耍賴，我不來這一套，」他說：「我靠自己打天下。」他又看看譚納。「我下星期回來，」他說：「如果你到時還在，我就知道你打算替我幹活。」他停在原地半晌，抵著腳跟搖搖晃晃，等著對方回答。最後轉身，開始循原路走去，一路用手杖揮打小徑上的叢生雜草。

譚納繼續望向田野，彷彿靈魂從身體被吸進樹林，椅子上只剩空殼一副。要是當初知道最後只是這個問題：要在這個不是人住的地方成天望著窗外？還是替黑鬼操作釀酒的蒸餾器？那他會選擇替黑鬼操作蒸餾器。他隨便哪天都可以當黑鬼手下的白黑鬼。他聽到女兒從廚房走進來，就在他背後。他心跳加快，可是片刻過後，他聽到她重重坐在沙發上。她還沒準備好出門。他沒轉身看她。

她在那裡默默坐了一會兒，然後開口：「你的問題就是，」她說：「整天坐在那扇窗戶前面，可是那裡根本沒東西可看，你需要一點靈感跟抒發管道。要是你願意讓我把你的椅子轉過來，看看電視，腦子就不會塞滿黑暗的東西，像死亡、地獄跟審判，我的天啊。」

「審判日就要到了，」他嘀咕，「綿羊將要跟山羊區分開來[1]；那些信守承諾的人就要跟不守信用的人區分開來；那些盡全力做到最好的人；就要跟沒做到的人區分開來；那些敬重父母的

1　出自《新約聖經》〈馬太福音〉25：31-34，「當人子在他的榮耀裡，帶著所有的使者降臨的時候，他要坐在榮耀的寶座上。萬族要聚集在他面前，他要把他們彼此分開，好像牧羊人把綿羊和山羊分開一樣：把綿羊放在右邊，山羊放在左邊。」右邊代表光榮，綿羊代表對耶穌忠貞的臣民，山羊則是不歸附上帝王國的人。

人，就要跟那些詛咒父母的區分開來；那些……」

她大大嘆口氣，幾乎壓過他的聲音。「我又何必浪費口舌？」她起身回到廚房，開始把東西弄得鏗鏜作響。

她眞自以爲是！在家鄉，他住的雖然是棚屋，但至少四周還有空氣，雙腳還能踩到大地。在這裡，她住的地方連個房子都不是。她住的是一棟建築物裡的鴿子籠，四周全是各式各樣的外國人，扭著舌頭講話。這裡不是給神智清明的人住的。來這裡的頭一個早晨，她帶他出門觀光，他十五分鐘內就摸透了一切。從此，他就不再踏出公寓一步，再也不想坐地下鐵，也不想靜靜站在那種自己會動的階梯上，更不想走進任何會載人到三十四樓的電梯。當他好不容易安全回到公寓時，想像自己帶著柯曼把這些事都經歷一遍。他每過幾秒就必須轉頭看看柯曼，確定他跟上來了。貼著裡頭走啊，要不然這些人可會把你撞倒；跟緊一點，要不然你會被丟下；帽子戴好啦，你這該死的白癡——他會這麼說。柯曼會弓著身子步履踉蹌走著，氣喘吁吁，喃喃說：我們來這裡幹嘛啊？說要來這裡的蠢主意，是你從哪冒出來的？

我就是要給你瞧瞧，這地方不是人住的，現在你知道在家鄉有多好過了吧。

我本來就知道了，柯曼說：不曉得的是你。

他搬來一週之後，收到柯曼的明信片，是火車站的霍頓代筆替他寫的，上頭用綠墨寫著：「我是柯曼——X_2——老闆你都好嗎？」霍頓在下方自己寫著：「你這混混，別老往那些夜店跑，回家來吧，W．P．霍頓　敬啓」。他回寄了張明信片給柯曼，上頭說：「如果喜歡，這個地方還過得去。W．T．譚納　敬啓」。既然得靠女兒寄明信片，也就沒辦法在上頭寫說，他一等老人年金的支票到手，馬上就要回去了。他不打算當面告訴她，只準備留張紙條。等支票寄來，他就要替自己叫輛計程車到巴士站去，然後上路返鄉。這樣做會讓她快樂，他自己也開心。她已經發現他的陪伴了無樂趣，發現爲人子女的職責令人厭倦。要是他偷偷溜走，她也能享有盡過心力的樂趣，更棒的是，他的忘恩負義所帶來的樂趣。

對他來說，他就可以回去佔用博士的土地，聽個嚼著十分錢雪茄的黑鬼命令行事，不再像之前那麼計較替黑鬼幹活這件事。可是這計畫卻被一個黑鬼演員給毀了，也許那傢伙只是自稱演員。他才不信那黑鬼是什麼演員呢。

那棟樓的每一層都有兩戶公寓，他在女兒家住了三星期，住隔壁鴿籠的人搬走了。他站在走廊上看著住戶遷離，隔天又看著有人遷入。走廊狹窄黑暗，他站在角落裡免得擋路，偶爾跟搬家工人提點意見，如果他們好好聽的話，工作起來會輕鬆點。搬來的家具嶄新廉價，他判定可能是新婚夫婦，他會等他們現身，向他們表達祝福。半晌之後，一個穿淺藍西裝的壯碩黑人衝上樓梯，提著兩個帆布行李箱，因爲費勁而垂著腦袋。後頭跟著褐色肌膚的年輕女子，頂著明亮的銅色髮絲。黑鬼在隔壁公寓前門，砰地放下行李箱。

「小心點，甜心，」女人說：「我的化妝品在裡面。」

2　不識字者的簽名方式。

他突然意識到眼前發生了什麼事。

黑鬼咧嘴笑著，摸了女人臀部一把。

「別這樣，」她說：「有個老頭在看。」

他倆轉身看他。

「你們好。」他邊說邊點頭，然後趕緊轉進自己家門。

他女兒正在廚房。「妳想租下隔壁的是什麼人？」他臉龐發亮地問道。

她懷疑地瞅著他。「誰啊？」她喃喃。

「一個黑鬼！」他用喜孜孜的語氣說：「看也知道是南阿拉巴馬州來的黑鬼，還娶了個黑白混血、愛玩樂的紅髮女人，他們兩個要住妳隔壁嘍！」他猛拍膝蓋。「絕對沒錯！」他說：「他們不住隔壁才有鬼！」這是他搬到北方來頭一次有機會大笑。

她馬上一臉正色。「好了，你現在好好聽我說，」她說：「你離他們遠點，絕對不要過去那邊，不要想跟他交朋友什麼的。這邊的那種人跟老家的不一樣，我不想跟黑鬼扯上什麼麻煩，你聽到沒？要是你不得不住他們隔壁，只要顧好自己的事，他們就會管自己的事。在這個世界上，大家就是這樣才能和平相處。要是大家各管各的事，人人都能處得來。自己過好日子，也讓別人過好日子。」她開始像兔子似地皺起鼻子，這是她慣有的蠢樣。「在北方這裡，大家都只管自家的事，這樣所有人都能和平相處。你就是要那樣做。」

「在妳出生以前，我就跟黑鬼處得很好了。」他說完又回走廊上等候。他願意下個賭注：那黑鬼一定想跟某個瞭解他的人談談。他等了兩次，一時興奮而忘情，將菸草汁吐在護壁板上。過了二十分鐘左右，那間公寓的門再次打開，那個黑鬼走出來。他繫上領帶，戴了副角框眼鏡，譚納頭一次注意到，對方還蓄了把幾乎看不見的山羊鬍。挺時髦的傢伙。黑鬼走過來，一副沒見到有別人在走廊上似的。

「你好啊，兄弟。」譚納邊說邊點頭，但黑鬼沒聽見似地擦身走過，砰砰作響快速衝下樓。可能又聾又啞吧，譚納心想。他回到公寓裡坐下，可是每回聽到走廊有聲音，就起身走到門口，把頭探出去，看看會不會是那個黑鬼。有一回午後過半，黑鬼繞過樓梯轉角時，兩人對上了視線，但他還來不及發話，男人就已經回到自己公寓，猛力甩上了門。他從來不知道人的動作可以這麼快，除非有警察在後頭追。

隔天一大早他就站在走廊上，女人從那扇門獨自走出，踩著上了金漆的高跟鞋。他希望跟她道聲早，或是點頭致意，可是本能叫他要當心。她看起來不像他過去見過的任何一類女人，不管是黑或白，於是他一直平貼著牆面，十分恐懼，佯裝隱形。

女人不帶感情瞪他一眼，然後別過頭去，路過時刻意避得遠遠的，彷彿繞過蓋子沒關的垃圾桶。他屏住氣息，直到她走出視線。接著耐住性子等那個男人。

黑鬼到八點左右走出來。

這一次，譚納直直朝他走去。「早安啊，牧師。」他說。根據過往經驗，要是某個黑鬼模樣悶悶不樂，這職稱通常可以讓對方臉上一掃陰霾。

黑鬼驟然停步。

「我看到你搬進來了，」譚納說：「我自己也才上來北方不久。就我看來，這裡還真不是人住的啊，我想你一定巴不得回到南阿拉巴馬吧。」

黑鬼沒跨出一步，也沒回答，只有視線動了起來，從那頂黑帽頂端，往下移到沒衣領的藍襯衫，襯衫整齊扣到頸部，繼而往下到褪色的背帶，再到灰色長褲，最後掃向高筒鞋，然後又往上看回來，非常緩慢，有種深不可測的冷硬暴怒似乎同時讓他僵硬與萎縮。

「牧師，我想你可能會知道，這一帶哪裡可以找到池塘。」譚納越說越小聲，但語氣依然飽含希望。

黑鬼開口講話以前，先發出沸騰的噪音。「我不是南阿拉巴馬州來的，」他用換不過氣來的咻咻聲說：「我是紐約人。而且我不是牧師！我是演員。」

譚納呵呵一笑。「大部分牧師身上都有點演員的成分，不是嗎？」他眨著眼說：「我想你平常一定兼職傳教吧。」

「我不傳教！」黑鬼嚷嚷，推過他身邊，彷彿哪裡突然降下一群蜂要攻擊他，便衝下階梯，消失無蹤。

譚納在原地站了好一會兒，然後回到公寓。那天餘下的時間，他都坐在椅子上，內心交戰，要不要再試一次跟對方交個朋友。每一次他聽到樓梯有聲響，就走到門口往外看，可是黑鬼一直到近晚時分才回來。黑鬼走到樓梯頂時，譚納正站在走廊上等他。「晚安啊，牧師。」他說，已經忘了黑鬼說過自己是演員。

黑鬼停下腳步，揪住扶手欄杆。一陣顫抖從他頭頂竄到鼠膝。接著開始緩緩往前走來。等他靠得夠近，就撲過來揪住譚納的雙肩。「我不聽屁話，」他低語道：「不聽你這種戴羊毛帽的王八蛋老粗、鄉巴佬渾帳的話。」他緩過氣來。接著以極度憤慨的語氣發話，深沉到幾乎就要變成大笑。聲音高亢、刺耳又無力：「我不是牧師！我根本連基督徒都不是，我不信那種狗屁。沒有耶穌，也沒有上帝。」

老人感覺體內的心臟就跟櫟木節瘤一樣堅硬粗獷。「你不是黑的，」他說：「我也不是白的！」

黑鬼猛力推他去撞牆，然後拉扯黑帽，蓋過他的眼睛。再揪住襯衫前襟，往後推到敞開的家門，害得他摔過了門口。女兒從廚房看到他盲目地先撞上玄關內門邊緣，然後打著轉跌進客廳。

好幾天以來，他的舌頭似乎在嘴裡結凍了。等到融冰的時候，舌頭卻有平日的兩倍大，女兒聽不懂他講的話。他想知道，政府的支票寄來沒有，因爲他打算用支票買張回家鄉的巴士車票。過了幾天，她終於聽懂他說的話。「支票來是來了，」她說：「可是只夠付你前兩個星期的醫療費，拜託告訴我，你沒辦法講話跟走路，腦袋不清不楚，一眼還是斜視，要怎樣回老家？請你告訴我啊？」

他慢慢意識到自己當前的處境。至少他必須讓她瞭解，非得送他回老家安葬這件事。他們可以用冷藏車廂運他回去，這樣他在旅程上就還能保住原樣。他不要這邊的葬儀業者胡搞他的遺體。他們只要馬上送他啓程，列車大清早就會抵達家鄉；他們可以發電報給霍頓，霍頓會去找柯曼過來，剩下的柯曼自會打理。她甚至不用親身過去。父女倆爭論良久後，他好不容易才從她口中擠出承諾，說會運他回去。

在那之後，他睡得很安穩，病情稍有改善。在夢中，他感覺到家鄉清晨的冰冷空氣鑽進松木棺柩的裂隙。他可以看到柯曼紅著眼在車站月台上等待，霍頓戴著綠色遮光帽和黑色羊駝袖套。霍頓會想，要是那個老傻蛋當初待在他所屬的地方，就不會在六點零三分躺在棺材裡返鄉。柯曼把借來的騾子跟馬車掉頭，好把棺材從月台滑上馬車敞開的末端。一切準備就緒，他們兩人緊閉嘴唇，將裝了人的棺材一吋吋移入馬車。他從裡面開始搔著木頭。他們立刻放手，彷彿棺材著了火似的。

他們站著面面相覷，然後望著棺材。

「是他，」柯曼說：「是他在裡面弄的。」

「才不是，」霍頓說：「一定是有老鼠溜進去跟他一起了。」

「是他沒錯，是他的把戲。」

「如果是老鼠，把牠留在裡面比較好。」

「是他啦，拿把撬棍過來。」

霍頓發著牢騷走開，拿了撬棍回來，開始撬開棺蓋。上蓋末端都還沒完全撬開，柯曼就已經跳上跳下，因爲興奮而呼嗤吐氣、喘息不停。譚納用雙手往上猛推，在棺柩裡跳了起來。「審判日！審判日！」他嚷嚷，「你們兩個傻子難道不知道這是審判日？」

現在他知道她的承諾値幾分錢了。他倒不如仰仗別在外套裡的紙條，以及發現他死在街頭、貨車車廂或隨便哪裡的陌生人。她只會照自己的心意辦事，不必對她抱什麼期待。她又從廚房走出來，拿著帽子、外套跟橡膠靴。

「現在聽好了，」她說：「我得上商店一趟。我不在的時候，你可不要隨便起身走路。剛都上過廁所了，應該還不用再去。我可不想回來的時候看你倒在地板上。」

他喃喃自語，等妳回來的時候，才找不到我呢。這是他最後一次見到她那張愚蠢的扁臉。他有點心虛。她一直對他不錯，而自己對她來說只是個麻煩。

「我出門以前你要來杯牛奶嗎？」她問。

「不用。」他說。然後他吸口氣並說：「妳這裡眞不錯，是這個國家的好地帶。我之前病倒，要是給妳添了不少麻煩，抱歉。想跟那個黑鬼交朋友，是我的錯。」爲了消除這番話在他嘴裡帶來的難受滋味，他暗暗想著，除此之外，我也是個該死的騙子。

一時之間，她盯著他，彷彿他快瘋了似的，接著似乎轉念往好處想。「偶爾說點好話，感覺不是更好嗎？」她問著便在沙發上坐下。

他的膝蓋因爲好想打直而發癢。*走啊，快走啊*，他默默發著火。*快點出門啦*。

「有你在這邊眞好，」她說：「我不希望你到其他地方去，我的爹地。」她對他粲然一笑，撐起右腿，開始拉靴子。「這種天氣我連放狗出門都不想，」她說：「可是我非去不可。你可以坐在這裡，祈禱我不會滑跤或摔斷脖子。」她穿了靴子的腳往地板猛跺一下，然後開始應付另一隻靴子。

他將目光轉往窗戶。雪開始黏在玻璃窗外側，凍在上頭。他再次看看她，她站在那裡像個塞在帽子跟外套裡的大娃娃。她套上一雙毛織綠手套。「好了，」她說：「我要出門了，你確定什麼都不要？」

「不用，」他說：「妳去吧。」

「唔，那就再見嘍。」她說。

他舉起帽子，露出布滿斑點的蒼白禿頭。她隨手帶上玄關門。他開始興奮地發抖。他手往後伸，把外套拉到大腿上。穿上外套後，等自己不喘了，才抓住椅子扶手，把自己拉著站起來。他的身體感覺像口笨重的大鐘，鐘舌左右搖擺，可是不發任何聲響。一旦起身了，他先在原地搖搖晃晃站一會兒，直到找到平衡。一種恐懼與挫敗的感觸突然襲來。他永遠辦不到的；不管是死是活，他都回不了老家了。他把一腳往前推，沒跌倒，信心又回來了。「耶和華是我的牧者，」他喃喃念道：「我必不致缺乏。」他開始朝沙發移動，他可以在那裡得到支撐。他走到沙發。他要上路了。

等他走到門口，女兒早已下了四段階梯，走出這棟樓。他經過沙發，沿牆緩緩前行，一手貼牆支撐自己。沒人可以把他埋在這裡。他滿懷信心，彷彿家鄉的樹林就在樓梯底部。他走到了公寓正門，打開來，往走廊瞧瞧。自從那個演員推倒他以後，這是他頭一次望進走廊。走廊空蕩蕩，瀰漫著潮濕的氣味。地上薄薄的油布氈發了霉，延伸到另一間公寓的門口，那扇門關著。他說：「黑鬼演員。」

樓梯頂距他所站之處有十到十二呎，要是手貼著牆慢慢走，得繞遠路，而他一心在想怎麼省下這段路。他雙臂稍微離開身側，直接往前挺進。才到半路，他的雙腿就突然消失了，或者說感覺就像消失了。他不解地低頭一看，腿明明還在啊。他往前一跌，用雙手揪住樓梯扶手支柱。他撐在那裡，往下盯著沒點燈的陡峭階梯，前後不曉得有多久。接著他閉上眼，往前傾跌，最後頭下腳上落在那段階梯的中段。

他現在感覺到他們把棺柩從列車搬下來，放上行李馬車的那種傾斜感覺。他還沒發出搔刮的噪音。列車刺耳晃動，然後滑離。不久，行李馬車就在他身體下方隆隆作響，要把他載回車站的一側。他聽到腳步聲咚咚越靠越近，他推想有群人逐漸圍攏過來。他暗想：等一下我就要給他們好看。

「是他沒錯，」柯曼說：「是他的把戲。」

「裡面是該死的老鼠啦。」霍頓說。

「是他啦，拿把撬棍過來。」

不久，一道微綠的光芒籠罩住他。他推過那道光，以微弱的聲音嚷嚷：「審判日！審判日！你們兩個傻子不知道這是審判日吧？」

「柯曼？」他喃喃。

彎身看他的黑鬼有張傲慢的大嘴和惱怒的雙眼。

「這裡沒什麼叫柯曼的。」他說。譚納心想，一定是停錯站了。那些呆子太早把我放下車了。

這個黑鬼是誰啊？天都還沒亮呢。

黑鬼身旁還有另一張臉，是個女人的臉——淺色皮膚，頂著一堆散發銅光的頭髮，一張臉皺得彷彿踩了一腳的屎。

「噢，」譚納說：「是你啊。」

演員湊得更近，揪住他襯衫前襟。「審判日，」他用嘲諷的語氣說：「老頭，這不是什麼審判日，不過，或許今天就是你個人的審判日。」

譚納想抓住扶手輻條，好把自己撐起來，可是手只抓到空氣。那兩張臉，一張黑色、一張淺色，看起來好像在搖晃。他憑著意志力，將眼神聚焦在那兩張臉上，接著舉起一手，輕得跟呼吸似的，以最輕快的語氣說：「扶我起來吧，牧師，我要回老家了！」

他女兒從雜貨店回來，發現了他。他的帽子往下拉蓋到臉上，腦袋和手臂塞在樓梯扶手的輻條之間；雙腳懸在樓梯井上，好似戴上手足枷刑具的犯人。她瘋狂扯著他，然後飛奔去找警察。他們鋸斷輻條，救他出來，說他剛斷氣一個鐘頭左右。

她把他葬在紐約市，可是這麼做之後，她夜不成眠。夜復一夜，她輾轉反側，臉上開始浮現明顯的紋路。最後找人把他挖出來，將遺體送回柯林斯。現在她夜夜好眠，大致恢復了原本的好氣色。

——收錄於其短篇小說集《上升的一切必將匯合》。

小說精選

你不會比死更慘：芙蘭納莉・歐康納小說集 II

2016年12月初版　　定價：新臺幣420元

著者	Flannery O'Connor
譯者	許恬寧
	謝靜雯
總編輯	胡金倫
總經理	羅國俊
發行人	林載爵

出版者	聯經出版事業股份有限公司
地址	台北市基隆路一段180號4樓
編輯部地址	台北市基隆路一段180號4樓
叢書主編電話	(02)87876242轉227
台北聯經書房	台北市新生南路三段94號
電話	(02)23620308
台中分公司	台中市北區崇德路一段198號
暨門市電話	(04)22312023
台中電子信箱	e-mail：linking2@ms42.hinet.net
郵政劃撥	帳戶第0100559-3號
郵撥電話	(02)23620308
印刷者	文聯彩色製版有限公司
總經銷	聯合發行股份有限公司
發行所	新北市新店區寶橋路235巷6弄6號2樓
電話	(02)29178022

叢書編輯	程道民
封面設計	高偉哲

行政院新聞局出版事業登記證局版臺業字第0130號

本書如有缺頁，破損，倒裝請寄回台北聯經書房更換。　ISBN 978-957-08-4842-7 (平裝)
聯經網址：www.linkingbooks.com.tw
電子信箱：linking@udngroup.com

國家圖書館出版品預行編目資料

你不會比死更慘：芙蘭納莉・歐康納小說集 II／
Flannery O'Connor著．許恬寧、謝靜雯譯．初版．臺北市．
聯經．2016年12月（民105年）．384面．14.8×21公分（小說精選）
譯自：You can't be any poorer than dead and other stories

ISBN 978-957-08-4842-7（平裝）

874.57 105021869